www.bbulmedia.com

www.bbulmedia.com

너보다 1분 더

DAHYANG ROMANCE STORY

반 해

장편 소설

contents

프롤로그

혜수는 복도에 들어서자마자 심호흡을 했다. 아직 출근 시간 전인 이른 아침의 복도는 적막하고 싸늘했으며, 고즈넉하기까지 했다. 옮기는 발걸음이 사뭇 조심스러웠다. 복도의 중간쯤에 다다르자, 걸음을 멈추고 고개를 돌렸다.

보도 2국 프로듀서 이강욱

팻말 속 이름에 굳어 있던 혜수의 안면 근육이 조금씩 풀려 갔다. 눈동자에 가득 차오른 설렘 때문에 괜스레 몸까지 우스꽝스럽게 꼬이는 듯했다.

"이 이름에 이렇게 떨릴 날이 올 줄이야."

혼잣말을 중얼거린 그녀는 문짝에 귀를 가져갔다. 그는 지금쯤 출근해 있을 것이다. 다른 직원들보다 30분 전 출근을 고수하면서, 지각한 후배들을 향해 일침을 날리는 게 그의 하루의 시작이니까.

방 안의 기척에 귀를 활짝 열어 두던 혜수는 어느 순간 이맛살을 구겼다. 늘 그랬듯 그의 방에선 귀에 익은 클래식이 들려왔다. 이강욱의 아침은 늘 클래식으로 시작된다는 것을 보도국 사람들은 다 안다. 다른 선배들한테 듣기론 벌써 5년째라고 했다.

　이강욱과 클래식이라…….

　어울릴 것 같으면서도 어딘가 어울리지 않는 조합이라고, 혜수는 늘 생각했다. 그는 뭇 여자들이 한눈에 반할 정도로 모태 미남이 분명했고, 지적인 데다가 과묵하기까지 하여 클래식이 어울릴 법도 했다.

　하지만 그 이면도 존재했다. 핀트가 어긋나면 불같이 화를 내고 직위고하를 막론하고 막말을 내뱉는다. 그래서 그에게 들이댄 여자들이 하나같이 상처를 입고 떨어져 나갔다는 소문도 돌았던 것이다.

　"모를 일이야."

　문짝에서 귀를 뗀 혜수는 고개를 설레설레 저었다. 그녀 자신도 분명 강욱의 일침에 상처받은 적이 한두 번이 아닌데, 어쩌다 이 남자에게 꽂혀 버린 걸까. 혜수는 멀거니 선 채 팻말에 눈을 두었다.

　분명히 다른 여자들처럼 혜수 본인도 상처받고 나가떨어질 것이다. 그러니 절대 먼저 고백을 하면 안 된다. 이십 대, 그 황금 같은 시기를 짝사랑만 연거푸 세 번으로 날려 먹지 않았던가. 먼저 고백을 하고 차이고, 또 고백하고 차이고. 눈물로 얼룩졌던 그 세월을 다시 겪고 싶지 않았다.

　고백을 하지 않으면 상처받을 일도 없다. 그러면 그의 앞에서 괜히 주눅 들 일도 어깨를 움츠릴 일도 없을 것이다. 다만 그를 볼 때마다 속이 문드러지는 건 어쩔 수 없이 받아들여야겠지. 짝사랑하는 사람의 숙명일 테니까.

그렇게 생각한 혜수의 얼굴이 자못 어두워졌다. 그 일만 아니었어도, 그때 그의 얼굴을 보지만 않았어도, 이렇게 며칠 동안 애를 태우며 그의 방 주변을 서성거릴 일도 없었을 텐데. 설렘과 동시에 후회가 찾아든 건 어쩔 수 없는 일이었다.

"하아…… 정말로 또, 짝사랑이 시작된 거야? 미치겠네."

그의 방문을 손등으로 스윽 스치며, 혜수는 억울한 듯 나직이 뇌까렸다. 허탈하게 돌아서려는데 갑자기 방문이 활짝 열리며 그가 모습을 드러냈다. 혜수는 그 자리에서 얼어 버렸다.

"무슨 일이야?"

"아…… 아뇨……. 아무 일도 아닙니다, 선배님."

"아무 일도 아닌 거 맞아? 네 얼굴은 아주 떨떠름해 보이는데?"

"정말…… 아무 일 아닙니다. 그럼 이만. 좋은 아침 되세요."

혜수는 인사를 하는 둥 마는 둥 하며 도망치듯 그곳을 벗어났다. 그녀야말로 아무 일도 없고 싶었다. 하지만 이미 흐르기 시작한 감정 때문에 발만 미치도록 동동 구를 뿐이었다. 그래, 부딪치지 말자. 마주치지 말자. 그럼 정말로 아무 일도 없을 것이다. 그녀는 애꿎은 엘리베이터 버튼만 죽어라 눌러 댔다.

며칠 전.

그날은 새벽부터 비가 내렸다. 3월의 한복판을 향해 달려가던 날씨가 잠시 주춤거리며 한기를 내보냈다. 버스에서 내린 혜수는 갑자기 몰려든 추위에 어깨를 힘껏 모으곤 낑낑대며 우산을 폈다. 한쪽 품에는 커다란 꽃다발이 안겨 있던 터라 움직임이 여의치 않았다.

활짝 편 우산으로 꽃다발을 먼저 보호했다. 보도 2국 기자들 방에 들여놓을 꽃이라 제 몸보다 더욱 소중하게 다루어야 했다. 꽃집을 운영하는 그녀의 어머니가 신선한 놈들로 골랐다며 방송 국까지 잘 가지고 가라고 신신당부를 했기 때문이었다. 안개꽃과 프리지아 등, 여러 종류였다.

일에 미쳐 분주히 돌아가는 기자 사무실은 꽃과는 하등 상관없는 곳이었다. 그래서 '엄마! 이런 오지랖은 안 부려도 돼, 제발. 아무도 알아주지도 않는다구!' 라며 하소연했지만 통하지 않았다. 그녀의 엄마는 그녀가 이 방송국에 보도국 기자로 입성한 날부터 지금까지 꾸준히 꽃을 보내오고 있었던 것이다. 그러니까 벌써 3년째다.

몸의 절반이 비에 흠뻑 젖을지라도 꽃다발만은 지키겠다는 일념으로, 혜수는 묵묵히 방송국 정문을 향해 걸었다. 비와 싸우면서 힘겹게 정문을 통과하고 있는데 갑자기 흠씬 젖어 버린 그녀의 한쪽 어깨를 무언가가 살며시 덮고 있었다.

혜수는 걸음을 멈추고 고개를 틀었다. 절로 자세를 정돈하게 만드는 존재가 눈앞에 서 있었다. 혜수가 입사한 첫해 보도국 차원에서 맺어 준 그녀의 멘토(mento)이기도 했고 지금은 보도 2국의 피디인 강욱이였다. 그는 자신의 우산으로 그녀의 어깨를 씌워 주고 있었다.

"어? 선배님."

"서혜수. 너 무슨 짓이야, 이게?"

"……예?"

혜수는 인상을 팍 구기고 있는 강욱의 얼굴을 쳐다보곤 떨떠름하게 되물었다. 큰 키와 화려한 외모에서 풍기는 압도적인 분위기 때문인지, 아니면 과묵한 그의 성격 때문인지 워낙 대하기가 어려운 사람이었다. 들리는 소문에 의하면 잘 웃고 대화도 곧잘 한다고는 하지만 혜수가 직접 겪은 경험은 전무했다.

3년 전 강욱이 그녀의 멘토였던 시절에도 둘 사이에 대화라곤 전혀 없었다. 그는 매일 과제를 냈고 그녀는 그가 낸 미션을 수행

할 뿐이었다. 미션에 합격하면 '퇴근해.'라는 명령이 떨어졌고 그걸로 하루가 끝이었다.

하여 그가 베풀고 있는 이 사소한 선의마저, 혜수는 어색하고 부담스러울 지경이었다. 그런데 대뜸 저렇게 화를 내고 아침부터 인상을 팍팍 쓰고 있다니. 혜수가 어색함에 어물쩍거리고 있는 사이 그가 입을 열었다.

"기자씩이나 되는 녀석이 이 장대비 속에 제 몸 건사할 생각은 안 하고 뭐 하는 거야? 맞을 게 없어서 비를 맞고 있냐? 그러다 감기 걸리면 현장엔 어떻게 나갈 건데?"

그의 잔소리가 속사포처럼 쏟아졌지만 혜수는 의외의 모습에 신기할 뿐이었다. 그가 자신에게 이토록 길게 말을 한 적이 없었기 때문이다.

"이걸 써. 그건 주고."

한술 더 떠 그가 쓰고 있던 우산을 혜수 쪽으로 내밀었다. 검은색의 우산은 보통 우산보다 크기가 커서 확실히 비를 덜 맞을 것 같긴 했다. 그는 커다란 우산의 손잡이를 스윽 내밀곤 혜수의 작은 우산을 달라고 하고 있었다. 혜수는 당황하여 말까지 더듬었다.

"아뇨, 서, 선배님. 전 이걸 쓰면 돼요. 어차피 방송국까지 몇 발 남지도 않았는데요."

"그 몇 발이 중요한 거야. 그 몇 발 사이에 사람이 죽고 병이 나고 감기가 걸릴 수도 있어. 알아? 얼른 안 주고 뭐 해?"

그 순간에, 혜수는 그의 목소리가 귓속을 쑤시고 들어오는 것 같은 착각을 느꼈다. 눈빛이 머리를 찌르고 우산을 내미는 손길이 가슴을 스치는 것 같았다. 괜스레 심장 한구석이 뜨끈해지는 기분에 혜수는 마른침을 삼키며 마지못해 대답했다.

"네."

그녀의 대답이 떨어지자마자 강욱이 서둘러 우산을 바꾸었다. 강욱의 커다란 우산이 혜수의 손에 쥐어졌고, 혜수의 우산이 강욱의 손에 들렸다. 그가 혜수의 우산을 가리키며 말했다.

"이건 로비에 맡겨 둘 테니까 편할 때 찾아가."

"자, 잠깐만요. 선배님은 비 맞고 들어가시게요?"

"몇 발 남지도 않았는데 뭐."

혜수가 했던 말을 그가 내뱉었다. 더불어 입꼬리가 스윽 휘어지도록 짧게 미소 지었다. 혜수는 찰나의 순간에 보인 강욱의 미소에 심장이 달음박질하는 것 같았다. 그는 혜수의 우산을 손에 쥔 채 빗속을 뛰었다. 찰박찰박. 그의 구둣발 소리가 멀리 사라지는 것과 동시에 그는 금세 건물 안으로 들어갔다.

뭐지? 방금 그 미소는 뭐였지? 왜 나를 보며 웃었던 거지?

그녀가 기자로 일했던 3년 동안 한 번도 겪어 보지 못했던 일이었기에 이강욱의 짧은 미소는 비교적 충격으로 다가왔다. 게다가 생각지도 못하게 받았던 호의에, 혜수의 시선은 한동안 그가 들어선 로비에서 떨어질 줄을 모르고 있었다.

땅바닥을 향해 규칙적으로 내리꽂히는 빗소리에 갇혀 아무것도 들리지 않는 와중에도, 강욱의 목소리가 달콤하게 감겨드는 것 같았다. 그것은 무척 오랜만에 느껴 본 감정이었다.

그날 이후, 혜수는 자신도 모르게 강욱의 방을 훔쳐보는 버릇이 생겼다. 살짝 열린 문틈 새로 보이는 그의 옷자락에 신경이 예민하게 곤두섰다. 보도 2국 전체 회의 시간에도 되도록 강욱의 근처에 앉으려 남몰래 고군분투했다.

그녀의 그런 노력에도 불구하고 그와 대면할 기회는 좀처럼 찾아오지 않았다. 그러나 서운하거나 섭섭하지 않았다. 단지 아무도 모르는 그녀만의 작은 소원이 하나 생겼다.

언제 또 비가 오려나.

스물여덟 해를 사는 동안 혜수에겐 세 번의 짝사랑이 있었고 모두 비극으로 끝이 났다. 첫 번째는 대학 1학년 때로 같은 과의 동기에게 반해 들이댔지만, 가장 절친했던 친구가 그를 가로챘다.

두 번째는 대학 4학년 때 했던 미팅에서 만난 남자로, 알고 보니 그에겐 이미 여자 친구가 있었다. 혜수는 그 남자가 양다리를 걸치고 있다는 걸 알 순간 그 남자의 가운뎃다리를 힘껏 차올려 주었다.

그녀의 마지막 짝사랑의 상대는 기자 시험을 준비하면서 알게 된 같은 학원의 학원생이었다. 오가며 자연스레 안면을 텄고 가끔 떡볶이를 함께 먹으며 친분을 나누었다. 매사에 열심인 그를 흠모하게 된 건 너무도 당연한 일이었다.

하지만 그가 공무원 시험에 합격했다며 맥주를 사던 날, 혜수는 분위기와 술에 취해 고백을 해 버렸고 보기 좋게 걷어채었다. 그는 아직은 여자보다 일을 해야 한다고 했다. 그러면서도 혜수가 했던 고백을 모든 학원생들에게 소문내어 혜수의 자존심에 상처를 입히기도 했다. 알고 보니 그는 실속 없이 허세만 가득한 남자였다.

그리고 이제 막 시작된 네 번째의 짝사랑.

당연히 예전과는 태도가 달라졌다. 혜수는 기자 사무실 창밖을 바라보며 다시 한 번 마음을 다잡았다. 절대, 먼저 고백하지 말자.

"뭐 해?"

"엄마야!"

갑자기 머리 위로 쏟아진 음성 때문에 혜수는 놀라 어깨를 오므렸다. 고개를 들어 보니 지아가 다가와 있었다. 혜수와 동갑내기인 지아는 저녁 6시 뉴스의 담당 기자였고, 아침 7시 뉴스를 담당하고 있는 혜수와는 가장 친한 동료였다. 펑퍼짐한 지아의 체구가 금방이라도 자신을 눌러 버릴 것만 같았다.

"아무것도 안 했어."

"아무것도 안 하긴. 너 그렇게 진지한 표정은 방송국에선 한 번도 못 봤는데."

"날씨가 좋아서 그랬다. 이런 날씨에 사무실에 틀어박혀 현장 대기조로 앉아만 있자니 억울해서."

"가서 점심이나 먹어. 오늘 삼계탕이더라. 나 두 그릇 먹었어. 너 먹으러 간다면 내가 한 그릇 정도 더 먹어 줄 의향이 있어."

지아가 자랑하듯 손가락으로 브이를 그려 보였다. 혜수는 놀란 표정을 다소 과장되게 지어 보이곤 곧 고개를 설레설레 저었다. 내일 지구가 멸망하더라도 오늘 삼겹살 5인분을 먹겠다, 가 생활

신조인 지아는 사람 몸에는 지방이 좀 있어야 한다고 늘 말한다. 그래야 사람 냄새가 난다나?

운동보다는 먹는 삶을 택하겠다는 그녀답게 뚱뚱한 체구가 사람들의 시선을 사로잡는다. 외모만 봐선 무척 둔해 보이고 느려 보이지만, 지아는 이곳 기자들 중 가장 민첩하게 현장을 파악하고 중용의 시선에서 그것들을 정리한다. 혜수는 그런 지아가 늘 좋았다.

고민을 털어놓을 수 있는 유일한 상대. 혜수에게 지아는 그런 존재였다. 혜수는 턱을 괸 채로 지아를 쳐다보면서 그녀를 불렀다.

"어이, 김 기자야."

"왜? 서 기자야."

"우리가 아주 절친한 친구니까 하는 말인데, 오늘부터라도 다이어트하자. 늦지 않았어. 건강은 젊을 때 지켜야 하는 거라고 우리 엄마가 늘 그러셨거든."

"워워. 서 기자야. 난 지금이 딱 좋아. 내 몸에 덕지덕지 붙어 있는 각종 영양소들을 왜 굳이 없애야 해? 난 싫어. 난 내 몸을 누구보다 애정해."

통하지도 않을 지아였지만, 혜수는 꾹 참고 다이어트의 필요성에 대해 설파했다. 건강은 차치하고라도 저 포동포동한 몸 때문에 연애 한번 해 보지 못한 지아가 늘 마음에 걸렸던 것이다. 물론 지아의 외모가 아닌 그녀만이 가지고 있는 장점을 알아보고 좋아해 줄 남자가 언젠가는 나타나리라 생각하곤 있지만, 그 생각만 3년째였다. 그런 남자는 나타나지 않았다.

"살만 빼 봐. 새로운 세상이 펼쳐질 거야. 너한테 들이대는 남자도 많을 거고 넌 한 번도 못 해 본 연애라는 것도 하게 될걸?"

"그래서, 넌 연애해 봤니?"

"……뭐?"

혜수는 예상치 못한 지아의 공격에 말끝을 흐렸다. 계집애. 이런 식으로 친구의 가슴에 난 구멍을 사정없이 후벼 파다니.

"너 예쁘고 날씬하잖아. 한 번이라도 연애해 봤냐고. 내가 알기론 짝사랑만 삼세번인 걸로 아는데? 너 같은 애도 못 해 본 연애를 나도 굳이 하고 싶지 않아. 우리 서로의 개성을 존중하자. 난 식욕, 넌 애욕."

"……애욕이라니?"

"그저 남자하고 연애할 기회만 호시탐탐 엿보고 있는 거 누가 모를 줄 알아? 이 철딱서니 없는 것."

지아가 혀를 끌끌 찼다. 혜수는 자신도 모르게 당황하여 큰 눈을 껌뻑거렸다. 이 친구, 뭐지? 모든 걸 알고 있다는 저 당당한 표정은 또 뭐고. 혜수는 서둘러 의자에서 일어나 지아에게로 다가갔다.

"잠깐만. 내가 어떻게 보인다고?"

"0.1초의 찰나의 순간도 잡아내는 내 눈엔 그게 보여. 네 눈길이 요즘 어디를 향하고 있는지 다 보인다고. 이 허술한 친구야."

지아는 눈을 가늘게 뜨고 혜수를 쳐다보았다. 탐정이 단서를 찾는 듯한 그 눈빛에, 혜수의 미간이 절로 일그러졌다. 이 친구, 분명히 뭔가를 알고 있다. 하지만 설마, 그럴 리가. 장담하건대 혜수는 다른 사람들과 함께 있을 땐 절대 강욱에게 눈길을 보내지 않았다.

회의 시간에 그의 맞은편에 앉으려고 노력한 적은 있었지만, 그마저도 선배 기자에게 자리를 내주었다. 아주 자연스럽게 행동했다고 자신했다. 그랬는데 이 곰 같은 지아가 어떻게 알게 된 거지? 괜스레 제 발 저린 혜수는 지아의 팔을 붙잡았다. 그러곤 의구심을 담은 눈빛을 하고 입을 열었다.

"너…… 너 정말…… 알고 있는 거야?"

"어라? 서혜수. 너 정말 뭔가가 있는 거야? 난 그냥 해 본 말인데 덥석 낚이네?"

"뭐어? 아, 진짜 이 나쁜 년이."

혜수는 그제야 지아가 던진 농담이었다는 것을 깨닫곤 그녀의 팔뚝을 세게 쳤다. 그러자 '아앗!' 하고 외마디의 비명을 내지른 지아가 팔뚝을 슬슬 문지르다가도 혜수에게 의구심을 품었다.

"너 왜 그렇게 안심하는 건데? 요것 좀 봐라. 수상쩍은 데가 한두 군데가 아니네."

"됐어. 장난은 그만하고 삼계탕이나 먹으러 가자. 네 입 속으로 세 번째의 삼계탕이 들어가는 걸 꼭 봐야겠어."

혜수는 민망한 상황을 무마시키기 위해 서둘러 지아의 팔짱을 꼈다. 계속해서 의심스러운 눈초리를 하고 있던 지아는 마지못해 혜수를 따라 다시 식당으로 향했다.

식당으로 내려가는 엘리베이터 안에서 혜수는 강욱과 마주쳤다. 보도국장실에서 나온 그가 혜수와 지아가 먼저 타고 있던 엘리베이터로 다급히 올라탄 것이다. 시선이 부딪치자 혜수의 가슴이 먼저 두근거렸다. 그의 옆구리에 끼워진 서류 뭉치로 스르륵 시선을 내린 그녀는 엉거주춤 고개를 까딱이곤 인사를 했다.

"이 피디님, 안녕하세요? 점심 식사는 하셨어요?"

지아가 활기찬 목소리를 내며 강욱에게 말을 걸었다. 앞서 있던 그가 슬쩍 돌아보았다. 베이지색 야상 점퍼가 살짝 흔들린다.

"지금 하려고."

"아, 그러시구나. 저희도 밥 먹으러 내려가는 길이에요. 오늘 메뉴가 삼계탕이라고 하더라구요. 저 세 번째로 먹으러 내려가는 거예요. 호호호."

"어련하겠어? 김 기자?"

강욱이 지아에게 무안한 대답을 보냈지만, 지아는 아랑곳하지 않은 듯했다. 그러자 이번엔 강욱의 시선이 혜수를 흘깃 향했다.

"넌 인사 안 해?"

"아까 했어요, 선배님."

"인사라는 건 상대방과의 감정적인 교류인 건데 내가 알아채지도 못한 인사가 무슨 소용이야? 다시 해."

장난인지 진심인지 분간이 가지 않을 정도로 그의 말과 표정은 상반되었다. 말투는 가벼운 반면 표정은 무척 엄격했던 것이다. 혜수는 정중하게 90도로 상체를 숙였다.

"안녕하세요, 선배님."

혜수가 인사를 끝내자마자 엘리베이터는 지하 1층에 있는 구내식당에 도착했다. 토해지듯 그곳에서 내린 혜수는 먼저 식당 안으로 사라지는 강욱을 물끄러미 바라봤다. 인사를 해도 받아 주지도 않을 거면서. 야속한 남자 같으니. 혜수가 야멸친 강욱의 태도에 서운해하고 있는데, 그런 그녀를 지아가 살피는 눈길로 보고 있었다.

"서 기자야, 너 이 피디님하고 싸웠어?"

"아니. 내가 저 선배님하고 싸울 일이 뭐가 있어? 근데 왜?"

"아니. 이 피디님을 쳐다보는 네 표정이 좀 적대감도 있는 것 같고 어색함도 있는 것 같고. 예전에 너 입사했을 때 이 피디님이 멘토였다며. 그런데도 친해 보이지가 않아. 하긴 이강욱 피디님을 스스럼없이 대할 수 있는 건 국장님이 유일할 거야. 그지?"

"빨리 들어가자. 배고파."

혜수는 지아의 물음에 대답하지 않고 그녀의 팔을 이끌었다. 이 눈치 9단인 친구의 촉수를 피하기 위해선 표정을 최대한 들키지 않는 것뿐이었다. 지아는 어어어, 하며 혜수에게 이끌려 갔다. 혜수는 지아의 몸무게를 유일하게 감당할 수 있는 악력을 가졌다.

점심시간을 10분 남겨 둔 구내식당은 막차를 타기 위해 아슬아슬하게 도착한 방송국 직원들로 만원이었다. 혜수는 지아와 함께 쟁반을 들고 자리를 찾기 위해 두리번거렸다. 지아가 갑자기 팔꿈치로 혜수를 쿡쿡 찔렀다.

"저어기에 자리 있다. 가자."

지아가 턱짓으로 가리킨 곳은 강욱이 혼자 앉아 있는 테이블이었다. 혜수는 내심 쾌재를 부르며 못 이기는 척 지아를 뒤따랐다. 하지만 두 사람이 도착하기도 전에, 강욱의 옆자리는 보도 1국 기자들이 차지해 버렸다. 빙긋 웃으며 강욱을 향해 인사를 건넨 무리들은 위풍당당히 삼계탕을 먹기 시작했다.

곧이어 지아가 다른 자리를 탐색한 후 혜수에게 저쪽으로 가자는 신호를 보내왔지만, 혜수는 허전한 마음을 주체할 수가 없었다. 그의 등만 봐도 절로 터지는 깊은 한숨을 어찌할 수가 없었다. 마음은 이미 사춘기를 겪고 있는 여고생이었다. 혜수는 지아를 뒤따랐다.

강욱은 자판기에서 뽑아낸 커피 잔을 들고 정문 밖 쉼터에 앉았다. 그러곤 손 국장이 건넨 상반기 개편안을 진지한 표정으로 들여다보았다. 삼계탕을 절반도 채 먹지 못한 건 이 개편안 때문이었다. 자신을 평일 밤 9시 뉴스 메인 피디로 내정하겠다는 부분 때문이었다.

손 국장이 강욱에게 9시 뉴스를 제안한 건 작년부터였다. 평일 밤 9시 뉴스는 보도국 피디라면 누구나 탐을 낼 자리였다. 강욱은 주말 밤 9시 뉴스를 맡고 있었지만, 같은 9시 뉴스라도 평일과 주말은 엄연한 '급'의 차이가 존재했다.

그러나 조연출을 벗어나 연출 자리에 오른 지 이제 겨우 3년째인 그에겐 아무래도 부담스러운 일이 아닐 수 없었다. 방송국 내부에 자신만의 라인을 탄탄히 만들기를 원하는 손 국장의 손에 놀아날 생각 역시 없었다.

물론 손 국장이 현역에 있을 때부터 자신을 응원했던 걸 모르지 않았다. 업무에서나 일상에서나 늘 도움의 손길을 주기 위해 노력했다는 걸 잘 알고 있었다. 그러나 거기까지. 자력(自力)이 아닌 억지로 이런 행운을 거머쥘 생각은 전혀 없었다.

"어때? 생각이 바뀌긴 했어?"

언제 다가왔는지 손 국장이 강욱의 옆자리에 앉았다. 강욱은 그를 힐끔 보곤 다시 서류에 눈을 두었다.

"그만 들여다봐라. 아까 국장실에서 다 했던 얘기잖아. 그냥 툭 까놓고 네 생각만 말해. 할 거야, 말 거야?"

손 국장은 강욱에게 대답을 강요하고 있었다. 강욱은 쓰게 웃으며 고개를 들었다. 방송국 앞 넓은 마당에 오가는 사람들에 시선을 두면서 천천히 입을 열었다.

"국장님은 제가 하기를 바라세요?"

"당연하지, 인마. 평일 9시 뉴스를 개나 소나 맡는 건 아니니까. 기회가 왔을 때 잡아. 너 지금 주말 9시 뉴스 하는 거, 시간만 옮긴다고 생각하라고. 내가 너한테 돈다발 땡겨 오라고 하고 있는 게 아니잖아."

"차라리 어디 가서 돈다발 좀 가져오라고 하시는 편이 나을 뻔했어요. 경력 있는 선배 피디님들을 제치고 새파랗게 어린 제가 9시 메인 뉴스를 맡는다는 게 말이 안 돼요. 저 그렇게 얼굴에 철판 깐 놈 아닙니다. 선배님들을 무슨 낯으로 뵈라고 그러십니까."

"이것 봐, 이것 봐. 우리나란 이래서 안 된다니까. 동방예의지국이란 말을 대체 누가 만든 거야? 야! 이 피디! 여긴 회사야. 능력 있는 사람을 대우하는 건 당연한 거라고. 골방에 앉아서 고리

22

타분한 말이나 씨부렁대는 중늙은이들은 필요가 없어요. 회사가 널 원한다고! 회사가!"

"소리 좀 낮추세요, 국장님. 누가 보면 제가 국장님한테 야단맞고 있는 줄 알겠습니다."

"너 야단치는 거 맞아, 인마. 너 설마…… 내가 라인 만든다고 널 추천한 거라고 생각하고 있냐? 응? 그런 거야?"

강욱은 고개를 돌려 손 국장을 보았다. 60세를 향해 달려가고 있는 손 국장의 얼굴에도 세월의 흔적이 적나라하게 보였다. 강욱이 갓 입사했을 때 방송국을 제집처럼 뛰어다니는 그 활기는 온데간데없어졌지만 눈빛만은 여전히 살아 있었다.

하지만 강욱은 섣부른 욕심을 품지 않았다. 손 국장이 밀어주고 강욱이 아무리 탐을 낸다 해도 그 자리는 자신의 것이 아니었다. 아무리 간절하고 절실한 일이 있어도 절대 이루어지지 않는다는 것을, 이미 경험으로 알고 있었던 탓이었다.

"그럼 아닙니까?"

"아냐! 아니라고!"

강력한 손 국장의 부인에 강욱마저도 흠칫 놀랐다. 손 국장이 말을 이었다.

"……후우. 내가 너 그런 오해 하고 있을 줄 알았다. 하긴 무리도 아니지. 지방대 졸업하고 상경해서 죽도록 공부하고 겨우 입사했는데 왕따만 당했던 나였지. 학연이 없다는 이유로. 그런 내 과거를 알고 있는 사람이라면, 그래, 그렇게 생각하는 것도 당연해. 그런데 난 아냐. 난 죽기 살기로 덤볐어. 내가 세상에서 제일

혐오하는 부류가 바로 그 '라인'을 만드는 인간들이라고!"

"진정하세요, 국장님. 숨 좀 쉬시고."

"후우. 후우. 내가 국장이 되면서 가장 먼저 다짐한 게 뭔 줄 알아? 하는 일 없이 탱자탱자 놀면서 월급은 남들보다 몇 배로 챙겨 가는 골방의 늙은이들 말고, 젊고 신선하고 일도 열심히 하는 인물들로 보도국을 갈아 치우자는 거였어. 그 시작이 이 피디, 너고."

강욱은 손 국장의 진심 어린 표정에 사뭇 진지해졌다. 손 국장이 아니라고 하면 아닐 것이다. 적어도 그런 거짓말로 상대를 쥐었다 폈다 할 정도로 엉망인 사람은 아니었다. 강욱은 그제야 마음을 풀고 씨익 웃었다. 그 웃음이 못마땅했던지 손 국장이 흘겨보았다.

"이 피디 넌 왜 그렇게 야망이 없냐. 다른 사람들 같았다면 얼씨구나 하면서 덥석 수락했을 텐데."

"글쎄요. 야망이 없다기보다는 그냥저냥 사는 쪽을 택한 거죠. 변화 없이 사는 게 가장 속 편할 수 있다는 것을 깨달은 지 오래라서."

"노친네 같은 소리만 하네. 됐고, 우선 네 팀을 꾸려. 그 권한은 전적으로 너한테 줄 테니까. 기자들 중에선 김지아가 어때? 움직임이 둔하긴 하지만 의외로 민첩하고 빨라. 사고력도 풍부하고. 사회부지만 정치 경제에도 박학다식해."

"생각을 좀 더 해 보겠습니다. 아, 화내진 마시고요. 저도 제 앞날을 어떻게 꾸릴지 고민을 해야 하지 않겠습니까? 선배님들의 눈초리와 질시를 어떻게 감당할지도 생각해야 하구요."

강욱은 몸을 일으켰다. 빈 종이컵을 구겨 벤치 옆에 있는 휴지통으로 휙 날린다. 그러자 손 국장도 따라 일어났다.

"국장님은 좀 더 앉아 계시죠? 날씨도 좋은데. 저 먼저 들어가 보겠습니다."

강욱은 손 국장에게 인사를 건넨 후 돌아섰다. 등 뒤로 '아, 진짜 저 녀석이.'라는 손 국장의 한탄에 강욱은 슬며시 미소 지었다.

자신의 사무실로 돌아온 강욱은 손 국장에게서 받았던 개편안 서류를 책상에 내려놓은 후 창가로 다가갔다.

3평도 채 되지 않는 이 작은 사무실은 그가 유일하게 치열한 가슴을 내려놓을 수 있는 공간이었다. 일에 치여 고단한 몸도, 아직 아물지 못한 상처로 다친 마음도, 이곳에선 다 놓아 버릴 수가 있다. 그래서 어쩌면 클래식 음악을 아무렇지도 않게 들을 수 있게 된 건지도 모른다.

발전적인 변화였다. 적어도 반쯤은 잊었다는 거니까.

강욱은 다시 돌아서서 책상에 앉았다. 손 국장의 제안에 대해 사적인 감정과 상황을 모두 버리고 객관적으로 점검해 볼 필요가 있었다. 9시 뉴스 메인 피디.

"딱 하나 좋은 점이 있긴 하지."

머리를 비우고 아무 생각 없이 일에 몰두할 수 있다는 것.

취재차 지방에 내려갔던 혜수는 밤 10시가 넘어서야 방송국으로 돌아왔다. 촬영 영상을 건네받고 카메라 담당을 먼저 퇴근시킨 그녀는, 오늘 취재한 내용을 정리하기 위해 부득이 기자 사무실로 돌아올 수밖에 없었다.

"후우……."

넓은 사무실은 텅 비어 있었다. 물론 모두가 퇴근한 건 아니다. 일부는 내일을 위해 편집실에서, 또는 현장에서 밤새 작업하고 있을 것이다. 혜수는 뻐근한 어깨를 이리저리 돌린 후 자신의 책상 앞에 앉았다.

"한 시간 안에 작업 완료하고 퇴근한다, 오케이?"

스스로에게 다짐한 후 비장한 표정을 하고 넷북을 켰다. 캠코더에서 영상을 모두 다운받은 후 재생시키면서, 혜수는 피곤한 눈을 손등으로 비비적거렸다. 영상 속에선 저수지의 철새들이 떼를 지어 날아다니고 있었다. 봄이 되었지만 철새들은 다른 나라로 날아가지 않고 여전히 그 자리를 지키고 있었다.

"후아암……."

영상을 보던 혜수의 눈꺼풀이 차츰 무거워졌다. 몇 차례 눈에 힘을 주며 정신을 집중하려 할 무렵, 기자 사무실의 문이 덜컥 열렸다. 그때까지만 해도 혜수는 다른 곳에서 작업하다 들른 동료 기자겠거니 생각했다. 그래서 고개를 든다거나 출입문 쪽을 본다거나 한 것도 아니었다. 그저 졸음과의 사투를 벌이고 있을 뿐이었다.

"서혜수."

하지만 귀에 익숙한 저음이 들려왔을 때, 혜수는 튕기듯 자리에서 벌떡 일어났다. 문을 열고 들어온 이는 강욱이였다. 잠이 홀딱 달아났고 정신이 저절로 집중되기 시작했다. 혜수는 떨리는 가슴을 진정시키며 대답했다.

"네, 선배님."

"아직 퇴근 안 했나?"

"예. 오늘 취재 다녀온 자료를 정리하고 있었습니다. 내일 아침 7시 뉴스에 나갈 거라."

강욱은 텅 빈 사무실을 휘 둘러보곤 혜수에게 다가갔다. 그의 손에는 평일 밤 9시 뉴스 개편 방향에 대한 기획안 여러 장이 들려 있었다. 며칠 동안 생각을 정리한 끝에 손 국장의 제안을 받아들이기로 했고, 나름대로 기획 방향을 세웠던 것이다.

내일 새벽에 제출해야 하는 터라 간단히 취합하고 정리를 해야 하는데 손 국장에게서 호출이 왔다. 방송국 앞 포장마차로 나오라는 것이었다. 이곳에 오면 늘 혜수가 있기에, 버릇처럼 그녀에게 일거리를 맡길 생각이었다. 또한 아직 개편안이 통과되기 전이라 보안 문제도 있고 해서 나름대로 믿을 만한 혜수를 떠올렸다. 그랬는데 그녀는 정신없이 바빠 보였다.

"그래서 바쁘다고?"

"예, 뭐…… 조금. 그런데 선배님은 무슨 일로……."

"그럼 자료 정리하는 김에 이것도 같이 해. 한 시간 준다."

강욱은 혜수의 책상에 기획안 몇 장을 내려놓았다. 혜수의 시선이 서류를 향했다가 다시 그를 향했다. 이게 뭔지 묻기도 전에 서운함이 먼저 밀려왔다. 잘 지냈는지, 요즘은 무슨 취재를 하는지, 그런 일상적인 질문도 없이 대뜸 업무 지시부터 하다니.

"한 시간이요?"

"왜? 너무 길어?"

"제가 이걸 하면, 선배님은 저한테 뭘 해 주실 건데요?"

그건 말 그대로 즉흥적인 질문이었다. 내뱉고 나선 혜수 자신도 놀라고 당황하여 입술을 앙다물었다. 어쩔 줄 몰라 고개를 떨어뜨리고 눈동자를 굴리고 있는데 그가 한 걸음 다가서는 것이 보였다.

"네가 내 지시에 토를 단 건 처음인 것 같은데. 너 혹시 약 먹었냐? 아니면 사태 파악이 안 될 정도로 졸음이 쏟아지는 거야?"

강욱은 고개를 삐딱하게 기울인 채 혜수의 내리깔린 눈을 쳐다봤다. 사실 혜수에게 이 일을 맡기는 건 다분히 강요나 다름없었기에, 혜수가 조건을 내거는 것도 무리는 아니지 싶었다. 강욱은 팔짱을 꼈다.

"좋아, 서혜수. 내가 뭘 해 주길 원해?"

"그건 생각 좀 해 볼게요. 다음에 제가 필요할 때 언제든 제 부탁을 들어주세요."

"하. 요 녀석 좀 봐라."

혜수는 강욱에게 스스럼없이 말을 던지고 질문을 할 수 있는 자신의 모습에 얼마쯤 놀라고 있었다. 짝사랑이니까 당연하다고 여기면서도, 저를 아무렇지도 않게 대하는 강욱의 태도에 오기가 치솟은 것도 사실이었다. 혜수는 내처 더욱 용기백배해졌다.

"아, 그리고 며칠 전 아침 일이요. 그때 고마웠어요. 고맙다는 말을 제대로 안 한 것 같아서."

"며칠 전 아침?"

"비 오던 날이요. 선배님이 저 우산 씌워 주셨잖아요."

"글쎄. 그런 일이 있었던가?"

혜수는 고개를 갸웃거리고 있는 강욱을 보면서 억울한 심정이 되었다. 그녀에겐 일생일대의 의미 있는 사건이었던 일이, 그에겐 기억에조차 남아 있지 않은 일이었다는 건가. 혜수는 답답함에 더욱 목소리 톤을 높였다.

"우산 씌워 주셨어요. 그러곤 이렇게 씨익 웃으셨구요."

그가 했던 대로 한쪽 입꼬리를 스윽 끌어 올려 보였다. 그래도 강욱에게선 표정의 변화가 없었다.

"기억이 안 나네. 요즘 봄 개편 때문에 정신이 없어서. 뭐, 그건 그렇고. 한 시간이다. 다녀와서 숙제 검사 할 테니까 완성도 있게 잘 마무리해 놔."

강욱은 어깨를 으쓱한 후 사무실을 나왔다. 문을 닫으려던 그는 손짓을 멈추고 사무실 안으로 다시 눈길을 돌렸다. 혜수가 여전히 굳어진 얼굴로 서 있는 것이 보였다. 강욱은 기억을 더듬었지만 혜수가 언급했던 그날은 떠오르지 않았다.

그렇다고 해도 저토록 굳은 얼굴이라니.

사소한 것에 집착하는 스타일이었던가, 저 녀석이?

강욱은 고개를 설레설레 젓고는 사무실의 문을 닫았다.

2

"그럴 수도 있지."

버스의 가장 뒷좌석에 앉아 차창 밖만 응시하던 혜수는 무심코 중얼거렸다. 만면에 서운함이 피어올랐지만 연신 그럴 수도 있다고 되뇌면서 자중했다. 그날의 일이 전혀 기억나지 않는다는 강욱의 한마디만 아니었어도, 지난 이틀 동안 이렇게 멍하니 넋 놓고 있진 않았을 터였다.

사람이란 모두 같을 순 없는 거니까, 기억이 나지 않는다고 해도 어쩔 수 없는 일인 것이다. 하지만 그렇게 마음을 다독이면서도 밀려드는 섭섭함은 여전했다. 그래서 앞으론 철저하게 생각에서 배제하리라, 다짐했건만 이 아침에 다시 또 생각하고야 말았다.

개나리에 노란색 물이 오르고 목련나무가 우아하게 웃고 있는 봄날인데, 그녀의 마음은 자꾸만 칙칙하게 가라앉는 듯했다. 방송국 앞 정류장에 버스가 도착할 때까지 혜수는 그렇게 한없이 바닥으로 꺼지는 기분을 느끼고 있었다.

버스에서 내려 터덜터덜 힘없이 정문 로비를 통과하던 혜수는 저만치에 사람들이 몰려들어 있는 것을 보곤 걸음을 멈추었다. 그와 동시에 사람들의 무리에서 혜수를 발견한 지아가 큰 덩치를 끌고 이쪽으로 달려왔다.

"뭐야? 왜 사람들이 저기에 모여 있는 거야?"

혜수는 헐레벌떡 뛰어온 지아의 팔을 잡으며 브레이크를 걸어주었다. 그러자 숨을 고르던 지아가 혜수를 살짝 흘겨보았다.

"아오. 이 운도 좋은 년. 돈 많고 예쁜 년도 운 좋은 년은 못 이긴다더니. 부러운 년. 좋겠다, 넌."

"무슨 말을 하는 거야."

"저기 가 봐. 상반기 개편안 확정됐어. 너 평일 9시 뉴스 담당 기자가 됐다구!"

"……뭐어?"

혜수는 예상치도 못한 일에 당혹해하며 지아의 말에 귀를 바짝 세웠다.

"얼른 가 봐. 평일 9시 뉴스 담당 기자에 네 이름 석 자가 떡 하니 쓰여 있더라."

"그, 그런 일이."

혜수는 생각할 틈도 없이 후다닥 사람들이 모여 있는 곳을 향해 달렸다. 지아도 뒤따르며 무리에 합류했다. 혜수는 사람들을 비집고 들어가 공고문 앞에 섰다. 지아의 말대로 9시 뉴스 담당 기자 리스트에 자신의 이름이 있는 걸 보곤 흥분하여 입술을 틀어막았다.

환희의 웃음이 새어 나오려 하는 것을 겨우 참으며 날뛰는 가슴을 진정시킨 그녀는, 그제야 차분하게 개편안을 전부 훑었다. 그중 그녀의 눈에 띄는 부분이 있었다. 9시 뉴스 메인 피디 이강욱. 엊그제 강욱의 부탁으로 그의 기획안을 정리하며 대충 눈치는 챘지만, 이거야말로 초고속 승진이었다.

서른네 살이라는 젊은 나이에 9시 뉴스를 맡은 사람은 강욱이 최초인 셈이다. 그의 출중한 능력이라면 충분히 수긍할 만한 일이었다. 무엇보다 같은 프로그램에서 일을 하게 된다. 혜수에겐 그 부분도 중요했다. 감격에 차올라 얼굴까지 붉어졌던 혜수는 순간 잠시 멈칫했다. 그러곤 옆에 있는 지아의 옆구리를 팔꿈치로 찔렀다.

"저, 저기. 김 기자야."

"왜? 서 기자야."

"보통 기자를 추천하는 건 메인 피디 맞지? 나도 그랬고 너도 그랬잖아."

"그렇겠지. 그럼 이 피디님이 너 추천하신 건가? 헐. 그렇게 안목이 낮을 리가."

"으익!"

혜수는 지아의 농담에 그녀를 곱게 흘겨보곤 손바닥으로 제 얼굴을 감쌌다. 달아올라 뜨거워진 체온이 그대로 느껴졌다. 생각에서 그를 배제하자고 다짐해 놓고 결국 다시 가슴이 뛰고야 말았다. 그는 왜 자신을 추천한 걸까. 그날의 일도 기억하지 못할 만큼 제겐 무관심인 사람인데, 왜.

평일 9시 뉴스에 입성한다는 건 지아의 말처럼 기자로서는 최고의 행운이었다. 많은 기자들이 바라고 원하지만 아무에게나 주어지지 않는 자리였기에, 그만큼 부담과 책임감도 컸다. 그런 자리에 왜 자신을……

설레는 것과는 별개로 괜히 마음이 무거워져 혜수는 무리에서 빠져나왔다. 지아는 아직도 공고문을 보면서 다양한 표정을 짓고 있었다. 큰 한숨과 함께 로비를 가로지르던 혜수는 걸음을 멈추었다. 방금 막 엘리베이터에서 내린 강욱이 혜수 쪽을 향해 다가오고 있었다.

혜수는 표정 관리를 위해 재빨리 입술을 마찰시키곤 손바닥에 밴 땀을 바지에 닦았다. 후아, 하고 심호흡을 한 후 다가온 강욱에게 인사했다.

"공고문 봤나?"

그녀의 인사를 받는 둥 마는 둥, 강욱은 손에 들린 서류에 시선을 내린 채 물어 왔다. 혜수는 고개를 끄덕였다.

"네. 그런데 선배님."

"왜? 뭐 문제 있어?"

"아뇨. 그게 아니라, 선배님이 저를 추천하신 건가 해서요. 9시 뉴스요."

강욱은 고개를 들고 혜수를 응시했다. 손 국장의 제안에 응하겠다 생각했을 때 가장 먼저 혜수를 담당 기자로 추천하고자 했다. 강욱이 그녀의 멘토였을 때, 그녀는 일 처리를 곧잘 했고 상황을 보는 시각 역시 군더더기가 없거니와 무엇보다 부지런하다는 장점이 있었다.

하지만 강욱은 씨익 웃으며 전혀 다른 이유를 들었다.

"맞아. 내가 널 추천했어. 난 부리기 쉬운 사람과 일하는 게 편해. 넌 그런 점에서 합격이고."

"그러니까 그 말씀은…… 제가 일을 잘하거나 실력이 있어서가 아니고 그저 선배님이 부려 먹기 좋은 상대라서 그렇다는 건가요?"

"잘 이해했네. 그것 말고 다른 게 뭐가 있겠어? 이제 겨우 3년 차 기자 주제에 거창한 이유가 있었을 거라 생각해?"

"아뇨. 혹시나 해서 여쭤 본 거예요. 그럼, 저는 올라가 볼게요."

무슨 오기인지 혜수는 강욱에게서 먼저 등을 돌렸다. 뭘 기대하고 물어본 건 아니었지만 역시나 그의 대답은 화살 끝처럼 뾰족해서 금세 마음이 다치고 만다.

"서혜수."

의기소침한 얼굴이 된 채 엘리베이터를 향해 걷던 혜수는 강욱의 부름에 슬그머니 뒤를 돌아보았다.

"네."

"이따 2시에 3층 회의실로 와."

"네."

혜수의 대답이 떨어지자 강욱은 다시 걸음을 이었다. 혜수의 입가에서 탄식의 숨이 흘렀다.

"말도 어쩜 저렇게 멋대가리 없이 하는지. 대체 내가 뭐가 아쉬워서 저런 사람한테 꽂혀서 이렇게 마음고생인 거지? 예쁜 구석이라곤 하나도 없는데."

혜수는 멀어지는 강욱의 뒷모습에서 어렵사리 시선을 걷어 냈다.

9시 뉴스 입성 소식을 가장 먼저 전한 상대는 혈육 1호 아버지였다. 아버지로부터 귀가 따갑도록 축하한다는 말을 들은 혜수는 통화를 끝낸 후 기자 사무실로 들어섰다. 방금 도착한 우편물이 책상에 놓여 있는 것을 발견하곤 고개를 갸웃거렸다. 새하얀 봉투의 겉면은 금박으로 뒤덮인 양각의 꽃무늬로 수놓여 있었다.

"뭐지?"

혜수는 의아한 눈길로 봉투의 뒷면을 훑었다. 눈빛이 달라진 건 그때였다. 발신인 권도훈. 몇 년 전 학원에서 함께 공부했었던, 그러니까 혜수의 세 번째 짝사랑 상대였다. 혜수는 꺼림칙한 표정이 되어 봉투를 뜯었다. 한눈에 봐도 청첩장이 분명한 그것과 함께 작은 편지지가 딸려 나왔다.

『우리가 함께 공부했던 학원의 친구들로부터 네가 방송국 기자가 됐다는 얘길 전해 들었어. 뒤늦게나마 축하하고 네가 꿈을 이루어서 기뻐. 시간이 된다면 와서 축하해 주겠니? 네가 와 준다면 두 배로 기쁠 것 같아.』

"하!"

혜수의 손에 들려 있던 편지지가 미끄러져 내려갔다. 짜증이 머릿속을 달구었다. 도훈의 이 행동을 어떻게 이해해야 하는지 계산이 서지 않았다. 그사이에 만남이 있었던 것도 아니고 전화 연락이 닿았던 것도 아니었다. 그야말로 뜬금없는 이 우편물 때문에 혜수는 무너지듯 의자에 앉았다.

허세와 허풍이 가득했던 도훈의 성격상 분명히 장난 그 이상도 이하도 아닐 텐데, 당하는 혜수의 입장에선 아닌 밤중에 날벼락을 맞은 기분이었다. 청첩장과 편지지를 손에 쥐고 힘껏 구겨서 책상 아래 휴지통에 넣으려던 혜수는, 생각을 고쳐 그것을 다시 책상 위에 펴 두었다.

노려보듯 그것들을 쳐다보다가 길게 한숨을 퍼뜨렸다.

방송국의 지하 주차장에서 강욱의 차가 미끄러지듯 빠져나왔다. 30분 후 모 한정식 집에서 열릴 피디연합대회에 보도 2국 대표로 출석 도장을 찍고 와야 했다. 돌아와선 곧장 손 국장과 미팅이 잡혀 있고, 오후 2시엔 개편안에 따라 새로 꾸려진 9시 뉴스 스텝들과 회의가 있다.

바쁜 일상의 연속이었다. 늘 계절이 언제 지나갔는지도 모를 정도로 그의 주변을 흐르는 시간은 항상 빨랐다. 다행인지 불행인지 그의 뇌리도 자연스럽게 빨리 비워지고 또 채워지기를 반복했다.

습관처럼 오디오를 켰다. 익숙한 클래식이 흐르고 강욱의 귀는 긴장에서 풀려 갔다. 피아노 연주 부분에선 눈이 가늘어지기도 했다. 차가 붉은색의 신호등 앞에 멈춰 섰을 때에 클래식은 절정에 올라 있었다.

문득 고개 돌린 강욱의 시야로 인도에 즐비한 가게들이 들어왔다. 핸드폰 매장, 과일 가게, 보세 옷 가게 등을 쭉 훑어보던 그는 마지막으로 꽃 가게로 시선을 던졌다. 양동이에 가득 담긴 안개꽃에 눈을 두고 있는데 불현듯 섬광 같은 것이 머릿속을 스쳤다.

'비 오던 날이요. 선배님이 저 우산 씌워 주셨잖아요.'

혜수가 언급했던 '그날'이 떠오른 것이다. 비가 오던 출근길의 아침. 야근을 한 후 새벽에 방송국 앞 포장마차에서 해장국을 먹고 들어가려던 길이었다. 멀리서 본 혜수의 모습은 한심스럽기 그지없었다. 한쪽 팔에 안고 있는 꽃다발을 보호하기 위해 제 몸은 비를 맞든 말든 내버려 두는 꼴이라니.

얼른 다가가 우산을 그 녀석의 손에 쥐여 주었던 일이 선명하게 기억났다. 그 녀석의 품에 안겨 있던 안개꽃과 프리지아까지도. 강욱의 입가에 흐린 미소가 스쳤다. 그저 짧게 스쳐 지나갔던 일에 불과한데 그걸 기억하고 고맙다는 말까지 한 혜수가 흐뭇하게 느껴진 탓이었다.

"자식 참."

언제나 성실하고 예의 바른 후배들을 대하는 건 기쁜 일이다. 단 한 번도 표현하진 않았지만 혜수는 반듯하고 부지런한 후배여서 그가 신뢰하고 있었다. 엊그제 개편 기획안 정리를 혜수에게 몰래 부탁한 것도 그런 신뢰가 기저에 깔려 있었기에 가능했던 것이었다.

그 녀석은 그저 무뚝뚝하고 때론 재수 없기까지 한 선배로 그를 인식하고 있겠지만, 강욱은 달랐다. 그래서 9시 뉴스 담당 기자로 캐스팅할 수 있었다. 손 국장이 추천한 김지아 기자가 아니라. 신호가 바뀌자 강욱은 액셀을 밟았다. 그의 얼굴은 평상시처럼 무표정하고 건조한 그것으로 다시 돌아가 있었다.

오후 2시. 회의실에 들어선 혜수는 낯익은 얼굴들을 차례대로 쳐다보며 눈인사를 주고받았다. 정치 경제를 담당하는 기자 두 명은 7년 차 베테랑들이어서 괜히 주눅이 드는 듯했다. 카메라 담당 기사들이나 조연출은 평소에 친분이 두터운 사람들로, 혜수는 그들의 옆에 자리했다. 아직 강욱은 보이지 않았다. 넓은 회의실은 상대적으로 커 보여서 목소리가 울리는 듯했다.

그때 회의실의 앞문이 열렸고 강욱이 들어섰다. 사람들의 시선이 일제히 그를 향했고, 그 눈빛에는 얼마쯤 경외감이 서려 있었다. 그도 그럴 것이 젊은 피디가 9시 뉴스를 맡게 된 보도국 최초의 사건이기 때문에, 모두들 강욱의 능력을 인정하게 된 것이다. 그중 카메라 담당이 장난스럽게 축하의 말을 던졌다.

"축하드립니다, 이 피디님. 이야…… 갑자기 얼굴이 아주 달라 보이시는데요?"

강욱이 슬쩍 웃곤 테이블로 다가왔다. 혜수는 자신도 모르게 어깨에 긴장이 들어갔다는 것을 깨달으며 길게 숨을 내쉬었다.

"어떻게 달라 보이는데요?"

"아주 그냥 반짝반짝 빛이 난달까요? 아우 눈이 부셔서 원."

"맞아요. 이 피디님이 이렇게 잘생기셨었나? 오늘 보니 꽃미남과인 것 같기도 하고."

"에이. 우리 이 피디님 얼굴이야 방송국 안에서 소문날 정도로 미남인 건 맞잖아요."

한술 더 떠 기자나 조연출까지도 한마디씩 거든다. 강욱은 굳이 즐거운 기분을 숨기지 않은 채 슬쩍 곁눈질로 혜수를 살폈다. 그녀는 바짝 굳어 있었다.

"서혜수, 긴장 풀어."

강욱이 속삭이듯 말하자 움찔한 혜수의 시선이 절로 그를 향했다. 긴장하지 않았다는 것을 보여 주기 위해 일부러 어깨를 자연스럽게 풀었고 표정도 웃는 것에 가깝게 움직였다. 하지만 그러면 그럴수록 긴장감은 더욱 짙어져 갔다. 강욱이 하필 그녀의 옆자리에 앉았기 때문이다.

"자, 제 잘생긴 얼굴은 내일도 모레도 그대로일 테니까, 우선 제가 드렸던 기획안부터 보실까요?"

강욱이 잠시 소란에 휩싸였던 회의실 분위기를 정리하고 나섰다. 모두들 서류에 집중하기 시작했고 그건 혜수도 마찬가지였다. 하지만 눈 끝으로 보이는 강욱의 탄탄한 허벅지가 자꾸만 집중을 방해했다. 그가 조금씩 몸을 비틀 때마다 주변의 공기까지 달라지는 것 같았다. 이따금 내쉬는 숨소리마저 감미롭고 은은하게 들린다.

한 시간이 어떻게 지나갔는지도 모르게 회의가 끝이 났다. 혜수는 머리가 다 아플 지경이었다. 빨리 이 회의실로부터, 아니 이 강욱으로부터 떨어지고 싶었다. 조연출과 기자들이 하나둘씩 회의실을 나가기 시작하자, 혜수도 냉큼 일어나 서류를 챙겼다.

"서혜수, 넌 잠시 나 좀 봐."

하지만 덩달아 일어서서 서류를 챙기던 강욱이 느닷없이 그녀에게 한마디를 던졌다. 혜수는 얼떨떨한 표정으로 그를 쳐다봤다. 사람들이 모두 나가고 단둘뿐인 회의실은 아까보다 몇 곱절은 더 넓게 느껴졌다.

"무슨 일인데요, 선배님?"

혜수는 이 자리를 빨리 벗어나고 싶은 마음에 질문부터 던졌다. 그는 자신을 빤히 쳐다보고 있었다. 그 시선을 얼마쯤 혜수가 무안해하자 그가 입을 열었다.

"그날 말이야. 네가 말했던."

그날? 혜수의 눈동자가 부지런히 굴러갔다. 그 결과 강욱이 말하고 있는 '그날'이 비 오던 그날 아침을 의미한다는 것을 금세 알 수 있었다.

"네."

"기억이 났어. 너 꽃다발을 안고 있었지?"

내심 놀란 혜수는 반사적으로 고개를 끄덕였다. 강욱이 말을 이었다.

"딴 뜻이 있었던 건 아냐. 기자는 머리만큼 발로 뛰어다녀야 하는 직업이니까 첫째도 둘째도 몸 관리가 가장 중요해. 네가 맞은 비보단 특종 놓쳐서 흘리는 눈물이 더 많을 거다. 알았냐?"

조언인 듯 명령인 듯 단호하게 내뱉은 강욱이 혜수의 팔을 툭 치곤 회의실을 나갔다. 그의 손길이 닿은 부근의 언저리 어디쯤, 홧홧한 불길이 솟구치는 것 같았다. 그가 드디어 기억해 냈다는 사실보다 그의 손길이 닿은 팔이 더 크게 와 닿았다. 혜수는 팔을 슬슬 문지르며 회의실을 나갔다.

복도를 따라 걷는데 괜스레 걸음걸이가 꼬여 드는 것 같았다. 헤실헤실 넋이 빠진 사람처럼 웃음도 나고 얼굴에 홍조가 오르기도 했다. 요즘은 하루에도 몇 번씩 기분이 널을 뛴다. 적응 안 되게. 그렇게 몸을 비비적거리며 엘리베이터 앞에 도착한 혜수는 벨 소리가 들리자 핸드폰을 꺼냈다.

액정 위로 흐르는 '혈육 2호'. 즉 엄마였다. 혈육 1호인 아버지로부터 딸이 9시 뉴스에 합류했다는 소식을 전해 들은 것이리라. 엄마 성격에 몇 날 며칠 동안 호들갑을 떨고도 남을 일생일대의 사건이었다.

"응. 엄마."

— 혜수야. 엄마 지금 방송국 근처야. 신호등만 바뀌면 금세 도착하니까 빨리 앞에 나와 있어.

"응? 뭐라고? 엄마!"

혜수가 소리를 질렀지만 전화는 일방적으로 끊겨 버렸다. 대체 무슨 일이지? 엄마인 정순의 목소리는 고막을 강타할 정도로 매우 우렁찼고 다급해 보였다. 인상을 팍팍 구긴 혜수는 엘리베이터에 올라타고 1층 로비로 내려갔다.

정문을 나선 혜수는 내리쬐는 봄 햇빛을 손 가리개로 막은 후 도로 양쪽을 두리번거렸다. 잠시 후 소형차 한 대가 혜수 쪽으로 다가왔다. 차에는 '혜수 화원'이라고 적힌 큼지막한 선탠지가 붙어 있었다.

"엄마!"

혜수는 운전석에서 내린 정순에게 폴짝 뛰어갔다. 정순은 제 몸만 한 크기의 과일 바구니를 들고 있었다. 혜수가 다가가자 정순이 그것을 혜수의 손에 들려 주었다.

"응, 혜수야. 나와 있었네? 아이고, 힘들어."

"이게 다 뭐야, 엄마?"

"아버지한테 얘기 다 들었어. 너 9시 뉴스에 들어갔다며?"

정순은 어린 여학생처럼 폴짝폴짝 뛰며 박수를 쳤다. 혜수는 그런 엄마를 보며 아연한 표정을 지었다.

"그거랑 이거랑 무슨 상관인데?"

"엄마가 좀 전에 백화점에 가서 수입 과일 좀 샀어. 아기자기 하게 잘 넣어서 고급지게 포장을 한 거니까 그 9시 뉴스 피딘지 뭔지 하는 사람한테 갖다 줘. 주면서 아부도 좀 떨란 말이야. 잘 부탁한다구."

"뭐어? 지금 그게 말이 된다고 생각해, 엄만?"

"당연하지. 이 계집애야. 너 이제부터 탄탄대로일 거고 좀 있으면 승진도 턱턱 할 거고. 그러니까 지금부터 미리미리 판을 잘 깔아 놔야지. 얘는 사회생활 한다는 애가 어쩜 엄마보다 더 머리가 안 굴러가?"

"아부하기도 전에 뺨부터 맞겠네. 엄마, 그 사람은 이런 게 통하지 않아. 얼마나 반듯하고 공정한 사람인데?"

혜수는 강욱을 떠올리며 정색했다. 그를 두고 이런 불순한 대화를 나누고 있다는 사실부터가 불쾌했다. 아무리 상대가 혈육 2호라 해도 말이다. 혜수의 단호함에 정순이 난감해하며 머리를 긁적였다.

"그래? 차라리 돈을 준비할 걸 그랬나?"

"엄마. 사모님. 이건 내가 알아서 나눠 먹을 테니까 어서 돌아가기나 하셔요. 꽃 가겐 어떻게 하고 이러고 온 거야?"

"편의점 장씨 아줌마한테 30분만 부탁했지. 그럼 엄마 갈게. 그거 꼭 피디한테 줘야 돼! 알았지? 우리 딸, 파이팅."

정순은 요란스럽게 와서 요란스럽게 돌아갔다. 조그만 차는 위태롭게 흔들리며 도로에 들어섰다. 혜수는 한숨과 함께 과일 바구니를 내려다보았다.

"아부라니. 우리 선배님을 너무 모르시는 거지."

멀어지는 차의 꽁무니를 보며 중얼거린 혜수는 다시 기자 사무실로 돌아왔다. 과일 바구니를 바닥에 내려놓은 그녀의 시선이 문득 구겨진 흔적이 역력한 청첩장에 머물렀다. 턱을 괸 채로 뚫어지게 그것을 쳐다보다가 한참 만에 자리에서 일어났다.

똑똑똑.

혜수가 노크를 한 곳은 강욱의 방이었다. 손에는 정순이 준 과일 바구니가 들려 있었다. 안에서 들어오라는 기척이 들려왔고, 혜수는 머뭇거리다 조용히 문을 열고 들어갔다.

"선배님."

책상에 앉아 있던 그가 고개를 들었다. 혜수는 등골에 힘이 들어가는 것이 느껴졌지만 최대한 자연스럽게 행동하기로 했다.

"무슨 일이야?"

"저어. 이거 좀 드세요. 저 9시 뉴스에 입성했다고 저희 엄마가 직접 포장해서 가지고 오신 거예요. 선배님께 전해 드리래요. 물론, 이 안에 돈 봉투 같은 건 없어요. 순수한 고마움의 표시예요."

혜수는 멋쩍게 과일 바구니를 그의 책상에 올렸다. 강욱의 시선이 혜수에게서 과일 바구니로 옮겨 갔다. 혹시 그가 오해할까 뇌물 같은 거 아니라고 황급히 설명을 덧붙였지만 그 점이 오히려 역효과가 났는지 그의 눈빛이 사뭇 의심조로 변해 갔다.

"요즘은 돈 봉투가 아니라 상품권이라더라. 혹시 그런 게 있는 거냐?"

"아니에요. 저를 뭐로 보시고."

혜수가 손사래까지 치며 극구 부정하자 강욱은 의심을 거두었다. 하긴 이 녀석이 뇌물 수수 같은 걸 할 줄 알았다면 지금쯤 이 자리가 아니라 국장 방에 가 있을 것이다. 일개 피디에게 아부해 봤자 소용이 없다는 걸 잘 알 테니까. 그럼에도 불구하고 이 많고 많은 과일을 어떻게 처리해야 하나 고민하고 있는데, 그녀가 느닷없이 화제를 돌렸다.

"저, 선배님. 엊그제 제가 드렸던 말 기억하세요? 제가 기획안을 정리해 드렸고 그 보답으로 선배님께 한 가지 부탁을 하겠다고 했던 거요."

쭈뼛거리며 말하고 있는 혜수에게 강욱은 고개를 끄덕여 보였다.

"그건 기억나. 그래, 나한테 할 부탁이 드디어 생겼어?"

"네. 혹시 선배님 다음 주 일요일에 시간 되세요?"

"다음 주?"

강욱은 되묻곤 스탠드 달력을 슬쩍 보았다. 빽빽하게 짜인 일정 속에 다음 주 일요일은 유일하게 빈칸이다. 그는 시치미를 떼곤 턱을 추켜올렸다.

"시간, 장소, 이유를 정확하게 말해. 그래야 고려라도 해 볼 거 아냐."

"그날 오후 1시 강남 다이아몬드 웨딩홀에서 친구 결혼식이 있어요. 어, 그게 그러니까…… 남자인 친군데요. 5년 동안 한 번도 연락이 없다가 대뜸 청첩장을 보내왔지 뭐예요. 같은 학원에서 공부하다가 저는 학원을 옮기고 핸드폰 번호도 바뀌었고, 겸사겸사 노선이 달라져서 연락이 안 되던 친구가요. 분명히 저 놀리려고 그러는 거예요. 예전에 제가 걔를 약간 좋아했었거든요."

혜수는 '약간'에 강세를 주었다. 절대 유쾌하지 않은 과거를 주절주절 그의 앞에 늘어놓는 이유를 모르겠다. 굴욕감에 잠시 아랫입술을 깨물고 꾹 참았다. 그래야 권도훈 그 자식을 한 방 먹일 수가 있다. 창피함은 순간이고, 이 남자와 함께하는 시간은 길 것이다.

"그래서?"

"그래서 역으로 제가 그 친구를 놀리고 싶어졌어요. 선배님을 제 남자 친구라고 소개하면 그 친구 꽤 황당해할 거예요."

"흐음. 꼭 나여야만 해?"

"솔직히 남자 친구로 소개하고 싶은 사람이 이 방송국에서 선배님 말고 누가 있을까요. 능력 있으시죠, 잘생기셨죠, 그 친구가 단박에 나가떨어질 만한 조건을 갖추고 계세요, 선배님은."

강욱은 눈 끝을 비스듬히 끌어 올리며 그녀를 보았다. 그러니까 이 녀석은 지금 유치한 복수극의 시나리오를 짜고 있고 자신을 그 무대에 올리겠다는 말인 거다. 상대가 다른 사람이었다면 가차 없이 잘랐을 테지만, 저 강아지 같은 눈을 하고 쳐다보는 녀석의 간절함이 당돌하면서도 귀여웠다. 이 녀석이 예전에도 이렇게 들이대는 성격이었나. 강욱은 실소를 흘렸다.

"네가 날 그렇게 보고 있었을 줄이야. 내가 그 정도였냐?"

"하실 거예요, 말 거예요. 얼른 대답해 주세요. 불가능하시다면 전 얼른 다음 계획을 짜야 해요."

"복수극 따위 벌일 생각 하지 말고 일이나 열심히 하라고 말하고 싶었는데, 네 칭찬은 무척 혹하네. 좋아, 하지. 네 남자 친구 노릇."

혜수는 강욱의 결정에 내심 놀랐다. 그가 이처럼 단박에 승낙을 할 줄 몰랐던 것이다. 이강욱은 결코 쉬운 남자가 아니었고, 따라서 적어도 다섯 번은 매달려야 할 거라고 각오하고 있었으니 말이다. 이 남자, 혹시 쉬운 남자였나?

쉽든 어렵든, 한 가지는 쟁취했다. 그와 함께할 수 있는 일상의 시간을 갖게 되었다는 것. 그저 짧은 찰나에 지나지 않을지라도 그런 기회가 오고야 말았다는 것. 역시 이 세상에 노력하는 자를 이길 수 있는 건 아무것도 없다.

❈

올해 초 시무식 이후 처음 입어 본 정장은 어지간히도 어색했다. 다크 그레이의 정장에 와인색 체크무늬 타이를 매면서 강욱은 내내 한숨을 푹푹 내쉬었다. 아무래도 판단 착오였던 듯했다. 귀엽게 들이대는 녀석의 표정에 넘어가 이런 얼토당토아니한 일에 합류하게 되다니.

막장 복수극이야 그렇다 쳐도 이 무슨 우스꽝스러운 모습인지.

"하아…… 골치야."

강욱은 혀를 차며 타이를 마저 맸다. 셔츠 소매 끝을 정리하고 있는데 협탁 위에 둔 핸드폰이 울렸다. 대충 스윽 훑던 강욱은 다시 액정에 시선을 모았다.

「선배님! 준비하고 계세요? 12시 40분까지 웨딩홀에 도착하셔야 해요. 제가 먼저 가서 기다리고 있을게요. 다시 한 번! 고맙습니다! 선배님 최고!」

이 녀석이 이제 눈에 뵈는 게 없어졌는지 간드러지는 메시지까지 보내고 있었다. 위계질서가 심각하게 무너지고 있는 순간이었지만, 자신의 선택이었고 결정이었기에 속으로 삭일 수밖에 없었다. 핸드폰과 가방을 챙긴 후 방을 나선 그는 주방으로 가서 커피를 내렸다.

아직 시간적으로 여유가 있었고 혜수의 조바심에 같이 휘말리고 싶지도 않았다. 커피 잔을 들고 거실로 나오는데 주머니에 넣어 둔 핸드폰이 울렸다. 이번엔 동생 민욱이다.

— 형?

민욱의 음성이 다짜고짜 들려왔다. 건축사로 현재 작업 때문에 제주도에 출장 가 있는 녀석의 목소리는 무척 다급하게 들렸다.

"그래. 제주도에서 열심히 일해야 할 녀석이 웬 전화야?"

— 혹시 아버지한테서 연락 온 거 있어?

"아니. 왜."

아버지라는 단어에 강욱의 표정이 흐려졌다. 늘 가슴 한구석에 아픔으로 남아 있는 분이라, 입에 올리기만 해도 통증이 번지는 듯했다.

— 아버지한테 한번 가 봐. 지금 병원에 계신대. 나도 방금 통화하다가 알게 됐는데 응급실로 가셨던 모양이야. 집 근처 조성병원 알지? 거기야.

"……어디가 아프시기에."

— 모르겠어. 내가 바빠서 우선 전화를 끊었거든. 근데 다시 전화를 걸어도 받지 않으셔. 바쁘지 않으면 형이 좀 가 보겠어?

"그래, 알았다. 넌 걱정하지 말고 일해. 출장 간 놈이 개인적인 일로 전화기 붙잡고 있는 거 아니야."

민욱은 알았다며 전화를 끊었고 강욱은 그때부터 머릿속이 복잡해졌다. 다른 생각이 끼어들 틈이 나지 않았다. 그저 빨리 아버지에게 가야 한다는 생각만이 오롯이 들어찼다. 그래서 오피스텔을 나서고 지하 주차장으로 내려가는 엘리베이터에 오르면서, 강욱은 혜수와의 약속을 지킬 수 없을 거라는 생각을 하게 되었다.

차에 올라 시동을 켠 후 핸드폰을 꺼냈다. 혜수의 번호를 누르는 손길이 사뭇 느렸다.

— 선배님?

반가움이 잔뜩 묻은 목소리가 빨리도 건너왔다. 강욱은 대뜸 미안해졌다.

"서혜수."

— 네, 선배님. 오고 계세요?

"오늘 약속 못 지킬 것 같다. 개인적으로 급한 일이 좀 생겼어."

— 아…… 그래요? 뭐…… 어쩔 수 없죠.

"대신 다음에 네가 하는 부탁 꼭 들어줄게. 괜찮지?"

— 그럼요. 괜찮고말고요. 그럼 볼일 보세요, 선배님. 저 신경 쓰지 마시구요.

"알았다. 내일 보자."

통화는 마무리되었지만 지나치게 가라앉은 그녀의 목소리가 신경 쓰였다. 차를 출발시키면서도 어두웠던 혜수의 음성이 귓전에 들러붙어 있었다.

한 시간 남짓, 차를 빨리 몰아 도착한 곳은 민욱이 알려 준 조성병원이었다. 아버지 석우는 이 근처에 홀로 살고 계시며, 강욱과 민욱은 직장 때문에 각각 서울과 광주에서 지내고 있었다. 그동안 강욱은 몇 차례 서울에 올라와 함께 지내자고 권유했지만, 어머니의 추억이 묻어 있는 그 집을 고집하셨다.

그래서 이런 일이 생길 때마다 강욱의 불안함은 커지곤 했다. 물론 석우는 늘 밝지만 말이다.

"아버지."

석우를 찾은 곳은 응급실의 구석진 침대였다. 석우는 누워 있는 게 아니라 걸터앉아 있었다. 돌아보는 석우의 표정은 무척 다행스럽게도 멀쩡해 보였다. 강욱이 다가가자 석우가 놀란 눈으로 일어섰다. 집 근처 중소기업체에서 경비 일을 맡고 있는 석우는 경비복 차림이었다. 일요일인 오늘, 특근을 위해 출근을 하신 것이다.

"으잉? 네가 여길 어쩐 일이냐."

"어디가 아프신 거예요. 왜 저한테 먼저 전화하지 않으시고 혼자 이리로 오셨어요?"

"에이. 별거 아냐. 여기…… 이거 때문에. 아침에 출근해서 정씨랑 같이 짐을 드는데 이게 삐끗했어. 좀 저려서 약이라도 발라볼까 하고 왔던 거야. 그나저나 네가 여긴 어쩐 일이냐니까. 일요일도 없이 바쁘게 사는 놈이? 민욱이 그 자식이 너한테 전화한 거지? 하여간 별일 아내도 이 자식들은 호들갑을 떨어요, 아주."

강욱은 석우가 내미는 왼손의 검지를 물끄러미 내려다보았다. 그 손가락은 반만 남아 있었다. 오래전 석우가 소방관으로 일하던 시절, 화재를 진압하다가 다쳐 절단을 했기 때문이다. 그 후 석우는 소방관을 그만둘 수밖에 없었고 날씨가 안 좋거나 무리한 일을 할 때마다 통증을 느끼곤 했다.

석우가 씨익 웃으며 말을 이었다.

"그래도 나 때문에 너 오늘 콧바람 좀 쐬었겠네? 만날 그렇게 바빠서 어떻게 살아. 하물며 오선지 위 콩나물 대가리도 오르락내리락하는데 사람 사는 게 그렇게 단조로워서야 쓰냐?"

"그래도 아버지한테 올 시간은 있으니까 다음부턴 전화를 하세요. 그게 싫으시다면 서울로 올라오시든지. 아버지한테 협박하는 거니까 새겨들으세요."

"자식이. 아들 주제에 아비한테 협박은."

석우와 가볍게 실랑이를 벌이고 있는 틈에 간호사가 다가왔다. 강욱을 향해 '보호자께서 오셨네요.'라며 환하게 웃는다. 이 병원을 가끔 찾는 석우 덕분에 안면이 있던 간호사라 강욱은 '네.' 하고 웃으며 대답했다.

보호자. 그가 어렸을 때는 아버지가 보호자였지만, 이젠 그가 아버지의 보호자가 되었다. 그렇게 태산처럼 크고 든든했던 아버지의 등과 어깨는 세월이 다하여 늙고 쪼그라들었다. 강욱은 석우의 어깨를 부드럽게 쓸어 주었다.

"가세요, 아버지. 제가 모셔다드릴게요. 회사 말고 집으로 가셔서 오늘은 푹 쉬세요."

"엎어지면 코 닿을 데에 있는데 바래다주긴 뭘 바래다줘? 그리고 난 회사로 가 봐야 해. 정 씨 혼자서 바둥거리고 있을 거야. 혼자 집에 있어 봐야 낮잠밖에 더 자겠어? 그럼 밤에 잠이 안 와서 안 돼. 낮에 잠시라도 몸을 놀려야 밤에 아무 생각 없이 퍼질러 잘 수가 있지."

강욱은 주름살이 낀 얼굴로 환하게 웃는 아버지를 빤히 쳐다봤다. 그러다 아픈 가슴을 들킬세라 고개를 외로 틀었다. 창문 밖으로 만개한 목련나무가 보였다. 봄바람은 저토록 따뜻한데, 아버지의 하루는 오늘도 고달프게만 느껴졌다.

두 팔이 아래로 축 늘어졌다. 혜수는 웨딩홀 건물 앞 인도에 멍하니 서 있었다. 아직 결혼식이 시작되려면 멀었지만 행여 강욱이 일찍 올까 아침부터 서둘렀었다. 그가 일찍 와 준다면 함께할 수 있는 시간이 그만큼 늘어나니까.

하지만 좀 전에 있었던 그와의 통화 때문에 아침나절 들떴던 기분이 순식간에 식어 버렸다. 도훈의 결혼식 때문이 아니라 순전히 그에게 예쁘게 보이기 위해 입은 아이보리 색깔의 원피스마저 거추장스럽게 여겨질 정도였다.

집으로 돌아가야겠다고 생각한 혜수는 한숨과 함께 발길을 돌렸다. 그때 뒤에서 카랑카랑한 목소리가 그녀를 불렀다.

"어머. 너 혜수 아니니?"

돌아보니 도훈과 함께 학원을 다닐 때 늘 붙어 다녔던 두 명의 친구가 반가운 얼굴을 하며 다가오고 있었다. 두 명 모두 여자였으며 도훈과 함께 공무원 준비반이었다. 혜수 역시 오랜만에 만난 친구들을 향해 환하게 미소 지었다.

"어? 너희들……."

"진짜 반갑다, 얘. 도훈이가 오늘 너 올지도 모른다고 얘긴 하던데 그게 사실이었을 줄이야. 그동안 왜 연락 한 번 없었어?"

"공부하느라 바빴어. 너희들도 알겠지만."

"아무리 그래도 그렇지. 우리 함께 학원 다닐 땐 단짝들처럼 붙어 다녔잖아. 아직도 우린 모임 만들어서 정기적으로 만나는데 앞으론 너도 모임에 나와. 응?"

친구의 과도한 친밀감에 혜수는 살짝 난감해졌다. 이 친구들과 붙어 다닌 건 전적으로 도훈 때문이었고, 도훈과 그렇게 결말이 난 후부터는 서먹해진 사이였다. 혜수는 뭐라 변명을 해야 할지 생각 끝에 입을 열었다.

"난 너희처럼 공무원 반도 아니었는데 뭐. 그리고 내 직업이 직업이다 보니 생활이 규칙적이지 않고 변수가 많아. 그래서 다른 모임에도 나가지 못하는 경우가 부지기수야. 약속을 해도 지키지 못하는 날이 더 많을걸."

"그래 뭐, 어쩔 수 없지. 그래도 방송국 기자를 지인으로 두고 있어서 뭔가 으쓱하긴 해. 어서 들어가자. 조금 이르지만 지금 들어가면 도훈일 볼 수 있을 거야. 신부 얼굴도 구경해야지?"

집으로 돌아가려던 발길이 친구들 때문에 방향이 바뀌어 버렸다. 혜수는 어어어, 하는 사이에 이미 결혼식장 건물 안으로 들어서고 있었다.

결혼식 시간이 아직 임박하지 않은 관계로 한산한 로비에 서서 혜수는 무척 어색해했다. 함께 들어온 두 명의 친구는 같이 붙어 다니며 이것저것 구경하기에 바빴지만 혜수는 그럴 생각조차 들지 않았다. 다만 이렇게까지 된 마당에 도훈에게 그럴싸한 인사말이라도 남기자고 결심하고 있을 뿐이었다.

그렇게 시간이 흘러 결혼식이 시작되려 할 즈음이었다. 주례 담당이 늦게 도착하는 바람에 20여 분이 지연되어 하객들의 얼굴에는 불만이 조금씩 차올라 있었다. 혜수는 묵묵히 그 시간들을 기다렸고, 마침내 '신랑분은 입장 준비 해 주시기 바랍니다.' 라는 사회자의 멘트가 바깥으로 흘러나왔다.

혜수는 하객석에 앉지 않고 일부러 출입문 옆에 섰다. 도훈이 입장할 때 눈을 맞추며 가운뎃손가락을 올려 보일 생각이었다. 그러곤 폼 나게 돌아서면서 오늘 하루를 잊을 것이다. 계획을 세우고 나니 홀가분해지는 것 같았다.

"왔구나, 너?"

하지만 곧 그녀의 어깨를 두드리는 것과 동시에 들려온 도훈의 음성에 홀가분했던 기분이 묵직하게 어그러지는 것을 느꼈다. 혜수는 도훈을 향해 돌아섰다. 약간의 메이크업을 한 얼굴은 예전의 모습과는 판이하게 다른 여유가 느껴졌고, 먼저 손을 내미는 태도에선 당당함마저 보였다. 혜수는 침착함을 잃지 않고 고개를 끄덕였다.

"응. 왔어. 네가 청첩장 보냈잖아. 결혼 축하해."

"솔직히 네가 정말로 올 줄은 몰랐는데. 되게 신기하네."

"그러게. 나도 올 생각은 아니었는데 그래도 한때 친구였으니까 축하 정돈 해 줘야겠다 싶었어."

"쿨하네. 아니면…… 아직도 나한테 미련이라도?"

도훈이 킥킥거렸다. 분명 농담이라는 것을 알았지만 저 태도와 능글맞은 표정은 혜수의 심기를 건드리기에 충분했다. 대체 이 자식의 어디에 반해서 들이댔던 걸까. 멍청하게.

"그럴 리가. 너 비교적 이른 나이에 결혼하는 건데 철들게 하려면 네 와이프가 고생 좀 하겠다. 5년이나 지났는데 넌 변한 게 하나도 없니?"

"그거야 내가 알아서 할 일이고. 그런데 너 애인은 아직 없어? 우리 나이에 옆구리 텅 비어 있으면 그것만큼 초라해 보이는 게 없는데. 어떻게 내가 한 명 소개시켜 줘?"

눈을 반짝이며 싱긋 웃는 도훈의 정강이를 걷어차고 싶었다. 한편으론 이 자리에서 이 시간에, 이 자식과 마주 서서 뭘 하고 있는 건가, 자책이 들기도 했다. 역시 오지 말았어야 했다. 강욱이 말한 대로 막장 복수극 따위 생각하지 말고 일이나 열심히 해야 했다. 제 발등을 제가 찍은 격이 되었기에, 혜수의 기분은 참담하기 이를 데 없었다.

"내가 늦었지?"

하지만 느닷없이 옆으로 다가온 음성과, 도훈이 보란 듯 자신의 어깨를 가만히 끌어안는 든든한 팔과, 틀어 버린 시선에 닿은 남자의 미소를 보았을 때, 혜수의 가슴이 요동쳤다. 언제 왔는지, 강욱이 사랑스러운 남자 친구의 미소를 하고 그녀를 보고 있었다.

3

바라는 대로 이루어질 때면 혜수는 늘 불안해했다. 대입 수능에 합격했을 때 그랬고, 단박에 기자 시험에 합격했을 때에도 그랬다. 어렸을 때 꽤 부유층이었던 그녀의 집이 아버지의 사업 실패로 다른 사람의 손에 넘어갔을 때부터, 혜수는 '호사다마' 라는 걸 늘 머리 한편에 두고 살아왔다.

하지만 오늘만큼은 예외로 치고 싶었다. 그가 왔고 남자 친구 역할을 훌륭히 수행하여 도훈이 자식에게 엿을 먹였고, 그리고 지금 이 날씨 좋은 봄날에 마주 보고 서 있다. 게다가 정장을 갖추어 입은 그는 눈이 호강할 정도로 매력적이었다.

"왜 그렇게 뚫어지게 봐?"

결혼식이 끝나고 밖으로 나온 후부터 혜수의 시선은 줄곧 강욱에게 박혀 있었다. 강욱은 흘깃흘깃 저를 훔쳐보기도 하고, 아예

대놓고 쳐다보기도 하는 녀석 때문에 걸음을 멈추어야 했다. 혜수가 민망한 듯 웃었다.

"못 오신다고 해 놓고선 오셨으니 얼떨떨해서요. 게다가 저 선배님 정장 입은 거 처음 보는 거라서 되게 신기하기도 하고 그래요."

"네가 그런 원피스 입은 걸 처음 보는 난 어떻겠냐?"

강욱은 눈꼴사납다는 듯 인상을 찡그렸다. 하지만 인상을 쓴 척했을 뿐 사실은 녀석의 화사함이 보기 좋았다. 늘 한 갈래로 묶었던 머리를 어깨 아래로 풀었고 옅은 화장이 생기 있는 얼굴을 만들어 주었으며, 머리칼을 귀 뒤로 넘기는 손길 또한 수줍어 보인다. 무엇보다 원피스 아래로 드러난 뽀얀 다리에 잠시 시선이 어지러웠다.

강욱은 대뜸 고개를 외로 틀며 헛기침을 내뱉었다. 짐짓 모른 척 다시 그녀를 마주 보며 바지 주머니에 손을 찔러 넣었다.

"어떻게 그렇게 타이밍을 딱 맞췄나 싶지? 어떻게 그런 멋진 멘트로 막장 복수극을 시원하게 마무리 지었나 싶지?"

호기롭게 묻는 강욱을 보면서 혜수는 도훈의 일그러지던 얼굴을 상기했다. 남자 친구와 같이 왔다는 말과 함께 강욱을 소개했을 때 도훈은 적잖이 당황했다. 먼저 손을 내민 강욱과 마지못해 악수하던 도훈의 그 구겨진 낯빛이 아직도 생생했다. 그 생각에 혜수는 잠시 킥킥거리다가 강욱을 다시 마주했다.

"치이. 또 그러신다. 제가 고마워하는 거 아시면서."

"고마우면 점심이나 사. 너도 아직 못 먹었을 거 아냐."

"네. 그럼 제가 살게요."

혜수가 말하자, 강욱이 다시 입을 열었다.

"아니다. 내가 산다. 후배한테 얻어먹는 밥이 세상에서 가장 불편한 거라더라. 가자."

강욱은 혜수를 지나쳐 앞장섰다. 쪼르르 그녀가 다가오는 소리가 들리더니 그의 옆자리가 채워졌다. 강욱은 흘깃 혜수를 내려다보았다. 그의 옆, 빈 공간에 누군가가 서 있는 게 어색하게 느껴졌다. 불편한 건지 생소한 건지, 정의 내릴 수 없는 그 기묘한 느낌은 주차장에 들어서자마자 이내 흐려졌다.

강욱과의 사이에 국수 그릇이 놓였다. 부추와 채 썬 당근, 그리고 부순 김이 고명의 전부인 잔치국수였지만 오늘만큼은 비싼 스테이크 못지않은 값어치를 하리라. 혜수가 입이 귀에 걸린 채 젓가락을 집어 들려는데 강욱이 한마디 던졌다.

"비싼 거 사 준 댔더니 네 그릇이 겨우 이거밖에 안 돼? 이런 기회 흔치 않아. 지금이라도 번복한다면 들어줄게."

"전 국수 좋아해요. 이거면 돼요. 더구나 여긴 가격도 싼 데라 가성비 최고일 거예요. 배는 금세 꺼지겠지만."

"배가 금세 꺼지는 음식이 가성비가 최고냐? 사회부 기자라는 놈이 기본 개념이 장착되어 있질 않네."

"전 사회부지 경제부가 아니니까요."

멋쩍어하면서도 국수 한 젓가락을 날름 삼키는 혜수를 보며 강욱이 실소했다. 고개를 저으며 저도 젓가락을 집어 들었다.

"정장과 원피스에 국수라…… 최악은 아니군."

중얼거리며 훅훅 말아 먹는데 혜수의 조심스러운 어투가 건너왔다.

"저어 선배님, 저 궁금한 게 하나 있는데요."

"뭔데."

"물어보면 대답해 주실 수 있어요?"

"질문의 종류를 봐서."

"아침마다 클래식을 듣는 이유가 뭐예요?"

국수를 씹던 입술이 돌연 굳어졌다. 고개를 드니 혜수가 눈을 빛내고 있었다. 이 녀석이 그걸 알고 있었던 건가. 갑자기 혜수 앞에서 벌거벗은 기분이 되어 썩 유쾌하지만은 않았다. 혜수는 선의로 한 질문이겠지만 그 자신에겐 아픈 과거를 들추는 일이라 내키지 않았다.

오랜 사랑의 상처를 잊어 가고 있노라고, 그걸 스스로에게 증명해 보이는 작업이라고, 누구에게도 말한 적 없고 앞으로도 그럴 생각이었다.

"가성비 최고인 국수나 먹지? 선배의 취향에 대해 후배가 왜 질문을 하는데?"

"아, 클래식이 취향이셨구나. 저도 아는 거 있어요. 베토벤의 운명이랑 합창, 그리고 쇼팽의 야상곡, 녹턴! 제 지식 어때요?"

"그건 가장 기본이고 모두가 다 아는 게 아닐까 싶다."

"그거 모르는 사람들도 많을 텐데. ……으읍!"

입술을 삐죽이며 대꾸하던 혜수는 갑작스레 표정을 굳혔다. 돌연 팔을 뻗어 온 강욱이 혜수의 입술을 티슈로 닦아 냈기 때문이다.

"말이 많으니 입술에 뭐가 잔뜩 묻잖아. 식사 시간만큼은 식사에 열중하도록 해. 상대의 식욕도 좀 배려해 주고. 내가 네 입가에 묻은 걸 보면서 국수가 넘어가겠어?"

"아⋯⋯."

티슈는 금세 떨어져 나갔지만, 얇은 티슈 너머로 느껴졌던 그의 감촉은 선명하게 남았다. 혜수는 아무렇지도 않은 척 고개를 끄덕이며 젓가락을 움직였다. 입술 언저리가 불에 덴 것 같다. 그때부터 국수를 다 먹을 때까지, 혜수는 한마디도 할 수 없었다.

며칠 사이에 기온이 쑥 올라갔다. 한낮의 열기는 봄이라는 말이 무색할 정도로 뜨거웠다. 강욱은 느낄 새도 없이 지나가고 있는 봄 날씨를 창문을 통해 보다가 다시 고개를 돌렸다. 옆에 앉은 편집 감독과 함께 밤을 새우고 맞이한 이른 아침. 온몸이 뻐근했다.

개편되고 강욱이 투입된 9시 뉴스는 일주일째 시청률이 상승 중이었다. 섹션의 순서를 옮기고 인터뷰 상대를 직접 스튜디오로 초청하여 대담 형태로 정보를 전달하는 강욱의 새로운 기획안이 빛을 발한 셈이다. 손 국장은 연신 웃었고 이대로 여름만 지나가 안착이 되면 9시 뉴스 팀 전체에 포상 휴가를 쏜다는 엄청난 공언도 했다.

그러면 그럴수록 9시 뉴스 담당 기자들이나 스텝만 죽어 나갔다. 아무래도 좀 더 양질의 뉴스를 보도해 시청률을 견인하겠다는 각오들이 섰던 탓이리라. 강욱은 꾸벅꾸벅 졸고 있는 편집 감독을 쳐다봤다. 오늘 밤 보도에 나갈 자료는 아직 70프로밖에 편집이 안 됐지만 이쯤에서 휴식을 취하게 해야 할 것 같았다.

"최 감독. 좀 쉬어. 응?"

강욱이 편집 감독의 어깨를 툭툭 두드리자 아래로 한없이 숙여지고 있던 머리가 홱 들렸다.

"아, 예. 감독님. 으으으. 저도 이제 나이가 있는지 밤을 새우고 나면 몸이 예전 같지 않네요. 감독님은 괜찮으세요?"

"난 아직은 견딜 만해. 편집 완성본은 내가 재검토할 테니까 들어가서 쉬어. 아니면 퇴근하고 오후에 오든지."

"지금 퇴근하면 저 오늘 결근할지도 몰라요. 그냥 아무 데나 가서 퍼질러 자고 좀 있다 일어나는 편이 나아요. 근데 이 감독님은 저보다 1살 많으시면서 어쩜 지치질 않으세요? 이러니 만날 국장님한테 저만 혼나잖아요. 방송하는 놈이 몸 관리도 못 한다고."

"그러는 국장님이나 관리 좀 하시라고 해. 소주 한 잔만 입에 들어가도 쓰러지는 양반이잖아."

"하긴. 그래요."

편집 감독이 킥킥거리며 의자에서 몸을 일으켰다. 기지개를 쭉 켜는데 뼈 부딪치는 소리가 우드득 들려왔다. 1평 남짓한 편집실에서 혼자가 된 강욱은 편집 감독이 완성해 놓은 편집본을 재생시키면서 따가운 눈을 끔뻑거렸다.

"내 이럴 줄 알았지."

잠시 후 손 국장이 문을 열고 들어왔다. 그의 손에는 세 종류의 신문과 커피가 들려 있었다. 손 국장은 그것들을 몽땅 강욱의 품에 안겼다.

"남들은 출근하는데 너는 눈 시뻘게 가지고 꾸벅꾸벅 졸기나 하고. 아 그러게 시간 배분을 좀 잘해서 몸에 무리 안 가게 작업하라니까 왜 말을 안 들어?"

"오전에 스텝 회의부터 시작하여 기자 회의까지 릴레이 회의에, 오후엔 부조정실 점검 작업부터 스튜디오 점검에 편집본 점검까지. 하루가 48시간이어도 모자란 저한테, 지금 시간 배분을 잘하라고 말씀하신 겁니까?"

강욱이 화면으로부터 눈을 떼지 않고 커피를 홀짝거리며 말하자, 손 국장이 멋쩍어했다.

"커피, 그거 비싼 거야. 난 커피라곤 자판기 것만 마시는데 특별히 네 생각해서 비싼 데서 사 온 거라고. 뭐 더 필요한 거 없냐?"

"고작 커피 한 잔 가지고 생색내시긴. 우리 기자들하고 편집 애들한테 한 잔씩 다 쏘시면 모를까."

"아, 자식이. 되게 까칠하네. 알았어. 다 돌리면 될 거 아냐. 참, 그건 그렇고 다음 주 토요일에 1박 2일로 보도국 야유회가 있어. 들로 산으로 꽃구경이나 가자. 애들한테 전해."

'이 시국에 야유회가 다 뭡니까.' 라고 소리치려는데 손 국장이 마침 피신한 후였다. 강욱은 옅은 한숨을 흘리곤 고개를 절레절레 저었다.

완성된 편집본을 대충 검토한 후 일어서려던 그는, 손 국장이 가져왔던 신문으로 시선을 돌렸다. 의자에 몸을 깊숙이 묻히곤 그중 하나를 빼내어 들추어 보았다. 정치면과 사회면을 지나 문화면 페이지에 멈추자, 그의 눈빛이 한없이 가라앉았다.

세계적인 피아니스트 정은성 3년 만의 귀국, 오는 20일에 서울 시향과 협연으로 클래식 공연.

하단의 기사와 함께 은성의 사진이 실려 있었다. 기사의 자세한 내용은 이러했다. 정은성은 이틀 전 새벽에 영국에서 돌아왔으며 20일에 공연을 앞두고 있고, 고려건설 장남과 약혼식을 앞두고 있다.

사진 속 그녀는 예전보다 살이 빠진 모습이었다. 기자를 향해 환하게 짓는 웃음 또한 예전보다 더 짙다. 강욱은 쓰게 웃고 신문을 접었다. 잊어 가고 있는 중이라 생각했는데, 3년 만에 본 은성의 사진에도 가슴이 더는 반응하지 않았다.

"다 잊은 건가."

조금은 허탈한 듯 내뱉은 그는 천천히 자리에서 일어나 편집실을 나갔다. 복도를 걷고 계단을 내려가 비상구를 통해 야외 공원으로 나갔다. 가끔 머리를 식힐 때 그가 찾곤 하는 장소였다. 새벽이 물러나고 어느새 환하게 아침이 온 바깥세상을 피곤한 눈으로 훑었다. 무척 자연스럽게도, 은성과 함께했던 세월이 떠올랐다.

대학 시절부터 함께였던 그녀의 집안은 어마어마했다. 아버지는 장관이었고 어머니는 강남의 고급 갤러리 대표였다. 형제들은 모두 일류대의 법대와 의대를 나와 판사와 의사의 길을 준비하고 있었고, 은성은 어머니의 제안대로 음대에 들어가 본격적으로 피아니스트의 꿈을 키웠다.

그런 집안의 영애답지 않은 소탈함과 털털함에 끌려 그녀와 연애라는 것을 했고, 그 과정은 예상했듯 순탄치 않았다. 그녀의 부모님의 반대에 부딪혀 이리저리 흔들리고 표류하는 고통스러운 연애였다. 몇 번이나 이별하고 재회하고를 반복하면서 강욱도 차츰 지쳐 갔다.

언젠가 은성의 아버지가 강욱의 아버지를 찾아가 분노한 적도 있었다. 그러다 석우의 잘려 나간 검지를 발견한 은성의 아버지는 그길로 더욱 길길이 날뛰었다. 석우를 일컬어 '손가락 병신 같은 아버지'라고 한 은성의 부친은, 지금도 강욱에겐 아픈 기억으로 남아 있는 일이었다.

그 일은 은성과 이별을 하는 데에 큰 용기를 주었다. 다시는 만나지 말자, 라는 말로 뼈아프게 그녀를 떼어 냈으며 그녀는 곧 영국으로 떠났다. 어쩌면 헤어질 당시 사랑이라는 감정이 모두 식어 버린 건지도 모른다. 그땐 이미 사랑이 아니라, 단순한 습관이었는지도 모른다.

이제 그녀에게 어울리는 남자를 찾아 약혼을 한다고 하니 마음으로 축하해야 할밖에. 아니면 혜수처럼 가짜 애인을 만들어 결혼식에 가기라도 해야 하나. 강욱은 씁쓸하게 자조했다. 그녀가 이십 대를 몽땅 함께했던 존재라는 것도, 그런 존재가 세월과 함께 어쩔 수 없이 잊힌다는 것도, 모두 씁쓸하다.

— Rrrrr.

그다지 유쾌하지만은 않은 추억 속을 헤매는 동안 점퍼 주머니의 핸드폰이 울렸다. 발신자 표시 제한. 강욱의 눈썹이 의구심으로 꿈틀거렸다. 아는 번호가 아니면 받지 않는 그였지만, 자신도 모르게 이끌리듯 받은 건 말 그대로 충동이었다.

"네. 이강욱입니다."

— …….

"말씀하세요. 이강욱입니다."

핸드폰 너머에선 오랫동안 침묵만 흐르고 있었다. 하는 수 없이 전화를 끊으려던 강욱의 귓가로 기다란 한숨이 전해졌다. 관자놀이가 따끔거렸다. 귀에 익은 숨소리. 가늘고 허스키한 데다 숨을 내쉰 후 마지막엔 입술을 다무는 것 같은 끊김까지. 전부 다 그녀를 닮아 있었다. 강욱은 턱을 굳히고 그대로 전화를 끊어 버렸다.

발치로 한숨을 흘려보낸다. 오래전에 심장에 꽂혔던 비수가 다시 통증을 호소해 왔다. 무뎠다고 생각했는데 더 아플 공간이 남아 있었나 보다. 그녀를 사랑해서 행복했던 기억보다, 그녀에게서 상처받은 기억이 더 큰 걸 보니 아직 어른이 되지 못했나 보다.

똑똑똑.

상념을 뒤흔들 듯 복도 쪽 창문에서 노크 소리가 들려왔다. 정신을 챙기고 돌아보니 혜수가 환한 얼굴을 하고 두 팔을 열심히 흔들고 있었다. 외국인 노동자에 대한 취재 때문에 며칠 동안 지방에 내려갔던 녀석이 돌아왔나 보다. 강욱은 짐짓 표정을 고친 후 복도로 들어갔다.

"선배님!"

사흘 만에 방송국으로 돌아와서 가장 먼저 만난 이가 강욱이라는 사실에 혜수는 기쁨을 감추지 못했다. 잘 씻지도 못했기에 몰골이 꾀죄죄한 것도 개의치 않고 다가온 그를 향해 한 발자국 성큼 거리를 좁혔다. 혜수는 그를 빤히 올려다보았다.

이 얼굴이었단 말이지?

이 얼굴이 그렇게 보고 싶었단 말이지?

마음 같아선 그의 얼굴을 감싸 쥐고 한참 동안 이리저리 뜯어보고 싶었지만 필시 환자 취급 당할 게 뻔했기에 겨우 참았다.

"무사히 복귀했냐?"

"네. 잘 지내셨어요?"

"잘 지내고 말고 할 게 뭐가 있어, 방송국 사람이. 그건 그렇고 어서 편집실에 자료 넘겨서 편집하도록 해. 오후 미팅에서 같이 점검할 테니까."

처음부터 다다다다 쏟아지는 딱딱한 그의 말에 혜수는 서운하여 심드렁한 표정으로 대꾸했다.

"오랜만에 봤는데 저한테 하실 말씀이 고작 그거예요?"

"내가 너한테 무슨 얘길 해야 하지?"

"아픈 덴 없었냐, 취재하는 데 어려운 건 없었냐, 밥은 꼬박꼬박 먹고 다녔냐. 뭐 질문하려고 들면 끝도 없겠구만."

"얘 봐라. 아주 선배를 네 호구로 만들 심산이냐? 내가 너 밥 먹은 것까지 알아서 뭐하게? 잊었어? 내가 널 9시 뉴스 팀으로 들인 건 부려 먹기 쉬워서라고. 한 글자도 잊지 마. 부. 려. 먹. 기. 좋. 아. 서."

강욱은 평소처럼 웃음을 곁들여 빈정대고 나서 자리를 떠났다. 혜수는 사라지는 그의 뒷모습을 물끄러미 바라봤다. 어딘가 평소와는 다른 쌀쌀함이 그에게서 느껴졌다. 말과 태도는 여느 때와 다름이 없는데 분명히 뭔가가 있다. 좋아하는 상대를 향해 예민하게 뻗어 있는 촉수가 그걸 뚜렷하게 느꼈다.

"뭐지?"

혜수는 고개를 갸웃거렸다. 사흘간 누적된 피로 때문에 지나치게 예민한 탓인 건가. 저린 팔을 주무르면서 혜수는 어깨를 으쓱했다. 지나치게 피곤한 탓이다. 지나치게.

"뭐? 야유회?"

보도국 기자 사무실에 들어선 혜수에게 가장 먼저 들려온 소식이었다. 혜수는 뒤뚱뒤뚱 뛰며 제게 달려오는 지아를 엉거주춤 받아들였다. 사흘 새 5킬로그램은 더 쪘을 것 같은 지아가 포동포동한 얼굴에 미소를 띠며 대답했다.

"그래! 주말 뉴스 팀을 제외한 모든 보도국 사람들이 다 간대.

양평 쪽에 것도 1박 2일이래. 어마어마한 펜션을 몇 개나 잡아 놓으셨단다, 국장님이."

지아가 두 손을 꼭 모으고 감격에 차 있는 동안 혜수 역시 눈동자를 반짝거렸다. 그러나 그것도 잠시 곧장 다른 의문들이 찾아들었다.

"이상한데? 갑자기 야유회라니?"

"뭐가 이상해?"

"아니 우리가 언제 야유회란 걸 간 적이 있었냐구. 갑자기 이렇게 당근을 하사하시는 이유가 뭐지?"

혜수가 짐짓 정색을 하며 말하자 지아도 멈칫했다. 개국 이래 야유회라고는, 그것도 무려 1박을 하는 야유회라고는 없었던 보도국의 파격적인 행보 뒤에 도사리고 있는 배경에 대해 의문이 든 것이다.

"그러고 보니 별일이네. 이거 무조건 좋아하기엔 뒤가 너무 구린데?"

"그러니까 너무 방방 뜨지 말자고. 기자라면 모름지기 모든 상황의 앞뒤를 고려하고 염두에 둘 건 염두에 두어야지. 안 그래?"

혜수의 신중한 표정을 보며 지아가 고개를 끄덕였다. 하지만 이내 표정이 풀어진다.

"에이, 몰라. 난 그냥 즐길래. 9시 뉴스가 잘돼서 국장님도 신나셨나 보지. 에헤라디야. 자진방아를 돌려라."

지아의 어깨춤에 사무실 안에 있던 기자들이 웃음을 터뜨렸다. 그 여세를 몰아 아리랑과 노세노세 젊어서 놀아, 를 외치며 웃음

섞인 농을 건네기도 했다.

지아가 만들어 놓은 화기애애한 분위기에 그녀를 향해 설레설레 고개를 저은 혜수는 자리에 와서 앉았다. 오후 회의에 들어가기 전에 취재 내용을 정리해야 하는 터라 지아와 더 이상 농담 따먹기를 할 여유가 없었다.

하지만 그럼에도 불구하고, 자리에 앉은 혜수의 머릿속에 가장 먼저 떠오른 건 좀 전에 본 강욱의 표정이었다. 미묘하게 달라진 그의 분위기가 신경 쓰였다. 답답함을 간직한 얼굴로 노트북을 켜는 혜수의 위로 그림자가 졌다. 지아였다.

"꽃집의 아가씨, 오늘 표정이 왜 그런 거죠?"

장난스럽게 묻는 지아를 혜수가 나직이 불렀다.

"지아야."

"왜?"

"어떤 사람이 되게 기운이 빠져 보이는데 내가 뭘 해 줄 수 있을까."

"그 어떤 사람이 '어떤' 사람인데?"

"그냥 어떤 사람이야. 알려고 하진 말고."

"그 사람이 기운을 얻을 데가 너뿐이야?"

"꼭 그런 건 아닌데 그냥 내가 기운을 주고 싶어서 그래."

지아가 고개를 끄덕였다. 무심한 듯 생각에 잠기던 지아가 묘수를 떠올린 것처럼 눈을 가늘게 떴다.

"애정인지 우정인지, 그 차이를 명확하게 구분 지어 놓으면 편해. 우정이면 어깨 툭 치면서 '힘내라.' 한마디면 되고 애정이면

물질 공세 들어가야지. 네 마음이 담긴 선물을 하는 거야. 알겠냐? 이 연애 고자야?"

연애 고자? 혜수는 내심 헛웃음을 지었다. 이래 봬도 짝사랑 3회 유경험자라고 지아의 착각을 바로잡아 주고 싶었지만 지금은 다른 생각이 먼저였다. 혜수는 후다닥 일어나 지아의 어깨를 툭 쳤다.

"고마워."

친구의 잽싼 행동에 얼떨떨해하고 있는 지아를 남겨 두고, 혜수는 기자 사무실을 나와 엘리베이터를 탔다. 쏜살같이 달려간 곳은 1층 로비 구석에 있는 구내 서점이었다. 자주 책을 사 보는 편이라 안면이 있는 서점 주인을 향해 곧장 나아간 그녀는 다급히 물었다.

"아저씨. 클래식 CD 있어요?"

회의 시간에, 그리고 회의가 끝난 후에도 그는 시종일관 굳어 있었다. 옆에 앉은 정치부 기자가 이 피디님 오늘 화난 일 있었냐며 묻기까지 했으니, 아침에 느꼈던 기묘한 생소함이 아주 틀린 건 아니라고 혜수는 생각하고 있었다.

계속 발을 꼼지락거렸다. 구내 서점에서 산 CD를 저 얼음장 같은 분위기를 어떻게 뚫고 전해 주어야 할지 성공적인 방법을 연구하고 있었다.

당장은 해결책이 나질 않아 좀 더 두고 봐야겠다고 마음먹은 혜수가 자리에서 일어나려는데, 회의실을 막 나가던 참이었던 강욱이 돌아섰다.

"서 기자."

"네. 선배님."

조금은 긴장했다. 그가 저를 부르는 호칭이 '서혜수'에서 '서 기자'로 바뀌었기 때문이었다.

"편집실에 가서 편집 화면 다시 한 번 점검해 봐. 자막에 문제가 있던데 가서 보면 알 거야. 편집 기사한테 일러뒀으니까."

"아, 네. 알겠습니다, 선배님."

"그리고……."

강욱이 말끝을 흐렸다. 자신의 뒷말을 기다리며 눈을 빛내고 있는 혜수를 슬쩍 본 그는 고개를 저었다.

"아무것도 아니다. 이따 생방 시간에 보자."

"네."

강욱은 혜수를 두고 회의실을 나왔다. 복도를 걷는데 무거운 한숨이 흘렀다. 사흘간의 지방 출장 취재에 대해 수고했다고 말하고 싶었는데 끝내 하지 못했다. 아침에 막 돌아온 혜수와 잠깐 일별한 게 생각났던 탓이었다. 그때 이미 인사를 나누었다는 것이 뒤늦게 떠올랐던 것이다.

하루 종일 정신을 빼놓고 다니고 있었다. 핸드폰에 온 신경이 집중되어 있었다. 다시 '발신자 표시 제한'으로 전화가 걸려 온다면 그땐 그냥 끊지 않고 야멸친 한마디를 쏘아 주리라 생각했다.

그러다가 고개를 가로젓는다. 연민이, 가슴 끄트머리에 아주 조금 매달려 있는 동정심이, 강욱의 흥분을 진정시켰다.

처음처럼, 무관심이 나을 것이다.

그녀도 원했던 이별이 아니었으므로.

강욱은 빠른 걸음으로 복도를 빠져나갔다.

뉴스 생방이 끝나고 얼추 모두 퇴근했을 무렵, 혜수는 용기 내어 책상 서랍을 열었다. 그러곤 노란색의 조그만 선물 상자를 꺼냈다. 구내 서점에서 산 CD가 들어 있는 그것을 혜수는 보물단지 만지듯 소중하게 다루었다.

그가 아직 퇴근하지 않았다는 것을 알고 있었다. 생방이 끝나고 기자 사무실로 돌아오는 길에 본 그의 방에는 불이 환하게 켜져 있었기 때문이다. 혜수는 크게 심호흡을 했다. 여차하면 선물을 책상에 두고 냅다 튀자, 고 마음먹고는 벌떡 일어났다.

그의 방으로 가는 발걸음은 느리기도 하고 또 빠르기도 했다. 그곳에 도착해서는 가슴이 터질 것 같아 호흡법으로 간신히 안정을 취했다. 노크를 하기 위해 손바닥을 오므렸다 펴기를 몇 번, 문을 두드리려는 순간 등 뒤에서 중후한 음성이 방해했다.

"서 기자?"

혜수는 깜짝 놀라 돌아섰다. 손 국장이 멀거니 서서 그녀를 보고 있었다. 당황한 그녀는 선물 상자를 얼른 뒤로 숨겼다.

"네, 네. 국장님."

"거기서 뭐 해? 이 피디한테 할 말이라도 있어? 이 피디 거기에 없어."

"네? 아, 그게…… 뭐 좀 여쭤 볼 게 있어서요. 국장님은 아직 퇴근 안 하셨어요?"

"내가 밤 12시 안에 퇴근하는 거 봤어? 9시 뉴스는 잘되어 가는데 다른 것들이 골치야. 잘 좀 하자, 서 기자. 응? 아, 물론 우리 서 기자야 잘해 주고 있지만 다른 기자들한테도 좀 파이팅 하는 분위기를 만들어 보라는 뜻이야."

"네. 알겠습니다."

"하여간 이것들은 대답은 꼬박꼬박 잘들 해요."

"저어, 국장님. 이 피디님 어디에 계시는지 아세요?"

"편집실 6번 방에 있을 거야. 아까 그리로 들어가는 거 봤어."

"네."

혜수는 손을 흔들며 사라지는 손 국장을 향해 허리를 숙인 후 '편집실 6번 방'을 되뇌며 발길을 옮겼다. 10개의 편집실이 촘촘하게 이어져 있는 복도는 대낮처럼 환했다. 내일 있을 프로그램을 위한 편집 작업 때문에 10개의 편집실이 모두 풀가동되고 있는 상황이었다.

혜수는 익숙하게 6번 방을 찾았고 까치발을 들어 조그만 창문에 코를 박고 안을 살폈다. 한쪽 벽면을 가득 차지하고 있는 비디오 화면은 조정 화면만 내보내고 있을 뿐, 그는 의자에 깊숙이 몸을 묻고 잠이 들어 있었다. 혜수는 조용히 문을 열고 들어갔다.

좁은 편집실 안은 적막으로 물들어 있었다. 무척 좁은 공간이라 혜수는 그와 가까이 있다는 사실이 좀처럼 적응되지 않았다.

한 걸음만 다가가도 그가 앉아 있는 의자에 하체가 닿을 정도였다.

혜수는 선물 상자를 테이블에 올려 둔 후 주변을 살폈다. 강욱이 벗어 둔 것 같은 야상 점퍼가 구석에 아무렇게나 팽개쳐져 있기에 그걸 들고 와 강욱에게 살며시 덮어 주었다. 곤히 잠든 그의 얼굴이 혜수의 시선을 사로잡았다. 숨조차 제대로 쉴 수 없는 긴장감이 타이트하게 올라왔다.

새삼스럽게 그가 정말 잘난 남자라는 걸 느끼게 된다. 일에 치여 제대로 정리할 시간이 없을 텐데도 머리 스타일이며 얼굴의 생기는 흐트러진 적이 없었다. 그다지 옅지도 진하지도 않은 눈썹 아래, 곡선이 아름다울 정도로 휘어진 감은 눈, 멀리서 봐도 또렷하게 보일 정도로 날카롭게 선 콧날과 항상 윤기가 흐르고 있는 입술.

하나하나 뜯어보아도 잘난 남자임에는 틀림없었다. 하느님, 감사합니다. 짝사랑을 하더라도 적어도 이런 상대여야 맛이 나는 거지요. 혜수는 지난날 짝사랑의 상대였던 세 남자를 한 명 한 명 차례로 떠올리며 세차게 고개를 저었다.

워낙 사람들이 자주 드나드는 곳이라 더 이상 지체하다간 누군가의 눈에 띄기 십상이었다. 혜수는 그를 덮고 있는 점퍼를 좀 더 정리한 후 아쉬움을 뒤로한 채 돌아섰다. 선물 상자는 그대로 두고 갈 심산이었다. 부디 무사히 그의 손에 들어가 그의 아침을 즐겁게 해 주렴, CD야. 하면서 선물 상자를 향해 무언의 지시를 하고 있는데, 돌연 혜수의 손목이 강한 악력에 의해 붙들렸다.

"엄마야!"

말 그대로 깜짝 놀라 돌아선 혜수는 눈을 치켜뜬 채 자신의 손목을 잡고 있는 강욱을 발견했다. 몸이 굳어졌고 마른침이 절로 식도를 타고 넘어갔다. 그가 워낙 강한 힘으로 손목을 잡고 있었기 때문에 손목 부근이 저려 왔지만, 상관없었다. 살결이 닿자마자 이미 심장이 크게 어그러지고 말았다.

강욱은 그제야 손에 힘을 풀었다. 그가 붙잡은 혜수의 손목에 붉게 흔적이 지자 괜스레 멋쩍어져 마른세수를 했다. 내일 보도될 자료를 편집하다 깜빡 잠이 든 모양이었다. 선잠이라 한쪽 귀를 열어 두었는데, 녀석이 들어온 걸 금세 알아차린 것이다.

"도둑고양이야? 남 자는 거 집중해서 들여다보고 도망치듯 싹 빠져나가고? 그래, 내 얼굴 감상한 기분이 어때?"

혜수는 인상을 썼다. 뭐야, 안 자고 있었던 거야? 크게 낙담한 그녀는 무척 민망했다. 그의 얼굴을 들여다보았다는 사실을 저뿐만 아니라 당사자도 알고 있었다고 생각하니 당장에라도 쥐구멍을 찾고 싶은 심정이었다. 궁여지책으로 겨우 변명을 이어 갔다.

"아, 그게…… 감상이라뇨, 선배님. 전 그저 선배님께서 좀 더 쾌적한 수면 시간을 누리게 해 드리기 위해서 노력했을 뿐인데요."

"노력은 무슨. 감격해서 내 얼굴만 쳐다보던데. 너 그러다 상사병 난다. 일찍이 내 얼굴에 홀려서 앓아누운 여자들이 한둘이 아니에요."

"치이. 요즘 여자들이 그렇게 머리가 나쁘지 않아요. 남자 얼굴

보고 혹하는 여자는 없다구요. 남자는 그저 능력, 그리고 성격이죠. 운 나빠서 미치광이 사귀면 큰일 나니까요. 안전 이별이니 뭐니 요즘 말이 많잖아요."

속사포처럼 쏘아 대는 혜수를, 강욱은 물끄러미 쳐다봤다. 아무래도 이 녀석하고 함께하는 시간을 늘려야 할 듯하다. 하도 말이 많아 잡념이 끼어들 겨를이 없을 테니까.

"그건 그렇고 다음 주에 보도국 야유회 있다면서요? 선배님도 가시는 거죠?"

"글쎄. 혼자 방송국에 남아서 일을 하느냐, 모른 척 가서 쉬느냐, 목하 고민 중이시다."

"당연히 가셔야죠. 딱 보니까 9시 뉴스 때문에 방송국에서 선심 쓴 거던데요."

혜수가 방방 뛰며 강욱도 야유회에 동참할 것을 강요하고 있는데, 화면을 향해 있던 강욱의 시선이 차츰 내려오는 것을 느꼈다. 그러곤 그는 곧장 선물 상자를 발견했다. 혜수는 놀라 후딱 돌아섰다. 강욱이 저걸 열어 보기 전에 여길 떠나야 할 것 같았다. 그녀가 선물했다는 것을 알아챈 그가 고맙다고 말하는 그 일련의 과정이 어색하고 몸 둘 바 모르게 무안할 것 같았다.

"아, 저, 저는 이만 퇴근하겠습니다."

"서혜수."

하지만 그녀의 다급한 발길을 그가 붙잡았다. 그의 목소리는 생각보다 착 가라앉아 있었고 조금은 서늘하게 느껴지는 것도 같았다. 혜수는 천천히 돌아섰다.

"네, 선배님."

"이건 뭐지?"

묻는 얼굴이 무척 차갑다. 그의 의외의 표정에 혜수는 잠시 멈칫했다. 긴장으로 말라 버린 입술을 혀끝으로 적시는데, 다시 한 번 노골적으로 일그러진 그의 표정이 시야에 걸렸다. 대답을 끌어 내는 데 한참이나 걸렸다.

"아, 그거 선물이에요. 선배님 클래식 좋아하신다기에 큰맘 먹고 산 거예요. 아침마다 들으시라고. 그렇다고 너무 감격하실 건 없으세요."

"지난번 과일 바구니부터 이것까지. 너 나한테 왜 이래."

무서우리만치 냉랭한 기운이 그에게서 느껴졌다. 말문이 막힌 채로 서 있는 혜수에게, 그가 선물 상자를 도로 내밀었다.

"더는 엉겨 붙지 마. 부담스럽고 불쾌해. 그리고 이건 가져가. 클래식을 좋아하지 않는다면 그냥 버리든지. 이만 나가 봐."

억지로 제 손에 쥐어진 선물 상자를 하마터면 떨어뜨릴 뻔했다. 혜수는 갑작스레 냉각된 그의 분위기를 어쩌지 못하고 참담한 기분이 되어 그 자리에 서 있었다.

4

그렇게까지 몰아붙일 건 아니었다. 큰마음 먹고 선물을 주었다
는 혜수의 순수함을 그토록 짓밟을 건 아니었다. 자신은 분명히
추했고 억지스러웠으며 제풀에 화가 나 있었다. 혜수는 영문도 모
르고 마음에 생채기를 입었을 것이다. 그 생각을 하니 좀 전보다
더한 한숨이 밀려왔다.

"뭘 생각을 그렇게 골똘히 하기에 사람이 부르는 것도 몰라?"

밤 12시가 넘어 있었다. 로비 휴게소에 나와 커피를 마시며 그
런 상념에 빠져 있던 강욱을 깨운 건 재현이었다. 강욱과 대학 동
기인 데다가 같은 해에 방송국에 입사했으며 현재 예능국 피디였
다. 그리고 재현은 강욱의 이십 대를 빼곡하게 알고 있는 절친한
벗이기도 했다.

"음. 왔어?"

봄 개편을 치르면서 강욱과 마찬가지로, 재현 역시 코미디 프로그램 조연출에서 음악 프로그램 메인 피디로 승격되었다. 언제 한번 술이나 마시자고 말했지만 아무래도 개편 초기다 보니 업무량이 많아져 딱히 시간을 내지 못하고 있던 처지였다. 강욱은 커피를 뽑아 건너편에 앉는 재현에게 물었다.

"퇴근 안 하고 뭐 해, 이 시간까지."

"그러게 말이다. 12시가 넘었는데도 집에 들어갈 엄두가 안 나니 원. 집에 가면 마누라랑 아들내미는 자고 있을 거고 어차피 서너 시간 자고 다시 나와야 되는데, 그냥 여기서 대충 자지 뭐. 그러는 넌 여태 뭐 하고 있기에 이런 데서 짱박혀 커피나 마시고 있는데?"

"생각."

"생각? 히야아. 9시 뉴스로 시청률 13프로를 넘기는 잘나가는 피디의 머릿속엔 무슨 생각이 들어 있는지 궁금해지네. 음악 프로그램으로 시청률 5프로도 안 나오는 무능력한 이 머릿속엔 다음 주엔 뭐로 시청률을 올리나, 한숨밖에 없다."

"너한텐 다운로드라는 엄청난 무기가 있잖아. 그걸로 방송국에 돈 벌어다 주면 됐지."

모든 피디들의 성적표인 시청률에 대한 부담 때문에 재현도 적잖게 마음고생을 하는 듯했다.

방송국에 누가 얼마의 돈을 벌어다 주느냐에 따라 피디의 등급이 매겨지고, 프로그램에 대한 대우가 달라지는 것을 무수히 경험했다. 그러나 지금 당장 성적이 좋다고 해서 기고만장할 것도 아니고 처참하다고 해서 주눅 들 것도 아니다. 전혀 의외의 프로그램에 들어가 제 실력을 내보이는 피디들도 많기 때문이다.

다들 그런 '기회'를 기다리며 발톱을 숨기는 것일 뿐, 멍석만 깔아 준다면 굿을 하든 춤을 추든 신나게 놀 수 있는 실력자들이 넘쳐 난다. 강욱은 재현 또한 그런 실력을 충분히 갖추었다고 늘 생각해 왔다. 대학 때부터 봐 온 재현의 성실함을 잘 알고 있기 때문이었다.

"신문 봤나?"

불현듯 재현이 물어 왔다. 커피를 마시려던 강욱의 움직임이 차분히 멈춰졌다. 재현이 말하는 '신문'이라는 것이 단순히 신문만을 의미하는 건 아니라는 것을 알았다. 강욱도 보았던, 그래서 본의 아니게 혜수에게 화를 낼 수밖에 없었던, 신문 속 은성을 말하는 것이리라.

"무슨? 아…… 그거?"

"걔 생각 하고 있었던 거 아니었어?"

"아니. 다른 생각을 하고 있었어."

분명히 따지자면 강욱은 은성이 아니라 혜수를 생각하고 있었다. 자신의 한마디로 마음 다쳤을 혜수를 생각하며 아까 편집실에서 있었던 일에 대해 후회를 하고 있었다.

"의외네, 이 피디?"

"뭐가?"

"당연히 네가 은성이를 생각하고 있을 줄 알았지. 분명히 오늘 아침 신문을 봤을 테고 은성이가 한국에 들어와 있다는 것을 알 테고, 충분히 갈등할 텐데 말이야."

"무슨 갈등?"

"찾아가 봐야 하나, 말아야 하나. 아냐?"

"흠."

강욱은 낮게 실소했다. 재현조차도 강욱이 아직 은성에 대한 미련을 가지고 있다고 여기는 걸 보니 은성과의 시간이 길긴 길었던 모양이다. 강욱은 남아 있는 커피를 모조리 마신 후 대답했다.

"약혼할 사람이야. 나 엮지 마라."

"약혼할 거지 아직 한 건 아니잖아. 너희들 그렇게 헤어지고 나도 마음 아팠다. 난 네가 은성일 다시 잡았으면 좋겠어. 아직 걔한테 미련 있잖아, 너."

"그만. 노 피디. 더는 그 얘긴 하지 말았으면 해. 솔직히 내가 지금 미련을 두고 있는 건 은성이가 아니라, 그 시절의 나야. 좀 더 일찍 다른 곳에 신경을 쏟았더라면 지금보다 더 나은 모습이 되어 있었을 테니까. 그리고 난 지금, 은성이가 아니라 내 후배한 테 어떻게 사과를 해야 할까, 그게 더 급해. 그게 더 신경 쓰이고."

강욱은 부드러운 태도로 재현의 호기심을 차단시켰다. 아무리 절친한 친구라 해도 받아들일 수 없는 말은 그 자리에서 확실하게 부인하는 편이었다. 그런 강욱의 성정을 알기에 재현도 더는 말을 꺼내지 않았다. 강욱이 아니라고 하면 아닌 것이다. 재현은 고개를 끄덕이곤 커피를 머금었다.

❖

방을 나오면서 혜수는 길게 기지개를 켰다. 주방에선 아버지인 현철이 뚝딱뚝딱 찌개를 만드는 소리가 아침을 알렸다. 정순은 새벽부터 꽃 가게에 나갔고 혈육 3호인 남동생 영수는 아직 기상 전이리라. 혜수는 조용히 주방에 다가가 현철의 등에 뺨을 기대었다.

"아빠."

딸의 콧소리 담긴 애교에 무를 썰던 현철이 고개를 홱 틀었다.

"응? 우리 딸 일어난 거야? 잠시만 기다려. 찌개 다 되어 간다."

"괜찮아요. 나 아직 잠도 덜 깼는데 뭐. 잠시만 이러고 있으면 금세 정신이 맑아질 거예요."

"그래라, 그럼. 아빠 등에 기대고 있어. 잠 깰 때까지."

"히히. 좋다."

혜수는 뺨을 비벼 대며 아이처럼 웃었다. 그러자니 밤새 잠을 설치게 만든 고민거리도 차츰 흐려지는 것 같았다. 그녀의 정신적 지주이자 삶의 지렛대인 혈육 1호 현철은, 그렇게 등짝만으로도 혜수에게 든든한 지지가 되어 주었다.

어렸을 때 사업이 실패한 이후 현철은 방황하거나 힘들어할 틈도 없이 곧장 미용 기술을 배워 동네 이발소에서 아르바이트를 하기 시작했다. 그러다 이발소 주인아저씨로부터 싼값에 이발소를 넘겨받았고, 지금도 그곳에서 열심히 머리를 깎고 계신다.

부모님이 힘을 모아 열심히 노력한 결과 한 칸짜리 월세방에서 지금의 마당 딸린 작은 집으로 이사를 왔고, 이제는 혜수까지 가정 경제에 보탬이 되고 있어 크게 어려운 문제는 없었다. 부모님은 이구동성으로 이제는 혜수의 결혼이 가장 중차대한 문제라고 말씀하신다.

혜수는 빠끔 고개를 들었다. 현철의 뒷머리에 무성히도 나 있는 흰 머리칼이 보였다. 새벽에 출근하는 엄마를 대신하여 항상 남매의 아침 식사를 챙기는 아버지가 오늘따라 마음 저리게 느껴졌다.

"아빠. 제가 할게요. 앉아 계세요."

혜수가 걸음을 옮겨 현철의 옆에 섰다. 칼질하고 있는 무를 뺏듯이 가져왔다. 그러자 현철이 말했다.

"무슨 소리야. 만날 야근에 철야를 밥 먹듯 하는 딸한테 아비가 이 정도도 못 해 줄까 봐. 정 아비가 불쌍하면 네 동생 깨워서 시켜. 저 새끼 저거 어제도 주유소 알바 끝나고 술 먹고 새벽에 기어들어 와서 자빠져 자고 있어."

"제대한 지 얼마 안 됐잖아요. 2학기 복학하기 전에 알바하면서 쉬라고 제가 그랬어요. 아빠나 얼른 앉으시라니까요."

"어허. 거참."

혜수는 현철의 손에서 칼을 내려놓게 한 후 억지로 식탁 의자에 앉혔다. 그러곤 돌아서서 무를 썰기 시작했다. 서툰 칼질로 하나하나 열심히 썰어 가고 있는데 현철이 나직이 말을 걸어왔다.

"너 어제 새벽까지 뒤척이던데 무슨 일 있었냐?"

멈칫하다가 다시 칼질을 이어 갔다. 어제 새벽이라면 강욱에 대한 생각으로 한창 뒤척일 때였다. 그녀가 했던 선물을 두고 그가 내뱉은 서슬 퍼런 말들에 상처받아 잠을 이루지 못했던 것이다. 아직도 가슴이 아프다. 그 말을 내뱉을 때의 강욱의 눈빛이 잊히지 않았다.

야속하게 쳐다보던 그 시선.

그녀를 한바탕 휘저어 놓은 그의 말과 눈빛은, 가볍게 머리를 흔들어 털어 낼 수 있는 종류의 것이 아니었다. 그 정도로 혜수는 상처받았다.

"아빠가 그걸 어떻게 아세요?"

"물 마시러 나왔다가 네 방문 틈새로 불이 켜져 있는 걸 봤어. 이불 뒤척이는 소리도 들리고 한숨 쉬는 소리도 들리고. 왜…… 방송국 일이 스트레스야?"

"하여간 귀신이셔. 제가 깜빡 잊었어요. 아빠는 제가 밥 먹는 거, 숨 쉬는 거, 걷는 것만 봐도 그때그때 어떤 기분인지 딱딱 알아맞히신다는 거."

"그건 세상의 모든 아빠들이 다 그래. 나뿐만 아니고."

"아빠."

혜수는 씁쓸하게 웃으며 현철을 불렀다. 그동안 혜수의 짝사랑의 역사를 모두 알고 있는 현철에게만이라도 털어놓으면 이렇게 아픈 마음이 잠시나마 편해질까.

"그래. 속에 뭔가 담아 두고 있다면 아빠한테 다 말해 봐. 눌러만 놓으면 병나."

"병이 날 정돈 아니구요. 나, 아무래도 또 짝사랑하나 봐요, 아빠."

"뭐어? 또?"

현철의 목소리가 조금은 높아졌다. 혜수는 현철의 반응에 쓰게 웃었다. 혜수가 짝사랑을 할 때마다 현철은 자존심이 상했다. 어디에 내놔도 빠지지 않을 딸이 짝사랑을 하고 있다는 사실을 인정하고 싶지 않았던 것이다.

그런 현철의 마음을 알지만 어쩔 수 없이 또 짝사랑이라는 단어를 입에 올리고야 말았다. 그런데 예전에 현철에게 털어놓을 때와는 다른 감정이 물밀듯이 밀려든 것도 사실이었다.

"근데 이번엔…… 좀 달라요. 마음이 너무 아파."

그저 단순한 설렘이라고만 생각했다. 강욱을 마주 보는 것, 강욱과 대화를 나누는 것, 강욱의 옆에서 걷는 것. 가슴 떨리고 설레서 또 짝사랑이 시작된 건가 보다, 여겼다. 그런데 그 사람 때문에 이렇게 가슴이 아프게 될 줄은 몰랐다. 그의 눈빛에 상처받고 외면에 고통받게 될 줄 몰랐다. 마냥 들뜨기만 하던 시간들이 이토록 비수처럼 그녀를 다시 찔러 올 줄 몰랐다.

혜수는 울컥하는 가슴을 진정시킨 후 헤헤, 웃으며 돌아섰다. 걱정하고 있을 아버지를 위로하기 위해 웃었는데, 현철이 비장한 표정으로 의자에서 일어서고 있어 혜수는 적잖이 놀랐다.

"그 자식이 누군지 모르겠지만 밀당을 해, 혜수야."

다가온 현철이 묘수를 꺼내 들었다. 혜수는 눈을 치뜬 채 물었다.

"밀당?"

"그래. 마냥 좋다고 매달리지만 말고 튕기기도 해 보란 말이야. 밀고 당기는 거! 너 보나 마나 그 자식한테 선물 사다 바치고 칠 렐레 팔렐레 좋아서 헤실거리지? 인마, 남자들은 그런 여자한테 서 별 매력을 못 느껴. 여자의 진정한 매력은 튕기는 데서 나오는 거거든. 아버지가 네 엄마를 왜 좋아해서 쫓아다녔는데?"

"왜 쫓아다니셨는데요?"

"하도 튕겨 대니까 와, 저 여자 뭔가 대단한 여잔가 보다 싶었 지. 그때부터 매달리고 따라다니고 한 번만 만나 달라고 애원하고 그랬다는 거 아니냐. 혜수야, 너 안 되겠다. 네 엄마한테 특별 과 외를 받든지 해야지."

"으휴. 아버지는 딸한테 좋은 거 가르치신다, 또."

현철의 연애 특강을 중간에 뚝 끊고 나타난 이는 영수였다. 여 전히 잠이 묻어 있는 얼굴로 머리를 벅벅 긁어 대며 주방으로 들 어섰다. 정수기에서 냉수를 받는데 술 냄새가 확 풍겨 왔다. 혜수 가 이맛살을 찡그리니, 현철이 대신 영수의 뒤통수를 따악 때렸 다.

"아! 아파, 아버지!"

"아프니까 청춘이다, 이 자식아. 아침 댓바람부터 술 냄새나 풀 풀 풍기고 싶으냐? 네 누나 앞에서?"

"저도 되도록 방에서 안 나오려고 노력했어요. 그런데 아버지 의 말씀 하나하나가 너무 주옥같잖아? 잠이 확 깨더라구요. 나와 서 직접 들어야겠다 싶어서."

영수가 냉수를 벌컥벌컥 들이켜며 대답하자 현철이 못마땅해하는 눈길을 쏘아 댔다. 혜수는 두 부자 사이로 오가는 시선을 이리저리 보다가 중재에 나섰다.

"아, 됐어요! 일단 어서 앉아서 밥이나 먹죠. 너도 앉아서 먹어."

혜수는 영수를 억지로 식탁에 앉힌 후 반찬 그릇과 수저를 놓았다. 현철이 밥그릇에 밥을 담는 동안, 혜수는 옆에서 국을 퍼 담았다.

잠시 생각에 잠긴 혜수가 나직이 입을 열었다.

"그런데 아빠."

"응?"

"좋아하면 그냥 좋아하는 거지, 밀고 당기는 게 왜 필요해요? 난 그런 거 싫어요. 내 마음 가는 대로 하는 게 사랑이라고 생각해요."

현철이 돌아보는 게 느껴졌지만 혜수는 묵묵히 국그릇만 옮겼다. 밀고 당기는 것. 그럴 자신은 없다. 내 마음을 다 주는 것이 진짜 사랑이라고 늘 생각해 왔기 때문이었다. 지금까지도 그래 왔고 또 그래 왔기에 후회가 없었다.

하지만 지금은 한 발자국 떨어지는 것이 낫겠지. 밀어 내는 게 아니라 떨어져서 지켜보는 것이다. 그녀가 다가갈 수 있는 여유가 생겼으면 좋겠지만 그렇지 않다고 해도 어쩔 수 없는 일이었다. 조용히 마음만 품으며 지내다 보면 둘 중 하나의 길로 접어들 것이다. 잊히거나 마음이 사라지거나. 짝사랑의 본질은 어떻게 포장해도 결국 비극이라는 종착지에 도착하는 것이다.

강욱은 기자 사무실 앞에 섰다. 아침 8시 30분. 비교적 일찍 출근을 하는 편이니, 혜수는 지금 이 사무실 안에 있을 것이다. 선뜻 문을 열고 들어가지 못하고 있는 건 아마도 어제 지은 죄 때문이리라. 그 자신에겐 불편한 일이었지만, 혜수에겐 영문도 모르고 당한 아닌 밤중에 홍두깨인 일이 분명했을 테니까.

함께 9시 뉴스를 꾸려 가는 팀으로 앞으로 무난하게 작업하려면 사과는 필수여야 한다고, 백번을 고쳐 생각해 봐도 자신이 잘못한 일이 맞으니 먼저 나서서 사과를 해야 한다고 생각하면서도, 어울리지 않게 망설이는 건 무슨 이유인지 모르겠다.

강욱은 난감한 얼굴로 목을 쓰다듬었다. 우선 사무실 내부의 분위기 먼저 파악할 요량으로 살짝 문을 열어 보았다. 손가락 하나 들어갈 틈새로 눈을 가늘게 뜨곤 형사처럼 안을 살피고 있는데 등 뒤에서 목소리가 들려왔다.

"피디님. 여기서 뭐 하세요?"

김지아 기자의 목소리라는 걸 깨달은 순간, 뇌리 속에 수백 가지의 생각이 스쳐 지나갔다. 9시 뉴스의 메인 피디로 후배 직원 앞에서 체면 구겼다는 낙담부터, 꼴사납게 엉거주춤 안을 들여다보고 있는 걸 모두 보았을 이 상황에 대해서 어떻게 해명하고 변명할 것인가에 대한 생각이었다.

강욱은 서둘러 허리를 펴고 돌아섰다. 그러나 눈앞에 펼쳐진

광경에 그는 좀 전보다 더 뜨악해졌다. 혜수도 함께 있었던 것이다. 두 사람은 컵라면을 꼭 쥔 채 그를 멀거니 쳐다보고 있었다. 강욱의 시선이 혜수에게 꽂혀 그대로 굳어졌다.

"누굴 찾고 계셨어요? 선배님?"

최대한 아무렇지도 않게, 평상시의 목소리를 그대로 내는 것이 중요하다고 혜수는 생각했다. 어젯밤의 일은 다 잊었다는 듯이. 그와 불편해지고 싶지는 않으니까. 그래서 그가 엉덩이를 쭉 빼고 기자 사무실 안을 염탐 비슷하게 하고 있는 걸 봤어도 무신경하려 했다. 그가 누굴 찾고 있는지는 모르겠지만, 최소한 그녀 자신은 아닐 거라는 확신에서였다.

"음. 남 기자를 찾고 있는데 혹시 봤어?"

"남 기자님은 아직 출근 전이세요. 편집 끝나고 새벽 4시에 퇴근하셨다고 하더라구요. 오후에 오신다고 하셨다는데요."

혜수는 심드렁하게 대꾸했다. 아니 심드렁한 척하려 애를 썼다. 그래서 그의 빤한 시선에도 주눅 들지 않고 당당히 마주할 수 있었다.

"그렇군. 내가 따로 연락을 해 봐야겠어. 그런데 아침 식사들은 안 한 거야?"

혜수의 무던한 태도에 강욱은 평온을 되찾아 갔다. 하지만 내심 당황스럽기도 했다. 이 녀석 어제의 일은 다 잊은 것처럼 말을 하고 행동하고 있는 게, 아무렇지도 않다는 투다. 결국 그 자신만 지나치게 신경 쓰고 있었던 건가.

"네. 이젠 부모님도 다이어트 문제로 사사건건 저한테 개입하셔서요. 차라리 여기 와서 라면 한 끼 먹는 게 더 마음 편하네요, 피디님."

"저는 먹고 왔지만 우정 때문에 김 기자랑 함께 먹어 주기로 했어요."

두 여자가 나란히 웃었다. 강욱 역시 희미한 미소와 함께 고개를 끄덕였다. 두 사람이 사무실로 들어갈 수 있게 한 발자국 비켜선 강욱은, 제 앞을 지나가는 혜수 때문에 잠시 오감이 어지러워졌다. 샴푸 향인지 아니면 평범한 향수인지, 주변의 공기와는 확연히 구분되는 기분 좋은 향이 코끝을 스친 것이다.

사무실의 문이 닫혔지만 강욱의 시선은 그것을 떠나지 않았다. 희한하게도 평소엔 모르고 지나쳤던 한 가지가 눈에 들어온다.

저 녀석 머리가 저렇게 길었었나.

"이 피디님 말이야. 널 왜 그렇게 뚫어지게 쳐다보신 거지?"

사무실 구석에 휴게실 용도로 사용되는 작은 공간에 앉아, 컵라면 뚜껑을 막 열기 시작했을 때였다. 혜수는 느닷없는 지아의 질문에 얼이 빠질 정도로 당황하고 놀랐다.

"선배님이 나를 쳐다보셨다고? 난 못 느꼈는데?"

"넌 둔탱이거나 눈이 사시인 게 틀림없어. 그걸 못 느꼈다니. 사시는 확실히 아니니 둔탱이였구나. 널 쳐다보셨어. 그것도 아주 뚫. 어. 지. 게."

지아의 말이 사실일 수도 있다. 아까는 되도록 그를 신경 쓰지 않으려 최대한 무던한 척했으니까. 평소 같았다면 그 사람이 나를 뚫어지게 쳐다봤다며 별 호들갑을 다 떨었겠지만, 오늘은 무덤덤해야 하는 날이니까. 그래서 혜수는 내심 황홀하리만치 기분 좋았지만 겉으론 냉랭한 표정으로 젓가락을 집어 들기만 했다.

"내 얼굴에 뭐라도 묻었나 보지. 아니면 선배님이 본 게 내가 아니라 내 뒤였을 수도 있어. 됐고 라면이나 먹자. 내 인생이 어쩌다 이렇게 한 시간 사이에 두 끼를 섭취하게 됐는지 모르겠지만, 친구 따라 강남까지도 간다는데 까짓 컵라면 못 먹어 주겠어?"

"그래, 친구야. 먹는 게 남는 거야."

혜수를 격려한 지아는 혀를 내두를 정도로 놀라운 식탐을 자랑하며 단 몇 초 사이에 컵라면 용기를 싹 비웠다. 내처 혜수가 남긴 라면까지 모조리 흡입한 후 탁, 소리가 나도록 내려놓았다. 그 엄청난 속도와 열정에 놀란 혜수가 입을 벌린 채 감탄하고 있는데, 지아가 얼굴을 스윽 들이대며 속삭였다.

"우리 이번 야유회 가서 장기 자랑 대회에 나가자."

"초딩도 아니고 장기 자랑 대회가 뭐야. 그런 유치한 걸 정말로 한대?"

"응. 국장님한테서 직접 들은 거야. 말은 장기 자랑이라는데 상품이 어마어마해. 1등은 무려 해상도 4K UHD를 자랑하는 50인치 텔레비전이래. 놀랍지 않나?"

"우리가 나가서 1등 하면, 텔레비전을 둘로 쪼개?"

"그게 아니지, 서 기자야. 그걸 중고로 팔아서 돈으로 나누는 거지. 어때? 내 생각이?"

혜수는 지아의 모종의 계획에 호기심을 느끼며 의자를 바짝 끌어당겨 앉았다. 지아는 이럴 땐 정말이지 머리가 팽팽 돌아가는 친구다. 지아가 진지하게 물었다.

"근데 무슨 장기를 자랑하지?"

"네 장기 딱 하나 있잖아. 먹는 거. 넌 먹어. 난 옆에서 춤출 테니까."

그저 농담으로 건넨 말에 지아가 반색하며 받아들였다. 그녀는 곧장 거기에 살을 덧붙였다.

"좋아. 그럼 2분짜리 곡을 선정해서 넌 거기에 맞춰서 춤을 춰. 난 네가 춤을 다 추는 동안 자장면 5그릇을 다 먹을게. 어때?"

"미쳤구나, 너? 텔레비전 하나에 네 식탐을 팔아? 그것도 보도국 사람들한테 공개적으로?"

"어차피 아는 사람은 다 아는 내 식탐, 뭐가 문제니? 정당하게 일해서 얻는 결과물인데 뭐가 문제냐고."

"혼삿길 다 막히잖아, 이것아!"

"내 장점을 알아봐 주고 좋아해 주는 남자 분명히 있을 거야. 내가 먹기만 하는 게 아니잖아. 나 돈도 제법 저축해 놨고 손재주가 좋아서 이것저것 잘 만들기도 해. 성격도 둥글둥글해서 대인관계도 원만해. 외모만 예쁜 여자들과는 비교를 거부한다. 나도 자체 경쟁력이 있다고."

"워워. 알았어, 김 기자. 그렇다 치고."

혜수는 숨을 들이쉬었다. 한번 결정한 일은 하고야 마는 지아의 성격상, 혜수가 아무리 반대를 한다고 해도 끝내 장기 자랑 무대에 서서 자장면을 먹고야 말 것이다. 그러니 무조건 반대만 하기보단 장단에 함께 놀아나 줄 필요도 있었다. 혜수 자신도 분위기 쇄신이 필요하고 말이다.

"2분짜리 노래가 뭐가 있지."

혜수는 머리를 굴리며 빈 컵라면 통을 정리했다. 냄새 때문에 바깥에 있는 휴지통에 버리기로 하고, 그건 혜수가 맡았다. 지아가 손거울을 들여다보며 치아에 낀 이물질을 제거하는 동안, 혜수는 컵라면 통이 든 비닐봉지를 들고 복도로 나왔다.

화장실 앞에 있는 휴지통에 그걸 버린 후 돌아서는데 엘리베이터가 눈에 띄었다. 8층에 머물러 있는 그것을 쳐다봤다. 8층은 강욱의 방이 있는 곳이다. 숫자 하나만 봐도 자동으로 떠오르니, 중증이 아닐 수가 없었다.

혜수는 고개를 저으며 강욱에 대한 생각을 몰아내려 애썼다. 그나저나 그가 자신을 뚫어지게 봤다는 지아의 말은 사실일까? 아냐, 생각을 하지 말자. 생각을.

최종 편집을 끝내고 저녁 6시가 되자 강욱은 녹초가 되어 제 방으로 돌아왔다. 잠시 후 7시 30분부터 부조정실에서 스탠바이 해야 하기 때문에 딱 이 시간이 하루 중 가장 한가한 시간이었다. 헤드에 뒷머리를 기댄 채 기다란 숨을 토해 내던 그는 눈을 감고 피곤을 내려놓았다.

그러다 눈을 번쩍 뜨고 인터폰을 집어 들었다. 어디론가 연락을 취하는 그의 얼굴은 조금은 굳어 있었다.

"응. 나야. 잠시 들어올래?"

강욱이 말을 전하고 인터폰을 끊은 지 채 1분도 안 되어 뉴스 팀 막내 조연출이 들어왔다. 모자를 깊게 눌러쓴 그는 이십 대 후반으로 주로 강욱의 피디 방 옆에 있는 스텝 방에 머무르곤 했다.

"부르셨어요? 피디님?"

"너 지금 바쁘냐?"

"아뇨. 지금은 여유 있어요. 왜요? 뭐 시키실 거 있으세요?"

"기자 사무실에 피자 세 판 주문 좀 해 줘. 세 판이면 되겠지?"

"기자 사무실에요? 왜요?"

"네가 그 이유를 알아서 뭐하게? 빨리 가서 시킨 일이나 해."

강욱은 조연출에게 신용카드를 건네며 지시했다. 모양새로 봐선 강욱이 기자 사무실에 한턱 쏘는 분위기지만, 이런 적은 처음이라 조연출도 꽤 당황한 모양이었다. 둘러댈 변명이 딱히 없어 거의 몰아내다시피 조연출을 내보낸 강욱은 초조한 심정으로 기다렸다.

책상에 손가락을 탁탁탁, 규칙적으로 튕기고 손목시계를 몇 번이나 확인하고도 출입문이 조용했다. 하도 궁금해져선 일어나 차라리 기자 사무실로 가 보자 생각하고 있는데, 때마침 용무를 끝낸 조연출이 보무당당히 돌아왔다.

"분위기는 어때?"

강욱이 묻자 조연출이 카드를 되돌려 주면서 대답했다.

"뭐, 그저 그렇던데요?"

"피자가 무려 세 판이나 갔는데 그저 그래?"

"아, 다들 좋아하시긴 했어요. 잘 먹겠다고도 했구요. 아무래도 다들 피디님이 이런 걸 사 주시는 게 처음이니까 반신반의했어요. 뭔가 일을 시키시려고 이러나 하기도 하시고."

"흐음. 여 기자들은?"

"여 기자분들이요? 아무도 안 계셨는데요."

이 대목에서 강욱은 하마터면 '뭐야?' 라며 소리칠 뻔했다. 피자를 상납한 이유와 목적은 단지 서혜수 하나였건만, 혜수가 없는 자리에 남자 새끼들만 모여들어 피자를 뜯고 있다 생각하니 피가 거꾸로 솟는 듯했다. 하지만 직책과 체면을 생각하여 겨우 마음을 진정시켰다.

"김 기자님은 지금 생방 중이시고 서 기자님은 안 보이셨구요."

"알았어. 수고했어."

강욱은 조연출을 방에서 내보낸 후 뒷목을 쓸었다. 쓸데없는 헛짓거리를 했다는 생각에 후회를 거듭한 그는 큰 걸음으로 그곳을 나갔다. 기자 사무실에 들어서자 피자 냄새가 와락 몰려들었다. 동시에 가운데 테이블에 옹기종기 모여 피자를 사정없이 뜯고 있는 짐승 같은 기자들의 시선이 일제히 쏠렸다.

"어? 이 피디님! 야 이거, 우리 피디님이 어쩐 일이시래요?"

"닭 날개에 스파게티에 사이드 메뉴까지. 캬아 우리 이 피디님한테 이런 센스가 있으신 줄 몰랐습니다."

"제가 이걸 먹으려고 오늘 저녁을 굶었나 봅니다, 피디님."

짐승들은 지저분한 입가를 부지런히 놀리고 있었다. 뒷목이 다시 뻐근해 왔다. 혜수는 역시 없었고 이렇게나마 사과를 해 보려 했던 얄팍한 속셈은 결국 뒤통수를 맞았다. 허탈해져선 그곳을 나온 그의 앞에 저만치 혜수가 걸어오고 있었다. 강욱은 턱을 굳혔다.

"여긴 어쩐 일이세요? 선배님?"

혜수는 기자 사무실 앞에 선 그를 발견하고 쪼르르 달려왔다. 아침에도 의외였는데 지금도 의외였다. 순간적으로 그가 자신을 뚫어지게 쳐다봤다는 지아의 말이 떠올라 얼굴이 잠시 붉어졌다. 그는 짧게 대답을 전해 왔다.

"그냥."

"네. 그럼 전 들어가 보겠습니다."

혜수가 정중하게 인사를 한 후 사무실로 들어가려 했다. 강욱은 그녀를 쳐다봤다. 아무렇지도 않은 저 얼굴이 더 신경 쓰인다. 차라리 화를 내고 삐져 주면 고맙겠는데. 누구에게도 사과할 일 없이 살아온 백 점짜리 인생이 때론 이토록 귀찮을 때가 있다.

"서혜수."

혹여 사무실 안의 짐승들이 들을까, 강욱이 목소리를 낮추고 그녀를 불렀다. 그러자 혜수가 고개를 들었다.

"네."

"어제 일 말인데."

"아…… 클래식 CD요?"

강욱은 고개를 끄덕였다. 생각보다 눈치도 빨라 다행이라고 여기고 있는데 그녀가 싱긋 웃었다.

"그건 제가 죄송했어요. 선배님 기분도 헤아리지 못하고 제가 무작정 들이댄 거예요. 아무 의미 없는 거였으니까 선배님도 잊으세요. 전 벌써 잊었어요."

"그렇다면 다행이고. 들어가서 피자 먹어라. 너 먹으라고 시킨 거니까."

"네? ……아, 네."

그의 호의가 의외였는지 조금은 놀란 그녀를 두고, 강욱은 그곳을 떠났다. 어쩐지 오늘 하루 종일 얹힌 것처럼 무거웠던 마음이 가벼워진 기분이었다. 이쯤 되면 자신의 마음을 충분히 알아들었으리라 생각하니 실소마저 흘렀다. 다행이다. 녀석이 크게 마음 두고 있지 않아서.

그 어느 때보다 파란 하늘이 머리 위 가득 드리워진 날이었다. 미세 먼지조차 없는 청량한 봄 공기가 고속도로에서도 시원하게 느껴지는 그런 날이었다. 토요일 아침이라 휴가를 떠나는 차량들로 복잡한 도로를 25인승 버스 두 대가 나란히 달리고 있었다. 보도 1국과 2국, 합쳐 50명쯤 되는 인원이 야유회를 위해 주말을 모두 반납했다.

10시에 출발하여 1시간 30분을 달려 도착한 곳은, 실개천을 끼고 있는 펜션 촌이었다. 뒤로 야트막한 산이 있고 주변으로 나무가 빽빽한 숲 같은 곳이었다. 도시와는 공기부터 달라 다들 버스에서 내리자마자 탄성을 질렀다.

오늘 야유회를 위해 왕창 투자했다는 손 국장의 호언장담처럼 이곳 펜션을 통째로 빌렸는지, 각 펜션마다 그곳에서 투숙할 명단이 적혀 있었다. 잔디가 파릇파릇한 앞마당에는 벌써부터 바비큐를 위한 준비가 한창이었다.

각자 정해진 숙소로 들어가 짐 정리를 하고 옷을 갈아입고 점심을 먹기로 했다. 점심은 각방의 냉장고에 구비된 재료들로 알아서 만들어 먹고 본격적인 바비큐 및 술 파티는 저녁에 이루어진다고 했다.

펜션 촌이 갑자기 들이닥친 방문자들로 왁자지껄 소란스러웠다. 고즈넉하던 시골 마을에 한바탕 풍파가 휘몰아친 것 같았다.

강욱은 가장 작은 펜션에 손 국장과 함께 머물게 되었다. 보도 2국 기자들과 점심을 먹을 거라던 손 국장은 들어오자마자 나갔고, 강욱은 혼자가 되었다. 대충 챙겨 온 짐 가방을 방에 내려 둔 채 소파에 길게 누웠다. 그러자 지난 몇 달간의 피곤이 한꺼번에 몰려들었다.

늘 이런 시간적인 여유가 있었으면 하고 바라 왔다. 아버지와 함께 온천에라도 다녀올 수 있는 휴가가 있었으면 좋겠다고 여겼다. 그런데 막상 이렇게 일상에 여백이 생기니 뭘 해야 할지 모르겠다. 지금 당장 부조정실에 들어가 화면을 쳐다봐야 할 것 같고, 2번 카메라와 3번 카메라 위치 조정을 해야 할 것 같고, 편집 기사와 함께 편집실에서 밤을 새워야 할 것 같았다.

이래서야 제대로 힐링을 할 수가 없겠다고 판단한 그는 억지로 눈을 감았다. 밥을 굶고라도 지금부터 제대로 수면을 즐겨 볼 심산이었다. 그리고 잠은 꽤 빨리 찾아왔다.

"……뭐 해. ……안 일어나? 어이…… 피디!"

잠결에 고막을 찌르는 것 같은 외침이 들려왔다. 실눈을 뜨니 시간을 짐작할 수 없는 어슴푸레함이 사위에서 느껴졌다. 동시에 바깥 앞마당에서 마이크 소리와 함께 사람들의 환호성이 연거푸 들려왔다. 강욱은 인상을 찡그린 후 완전하게 눈을 떴다.

"아, 이 피디 대체 뭐 하는 거야. 잠자러 왔냐? 여길?"

손 국장이 잔뜩 화가 난 얼굴로 내려다보고 있었다. 강욱은 상체를 일으키곤 마른세수를 하며 물었다.

"몇 십니까?"

"오후 4시다. 이 인간아."

"예? 4시라구요?"

"어휴. 이런 인간을 내가 메인 피디로 밀었으니. 일만 잘하면 뭐하냐. 사람들하고도 좀 어울리고 화합하고 그런 맛이 있어야지. 빨랑 나와."

손 국장은 던지듯 툭 한마디 내뱉은 후 나갔다. 고개를 돌려 거실 창문 쪽을 쳐다보니 직원들이 앞마당에 모두 모여 있었다. 앰프 시설과 조그만 무대 장치까지 있는 걸 보니, 또 손 국장 특유의 유치함이 발동한 모양이다. 보나 마나 장기 자랑 대회 같은 걸 하는 거겠지.

차라리 제게 프로그램을 맡겼다면 등산이나 산보 같은 유익한 콘텐츠로 직원들의 정서와 건강에 도움이 되기라도 했을 텐데 말이다. 강욱은 고개를 설레설레 젓고는 몸을 일으켰다. 정말이지 내키지 않았지만 오늘 밤 손 국장의 잔소리에 시달리지 않으려면 나가서 부지런히 박수 부대라도 해야 했다.

앞마당에 나와 사람들이 모여 앉은 대열로부터 뒤에 위치한 강욱은 고목나무에 등을 기댄 채 무대를 바라봤다. 왁자지껄한 분위기, 얼굴에 잔뜩 오른 열기들. 그래도 다들 웃고 있는 걸 보니 즐겁긴 한가 보다.

그 와중에 언뜻 혜수가 눈에 비쳤다. 무슨 모의를 하고 있는지 지아와 함께 키득거리며 대화 중이다.

그날, 피자 사건 이후 일주일 만이었다. 혜수는 취재 때문에 나흘 정도 제주도에 있다가 어제 올라왔으며 그는 9시 뉴스에 대학교 강연까지 의뢰받아 밤낮없이 바빠 보냈다. 그러니까 일주일 만에 보는 얼굴인 셈이다. 바깥에서 보는 녀석은 더욱 싱그럽게 느껴졌다.

"자식이."

혜수를 보면서 나직이 중얼거린 강욱에게 잔뜩 못마땅한 얼굴을 한 손 국장이 다가왔다.

"쯧쯧쯧. 잘하는 짓이다. 직원들은 모두 나와서 즐기고 있는데 혼자서 청승 떨고 있으니 좋냐?"

"피곤해요. 대체 이런 행사를 왜 추진하신 겁니까. 돈은 돈대로 깨져 몸은 몸대로 피곤해, 뭐 하나 장점이 없는 행산데."

"너나 그렇지. 다들 즐거워하는 거 안 보이냐?"

손 국장이 강욱에게 일침을 가할 무렵, 무대에 사회자가 올랐다. 보도 1국의 강진석 기자였다. 평소에도 활발하고 말이 많기로 소문난 그가 마이크를 잡자, 주변이 쩌렁쩌렁 울렸다.

"오래 기다리셨습니다. 산 좋고 물 좋고 경치 좋은 이곳에 오늘 우리의 한을 다 풀어 놓고 미친 듯이 놀아 봅시다. 그동안 우리 보도국 직원들의 알지 못했던 의외의 모습들, 놀라운 그들만의 세상에 지금부터 함께 들어가 보도록 하겠습니다. 그 이름도 다소 촌스러운, 장기 자랑 풀어 놓기!"

장기 자랑이라니. 참을 수 없는 민망함에 강욱이 시선을 돌리자 손 국장이 그의 고개를 똑바로 하고 강제로 무대를 보게 만들었다.

"오늘의 첫 스타트를 끊을 분들은, 아주아주 아리따운 여자분들이십니다. 기자 사무실의 꽃! 보도국 파워 우먼의 부동의 투 톱! 우리 김지아 기자와 서혜수 기자입니다. 여러분 박수로 맞이해 주십시오!"

혜수의 이름에 강욱의 귀가 끌렸다. 그는 자연스럽게 무대에 시선을 고정시켰다. 1980년대에나 입었을 법한 촌스러운 빨간색 트레이닝복을 맞추어 입은 두 사람이 쭈뼛쭈뼛 무대에 서는 게 보였다.

곧이어 시끌벅적한 댄스 뮤직이 시작됐고, 거기에 맞춰 혜수가 우스꽝스러운 춤을 추기 시작했다.

더욱 놀라운 광경은 다음에 펼쳐졌다. 갑자기 무대 위로 자장면 다섯 그릇이 올라오더니 지아가 그걸 먹기 시작하는 거였다. 사회자의 부연 설명이 이어졌다.

"서 기자가 춤추는 동안, 김 기자가 저 자장면을 모두 다 흡입하는 진기명기를 선보이고 있습니다. 여러분, 두 사람이 힘을 받을 수 있게 박수를 쳐 주십시오."

사람들의 박수 소리가 우렁찼다. 얼굴 가득 자장을 묻힌 지아의 모습은 누가 봐도 배를 잡을 정도로 우스꽝스러웠다. 사람들은 모두 지아를 손가락으로 가리키며 크게 웃고 데굴데굴 구르고 있었다. 물론 무대를 보는 강욱의 얼굴도 차츰 웃음으로 일그러졌다.

하지만 그가 보고 있는 건 지아가 아니라 혜수였다. 강욱은 희한한 박자와 리듬으로 춤을 추고 있는 혜수를 보면서, 아주 오랜만에 크게 웃기 시작했다.

5

혜수는 침대에 벌렁 누웠다. 소주 한 잔에 취기가 올라 더는 앞마당에 있을 수가 없었다. 지아를 비롯한 다른 사람들은 아직도 앞마당에서 술을 퍼마시고 있었다. 원래도 술에 약했던 혜수는 졸음을 빌미로 겨우 무리에서 빠져나왔던 것이다.

그 이름도 유치한 장기 자랑 대회가 끝나고 난 후 1등은 지아와 혜수가 차지했다. 지아의 장담처럼 상품으로 받은 최신형 텔레비전을 중고로 팔지 어떨지 아직 결정을 내리진 않았지만 조금의 수치스러움을 대가로 받은 것치곤 어쨌든 기분이 좋은 건 사실이었다. 그러나 그 이면에는 아직도 얼굴을 화끈거리게 만드는 기억이 있었다.

무대에서 춤을 추는 내내 관중석의 가장 뒷자리에서 나무에 기댄 채 자신을 쳐다보고 있던 강욱이였다. 그와 시선이 얽히는 순간 혜수는 자신이 지금 어디에 있는지 무엇을 하고 있는지 까맣게 잊은 채로 그저 팔과 다리만 열심히 허우적거렸다.

다른 이들의 시선이 일제히 자장면을 흡입하는 지아에게로 쏠려 있는 반면, 강욱은 한사코 그녀만 응시했다. 제발 지아를 쳐다보세요, 선배님, 이라 말하며 그의 고개를 강제로 돌리고 싶을 지경이었다.

그 생각을 하자 다시금 낯부끄러워서 혜수는 슬그머니 몸을 움직였다. 침대에 엎드려 주먹으로 시트를 몇 번이고 내리쳤다. '어떡해, 어떡해.'라며 발을 동동 구르면서 강욱의 머릿속에 든 아까의 그 시간들을 다 지우고 싶다고 생각하고 있는데, 덜컥 문이 열렸다.

"혜수야."

지아가 술에 잔뜩 취한 채로 비틀거리며 들어왔다. 혜수는 상체를 벌떡 일으켰다.

"야, 너 너무 취했어. 좀 자. 11시가 넘었어."

"뭔 소리야. 오늘 같은 날은 밤을 새워야지. 그래서 말인데 너 술 사러 좀 갔다 와야겠어. 밖에서 국장님이 기다리셔. 차 가지고 온 사람이 국장님뿐이라서 국장님이랑 같이 다녀와. 직원 중에 멀쩡한 사람은 너뿐이라 어쩔 수 없이 당첨이야."

"국장님은 술 안 마셨어?"

"응. 그러셨나 봐. 지금 술 없다고 사람들 난리 났어. 빨리 갔다 와."

혀가 꼬여 불분명한 발음으로 지아는 혜수가 술을 사 와야 한다고 주장했다. 혜수는 기다란 한숨을 풀어내며 자리를 털고 일어났다. 지아의 말대로 오늘 같은 날은 자주 오는 기회가 아니니 다들 이성을 잃고 취할 만도 했다.

혜수는 알았다고 말하며 옷을 갈아입으려 했다. 그러자 지아가 그녀의 어깨를 잡고 억지로 바깥으로 밀었다.

"그냥 다녀와. 옷 갈아입을 시간 없어."

"아, 알았어. 어깨 아파. 좀 놓고 말해."

"잘 다녀와, 친구."

지아의 배웅을 받으며 혜수는 투덜투덜 뒤쪽에 있는 주차장으로 갔다. 밤이 되자 날씨가 싸늘해졌고 더구나 숲 속이라 한기가 차오를 대로 올라 점퍼라도 입고 올 걸, 반쯤 후회가 되었다.

덜덜 떨리는 몸을 감싸 안고 주차장에 도착한 그녀는 걸음을 멈추었다. 갑자기 한기가 싹 달아나는 것 같았다. 저만치 손 국장의 은색 세단 앞에 서 있는 이는 강욱이였기 때문이다.

"선배님."

놀라며 다가온 혜수를, 강욱은 멈칫하며 쳐다봤다. 녀석을 보자마자 가장 먼저 떠오른 건 아까 있었던 무대였다. 절로 웃음이 터지려 해 억지로 숨을 내쉰 후 물었다.

"네가 술심부름 당첨이야?"

"네. 국장님이 가시는 줄 알았는데요."

"국장님은 많이 취하셨어. 넌 괜찮냐? 혼자 다녀올 테니까 들어가서 쉬어."

"아뇨. 같이 갈게요. 최소한 20분은 나가야 가게라도 나올 텐데 선배님 혼자 심심하실 거 아니에요?"

"큭큭큭."

눈을 빤히 뜨고 조물조물 말을 이어 가는 혜수의 얼굴에서 자꾸만 아까의 무대가 겹쳐지자, 강욱은 참지 못하고 그만 웃음을 터뜨렸다. 혜수는 그가 웃는 이유를 당연히 알아차렸고, 당장에라도 쥐구멍을 파고 싶었다.

"아까 춤 때문에 그러시죠? 너무 그러지 마세요. 비웃으시는 것 같잖아요."

"누가 그러든? 내가 비웃는다고."

"아니에요?"

"난 뭐든 열심히 하는 사람을 좋아해. 결코 비웃지 않았어. 큭큭큭."

"퍽도 그러시겠네요."

혜수는 입술을 뾰루퉁 내밀었다. 고개까지 돌린 후 그의 웃음이 빨리 멈춰지기를 바라고 있는데, 조수석의 문이 딸깍 소리를 내며 열리는 것이 보였다. 돌아보니 강욱이 그녀를 위해 차 문을 열어 주고 있었다.

"타."

그제야 차 안에 그와 나란히, 그리고 단둘이 타게 된다는 사실에 생각이 미쳤다. 갑자기 심장 박동 수가 증가하는 것 같았다. 몸은 분명 추위에 떨고 있는데 등골이나 손바닥에선 땀이 났다. 혜수는 심호흡을 크게 하곤 차에 올랐다.

차가 펜션 촌을 떠나 비포장도로에 올랐다. 까만 사위에 헤드라이트 불빛에만 의존한 차는 무척 조용하고 부드럽게 달렸다. 그의 운전 솜씨가 좋은 건지 아니면 아직 흐릿하게 남아 있는 술기운에 몽롱한 탓인지 알 수가 없었다.

적막 속에 울리는 그의 숨소리에 귀를 기울였다. 숨결 하나하나가 파동을 타고 다가와 귓가를 간질이는 것 같았다. 긴장감이 머리끝까지 차올라서 감히 어떤 말도 꺼낼 용기가 없어지고 있는데 문득 그가 먼저 입을 열었다.

"그래. 1등 상품으로 받은 건 뭐에 쓸 생각이야?"

계속된 침묵이 어색해질 즈음이었다. 그가 먼저 말을 걸어 주어 다행이라고 생각했다. 혜수는 조금은 편한 마음으로 대답했다.

"지아가 그거 중고로 팔아서 둘이 나누자고 했어요. 텔레비전을 쪼갤 순 없잖아요."

"흐음."

"왜요? 무슨 좋은 생각이라도 있으세요? 선배님?"

강욱은 가만히 웃기만 했다. 고개를 돌려 자신을 보고 있는 녀석의 시선이 느껴졌다. 그 순간부터였다. 전혀 생각지도 못한 어색함이 불쑥 끼어들었다. 혜수와 함께 있을 때 어색함을 느낀 건 처음이라, 강욱은 잠시 헛기침을 했다. 그러곤 재빨리 대답을 하는 것으로 이런 생경한 감정을 몰아내려 애썼다.

"내가 아는 곳이 있는데 거기에 기부하는 게 어때?"

"기부요? 거기가 어딘데요?"

"있어. 사고로 팔이 잘리고 다리가 잘린 사람들이 심지어 오갈 데도 없어서 모여 사는 곳. 정부의 지원 없이는 제대로 취직도 못

해서 겨우 입에 풀칠만 하며 사는 사람들이 모여 있는 곳."

아버지 덕분에 알게 된 곳이었다. 정신은 멀쩡하지만 신체의 부자유 때문에 돈벌이를 못 해, 가족으로부터 쫓겨나거나 갈 곳을 잃어버린 사람들. 잘려 나간 손목이나 다리만큼 마음에도 허한 공간이 생겨난 사람들. 그래도 열심히 살고자 일용직이라도 감사하다며 달려가는 사람들. 하루하루가 힘에 겹지만 언젠가 손에 돈을 쥐고 가족의 품에 돌아갈 날만 꿈꾸는 사람들.

아버지는 그런 사람들에 비하면 당신은 행복하다고 늘 말씀하셨다. 그러곤 당신의 월급의 일정 부분을 떼어 그 사람들을 위해 쓰신다. 강욱은 그런 아버지의 영향을 받은 것이다.

"선배님도 그곳에 기부하고 계시는 거네요. 그렇죠?"

"억지로 하는 거야."

강욱이 농담처럼 내뱉으며 미소 지었다. 혜수도 따라 웃었다. 물론 억지가 아니라는 걸 안다. 그녀가 아는 강욱은 신념에서 우러나는 것이 아니면 억지로 무언가를 절대 하지 않는 사람이었다.

하아, 이런 남자를 어떻게 좋아하지 않을 수가 있어. 이런 남자를. 혜수는 강욱 모르게 끄응, 신음했다.

차는 25분을 달려 조그만 시가지에 도착했다. 시가지라 해 봤자 아주 작은 슈퍼마켓 하나와 오리고기 식당이 전부였다. 오리고기 식당은 문을 닫았지만 슈퍼마켓은 다행히 불이 환히 켜져 있었다. 강욱은 슈퍼마켓 옆 텅 빈 공터에 차를 댔다.

고개를 돌리자 혜수의 잠든 얼굴이 가장 먼저 눈에 들어왔다.

아까부터 어쩐지 조용하다 싶더니 가게에 도착했는지도 모른 채 잠에 빠져 있었나 보다. 쌀쌀한 기온을 고려하여 시동을 끄지 않고 히터를 좀 더 세게 켰다. 그러곤 점퍼를 벗어 혜수의 상체를 덮어 주었다.

손끝에 그녀의 옷깃이 쓸렸다. 잠을 자고 있는 건지 그냥 눈만 감고 있는 건지 알 수 없을 정도로, 그녀는 고요했다. 숨소리마저 들리지 않는 가느다란 침묵 속에서 기다란 속눈썹과 화장기 하나 없이도 뽀얀 얼굴이 그의 시선을 사로잡았다. 강욱은 자신도 모르게 그녀의 얼굴과 귓가를 시작으로 목선과 살짝 보이는 쇄골에 차례로 눈을 두었다.

그러다 서둘러 몸을 바로 하곤 인상을 찡그렸다. 뒷목이 뻐근할 정도로 무안했던 좀 전의 상황을 흘려보내곤 차에서 내렸다. 마른세수를 한 그는 아직 불이 켜진 가게에 들어서서 캔 맥주와 소주를 박스째 구입하여 트렁크에 실었다. 아마도 가게 안의 술이란 술은 모두 동이 났을 것이다.

다시 운전석에 올랐을 때에도 혜수는 여전히 잠에 빠져 있었다. 벨트를 한 강욱은 기어를 꺾었다. 하지만 그 순간에 놀랍게도 저절로 차의 시동이 꺼져 버렸다. 강욱이 다시 시동을 켜 봤지만 엔진 소리는 들려오지 않았다. 재차 시동을 켜기 위해 몇 차례 시도했지만 모두 실패로 끝났다.

고개를 갸웃거린 강욱은 차에서 내려 보닛 뚜껑을 열었다. 차 옆에 있는 가로등의 희미한 불빛에 의지하여 안을 들여다보던 그는 한참 만에 낙담의 한숨을 지었다. 차량의 배터리가 모두 소진

된 것이다.

"선배님. 무슨 일이에요?"

잠에서 깼는지 혜수가 점퍼를 어깨에 걸친 채 밖으로 나왔다. 강욱은 그녀를 흘깃 쳐다보곤 대답했다.

"차량 배터리가 다 됐어. 그래서 차가 움직이지 않아."

"그럼 어떡해요?"

"넌 안에 들어가 있어. 추워."

"아뇨. 괜찮아요."

혜수는 잠이 확 깨는 것 같았다. 제 몸을 덮고 있는 점퍼가 그의 것이라는 사실을 알아차린 직후, 감격에 겨워하고 있었는데 이런 어이없는 소식이라니. 혼자 애를 쓰고 있는 그에게 아무것도 해 줄 수 없는 자신이 한심할 지경이었다.

강욱은 핸드폰을 꺼내곤 손 국장에게 전화를 걸었다. 그러나 손 국장은 받지 않았고, 강욱은 하는 수 없이 조연출에게 전화를 걸었다.

"나야. 손 국장님은? ……주무신다고? ……차에 문제가 생겼어. 배터리가 다 소모되어서 근처 AS센터에 연락을 해 봐야 할 것 같아. ……넌 지금 술이 문제냐, 이 자식아?"

차가 엉망이 되었다는 소식에도 혀가 잔뜩 꼬부라진 채 술만 찾는 조연출을, 서울에 돌아가선 당장 응징하리라 생각하며 통화를 끝냈다. 강욱은 다시 핸드폰을 열어 이 근처에서 가장 가까운 차량지정정비센터를 검색했다. 통화를 시도하려는데 추운 밤 기온에 발을 동동 구르며 제 옆에 머물러 있는 혜수가 보였다.

"들어가래도. 여기 추워."

"괜찮아요. 같이 들어가면 되죠."

강욱은 하는 수 없이 차 안에 들어가기를 권유하는 걸 포기했다. 정비센터와의 통화는 금세 이루어졌다. 도착하기까지 두 시간이 걸린다는 한마디에, 강욱은 망연자실하여 혜수를 쳐다봤다. 핸드폰을 주머니에 넣은 그는 혜수에게 차에 타고 있자고 제안했다.

바깥의 한기에 차 안도 마찬가지로 추웠다. 어깨가 절로 오그라들었다. 숨을 쉴 때마다 입김도 나서 혜수는 될 수 있으면 코로 호흡했다. 커다란 점퍼로 온몸을 감싸고 있는데 문득 그가 걱정됐다.

"춥지 않으세요? 선배님? 저한테 이걸 주시고."

"됐어."

짧게 대답을 내뱉곤 강욱은 뒷좌석을 살폈다. 구석에 돌돌 말린 채 놓인 얇은 무릎 담요 두 장을 가져와 한 장을 혜수에게 주고 나머지 한 장으로 제 허벅지를 덮었다. 혜수 역시 무릎 담요를 허벅지에 덮었다.

"국장님이 좀 쪼잔해서 그렇지 준비성은 철저한 양반이거든."

"그러게요. 우리 국장님 차에 이런 게 있을 줄은 몰랐어요."

"좀 자 둬. 그쪽에서 오려면 한참이야."

"네."

대답을 하긴 했지만 섣불리 잠이 올 리 만무했다. 아까는 술기운이 조금 남아 있어 금세 잠에 빠졌지만 지금은 정신이 선명해졌다. 그와 단둘이 차 안에 있다는 사실을 깊숙이 인지하고 있는데 잠이 들 수가 없었다.

까만 바깥을 보다가 계기판을 보다가 차창을 반쯤 내려 보다가 다시 정면을 보다가, 의미 없이 시선만 왔다 갔다 하고 있는데 그가 불쑥 물어 왔다.

"넌 왜 하필 기자가 됐냐. 하고 많은 직업 중에."

혜수는 고개 돌려 그를 보았다. 시트를 약간 젖힌 그는 팔짱을 낀 채로 눈을 감고 있었다.

"저요? 음…….."

혜수는 골똘히 생각에 잠겼다. 시간을 거슬러 대학교 2학년 때의 기억까지 좇아갔다. 그녀의 얼굴에 빙긋 미소가 올랐다.

"대학교 2학년 때였나, 중간고사 시험 공부를 하다가 머릴 식힐 겸 책을 읽었는데요. 거기에 이런 글이 쓰여 있었어요. 기자란, 매일 한 시간씩 사랑하는 연습을 해야 하는 사람이다. 내가 찍고자 하는 사람, 나무, 도로, 날씨, 심지어 범죄자와 국회의원까지 사랑해야 한다. 그러면 내 속에 든 증오와 섞여 희석된다. 그래야 펜 끝이 흔들리지 않는다."

"그래야 흔들리지 않는다, 라……."

"그래서 저도 노력했어요. 한 시간씩, 사랑하는 노력을. 정리하자면 기자는 항상 어떤 일이 있어도 중도의 길을 걸어야 한다는 건데, 갑자기 궁금해졌어요. 기자란 어떤 직업일까. 그래서 시험을 준비하게 됐구요."

"지금은 만족하니?"

"만족스러웠다가 또 아니었다가 그래요. 어떤 날은 보람도 느끼는데 어떤 날은 다 집어치우고 싶어져요. 선배님도 기자 시절에 그러셨어요?"

"매일 한 시간씩 사랑하는 연습을 했는데도 그래?"

"사실은, 아뇨. 누군가를, 뭔가를 사랑해야지, 라고 어떻게 그게 마음대로 되겠어요? 선배님은 기자 시절에 그러셨어요?"

"흐음. 난 너보다 1분 더 사랑하는 연습을 했다고 치자."

"네?"

"9시 뉴스 메인 피디까지 올라왔으니 말이야. 너보다 1분 더 사랑하는 연습을 했으니 지금 잘되어 있는 게 아니겠냐?"

"하! 대박!"

믿지 않을 정도로 자신을 자랑하는 강욱이, 혜수의 눈엔 귀엽게 보였다. 그래서 일부러 혀를 차며 비아냥거리는 시늉을 해 보이는 것으로 대꾸했다.

그러곤 다시 침묵이 내려앉았다. 며칠 전 밤, CD를 돌려주며 야멸치게 말하던 그의 모습은 온데간데없고 이렇게 화기애애한 분위기가 된 게 다행이라고 생각했다. 평화로웠다. 그와 함께하는 시간이.

차 안에서 머무는 시간이 길어질수록 추위가 극에 달했다. 잠이 오려다가도 한기 때문에 어깨를 부르르 떨곤 했다. 제대로 눈을 감지도 그렇다고 뜨지도 못하고 있는 시간이 계속되자 몸이 찌뿌듯해졌다. 허리를 조금씩 움직여 이리저리 돌리는데 그가 돌아보았다.

"춥니?"

"조금요. 선배님은요?"

강욱이 제가 덮고 있던 담요를 그녀에게 건넸다. 혜수는 손사래를 치며 거절했다.

"아뇨. 괜찮아요. 선배님 덮으세요. 난 남자가 여자한테 옷 벗어 주는 거 이해를 못 하겠더라. 자기도 추울 거면서."

"덮고 있어."

강욱은 담요를 억지로 혜수에게 건넨 후 차에서 내렸다. '추운데…….'라며 말끝을 흐린 혜수는 그를 살폈다. 그는 바지에 손을 꽂은 채 가게 앞에 서더니 낡고 허름한 자판기에 동전을 넣기 시작했다. 그러곤 커피 두 잔을 뽑아 들고 다시 차로 돌아왔다.

김이 모락모락 오르는 뜨거운 커피 잔을 받아 든 혜수는 그제야 몸이 풀리는 것 같았다. 커피를 한 모금 머금은 후 입을 열었다.

"고마워요, 선배님. 이제야 몸이 좀 녹는 것 같아요."

"못 견디겠으면 말해. 나뭇가지들을 좀 모아서 옆 공터에서 불을 피울 테니까. 차 안에서 떨고 있는 것보다 그게 더 나을 수 있어."

"좀 있으면 AS차량이 올 텐데요, 뭐."

"CD는, 버렸어?"

빤한 시선을 들고 혜수를 쳐다봤다. 갑작스러운 질문에 당황했는지 그녀가 잔기침을 했다.

"아뇨. 책상 서랍 속에 있어요."

"그날 하루는 그럴 수밖에 없도록 흘러가고 있었어. 네가 아니라 누구였대도 화를 냈을 거야. 너무 마음 쓰지 마. 그날 일에 대해서."

"이미 마음 안 쓰고 있는데요. 오히려 선배님이 더 마음 쓰고 계시는 거 아니에요? 하긴 맞은 사람은 잘 자도 때린 사람은 잠을 설친다는 말도 있으니까."

다분히 놀림 같은 말이었지만 강욱은 피식 웃으며 동의한다는 듯 고개를 주억거렸다. 커피 잔을 입에 물다가 얼핏 내려다본 혜수의 신발에 마른 나무 잎사귀들이 묻어 있었다. 허리를 숙여 그것을 떼려 하는데 핸드폰이 시끄럽게 울렸다. AS차량이었다. 근처까지 왔다는 말에 강욱은 자세한 위치를 알려 준 후 통화를 끝냈다.

종이컵을 홀더에 꽂은 그는 재차 허리를 숙여 혜수의 신발에 묻은 잎사귀를 모두 뗀 후 차에서 내렸다. 차 문이 열리고 닫히는 소리에 혜수의 몸이 굳어졌다. 아니, 몸이 굳은 건 좀 전의 그의 행동 때문이었을 거다. 훅 다가왔던 강욱 때문에 머릿속이 일순 텅 비었다. 혜수는 발가락을 꼼지락거렸다. 아랫배가 간지러워 어쩔 줄을 모르고 있었다.

아침 7시. 아직 모두가 잠이 들어 있는 시간. 혜수는 혼자 일찍 일어나 실개천으로 나왔다. 지아가 가져온 두꺼운 카디건을 걸쳤지만 몸을 찌르는 한기는 어젯밤과 마찬가지였다. 어젯밤……. 혜수는 빙긋 웃으며 웅크리고 앉아 손바닥에 물을 폈다가 다시 흘려보냈다.

차 수리가 끝난 후 서둘러 돌아와 보도국 사람들에게 술을 제공한 강욱은 혜수를 숙소까지 바래다주고 나서 돌아갔다. 팔을 툭치며 수고했다, 잘 자라, 라는 말도 아끼지 않았다. 그를 대하는 것에 되도록 심드렁해지려고 애썼는데 모두 물거품이 되고 말았다. 그의 행동을 돌이키면 웃음이 나지 않을 수가 없는 것이다.

"줏대 없는 것 같으니라고. 큭……."

결심을 하기가 무섭게 물러 터지는 자신의 모습을 나무랐지만 기분이 좋아지는 건 어쩔 수 없었다. 혜수는 좀 더 오래 이 기분을 만끽하고 싶었다. 그러나 바람은 바람일 뿐, 옆에 다가온 누군가의 한마디 때문에 산통이 다 깨져 버렸다.

"우와. 우리 혜수 씨 이렇게 보니까 되게 분위기 미인 같네요."

전(前) 9시 뉴스 메인 앵커 양기정이었다. 서른여덟이나 먹고도 결혼을 하지 않은 총각으로 모든 여직원들을 향해 추파를 날리는 것도 모자라, 룸살롱과 단란주점을 전전하는 바람둥이. 그런 행실 때문에 앵커 자리에서 잘리고 새벽 10분짜리 뉴스 타임으로 좌천된 주제에, 반기는 이 하나 없는 이런 곳엔 왜 따라왔는지 모를 일이었다.

혜수는 인사를 건네는 대신 벌떡 일어났다.

"좀 더 주무시지 왜 이렇게 일찍 일어나셨대요?"

톡 쏘는 말투가 거슬렸는지 잠시 인상을 찌푸리던 기정이 다시 얼굴을 환하게 폈다.

"우리 혜수 씨랑 단둘이 만나라고 하늘이 기회를 주셨나 보죠."

"제가 왜 양기정 씨와 단둘이 만납니까?"

"어어? 모르셨나 보네요? 저 남모르게 혜수 씨를 흠모하고 있
는데. 우리 혜수 씨가 방송국 여기자들 중에 제일 예쁘잖아요."

"제일 예쁜 건 사실인데요, 말끝마다 우리 혜수 씨, 우리 혜수
씨 하는 것 좀 삼가 주세요. 저 양기정 씨의 혜수 씨가 아니거든
요. 아침부터 뜬금없이 이런 만남은 좀 불쾌하네요."

"앙탈 부리는 것도 어쩜 이렇게 예쁠까요, 우리 혜수 씨."

건들건들, 능글능글, 웃으며 치근덕거리는 품새가 나 바람둥이
요 하는 전형적인 작태였다. 혜수는 과거 한때, 지아가 이 작자를
짝사랑했다는 것을 떠올렸고 그러자 더욱 괘씸해졌다. 혜수는 팔
짱을 낀 채 노골적으로 불쾌감을 드러내며 턱을 치켜들었다.

"그만하시죠? 아직 술 냄새도 나는 것 같은데 들어가서 좀 더
주무시든가요."

내뺄곤 돌아서려 하는 그녀의 손목을 기정이 스윽 붙잡았다.
그 불편함에 혜수가 인상을 확 쓰는데 기정이 다가와 카디건의
옷깃을 여며 주며 느끼하게 웃었다.

"우리 혜수 씨, 감기 들라. 내가 우리 혜수 씨 얼마나 응원하고
있는데."

벽창호가 따로 없었다. 어떻게든 한번 꼬드겨 침대로 데려가
보려는 속셈이라는 걸 혜수는 훤히 꿰뚫고 있었다. 그의 손을 뿌
리치고 씩씩거리고 있는데 뒤에서 타박타박 발소리가 들렸다. 걷

는 게 아니라 뛰는 것이 분명한 발소리는 이내 가까워졌다.

"어어? 이 피디님이시네."

기정이 서둘러 혜수의 옷에서 손을 떼어 낸 후 강욱을 마주 봤다. 혜수 역시 당황하여 고개를 돌리니 조깅을 하고 온 듯한 강욱이 두 사람을 번갈아 쳐다보고 있었다. 그는 후드를 뒤집어쓴 채 얼굴에 땀이 흐르고 숨소리가 거칠었다. 혜수는 아랫입술을 짓씹었다.

혹시라도 그가 이 광경을 보고 오해하는 건 아닐까. 치욕스러운 상상이 들어 혜수는 얼른 강욱의 곁으로 걸음을 옮겼다. 강욱이 후드를 벗고는 기정을 쳐다봤다.

"공짜로 실컷 놀았으면 밥값이라도 하는 게 어때요? 가서 술병 좀 치우지?"

"예. 뭐, 그럼."

멋쩍어진 기정이 자리를 벗어나자 강욱이 혜수를 향해 돌아섰다. 기정이 방송국 내에서 유일하게 겁을 내는 사람이 강욱이라는 사실을 아는 혜수는 그제야 한숨을 돌렸다.

그러나 자신을 쳐다보는 그의 눈빛은 그 뜻을 헤아리기 힘들었다. 마치 나쁜 짓을 저지른 사람을 보는 것 같은 그 눈빛이.

"그 눈빛은 무슨 뜻이에요, 선배님?"

"내 눈빛이 어떤데."

"저분하고 아무 일 없었어요."

"있어도 상관없어."

강욱은 핏, 하고 웃으며 펜션 쪽으로 돌아서 뛰었다.

혼자가 되자 괜히 허탈감이 들어 혜수는 다시 웅크리고 앉았다. 그가 오해를 했다거나 하진 않았을 것이다. 양기정의 행실이야 이미 방송국 내 모든 사람들이 알고 있고 보고 듣고 있으니까. 하지만 혜수가 다른 남자와 단둘이 있든 말든 상관없다는 그 한마디가 가슴을 콕콕 쑤셔 왔다.

어쩔 수 없지, 되뇌면서도 가슴에 부는 찬바람은 막을 수가 없었다.

야유회가 끝난 후 월요일은 시작부터 바빴다. 주말 동안 들어온 소식들을 취합해야 했고 그것들을 바탕으로 취재 내용을 죄다 편집해야 했다. 덕분에 강욱은 새벽 5시에 출근하여 아침 9시가 되어야 아침 식사를 할 수가 있었다.

구내식당은 한산했다. 식판을 받아 구석진 자리로 다가가려는데 뒤에서 목소리가 들려왔다.

"이 피디님, 이리로 오세요."

돌아보니 기정이었다. 아침 뉴스가 끝나고 늦은 식사를 하고 있는 중이리라. 불현듯 어제 펜션에서의 아침이 떠올랐다. 혜수의 카디건을 여며 주던 저 녀석의 표정 때문에 혜수에게 또 한 번 차갑게 굴었다. 자신이 왜 그랬는지 아직도 이해할 수 없지만 그렇다고 해서 기정과의 식사 자리를 거부하고 싶지는 않았다. 한 번쯤 쏘아붙이는 것도 좋을 테지.

사실 기정은 1년 6개월 전까지 평일 9시 뉴스 메인 앵커였다. 학벌과 집안이 좋아 방송국에서 전적으로 밀어주었던 사람이다. 무엇보다 기정의 부친이 방송국에 꽤 큰 지분을 갖고 있어 9시 뉴스 메인 앵커를 맡았을 때 사람들의 뒷말도 무성했다. 실력보단 줄을 잘 탔다는 소문이 지배적이었다.

하지만 기정은 자신의 배경만 믿고 지나치게 우쭐했고 방송국 간부들을 차례대로 술자리로 초대해 이름하여 접대라는 것도 서슴지 않았다. 그걸 처음 발견한 게 강욱이였다. 당시 아침 뉴스 피디였던 강욱은 보도국에 투서를 했으며 기정은 곧장 9시 뉴스에서 방출되었다.

그 후로 기정은 강욱을 피해 왔다. 소문으로는 기정이 강욱에게 칼을 갈고 있다고 들었지만 워낙 의지가 박약한 사람이라 크게 개의치 않았다. 칼을 갈든 방패를 쥐든, 강욱과는 하등 상관없는 일이었다.

"일찍 출근하셨나 봐요? 지금 식사를 하시는 걸 보니."

기정이 장조림 한 조각을 입에 넣으며 말했다. 강욱은 수저를 들며 고개를 끄덕였다.

"주말에 원 없이 놀았으니 다시 일을 해야죠. 기정 씨도 아침 뉴스 잘 끝났어요?"

"아침 뉴스가 뭐 잘 끝나고 말고 할 게 있나요. 대충대충 하는 거죠. 어차피 애국가 시청률이랑 맞먹는 프로그램인데."

"그래도 책임질 시청률이라도 있는 게 어딥니까. 대충대충 하지 말고 최선을 다한다면 지금보다 두 배는 뛸 텐데요, 시청률."

"글쎄요. 앵커라면 최소한 9시 뉴스 자리 정돈 가지고 있어야 최선을 다할 생각이 들겠죠. 거기가 원래 내 자리기도 했고."

어쩐지 기정의 말끝이 뾰족하게 들렸다. 원래 자기 자리였는데 강욱 때문에 밀려나게 되어 분통 터진다는 말로 들렸다. 여전한 자아도취와 피해 의식, 그리고 이기심과 야욕이 보였다. 강욱은 고개를 설레설레 저었다.

"차라리 방송 일 접고 다른 일을 알아보지 그래요? 이쪽 일은 적성에 맞지 않는 것 같은데."

"뭐라고요?"

기정이 불쾌감을 감추지 않으며 눈을 치떴다. 강욱은 수저를 내려놓은 후 고개를 들었다.

"잘 들어요, 양기정 씨. 둘 중 하나만 해요. 방송 일을 하든가, 방송 일로 어깨에 힘만 주든가. 둘 다 하려니 힘들지. 어차피 기정 씨가 하고 싶은 건 후자일 텐데."

강욱은 식판을 들고 자리에서 일어났다. 다른 테이블에 가서 앉아 식사를 이어 가는 강욱을, 기정이 화가 나 콧구멍을 벌렁거리며 쳐다보고 있었다.

혜수는 촬영 기사와 함께 밤 8시가 넘어서야 방송국에 도착했다. 지하 주차장에 차를 대고 후딱 올라가서 오늘 하루 내내 놀이공원에서 촬영한 영상을 편집한 후 부조정실로 넘겨야 한다. 9시에 생방 시작이니 부지런히 움직여야 했다.

원래 오늘 취재분은 봄을 맞이한 노숙자들의 현황이었지만 심의에 통과하지 못해 쓰레기통으로 직행했고, 혜수는 부랴부랴 새로운 아이템으로 촬영을 할 수밖에 없었다.

"하아. 오늘 촬영은 그래도 꽤 괜찮았어요, 서 기자. 편집하면 더 괜찮아질 거니까 노숙자 촬영 건은 잊어요."

촬영 기사가 혜수를 위로했다. 노숙자들이 인터뷰에서 지나치게 은어와 욕설을 남발한 게 문제가 되어 아깝게 버려지긴 했지만, 오늘 촬영도 나름대로 만족했기에 혜수도 마주 보며 웃었다.

"이 피디님 뒷골 당기시기 전에 빨리 올라가야겠어요."

그렇게 말하면서도 혜수는 흐뭇한 마음을 감추지 못했다. 빨리 올라가 그를 만나고 싶었다. 야유회를 다녀와서 처음 보는 그의 얼굴은 어떨까. 양기정 때문에 잠시 한랭전선이 드리워지긴 했지만 그는 그녀에게 여전히 그리운 사람이었다.

두 사람이 동시에 차에서 내리는데, 앞쪽에서 갑자기 헤드라이트 불빛이 반짝거렸다. 동시에 클랙슨 소리도 울렸다. 혜수가 그쪽을 돌아봤다. 난데없는 불빛과 클랙슨 소리의 출처는 고급 승용차였다. 그리고 뒷좌석에서 비틀거리며 내린 사람은 양기정이었다. 혜수는 인상을 썼다.

"이거 이거. 우리 혜수 씨 아냐?"

기정이 혀가 잔뜩 꼬여 자신을 부르자 혜수의 찡그림은 더욱 심해졌다. 옆에 선 촬영 감독이 입을 열었다.

"양기정이야? 아니, 지금이 몇 신데 벌써부터 저렇게 비틀거려? 허이구 참. 나 먼저 올라가 있을게, 서 기자."

"예? 예."

촬영 감독은 서둘러 엘리베이터에 올랐고 혜수 역시 그를 뒤따라 빨리 이곳을 벗어나려고 기정을 돌아봤다.

"무슨 일로 저를 부르신 건지는 모르겠지만 뉴스 때문에 빨리 올라가 봐야 해요. 그럼."

"내가 우리 혜수 씨를 붙잡고 안 놔주면 오늘 뉴스는 펑크 나는 거야? 그럼?"

다가온 기정에게서 술 냄새가 가득 풍겼다. 혜수는 손가락으로 코를 막은 후 그를 쏘아보았다.

"그럴 리가요. 그래도 뉴스는 돌아갑니다. 잘 아시면서."

"헤헤헤. 이래도?"

기정이 혜수의 손목을 비틀 듯 붙잡았다. 그 악력이 감당 안 될 정도로 강해 혜수는 고통스러웠다. 이를 악물며 통증을 호소하는데도 기정은 놓아줄 생각을 하지 않고 있었다.

"이거 안 놔요? 왜 이래요?"

"내가 9시 뉴스랑 이강욱이한테 맺힌 게 좀 많아야 말이지. 펑크가 난다면 얼마나 재미있을까. 이강욱 표정도 볼만할 거야. 큭큭. 시청률 올랐다고 어찌나 나대시던지 코를 납작하게 패 버리고 싶었어."

"그건 두 사람이 푸세요. 나한테 왜 이래요? 신고하기 전에 이거 놓으세요!"

혜수가 어울리지 않게 서늘한 표정과 낮게 깔린 음성으로 엄포를 놓자 기정이 잠시 멈칫했다. 술에 취해 앞뒤 분간을 못 하고 있는 사람을 상대로 한심한 짓거리라 생각하면서도, 곧 다가올 뉴스 시간이 걱정된 혜수는 기정의 손아귀에서 벗어나기 위해 힘차게 손목을 돌렸다.

"오빠! 뭐 해요! 대리기사 올 시간 다 됐어요!"

그러던 중, 기정의 차 뒷좌석에서 여자가 한 명 내리더니 소리쳤다. 반짝이가 주렁주렁 달린 야한 원피스를 입은 여자는 짙은 화장과 함께 껌을 질겅질겅 씹고 있었다. 혜수는 한심스러운 눈빛으로 기정을 쳐다봤다.

생방송 들어가기 30분 전. 부조정실에 있던 강욱은 방금 막 손을 씻고 들어온 촬영 기사를 돌아봤다. 아침에 혜수와 함께 나간 사람이었다. 혹시나 싶어 촬영 기사의 뒤를 살폈지만 혜수는 보이지 않았다. 오늘 취재분과 함께 혜수의 근황이 궁금해진 찰나였다.

"서 기자는?"

무심하게 물었다. 최대한 무심하게 보이려 목소리까지 깔았다. 그런데 촬영 기사의 목소리 톤이 높이 올라갔다.

"어? 아직도 안 올라왔어요?"

"어디에 있는데?"

"지하 주차장에요. 아니 차에서 내려서 엘리베이터 타려는데 양기정이 서 기자를 부르지 뭐예요?"

"……양기정?"

그 이름 석 자에 강욱의 심기가 불편해졌다. 더구나 그가 혜수를 불렀다는 사실이 찜찜했다. 촬영 기사가 덧붙였다.

"예. 술에 잔뜩 취해선 서 기자하고 무슨 할 얘기가 있는지 비틀비틀 걸어오더라구요. 그래서 전 먼저 올라왔죠. 어쩌죠? 지금 편집 들어가야 생방 맞출 수 있는데. 제가 전화 한번 해 볼게요."

"아냐. 됐어."

강욱은 자리에서 일어났다. 부조정실을 나와 엘리베이터에 오르는 발길은 무척 빨랐고 다급했다. 지하로 내려가기까지 꽤 오랜 시간이 흐른 듯했다.

전광판 숫자가 하나둘 아래로 내려갈 때마다 든 생각은, 생방 시간에 맞추어야 하는 편집 작업보다 혜수가 먼저였다. 술에 취해 이성을 잃었을 기정. 자신과 껄끄러운 관계인 그가 혜수를 붙잡고 어떤 해코지를 할지 뻔하게 예상이 되었기 때문이었다.

지하 주차장에 다다른 엘리베이터에서 토해지듯 내린 강욱은 멀리 실랑이 중인 혜수와 기정을 발견하고 그쪽으로 뛰어갔다.

이거 놓으라고 애원조로 말하고 있는 혜수와 혀가 꼬여 제대로 알아들을 수도 없는 말을 내뱉고 있는 기정, 그리고 껌을 씹으며 그들을 관조하고 있는 술집 여자까지 한눈에 보였다.

한달음에 그들에게 달려간 강욱은 혜수의 손목에서 기정의 손을 분리시켰다. 그러곤 강욱은 놀란 혜수가 말릴 틈도 없이 기정의 얼굴에 주먹을 날렸다.

퍽. 주먹을 맞고 널브러진 기정과 그런 기정을 보고 소리치는 여자를 두고, 강욱은 혜수의 손을 잡고 엘리베이터 쪽으로 이끌었다.

6

 뉴스가 끝난 후 혜수는 기자 사무실로 돌아왔다. 몸에 힘이 모두 빠져나가 있었다. 한 시간이 어떻게 지나갔는지도 모른 채로 멍하기도 했다. 뉴스 룸의 뒤편에 서서 데스크와 부조정실 박스 안의 강욱을 번갈아 쳐다보면서, 혜수는 내내 마음이 복잡했다.

 무엇보다 강욱이 양기정을 주먹으로 한 대 쳤으니, 그 자존심 강한 양기정이 이 일을 그냥 넘길 리가 없다. 방송국의 주주 중한 사람인 아버지에게 쪼르르 달려가 고자질을 할지도 모르고, 그렇게 되면 강욱의 안전은 보장할 수 없는 것이다. 그는 왜 그 자리에서 주먹을 날린 걸까. 말로 싸워도 충분히 이겼을 텐데.

 그가 걱정되어 아무것도 손에 잡히지 않았다. 상황을 이렇게까지 만든 장본인이 자신이라는 자책감에 땅속으로 꺼지고만 싶었다. 나쁜 새끼. 양기정을 두고 내심으로 욕을 내뱉어도 심난한 마음은 여전했다.

"혜수야!"

혜수가 책상에 무너지듯 앉은 순간, 문이 덜컥 열리며 지아가 달려 들어왔다. 지축을 뒤흔드는 듯한 무게에 고개를 떨어뜨리고 있던 혜수가 그녀를 쳐다봤다. 지아의 얼굴을 봤을 때, 혜수는 지아가 이미 모든 상황을 소문으로 접했다는 것을 알 수 있었다.

"건물 무너지겠다. 좀 조용히 다녀. 그렇게 민폐를 끼치고 싶니?"

"지금 내 민폐가 문제야? 네가 양기정 그 새끼한테 그런 일을 당했는데?"

"어디서 들은 거야, 대체."

"양기정이 술에 취해선 너 안 놔주려고 실랑이하고 있는 걸, 마침 우리 뉴스 팀 스텝 한 명이 주차장에 내려갔다가 봤단다. 지금 방송국에 소문 쫙 났어."

"입들도 싸. 아무튼."

시니컬하게 내뱉었지만 내심 불안했다. 그들의 입을 통해 강욱과 자신, 그리고 양기정이 어떤 식으로 묘사되어 옮겨졌는지 모를 일이기 때문이다. 혹여 강욱에 대해 나쁜 소문이 돌까, 염려되었다. 지아가 씩씩거렸다.

"한때 양기정 그 새끼를 좋아한 내 눈을 찌르고 내 가슴을 찌르고 싶어. 미친놈. 술 먹고 할 짓이 없어서 널 상대로 추태를 부려? 나이를 대체 어디로 먹었대, 그놈은?"

"됐고. 소문은 어떻게 퍼지고 있는 거야?"

"뭐, 그냥. 술 취한 양기정이 너한테 추태 부렸고, 어떻게 알고 내려온 이 피디님이 양기정을 한 방 먹였고."

설명조로 이어 가던 지아가 갑자기 눈을 빛내고 다가왔다. 그러곤 조금은 의아하다는 듯 고개를 갸웃거리며 물었다.

"그런데 이 대목에서 진짜 궁금한 게 있는데, 이 피디님이 왜 양기정한테 주먹질을 하신 거야? 내가 아는 이 피디님은 말로써 해결할 스타일이지, 절대 폭력을 행사할 사람은 아니거든."

"폭력이라니. 되게 격렬한 전투를 치른 것 같잖아. 그냥 아주 약하게 친 것뿐이야. 양기정 그 사람은 넘어지지도 않았어."

"아니. 내 말뜻은 그게 아니라…… 그게 마치 널 구하러 달려온 백마 탄 왕자님 같은 콘셉트이긴 한데 굳이 주먹질까지 할 필요가 있었냐는 거지. 이건 누가 봐도 너랑 이 피디님이랑 연인 사이라고 오해할 만한 행동이지 않아? 내 여자한테 치근덕거리는 놈은 가만두지 않겠다, 뭐 이런 거 아니냐고."

"너무 나갔다. 김 기자."

"흐음. 그래 하긴 뭐, 이 피디님이 널 위해 몸을 날리실 분은 아니니까."

지아의 단언에 혜수는 살짝 마음이 상했지만 딱히 반박할 거리가 없어 입을 다물었다. 어쩌면 지아가 혜수 자신이 의아하게 생각하고 있는 부분을 딱 꼬집어 줬기에 대꾸할 말을 찾지 못했을지도 모른다. 그는 왜 주먹질까지 한 걸까.

"어쨌든 양기정이 나쁜 마음 먹고 이 피디님한테 허튼 수작 안 해야 할 텐데 걱정이다."

"그랬단 봐. 내가 증인으로 나설 테니까. 선배님은 정당방위였고 나는 양기정 그 자식한테서 충분히 위협을 느꼈어."

혜수가 씩씩대며 이를 갈고 있는데 문득 지아의 빤한 시선이 느껴졌다. 지아는 무언가를 캐내려는 듯한 기자 특유의 날카로운 눈빛을 하고 혜수를 쳐다보고 있었다. 무안해진 혜수가 목덜미를 어루만지며 물었다.

"뭐? 왜? 왜 그렇게 보는데?"

"설마…… 하, 이건 말도 안 되는 거긴 한데…… 설마 이 피디님이랑 너, 그렇고 그런 사이는 아니지? 아니면 네가 이 피디님을 좋아한다거나 뭐 그런 거 아니지? 응?"

하! 귀신같은 것. 혜수는 자신의 짝사랑을 눈치챈 지아의 통찰력에 깊이 감복했지만, 고개를 가로젓는 것으로 대답을 할 수밖에 없었다.

"아니야. 아니야. 내가 한 번 더 짝사랑이란 걸 하면 성을 갈아. 나 그럴 수 있는 여자야."

"어허! 그런 장담은 함부로 하는 게 아닌 법. 오빠가 아빠가 되고, 남이 님이 될 수도 있는데 네 짝사랑이라고 다를쏘냐."

"선배님 아직 퇴근 안 하셨겠지?"

"왜?"

"가 봐야겠어. 어쨌든 나 때문에 일어난 일이니까."

혜수는 노골적으로 좇아오는 지아의 시선을 외면하며 자리에서 일어났다.

손 국장이 강욱의 방으로 들어온 건 강욱이 생방을 끝낸 후였다. 아까 부조정실에서 조연출로부터 사태를 모두 파악했으니, 손 국장이 이 시점에서 왜 이 방에 등장했는지 이유를 짐작할 것 같았다.

도대체 사람들의 입이란 게 얼마나 가볍고 유치한 것인지, 말에 말을 더해 부풀려지고 추측까지 더해져 소문은 걷잡을 수 없이 커졌다.

강욱이 과거 권투를 배웠다느니, 양기정이 그동안 내내 강욱을 미워하고 있었다느니, 양기정이 혜수를 좋아하고 있다느니. 그중 가장 강욱을 기함하게 만든 건 강욱과 혜수가 연애를 하고 있다는 소문이었다. 그래서 양기정의 추태에 화가 난 강욱이 주먹을 날렸다고 말이다.

물론 다들 웃으며 넘겼지만 본의 아니게 막장 삼각관계로까지 발전된 걸 생각하면 그다지 유쾌한 건 아니었다. 사실은, 강욱 자신도 왜 주먹까지 올렸는지 이유를 알지 못했다.

촬영 기사로부터 혜수가 양기정과 함께 있다는 얘길 들었을 때 무의식적으로 주먹이 쥐어졌다는 것을 뚜렷하게 기억했다. 하지만 그 상황 자체를 강욱은 부인했다. 그저 혜수의 취재분이 생방 시간에 맞춰지지 못할 것에 대한 염려였을 뿐이다. 게다가 양기정과 함께라니. 충분히 염려가 불쾌감으로 바뀔 수도 있는 일이다.

"너 사고 쳤다며?"

강욱은 짐짓 무감한 얼굴로 노트북을 들여다보며 오늘 자 9시 뉴스를 다시 보고 있었다. 고개를 들지 않고 대답했다.

"벌써 소문이 퍼진 겁니까? 아무튼 빠른 거 하난 한국인들이 최고라니까요."

"9시 뉴스 피디가 잘하는 짓이다. 좌천된 사람을 상대로 주먹질이나 하니 기분 좋나? 양기정 그 자식, 누군지 몰라?"

"그래서 한 대만 쳤잖습니까. 다섯 대는 너끈했는데."

강욱이 웃으며 대답하자 손 국장이 제 가슴을 툭툭 쳤다.

"으이구. 이 답답아. 나도 그 자식 마음에 안 들어. 아침 뉴스로 좌천됐을 때 나 혼자 샴페인 땄다. 너무 좋아서. 그래도 좋은 티 안 냈지. 그 자식이 무서워서? 아니. 내가 책임자니까. 이 피디 너도 그 정도면 이제 책임자의 위치야. 그렇게 감정대로 행동할 거면 피디는 왜 했냐!"

"전 또 국장님이 절 도와주시러 오신 줄 알았습니다. 제가 나이가 몇 갠데 제 행동에 책임도 못 지겠습니까. 걱정 마세요. 국장님께 불똥 튈 일은 절대 없을 테니까."

강욱은 그제야 고개를 들고 손 국장을 쳐다봤다. 손 국장은 '자식이.'라며 말끝을 흐렸고 강욱은 씨익 웃었다.

"이제 마음 놓으시고 퇴근하세요, 국장님."

"우선 기다려 봐. 의외로 아무 일이 일어나지 않을지도 모르니까."

손 국장은 그 말을 남기고 방을 나갔고, 강욱은 의자에 깊이 등을 묻었다. 그러곤 숨을 돌릴 새도 없이 들려온 노크 소리에 귀를 기울였다. 똑똑똑.

"들어오세요."

대답이 떨어지자마자 문을 열고 들어온 사람은 혜수였다. 쭈뼛거리며 들어온 그녀의 얼굴에는 근심이 가득 어려 있었다. 아까 뉴스 생방을 하는 와중에도 그녀의 시선이 부조정실 박스로 간간이 향했던 것을 기억했다.

강욱은 짧게 한숨을 쉬었다. 왜 저 녀석의 행동 하나하나가 기억을 잠식하고 신경이 쓰이는 거지?

"무슨 일이지?"

"저어, 그게 그러니까……."

혜수는 막혀 버린 말문에 곤혹스러워했다. 들어오기 전, 그의 앞에서 침착하자고 다짐을 했건만 정작 그와 마주하고 나니 가슴이 두근 반 세근 반 뛰기 시작했다. 그러자 강욱이 모니터로 시선을 내리며 대수롭지 않게 물었다.

"지하 주차장에서의 일 때문이야?"

"네."

"그게 왜."

"양기정 씨가 선배님한테 해코지라도 할까 봐 걱정돼서요."

자판에 올랐던 강욱의 손이 잠시 움칫했다.

"제 잘못이에요. 그 사람이 저를 부르든 말든 촬영 기사님과 함께 빨리 올라갔어야 했는데."

"그렇게 뉘우쳤다면 됐어. 다음부턴 그런 일 만들지 마."

"혹시 제가 필요하시면 언제든 불러 주세요. 그러니까…… 양기정 씨가 선배님을 상대로 법적으로 어떻게……."

"서혜수."

강욱은 혜수의 말을 끊고 자리에서 일어났다. 그리고 어느 틈엔가 책상을 돌아 그녀의 앞에 섰다. 그는 눈에 띄게 흔들리는 그녀의 눈빛을 물끄러미 쳐다보다가 입을 열었다.

"네 도움이 필요하다고 말한 적 없어. 나 때문에 네가 양기정을 만나야 하는 일도 없을 테니까 그것도 안심해. 주먹질 한 번가지고 인생 다 끝난 것처럼 구는 건 정작 내 주변 사람들인데, 그거 마음에 안 들어. 너까지 이러지 마."

"어쨌든 양기정 씨는 배경이 대단한 사람이고 선배님은……."

"난 배경 따위 가볍게 무시할 수 있는 자만심과 오만함을 가졌지. 누가 이길 것 같아?"

이를 드러내며 씨익 웃는 강욱의 얼굴 표정은 혜수의 시선을 사로잡았다. 그는 비록 화려한 배경을 가지고 있지는 않으나 방송국 안 누구도 무시하지 못하는 이력과 경력을 소유하고 있었다. 새삼 강욱에게서 엿보이는 은근한 힘과 강력한 자신감에 혜수는 재차 설레었다.

좋아해요, 선배님.

선배님을 좋아해요.

아침의 방송국 로비는 부산스러웠다. 출근하는 직원들의 발소리로 가득한 그곳은 또 하나의 아침이었다. 새로운 정보와 내용으로 시작되는 하루가 이미 그곳에서부터 진행되고 있었다.

강욱 역시 무수히 많은 직원들 틈에 끼여 로비를 통과하고 있었다. 그런 그를 향해, 사람들의 발소리를 뚫고 나아오는 목소리가 있었다.

"이 피디님!"

걸음을 멈추고 고개를 돌렸다. 로비의 창가에 마련된 테이블에 느긋하게 앉아 자신을 부르고 있는 사람은 기정이였다. 지하 주차장에서 있었던 일로부터 이틀이 지났고 어제 하루 기정은 결근하여 아침 뉴스 앵커는 급하게 다른 사람으로 교체되었다. 제작진의 불평이 어마어마하게 쏟아져 나왔지만, 기정의 화려한 배경 때문에 하나같이 입을 다물었다.

강욱과 눈이 마주치자 기정은 보란 듯 반갑게 손을 흔들기까지 했다. 강욱은 어쩔 수 없이 그쪽으로 다가갔다. 테이블 위에 놓인 담뱃갑을 발견한 강욱이 그것을 집어 들었다.

"흡연실은 2층 어디에 있을 텐데."

"에이. 나도 그 정도 에티켓은 있어요. 내가 아무 데서나 설마 담배를 피울까. 그건 그렇고 좀 앉죠? 나랑 할 얘기도 있으실 텐데."

기정은 여유 만만한 승자의 모습이었다. 강욱은 마주 앉았고 기정이 미소를 보내 왔다.

"이틀이나 지났는데 나를 안 찾으셨더라고요. 뭐랄까, 꽤 멘탈이 강하신가 봐? 이 피디님?"

"어제 결근한 사람이 할 말은 아니지 않아요?"

"아팠어요. 이 피디님이 얼굴을 때리셨잖아. 아직도 퉁퉁 부었

네. 어우."

약 올리듯 얼굴을 살살 문지른 기정이 강욱의 눈치를 살폈다. 이쯤 되면 겁을 집어먹고 사과의 말을 해야 하는데, 강욱에게선 그럴 조짐이 전혀 보이지 않자 슬슬 화가 나기 시작했다.

"어떻게 할까 생각을 좀 해 봤는데. 뭐, 난 괜찮은데 우리 아버지가 영 화가 많이 나셔서 말이죠. 어떻게 생각해요, 이 피디님?"

"그래서 어쩌시려고?"

"이 피디님이 충분히 사과를 하신다면 뭐 저도 사람이니까, 내가 잘못한 부분도 분명히 있으니까, 넘어가겠죠."

"충분한 사과가 없다면요?"

"에이. 알 만한 사람들끼리 왜 이래요? 방송국 계속 다니고 싶지 않아요?"

강욱은 조롱 섞인 미소를 짓고 있는 기정을 뚫어지게 쳐다봤다. 기정은 개의치 않고 말을 이어 갔다.

"법으로 하면 시간이나 돈이 많이 들 테니 그건 나도 별로고. 뭐 방송국 안에 직원윤리위원회라는 것도 있으니까. 그 양반들이 그래 봬도 상당히 공정하고 정의롭더라고요. 우리 아버지가 이 방송국의 주주라는 것도 안 통할 양반들이라는 거 이 피디도 알잖아요? 그러니까 이러쿵저러쿵 뒷말 안 나오게 깔끔할 테니까 나도 좋은 거지 뭐. 어휴, 사람들이 내 배경 때문에 얼마나 날 들들 볶는지. 이번 기회에 나도 정정당당하게 맨손으로 해결할 수 있다는 걸 보여 주고 싶기도 하고."

기정의 자신만만해하는 긴말을 들으며 강욱은 고개를 끄덕였다. 그러자 기정이 의아하게 고개를 갸웃거렸다. 자신의 말에 동조한다는 건지 뭔지 애매한 강욱의 태도가 신경에 거슬린 모양이었다.

강욱은 핸드폰을 꺼내어 한 페이지를 열었다. 그러곤 기정 몰래 녹음 시작 버튼을 눌러 기정의 앞으로 밀었다. 기정이 그것을 들여다보았다.

"그래요? 흐음. 그럼 이걸 먼저 봐야겠군요. 양기정 씨."

"이게 뭐죠?"

"궁금해서 나도 찾아봤어요. 우리가 신입사원 세미나에 갔을 때 잠시 보고 잊었던, 직원윤리강령 말이죠. 거기 15조 7항에 이런 부분이 있더군요. 방송국 내에서 물의를 일으킨 자는 윤리위원회에 회부된다. 물의의 예시 중에 '음주'와 '성희롱'이 있어요. 아, 물론 '폭행'도 있죠."

핸드폰 속 화면에는 강욱이 말한 대로 윤리강령 목록이 있었다. 그것들 들여다본 기정의 표정이 굳어졌다. 강욱의 폭행만 생각했지, 본인의 실수는 전혀 고려하지 않았던 기정이 뒤통수를 맞은 격이었다. 강욱은 다시 입을 열었다.

"좋습니다. 양기정 씨, 우리 둘 다 정정당당하게 윤리위원회에 올라가죠. 가서 시시비비를 따지면 둘 다 만족할 만한 결과가 나오지 않겠어요? 그쪽은 두 가지, 난 한 가지에 해당되는군요."

기정이 말문이 막혔는지 고개를 홱 돌리며 강욱을 외면했다. 아랫입술을 질끈 깨물며 나직이 한숨을 내쉬는 것이 보였다. 패배를 인정하기 싫었는지 입술만 잘근잘근 씹고 있었다. 그러거나 말거나 강욱은 심드렁하게 물었다.

"그래도 윤리위원회로 가겠어요? 양기정 씨?"

"흐음."

강욱의 질문에 기정이 잔기침을 하며 대답을 미루자, 강욱이 재차 입을 열었다.

"난 대답을 원해요."

"안 가요. 안 간다고!"

기정이 짜증을 내며 인상을 썼다. 강욱은 핸드폰의 녹음 버튼을 껐다. 기정의 말은 모두 강욱의 핸드폰에 고스란히 녹음되어 있었다. 기정이 아연하여 강욱을 쳐다보자, 강욱은 마지막으로 쐐기를 박았다.

"그리고 한 가지 더 말씀드리자면, 내 사람들은 건드리지 말아요. 한 번만 더 이런 일이 생긴다면 그땐 윤리위원회를 각오하고 덤빌 겁니다."

자리에서 일어난 그는 핸드폰을 주머니에 넣은 후 돌아섰다. 고작 이런 일로 유치한 신경전을 벌여야 한다니 스스로가 한심했지만 차후를 위해서라도 한 번쯤 쐐기를 박는 건 필요했을지도 모른다. 무엇보다, 양기정이 또다시 혜수에게 치근덕대는 일은 없어야 했다. 무엇보다.

레스토랑에선 잔잔한 팝 발라드가 흐르고 있었다. 그렇게 화려

하지도 또는 단조롭지도 않은 인테리어는 강욱의 마음에 들었으며, 시종일관 직원들이 짓는 미소도 부담스럽지 않았다. 조연출에서 연출로 올라가고 삶이 바빠지기 시작하면서, 이런 여유는 찾아지지도 찾을 생각도 없었지만 오늘 일요일은 특별히 시간을 냈다.

동생 민욱이 일요일 점심을 함께 하자고 말한 건 어제 아침이었다. 출장이 끝나고 다시 서울로 복귀했으나 서로가 바쁜 나머지 전화 통화도 이루어지지 않은 지 며칠째였다. 강욱 역시 민욱과 식사 한번 같이 해야지 하면서도 늘 시간에 쫓기기 급급했다. 그런 그에게, 민욱이 큰소리를 냈다. 일요일에 밥 같이 안 먹으면 방송국으로 쳐들어가겠다고.

이 레스토랑도 민욱이 예약해 둔 것이었다. 강욱이 10분 일찍 도착했고 민욱이 정각에 도착했다. 민욱이 자리를 하자마자 직원이 미리 예약해 둔 식사의 세팅을 하기 시작했다. 테이블 너머 동생의 얼굴은 더없이 환하게 밝아 보였다. 얼마 전 아버지의 병원행 때문에 민욱이 다소 걱정을 했지만 다행히 아무 일 없다는 얘길 전해 준 후 안도했던 참이었다.

"우리 동생이랑 같이 밥 먹는 게 얼마만인지."

강욱이 물을 머금으며 미소를 띠자 민욱도 피식 웃었다.

"그러게. 같은 서울 하늘 아래 살면서 이게 뭐야. 이산가족도 아니고."

"이산가족이나 마찬가지지. 아버지도 제대로 못 뵙잖아. 형이 죄가 많다."

"다음엔 아버지도 같이하는 자릴 마련해야겠어. 아버지 왕따당

하신다고 또 우실라."

그렇게 말하며 민욱이 큭큭 웃었다. 강욱과 민욱이 함께 밖에서 만나 식사했다는 얘길 전해 들으실 때마다 아버지는 당신만 따돌림당하신다며 우는 시늉을 해 보이셨다. 그럴 때마다 강욱이든 민욱이든 석우를 달래느라 애를 먹어야 했다. 세 남자의 부자의 정은 그렇게 늘 끈끈했다.

식사가 나오고 강욱이 나이프와 포크를 집어 들며 물었다.

"넌, 올해 승진 안 해?"

"어휴. 말도 마. 안 그래도 아버지가 형 9시 뉴스에 입성했는데 넌 승진 안 하냐고 자꾸만 물으셔서 죽겠어. 내가 대답했지. 난 형처럼 뛰어난 인재가 못 되니까 너무 기대하지 마시라고."

"엄살은. 작년 건축업계 젊은 건축사로 선정된 네가 그런 말을 하면 형이 뭐가 돼?"

"그건 복불복이라니까. 번갈아 가면서 받는 거야. 하나도 특별할 게 없어."

"그래. 그렇다 치자."

민욱은 강욱과 같은 대학을 나왔다. 대한민국에서 일류로 손꼽히는 대학을 다니면서 서로의 생활에 대해 빼곡하게 알고 있었다. 물론 군대 복무 시기가 엇갈리면서 두 사람이 같이 대학을 다니진 않았지만, 선배로, 후배로, 사람들로부터 전해 듣게 되는 것이다. 한마디로 민욱은 강욱의 대학 생활이 어떠했는지 모두 알고 있는 셈이었다.

싱긋 웃는 강욱을, 민욱이 빤히 쳐다보았다. 무언가 할 말이 있는 듯한 표정이어서, 강욱이 대수롭지 않게 물었다.

"왜. 할 말 있으면 해."

"형 소개팅 한번 해 볼래?"

말이 떨어지기가 무섭게 소개팅 운운하는 민욱을, 강욱이 고개까지 들고 쳐다봤다.

"뜬금없이 무슨 말이야."

"진희…… 있잖아."

"응."

"걔가 형한테 소개시켜 주고 싶은 여자가 있대. 걔 대학 선밴데 구청 공무원이래. 나이는 서른둘. 외모나 학벌도 나쁜 편은 아니고 집안에 재산도 좀 있나 봐."

진희는 민욱의 애인이었다. 진희 역시 건축사로서 두 사람은 같은 건축 회사를 다니며 자연스럽게 연애를 시작하게 됐다. 민욱이 진희와의 연애를 강욱에게 슬쩍 언급한 건 작년 겨울. 강욱은 축하한다 한마디 해 주었다.

"그런 여자가 왜 나 같은 남잘 만나. 더 좋은 남자들이 들러붙겠지."

"형만 한 상대도 없지. 직업 끝내주지, 연봉 끝내주지, 성격 좋지. 외모도 어디 하나 달리는 데가 없지. 어떤 여자라도 형이라면 눈에 불을 켜고 달라붙을걸?"

"아직 나한테 달라붙은 여잔 없었어. 그러니까 그렇게 추켜세우지 않아도 돼."

"아직 그 누나 못 잊은 건 아니고?"

민욱이 조심스럽게 물었다. 강욱이 멈칫했다. 은성을 말하는 것이리라. 함께한 시간이 길었던 만큼, 은성은 강욱의 주변 사람들의 기억에 아직 남아 있는 존재인 모양이다.

"다 잊었다. 그깟 게 뭐라고 아직도 잊니 마니 하겠어. 일하느라 정신이 하나도 없는데."

"그럼 소개팅해 봐. 밑져야 본전이잖아. 잘되면 좋은 거고 잘 안 되어도 뭐, 지금보다 나쁠 게 있겠어?"

"말을 바꾸지. 형은 아직 여자 생각이 전혀 없어. 그냥 이대로 나이가 들어 간다고 해도 어쩔 수 없어. 지금 현재로선 나를 쥐고 흔드는 건 일뿐이야. 그게 다야."

"직접 만나 보면 생각이 달라질 거야. 형이 지금 워커홀릭이 된 건 곁에 여자가 없기 때문이기도 해. 연애를 하면 삶에 얼마나 활력이 되는지 형도 알 거 아냐? 그런 좋은 걸 대체 왜 안 하는 거야?"

민욱이 연애의 장점에 대해 열변을 토했다. 강욱은 그런 동생을 빤히 쳐다봤다. 연애. 그 화려하고 열정적이고 따사롭고 즐거운 감정을 강욱이라고 왜 모를까. 하지만 이제 겁이 난다. 귀찮고 피곤하다. 연애의 실패는 그렇게 강욱에게 짙은 생채기만 남겨 놓았다. 강욱은 다시 포크를 움직이며 말했다.

"우리 동생께서 형의 소개팅에 왜 이렇게 안달복달이실까. 뭐 하고 싶은 말이 따로 있는 거야?"

아무래도 민욱이 자꾸만 강욱의 연애를 재촉하는 이유가 따로 있을 거라는 추측이 들었다. 형의 생활에 참견하는 성격도 아니고 크게 간섭을 하는 스타일도 아닌데, 이렇게 들들 볶는 이유가 있을 것이다.

강욱이 묻자 민욱이 나이프와 포크를 내려놓았다. 그러곤 물을 마신다. 아무래도 뭔가 강욱이 추측한 것 이상의 큰 이유가 있는 듯싶었다.

"진희네 집에서 결혼을 재촉하시나 봐."

민욱의 그 한마디에 강욱은 모든 것이 이해되었다. 갑자기 전화해서 오늘 식사 한번 하자고 한 이유도 그제야 납득이 되었다. 강욱 역시 나이프와 포크를 내려놓은 후 물 잔을 집어 들었다.

"내 동생이 드디어 결혼이란 걸 하게 되는 건가?"

흐뭇하게 물었지만, 민욱의 얼굴은 자못 굳어 있었다.

"난 형이 먼저 결혼한 후에 할 거야. 진희 쪽에서 아무리 급하게 간다고 해도 난 그럴 거라고."

"왜."

"아버지나 형, 둘 중 한 사람이라도 행복하게 사는 걸 봐야 마음 편히 결혼할 수 있을 것 같아. 지금으로선 내가 마음이 좀 아파서 그래. 나 혼자만 행복을 찾아가는 것 같아서 견딜 수 없이 미안해."

강욱은 가슴이 아팠다. 민욱이 이런 생각까지 하고 있으리라곤 상상도 못 했다. 늘 어린 동생이라고만 여겼는데, 마음 한구석이 어느새 성큼 자라서 가족에 대한 걱정과 연민으로 가득 차 있었다니. 이런 상황이 서글퍼진 강욱은 가까스로 입을 열었다.

"자식이. 실없긴."

"형."

"결혼해. 지금 진희 씨 놓치면 너 평생 후회할 거야. 형 생각은 하지 마. 나나 아버진 아무렇지도 않을 거야. 준비된 사람이 먼저 시작하는 건 당연한 거야. 그건 미안한 게 아냐."

"그래도 그럴 수 없어."

"아니. 이건 형으로서 너한테 말하는 거야. 올해 안에 날짜 잡고 식 올리자. 아버지껜 내가 먼저 귀띔을 해 둘 테니까 다음에 정식으로 진희 씨를 소개시켜 드려. 알았지?"

"그럼 하나만 약속해 줘. 소개팅해. 형."

민욱은 대답 대신 재차 소개팅을 제안했다. 강욱은 단호하게 고개를 저었다.

"그런 거 안 한다니까."

"해 줘. 제발."

"자식아. 형이 이 나이 먹도록 여자하고 마주 보고 앉아서 제 이름은요, 제 직업은요, 제 나이는요, 이런 걸 해야겠어?"

징그럽게도 매달리는 민욱에게 강욱은 열심히 거절했다.

"그래도 해 줘. 형!"

민욱의 제안은 다분히 어리광처럼 변해 갔다. 주변 사람들이 슬그머니 쳐다보는 게 느껴졌다. 강욱은 고개를 푹 숙였다.

"모처럼 쉬는 날인데 어딜 가려고?"

정순이 거실로 나오며 물었다. 정순의 말대로 모처럼 온 가족이 모두 쉬는 일요일이었다. 이발소를 하시는 아버지도, 꽃 가게를 하는 엄마도, 심지어 아르바이트를 하는 영수까지. 한가로운 일요일 오전을 보내고 점심때가 막 시작되려 할 즈음이었다.

후드 티셔츠에 청바지를 입고 크로스백을 메고 방을 나선 혜수의 앞을 앞치마를 두른 정순이 가로막고 섰다. 정순은 모처럼 가족이 모두 쉬는 날이니 점심으로 별미를 먹자며, 비빔국수 재료를 부산스럽게 준비했다. 아버지 현철까지 팔을 걷어붙이고 엄마를 돕겠다며 주방에 계시는 통에, 혜수는 외출이 쉽지 않을 거라 생각은 하고 있었다.

하지만 오늘이 아니면 시간적인 여유를 낼 수 없을 것 같았고 더구나 잠시 후면 지아가 집 앞에 도착할 것이다. 정순의 외침에 현철과 영수까지 거실로 나왔다.

"엄마. 진짜 진짜 미안한데 지금 나가 봐야 돼요."

"그러니까 어딜 가는 거냐구. 끽해야 네 명뿐인 가족인데 다 같이 얼굴 보고 있는 날도 일 년 중 며칠이나 된다구. 엄마, 섭섭해질라 그런다."

"그래. 혜수야. 무슨 일인지는 모르겠지만 다음으로 미루면 안 되겠냐? 엄마랑 아빠는 비빔국수 다 먹고 너랑 영수 데리고 영화관에 가려고 계획 세우고 있었거든."

"우리 누님께서 이 하나뿐인 남동생의 마음을 너어무 모르시는 거지. 오매불망 누님과 함께하는 시간만 기다려 온 싸나이의 애틋한 가슴에 이렇게 찬물을 들이부어도 되는 거야?"

영수까지 나서서 혜수를 막는 통에, 혜수는 일단 일 보 후퇴를 할 수밖에 없었다. 그러나 정순과 현철에 얹혀 한마디 내뱉는 영수의 저의는 아무래도 의심이 될 수밖에 없었다. 혜수는 팔짱을 꼈다.

"엄마 아빠가 애틋한 건 알겠는데 너까지 왜 이래? 적응 안 되게. 왜, 용돈 떨어졌니?"

"에이. 누님 또 그러신다, 또. 자자 이걸 봐."

영수는 후다닥 제 방으로 들어갔다 다시 나왔다. 영수의 손에는 잘 다려진 혜수의 바지가 들려 있었다.

"각 잘 잡혔지? 우리 누님 생각하는 건 이 남동생밖에 없다고 봐. 세상 그 어떤 남동생이 금쪽같은 자기 시간을 빼서 누님의 옷을 다려 놓느냔 말이지. 누나, 나 예뻐? 예쁘지?"

"그래. 아주 징그럽게 예쁘다."

"그렇다면."

영수가 손바닥을 척 펼쳐 보였다. 그 바람에 정순과 현철이 어이없어 하느라 한바탕 실소를 하고 말았다. 혜수는 고개를 설레설레 젓고는 지갑을 꺼내 지폐 몇 장을 영수의 손에 쥐여 주었다.

다행히 그 덕분에 정순과 현철의 마음이 누그러진 듯했다. 저녁 식사는 꼭 집에 와서 같이 먹겠다고 다짐에 다짐을 한 후에야 혜수는 집을 나올 수가 있었다.

대문을 열고 나오자마자 지아의 노란색 경차가 보였다. 차 문을 내린 지아가 손을 흔들어 보인다. 혜수는 후딱 달려가 조수석에 올랐다. 그러곤 서둘러 고개를 뒤쪽으로 돌리니 뒷좌석에는 포장을 뜯지도 않은 커다란 텔레비전이 보였다. 혜수는 씨익 웃었다.

"대체 이해를 못 하겠다, 난."

예상대로 지아의 불평불만이 쏟아지기 시작했다. 이미 짐작했던 일이라 혜수는 심드렁하게 대꾸했다.

"왜 또."

"꼭 이렇게까지 해야겠어? 아니, 1등 상품으로 받은 텔레비전을 기부하겠다는 건 또 뭐야. 너 천사 아니잖아. 천사의 탈을 쓴 사악한 년이잖아. 저녁 뉴스에서 빌빌대고 있는 친구 놔두고 혼자 9시 뉴스로 올라가 승승장구하고 있는 나쁜 년이잖아. 그런데 왜 갑자기 천사인 척?"

"너도 세상을 달리 사는 법을 좀 배워. 세상엔 집과 밥과 방송국만 있는 게 아니란다. 사회부 기자로서의 행동반경이 너무 좁다는 생각 안 들어?"

"어쭈. 얘가 세게 나오네. 출세 가도를 달리고 있다 이거냐?"

혜수는 빙긋 웃었다. 지아가 이렇게 투덜거려도 결국 혜수가 하자는 쪽으로 마음을 합칠 거라는 걸 알기 때문이었다.

야유회에서 강욱이 했던 말을 며칠 내내 곱씹으며 내린 결정이었다. 인터넷을 뒤져 강욱이 언급했던 모임을 알아냈고 어제 미리 대표자와 연락을 취했다. 지아는 불만스럽게 이죽거렸지만 끝내 이렇게 함께하고 있다.

"그 모임 이름이 뭐라 그랬지?"

운전을 하며 지아가 묻자 혜수가 금세 대답했다.

"일을 사랑하는 사람들의 모임. 일명, 일사사."

"그러니까 그곳이 신체가 불편한 사람들이 모여 서로를 위로하면서 일자리를 알아봐 주는 곳이란 말이지?"

"응. 그렇대. 아무래도 평범한 사람들에 비해 일자리를 가질 수 있는 기회가 적고 또 그렇기 때문에 기초 생활도 안 되는 사람들이 많아서 간혹 거기서 숙식도 한대."

"한대? 흐음. 네가 직접 알아낸 게 아니라는 뜻인데? 대체 누가 너한테 그런 쓸데없는 짓을 하라고 시키든?"

지아가 말꼬리를 물고 늘어지는 바람에 혜수는 움찔하며 입을 닫았다. 이강욱 선배가 그랬다고 말할 수 없어 괜스레 딴짓만 했다. 글러브박스를 열어 보기도 하고 창문을 내렸다가 다시 올리기를 반복하면서 지아를 외면했다. 그러다 눈에 들어온 서울 외곽 도로의 봄. 벚꽃나무가 즐비한 도로가를 쳐다보면서 절로 탄성을 내뱉었다.

일주일 동안 만개했다가 금세 시들고 말 하얀 꽃이 잔잔한 실바람에 비처럼 쏟아졌다. 한 번쯤은 차를 멈춰서, 지상에 두 발을 딛고 서서 꽃비를 맞아도 좋겠다는 생각이 들었다. 혜수는 환하게 미소 지었다.

선배님. 지금 뭐 하고 계세요?

선배님도 저 나무를, 봄을, 보고 계셨으면 좋겠어요.

지아의 차가 도착한 곳은 경기도 외곽에 있는 조그만 마을이었다. 그 마을의 가장 끝 지점에 있는, 컨테이너 박스 두 개가 연결

된 사무실이 오늘 두 사람의 최종 목적지였다. 조그만 간판에는 '일을 사랑하는 사람들의 모임'이라고 적혀 있었다.

차가 도착하자마자 기다렸다는 듯 사무실에서 두 사람이 나왔다. 두 사람 모두 오십 대의 남자들이었으며 한 사람은 다리 하나가 없이 목발을 짚고 있었고, 다른 한 사람은 겉으론 멀쩡해 보였다. 그러나 자세히 보니 오른손이 통째로 없었으며, 기다란 셔츠 소매가 그것을 숨기고 있었다.

오른손이 없는 사람이 대표였다. 어제 미리 연락이 닿은 덕분에 혜수는 낯익은 사람처럼 그들을 대했고, 그들도 하나같이 매우 반가워하며 혜수와 지아를 맞이했다.

"이렇게 누추한 데까지 오시느라 고생이 많았소."

"그러게 말이에요. 손님이나 다름없는데 뭐 드릴 것도 없고 죄송할 따름이네요. 차라도 한 잔씩들 들어요."

아저씨들은 연신 허리를 숙였다. 그럴 때마다 혜수와 지아는 어쩔 줄 몰라 하며 그러지 마시라고 말렸다. 네 사람이 옥신각신하고 있을 때, 그곳으로 석우가 다가왔다. 석우를 발견한 아저씨들이 환하게 인사를 건넸다. 석우가 강욱의 부친이라는 사실을 까맣게 모르는 혜수의 시선이 석우에게 닿았다.

"응. 이 씨 왔어?"

"뉘신가들."

석우는 일요일을 맞이해 이곳에 들른 참이었다. 젊은 여자들이 이곳에 있는 풍경은 아무래도 낯이 설었기에 고개를 갸웃거리며 물으니, 곧이어 대답이 돌아왔다.

"방송국 기자들이신데 여기에 텔레비전을 기부하고 싶다고 어제 전화를 하셨지 뭔가. 하하하, 아 참, 기자님들, 여긴 이 씨라고 우리 중에 제일 잘나가는 양반이우. 젊었을 때 소방관으로 일하다가 사고로 손가락이 잘려서 지금은 근처 회사 경비로 일하지."

소개를 받고 인사를 한 석우는 방송국 기자들이란 말에 귀가 번쩍 뜨였다. 지아가 두 아저씨들과 함께 텔레비전을 나르는 동안, 석우는 혜수에게 다가갔다.

"이거 이렇게 고마울 데가. 사람들이 별로 관심을 가지지 않는 곳인데 어떻게 여길 올 생각을 했는지."

"아닙니다. 저희가 좀 더 많은 곳을 알아내고 도움을 드려야 하는데 그러질 못했어요."

혜수는 대답하며, 손가락이 없는 석우의 손에 잠시 눈을 두었다.

"그래, 무슨 방송국이에요? 우리 아들도 방송국 다니는데."

그러다 석우의 의외의 말에 혜수는 고개를 번쩍 들고 놀란 듯 눈을 크게 떴다.

"어머, 그러세요? 저는 NBS 방송국 보도국 기자입니다."

"으잉? 아니, 이런 우연이. 우리 아들도 NBS 방송국이에요. 거기서 뉴스 만들어요. 9시 뉴스."

"실례지만, 아드님 성함이……."

"이강욱."

아는 사람일 수도 있겠다는 생각에 선뜻 이름을 물었지만, 돌아온 대답에 혜수의 낯빛이 눈에 띄게 하얘졌다. 석우가 다시 입을 열었다.

"알아요?"

"……네. 제 직속 선배님이세요."

"아아, 그렇구먼. 이거 이렇게 만난 것도 인연인데 들어가서 차 한잔하고 가요. 아, 내 정신 좀 봐. 가서 주전부리라도 사 와야 지."

"아뇨. 그러지 않으셔도 돼요. 제가 가서 사 올게요."

"잉? 그럼, 같이 가지 뭐. 마트가 여기서 몇 발 안 돼요. 무지 가까워."

석우는 인자한 미소를 시종일관 혜수에게 보냈다. 혜수는 석우 와 함께 걸으며 기묘한 기분에 휩싸였다. 그의 부친과 나란히 걷 고 있다는 사실이 믿기지 않아 그저 얼떨떨할 뿐이었다.

한편으론 강욱이 왜 하필 기부를 제안했는지, 그리고 그 장소 로 이곳을 언급했는지 알 것도 같았다. 부친을 통해 소외된 이들 을 직접 경험해 봤기에 가능했던, 강욱만의 삶의 방식이었는지도 모른다.

어쩐지 그의 전부를 들여다본 기분이었다. 의도하지 않았던 일 이 우연처럼 일어난 것이 신기했다. 하지만 그것보단 강욱의 지난 삶이 어떠했을지 상상이 되어 본의 아니게 마음 아팠다. 조금은 도도했을, 조금은 무뚝뚝하기도 했을, 그리고 조금은 아프기도 했 을 그의 과거가 눈에 보이는 듯했다.

자박자박 마트까지 걸어가는 발걸음은 잔잔했다. 오는 길에 본 꽃비가 여기에도 내리기 시작했다.

일사사에 다녀온 늦은 오후, 혜수는 지아와 함께 방송국에 들렀다. 지아는 저녁 뉴스를 위해 곧장 담당 피디에게 간 터라, 혜수는 혼자 기자 사무실에서 방황하다 강욱의 방 앞을 서성거렸다. 일사사에서 있었던 우연이 그녀의 발길을 이리로 이끌었다.

그리고 그 신기한 우연은 지금도 계속되었다. 일요일이라 당연히 텅 비어 있을 거라 생각한 강욱의 방에서 환한 불빛이 새어 나오고 있었던 것이다.

혜수는 멍하니 강욱의 방문을 쳐다보았다. 무슨 용기가 났는지, 나직이 문을 두드렸다. 안에선 대답이 없었고 어떤 기척도 들려오지 않았다. 강욱이 불을 켜 두고 부조정실에 갔을지도 모른다고 생각한 혜수는 조심스럽게 문을 열고 들어갔다. 한 바퀴 휘 둘러보다 보면 그를 향한 그리움을 달랠 수 있을 것이다.

방 안에 들어선 혜수의 걸음이 우뚝 멈추어졌다. 강욱은 다리를 책상에 올린 채 의자에 등을 깊이 묻고 잠을 자고 있었다. 심장이 삐걱대며 내려앉는 것도 잠시, 그에게서 들려오는 고른 숨소리에 혜수는 길게 숨을 내쉬며 안도했다. 그는 깊은 잠에 빠진 듯해 보였다.

강욱에게 가까이 다가 간 혜수는 상체를 조금 숙여 그의 얼굴을 뚫어지게 응시했다. 아주 가까운 거리였다. 얼굴을 보자 그를 향한 연민과 그리움이 동시에 솟구쳤다. 이 남자가 보고 싶었던 거다. 일사사에서부터 시작된 그리움이 견딜 수 없을 정도로 커져서, 끝내 지아를 따라 방송국에 올 수밖에 없었던 거다.

갑자기 울컥해져 떨리는 입술을 깨물었다. 이 열병 같은 짝사랑의 끝이 어떤 모습일지 짐작도 되지 않아 더 서글펐다. 그저 장난 같았던, 그래서 설레는 것에 좋았고 가슴 떨리는 것에 가만히 웃기만 했던, 그 작았던 감정의 편린이 이렇게 크고 깊어져 어찌할 바를 모르고 있었다.

눈가가 뜨거워질 것 같아 잠시 인상을 찡그린 혜수는 그가 깨기 전에 이곳을 나가야겠다고 생각했다. 그래서 얼굴을 거두고 상체를 바로 하려는데, 강욱이 천천히 눈을 떴다. 놀란 나머지 혜수는 그대로 굳어지고 말았다.

숨소리가 얼굴에 닿을 정도로 가까운 거리. 완전하게 떠진 강욱의 눈이 혜수를 집어삼킬 정도로 이글거렸다.

7

민욱은 식사 자리에서 간단히 반주도 곁들였다. 강욱은 운전을 염려했지만 민욱은 대리기사를 부르면 된다며 기어이 양주를 주문한 것이다. 제 딴에는 결혼에 대해 걱정이 많았는지, 강욱의 허락이 떨어지자 긴장이 다소 풀린 듯해 보였다. 그래서 강욱도 민욱이 술을 마시는 것에 대해 딱히 저지하지 않았다.

결국 민욱은 술에 거나하게 취했고 뒷수습은 모두 강욱의 몫이었다. 대리기사를 불러 민욱의 차가 안전하게 떠나는 것까지 지켜본 후에야 방송국으로 돌아올 수 있었다. 저녁이 가까워지려 하는 늦은 오후, 강욱은 의자에 푹 몸을 파묻고 생각에 잠겼다.

그 자신, 이미 은성을 잊었는데 오히려 주변 사람들이 잊지 못하고 있는 것에 대해 탄식이 흘러나왔다. 돌이킬 수도 다시 시작할 수도 없는 관계라는 것을 주변 사람들만 인정하지 않는다. 깨져 버린 그릇을 다시 이을 수 있다고 믿는 그 사람들에게 강욱은 한마디 하는 것조차 피곤했다.

민욱의 결혼은 의외였지만 언제든 닥칠 일이라 늘 생각해 왔다. 그 시기가 조금 앞당겨졌을 뿐 달라질 건 없을 테니, 형으로서 얼마든지 축복해 줄 것이다. 부담스러운 주변의 시선 또한 절대 개의치 않을 것이다. 강욱은 오로지 민욱의 행복만 바라고 있었다.

생각은 거기에서 멈추어졌다. 야유회를 다녀온 이후 며칠 동안 뉴스 방송에, 대학교 특강 수업에, 그리고 보도국 연석회의에 쫓아다니느라 피곤해진 몸이 그대로 잠을 받아들였다. 그는 책상에 다리를 올리곤 깊이 잠들기 시작했다.

잠에 취해 몽롱하던 의식이 제자리를 찾아가기 시작한 건, 코앞에서 느껴진 익숙한 향 때문이었다. 언젠가 이 향을 맡았던 것이 무의식중에서도 기억이 났다. 달콤했으며 향기로웠으며, 또한 감정을 간질이는 것 같은 여자의 향. 어디서였을까. 누구한테서였지?

잠결인데도 기억을 더듬어 가던 강욱은 이 향의 주인공이 혜수였다는 것을 깨달은 것과 동시에 천천히 눈을 떴다. 크고 맑은 눈이 지척의 거리에 있었다. 강욱의 의식이 수면에서 현실로 재빨리 넘어왔다. 그 눈이 혜수의 것임을 안 건 그다음이었다. 그리고 한동안 놀라 눈만 껌뻑거리던 그녀가 벌떡 허리를 바로 세운 것도 그즈음이었다.

"서, 선배님."

혜수가 치부를 들킨 사람처럼 말을 더듬을 때, 강욱은 손바닥으로 마른세수를 했다. 그러곤 얼른 다리를 내리고 헛기침을 했다. 인상을 찡그렸다가 펴기를 반복했고 혀끝으로 입술을 축이기도 했다. 그래도 긴장감이 사그라지지 않았다.

말도 안 되는 건, 하마터면 이 녀석의 뒷머리를 끌고 와 입을 맞출 뻔했다는 것이다. 순간적으로 눈이 멀어 혜수를 상대로 어처구니없는 짓을 벌일 뻔했다. 강욱은 지레 민망하여 앞머리를 쓸어 올리곤 자리에서 일어났다.

"언제 들어온 거냐. 왜 나를 깨우지 않고 멀뚱멀뚱 보고만 있었지?"

괜히 제 발 저려 혜수를 보는 시선이 곱지 않았다. 묻는 말투마저 뾰족해져 자칫 혜수가 오해를 할 수도 있을 상황이어서, 강욱은 말을 내뱉은 후 곧 후회했다. 하지만 예상과는 달리 혜수의 표정은 잔뜩 굳어 있었다. 강욱 쪽에서 외려 당황하여 물었다.

"너, 표정이 왜 그래?"

"아, 아뇨. 아무것도 아니에요. 어…… 그냥 지나가는 길에 선배님 방에 불이 켜져 있기에 들어왔고 그리고…… 그리고…… 주무시기에 뭐라도 덮어 드릴까…… 하고 생각하다가…… 그러다가…… 선배님 얼굴에…… 뭐가 묻어서…… 그거 뗄까…… 하다가……."

지나치게 굳어져선 말을 얼버무리는 혜수에게, 강욱이 한 발자국 다가섰다. 그러자 혜수가 '저, 저는 이만 나가 볼게요.' 라며 꽁지에 불이 붙은 사람처럼 방을 나갔다. 강욱은 뻐근하게 조여오는 뒷목을 누른 후 허탈한 한숨을 지었다. 눈앞에선 여전히 혜수의 큰 눈과 입술이 환영처럼 둥둥 떠다녔다.

정신을 챙기기 위해 세차게 고개를 저은 강욱은 곧장 핸드폰을 꺼냈다. 석우의 번호를 누른 후 책상 끄트머리에 걸터앉은 강욱은, 행여 혜수가 다시 들어올까 연신 문 쪽을 쳐다봤다.

"아버지."

— 잉? 우리 큰아드님 아니냐.

석우의 목소리를 듣자 비로소 이성이 되돌아오는 것 같았다. 강욱은 일어서서 오디오 세트가 있는 쪽으로 다가갔다. 플레이 버튼을 누르니 클래식이 잔잔하게 흘렀다.

"일요일인데 뭐 하고 계셨어요?"

— 나야 일요일에도 바쁘지. 여기 모임에 나와서 아저씨들하고 장기 두고 있다. 저녁도 여기서 먹고 갈 거야.

"그러셨어요? 맛있는 거 많이 잡수세요. 그리고 아버지."

— 응.

"말씀드릴 게 있어요. 조만간 집에 내려갈 테니까 그때 얘기해요."

— 왜 무슨 일인데? 나쁜 일이냐?

"아뇨. 아주 좋은 일이에요. 아버지가 들으면 기뻐하실 일입니다."

— 그런 거라면 얼마든지 기다리마. 아비는 기다리는 것 하난 잘한다.

석우의 음성은 늘 지친 가슴을 두드렸다. 편안하고 안락하고 더없이 안심이 되는 아버지의 목소리. 그 목소리가 잠시 후 강욱이 전혀 예상치도 못한 이야기를 전해 주었다.

— 아, 참. 그리고 오늘 너 방송국 후배라면서 아가씨 둘이 여

기 다녀갔다.

"방송국 후배라뇨?"

— 이름이 뭐였더라? 이놈의 기억력이. 아무튼 한 명은 살집이 좀 있는데 귀엽고 또 한 명은 아주 예쁘고 붙임성도 좋은 아가씨더구나. 둘이 텔레비전을 기부하겠다고 여기까지 가지고 왔지 뭐냐.

의외의 전개에 강욱은 나직이 웃음을 터뜨렸다. 실소에 가까운 코웃음 소리였지만 사실은 혜수를 향한 대견함이 묻어나 있는 미소였다. 거부감 없이 일을 진행해 준 혜수가 고맙기도 했다. 어쨌든 자신의 말을 그대로 믿고 따라 준 것이었으니까. 강욱은 다시 문 쪽을 쳐다봤다.

도망치듯 기자 사무실로 들어온 혜수는 날뛰는 가슴을 진정시키느라 애를 먹어야 했다. 다행히 기자 사무실은 텅 비어 있어 그녀 혼자 난리를 치기엔 안성맞춤이었다. '어떡해, 어떡해.'를 연발하며 때론 안타까운 듯 제 머리를 콩콩 쥐어박기도 하고, 때론 발을 동동 구르기도 했다. 그리고 한 가지 사실만 생각했다.

자칫 그의 입술에 입을 맞출 뻔했다. 그가 깨어나지 않았다면 아마 혜수는 미약하게라도 입술을 맞댔을 것이다. 그건 말 그대로 충동적이고 본능적으로 이끌린 것이었으며 멈출 의지라곤 한 톨도 없었다. 그 생각을 하자 자신의 행동이 수치스럽고 한심스럽게 느껴졌다.

혹시 그가 제 마음을 눈치챈 건 아닐까, 입술이 움찔거리며 움직였던 것을 본 건 아닐까, 온갖 불안한 상상이 그녀를 괴롭혔다.

그래도 입은 맞추어 볼 걸, 하는 뒤늦은 후회도 남았다.

그렇게 갈등과 번민으로 기자 사무실을 왔다 갔다 하던 혜수는, 삐거덕 문이 열리는 소리에 고개를 홱 돌렸다. 강욱의 등장은 혜수를 그대로 얼어붙게 만들었다. 강욱으로 가득하던 머릿속을 일순 들킨 기분이었다.

혜수가 굳어 있자, 강욱은 건들거리며 그녀에게 다가갔다. 뭘 하느라 자신의 등장에 저토록 놀란 얼굴인 건지. 좀 전에 자신의 방에서부터 지금까지, 혜수의 표정은 알다가도 모를 색채로 뒤덮여 있었다.

"서혜수. 너, 나한테 죄 지은 거 있어? 왜 그렇게 나만 보면 안 달복달이야?"

그녀와 마주 선 강욱은 눈을 가늘게 뜨고 살피듯 그녀의 얼굴을 들여다보았다. 그가 지나치게 가까이 다가온 탓에 혜수가 한 걸음 뒤로 물러났지만, 이내 강욱이 다시 다가왔다. 또다시 혜수의 뒷걸음질과 강욱의 접근이 반복되었고, 그 움직임은 혜수의 등이 벽과 부딪치자 끝이 났다.

"죄, 죄라뇨. 무슨 말씀을. 그냥 선배님이 여긴 왜 오셨을까, 하는 궁금증 때문에 그, 그런 거죠."

"흐음. 그래?"

강욱은 아까처럼 말을 더듬는 혜수의 반응이 재미있어 이번엔 다른 반응을 끌어내 보고 싶어졌다. 그래서 상체를 숙인 그는 놀리듯 제 얼굴을 그녀의 얼굴 가까이 확 갖다 대었다.

"허업!"

아까 강욱의 방에서보다 더 가까워진 거리. 조금이라도 고개를 돌린다면 코끝이 서로 부딪히고 말 그런 거리에서, 혜수는 더더욱 굳어져 버렸다. 그 모습을 본 강욱이 한쪽 입꼬리를 스윽 끌어 올렸다.

"지금도 내 얼굴에 뭐가 묻어 있어? 그렇다면 떼 버려. 지금 내가 너한테 얼굴을 가까이 댔을 때."

"서, 선배님. 조금만 뒤, 뒤로 물러서 주시면 감사. 누, 누가 들어올지도 모르잖아요."

"일요일 이 시간에 여길 들어올 기자는 아무도 없어. 자, 어서 해. 묻은 걸 떼라니까."

"자, 자꾸 이러시면……."

"거짓말이었지?"

"……네?"

"내 얼굴에 뭐가 묻었다는 말은 거짓말이었고, 넌 단지 날 가까이에서 보기 위해 그랬던 거야, 그렇지?"

뭐지? 이 남자? 다 알고 있는 건가? 가슴이 주체할 수 없이 콩닥거렸다. 생각지도 못한 상황에서 진심을 들킨 것 같아 혜수는 망연자실했다. 어깨까지 늘어뜨릴 정도로 기운이 빠져 버려 대꾸할 힘도 없었다. 그러나 팔짱을 낀 채 오만하게 웃고 있는 그가 재차 물어 왔을 때, 혜수는 번쩍 고개를 들 수밖에 없었다.

"뭐야, 너. 설마 내 말이 사실은 아닐 테고. 표정이 왜 그래?"

"……네?"

"그런 표정을 하면 내가 널 놀리고 싶은 마음이 싹 사라지잖

아. 순간 오해할 뻔했다. 진짜인 줄 알고."

"하아……."

왠지 이 남자의 짓궂은 장난에 휘말려 든 기분이다. 혜수는 너무 긴장한 나머지 등골이 뻐근해지는 듯했다. 한편으론 혜수가 자신을 좋아하고 있을 거라는 짐작은 전혀 하고 있지 않다는 사실이 아쉬웠다. 그의 여러 가지 짐작 속에 전혀 포함되어 있지 않은 자신.

어쩌면 그가 알지 못하는 것이 다행일지도 모른다. 그가 자신과 같은 마음이 아니라면, 돈독하게 유지되고 있는 지금의 선후배 관계도 분명히 틀어질 테니까.

"가자. 데려다줄 테니까."

갑자기 그가 나가자는 턱짓을 했다. 혜수는 눈을 크게 뜨고 물었다.

"어딜 가요? 어딜 데려다주신다는 건데요?"

"집. 너희 집. 오늘은 이 선배가 큰마음 먹고 후배 사랑을 실천해 보여 주지."

그렇게 말한 후 강욱은 문을 열고 혜수가 따라 나오길 기다리기까지 했다. 얼떨떨한 혜수가 강욱을 따라나섰고 두 사람은 이내 강욱의 차가 있는 주차장까지 함께 갔다.

정말로 데려다주려는 건가, 라는 혜수의 의구심은 차에 올라탄 후 주소를 불러 보라는 그의 말에 사실로 확인되었다. 강욱은 곧 내비게이션에 혜수의 집 주소를 찍고는 시동을 걸었다.

"데려다주시는 건 정말 고마운데 무슨 이유라도 있어요?"

차가 방송국 건물을 나와 시내 도로에 접어들었을 때, 혜수가 넌지시 물었다. 그가 아무리 실제론 친절한 사람이라 해도 후배들에게 이런 호의를 베풀 사람은 아니었다. 게다가 그는 별로 친절하지도 않은 사람이다. 괜히 제 발 저린 탓에 어딘가 불안해진 혜수로선 이유를 알 수 없는 노릇이었다.

"시간이 남아돌아. 그래서 조그만 선행 하나 베풀고 싶어졌어."

그게 진짜 이유가 아님을 알지만, 혜수는 왠지 기분이 좋아졌다. 적어도 그가 선행을 베풀고 싶은 상대라는 거니까.

"나한테 할 말 없어?"

우쭐해져선 어깨를 으쓱하고 있는데 강욱이 질문을 던져 왔다. 혜수는 고개를 돌려 그를 쳐다봤다.

"별로 없는데요."

"내 아버지를 만났던 거, 그게 별로 없는 거야?"

"아……."

설마 그 이유 때문이었던 건가. 부자지간으로 연결되어 있으니 언젠가 강욱의 귀에도 들어가리라고 생각했지만 이렇게 빨리 밝혀지다니.

"야유회에서 선배님 얘기 듣고 인터넷에 검색을 해 봤어요. 전맹세코 그곳이 선배님 아버지와 관련 있는 곳인 줄은 몰랐어요. 맹세해요."

"몰랐던 게 당연하지. 내 말은 그걸 탓하고자 하는 게 아니야. 잘했다고 칭찬하고 싶었어. 그리고 고맙다, 서혜수. 내가 한 말을 하나도 흘려듣지 않고 그대로 실천한 게 대견해."

그에게서 처음 들어 본 칭찬의 말이었다. 그녀가 제아무리 능력을 발휘하고 좋은 아이템을 가져가도 시큰둥해하던 그였는데, 이렇게 감동할 정도로 마구 칭찬의 말을 날려 줄 수 있는 사람인 줄 몰랐다. 역시, 사람 보는 눈이 있어. 혜수는 기분 조절을 하지 못한 나머지 자신도 모르게 속의 말을 꺼내 보이고야 말았다.

"전 선배님이 얘기하는 거 하나도 허투루 듣는 거 없어요. 다 귀에 새겨요."

내뱉고 나자 움찔한 혜수는 황급히 입을 다물었다. 시야 한편에, 그가 뚫어지게 쳐다보고 있는 게 느껴졌다. 갑자기 분위기가 냉각된 탓에 혜수는 어떻게 이 난관을 타개할까, 속마음을 들키지 않을까, 고민하던 끝에 배시시 웃음을 물고 말했다.

"서, 선배님이 원체 까다롭고 깐깐하니 그렇잖아요. 저 말고도 선배님 말 허투루 안 듣는 후배들 널렸을 거예요."

강욱은 아주 잠시 가라앉았던 좀 전의 분위기를 떠올리며 묘한 표정을 지었다. 눈에 띄게 당황한 것 같은 혜수의 옆얼굴에 마음이 쓰인다. 그녀는 금세 상황을 무마시켰지만 그 기묘한 차 안의 공기를 어떻게 설명할 수 있을까. 설마, 이 녀석…….

"나 좋아하지 마라. 너만 아파."

농담인 듯 장난인 듯, 던지는 것처럼 흘린 말이었다. 혜수가 가볍게 분위기를 마무시켰으니, 강욱도 장난스럽게 건넨 말이었다. 하지만 그 속엔 그의 속내가 들어 있었다. 다 헐어 버려 새살이 돋아나지 않는 자신 때문에 누구도 상처받는 것을 원하지 않았다. 그게 혜수든, 누구든.

"조, 좋아하긴요. 선배님 좋아하려면 최소한 목숨 두 개는 더 준비해야 할 텐데 그 짓을 왜 해요? 으으윽. 절대 안 되죠.”

“그래. 그 마음 변치 마.”

그는 웃으며 대답했다. 싸늘한 바람이 귓가를 스치는 것 같았다. 혜수는 고개를 돌리고 차창 밖을 보았다. 어렴풋이 느끼긴 했지만 그에겐 확실히 벽이 있다. 시작도 하지 말았어야 하는 감정으로 인하여 예민해진 탓에, 혜수는 그의 벽을 뚜렷하게 느끼고 있었다. 진지함이 결여된 대화였다고 해도 좋아하지 말라는 말은 아프기에 충분했다. 벌써부터.

차는 혜수의 집으로부터 조금 거리가 떨어진 곳에 멈춰 섰다. 가족이 혹여 보게 될지도 모르니 가급적 떨어진 곳에 주차해 달라는 혜수의 부탁 때문이었다. 거리가 있다고 해도 3미터 정도였고 작정하고 보면 금세 발견할 수 있는 위치였다.

혜수는 조금은 의기소침해진 얼굴로 그를 보았다. 농담 반 진담 반인 대화 이후로 줄곧 침묵을 지켰던 혜수는 한참 만에야 입을 열었다.

“오늘 고맙습니다.”

“그래. 잘 들어가.”

“선배님도요…… 허업!”

평범한 인사말을 끝으로 아무렇지도 않게 문을 열고 차에서 내리려 했던 혜수가 다급히 상체를 확 숙였다. 차 문 쪽으로 상체를 굽힌 게 불편했는지 주춤주춤 몸을 움직이더니 이내 운전석으로 납작 엎드렸다. 그 바람에 혜수의 얼굴이 강욱의 허벅지에 닿았고, 강욱의 몸이 반란을 일으켰다.

꽤나 오랜만에 일어난 여자와의 접촉 때문에 하체가 **뻣뻣하게**
곤두서 버렸다. 매우 짧은 찰나였지만 이마에 식은땀이 흐를 정도
로 긴장된 순간이었다. 보다 못한 강욱이 당황하며 입을 열었다.

"뭐야, 너."

"잠시만요, 선배님. 집 앞에 엄마랑 아빠가 계세요."

속삭이는 듯한 혜수의 대답에, 강욱은 그제야 고개를 들었다.
저만치 반대편에서 중년의 남자와 여자가 시장바구니를 들고 걸
어오고 있었다. 웃음 섞인 대화를 나누며 걸어오던 두 사람은 파
란색 대문을 열고 들어갔다.

강욱은 인상을 찡그렸다. 여전히 제 허벅지 위를 차지하며 숨
을 죽이고 있는 이 녀석 때문에 몸이 미쳐 나가는 듯했다.

"이제 고개 좀 들지?"

"두 분, 들어가셨어요?"

"그르."

이를 악문 채로 나간 대답은 발음이 불분명하게 어그러져 있었
다. 그제야 혜수는 상체를 바로 하며 정면을 살폈다. 아무도 없는
것을 확인한 그녀는 '안녕히 가세요.' 라는 인사를 건넨 후 곧장
차에서 내렸다.

강욱은 채 식지 않은 몸을 슬그머니 내려다보곤 탄식의 한숨을
흘렸다. 고개를 드니 천천히 걸어가고 있는 혜수의 등이 보인다.
저 녀석을 상대로 잠시나마 불순한 욕정이 생겼다는 사실이 견딜
수 없이 수치스러웠다.

시동을 걸며 재빨리 그곳을 떠나야만 이 미친 몸이 진정될 것

같았다. 강욱은 힘차게 핸들을 꺾었다.

❖

며칠간 혜수의 기분은 냉탕과 온탕을 오르락내리락했다. 그를 좋아하게 된 이후부터 감정의 기복 또한 심해져서 한숨을 내쉬는 날이 부쩍 늘어났다. 어쩌면 며칠 전 그가 농담 식으로 했던 말 때문인지도 모른다. 좋아하지 말라던, 네가 아플 거라던.

그날 이후 혜수는 취재 때문에 바빴고 딱히 그와 맞닥뜨릴 틈이 없었다. 그러다 지아와 함께 편집실로 향하던 중 혜수는 강욱의 방 앞을 지나가게 되었다. 버릇처럼 혜수의 발걸음이 멈추어졌고 자연스럽게 그의 방에 귀를 기울였다. 그의 방에서 들려오는, 잔잔하게 흐르는 클래식이 마치 아무 일도 없었던 것처럼 평온한 분위기를 만들어 주고 있었다.

마음이 하염없이 널을 뛰었다. 그녀 자신은 하루에도 몇 번씩 맑음과 흐림을 반복하고 있는데 그는 변함없이 잘 지내고 있다는 사실이, 그 온도의 차이가, 그녀를 절망스럽게 만들었다. 혜수가 멀거니 강욱의 방문을 쳐다보고 있을 때 지아가 뒤에서 말을 걸어왔다.

"뭐 하냐, 너?"

그제야 혜수는 돌아섰다. 지아는 팔짱을 끼고 눈을 가늘게 뜬 채 혜수를 쳐다보고 있었다.

"어, 미안. 가자."

"잠깐만."

지아는 혜수의 재촉을 뿌리치며 걸음을 옮겨 강욱의 방문 앞에
섰다. 그러곤 문짝에 붙어 있는 푯말에 시선을 두며 말했다.

"여긴 분명 이 피디님 방이란 말이지."

"어, 그렇지. 어서 가자니까."

"너 엊그제도 여기 지나갈 때 딱 여기서 멈춰 섰던 거 기억 안
나냐?"

"응? 내가 그랬어?"

"응. 그랬어. 지금처럼 이랬다고. 뭘까. 이 묘한 느낌은?"

혜수는 탐정처럼 코를 킁킁대는 지아의 팔을 툭 쳤다.

"뭐긴 뭐야. 그냥 발에 뭐가 걸려서 멈춘 거겠지. 뭘 그렇게 킁
킁거려? 그래 봤자 아무것도 없으니까 애쓰지 마."

"아냐. 나의 오감은 네가 모르는 아주 심연 깊은 곳까지 뻗어
있단다. 너 지난번에 텔레비전 기부하러 갔을 때, 거기 어르신이
랑 대화하는 거 들었거든. 그분이 이 피디님 아버지시지?"

"네가 그걸 어떻게 알았어?"

"왜 모르냐? 바로 옆에서 텔레비전 옮기고 있었는데."

"어…… 그랬어?"

"그랬어? 얘 봐라. 너 똑바로 말해. 이 피디님 때문에 기부니 뭐
니 그렇게 난리 쳤던 거 아냐? 이 피디님 때문에 거기로 가자고 했
던 거 아니냐고. 그런 데다가 여길 지나갈 때마다 걸음을 멈추고
방문을 뚫어져라 쳐다봐요. 바보 등신도 다 알아채겠다. 이것아."

지아의 길고 긴 말끝에 혜수가 한숨을 붙였다. 주의를 한다고
했는데도, 유난히 강욱에 대해서만큼은 자제가 되지 않았다. 언젠

가 지아가 알게 될지도 모른다고 늘 생각은 했지만, 그 시기가 이렇게 빨리 다가올 줄은 몰랐다. 혜수는 지아를 빤히 쳐다봤다.

"너 나중에 저녁 뉴스 끝나고 일정 있어?"

"아니."

"그럼 술이나 한잔 마시자."

"헐. 술엔 젬병인 네가 어쩐 일이야? 그리고 너 9시 뉴스는 어쩌고?"

"오늘은 다른 기자 파트가 나갈 거야. 난 내일."

"그래. 알았어. 요 앞 포장마차 콜?"

"콜."

혜수는 고개를 끄덕이며 대답했다. 혜수의 표정으로 말미암아 지아는 아마도 모든 걸 알아차렸을지도 모른다. 내내 농담과 이죽거림으로 일관하던 지아가 차츰 낯빛이 굳어진 걸 보면. 그러고 싶지 않았지만 결국 짝사랑을 들켜 버렸고 혜수는 더더욱 앞날이 뿌연 안개 속같이 답답하게만 느껴졌다.

그날 저녁, 방송국 앞 포장마차에 혜수가 앉아 있었다. 10분 후면 지아가 올 것이다.

혜수는 먼저 소주와 우동을 시켜 놓고 젓가락을 들었다. 여긴 가끔 동료 기자들과 함께 들렀던 곳이고 역사가 무척 오래된 곳이라, 주인아저씨가 금세 혜수를 알아보았다. 서비스 차원에서 일부러 닭발볶음을 조금 내어 오시는 것을 잊지 않으신다.

포장마차 안은 삼삼오오 테이블에 모여 술잔을 기울이는 팀들로 벌써부터 만원이었다. 먼저 일찍 들어오길 잘했다는 생각이 들었다. 지아를 기다려서 함께 왔더라면 테이블이 없었을 것이다.

왁자지껄한 대화 소리들, 그리고 의자를 드르륵 끄는 소리들을 차례로 들어 가며 혜수는 빈 잔에 소주를 가득 채웠다.

"어허! 이 친구 좀 보게. 자작은 아무나 하나."

언제 왔는지 지아의 우렁찬 목소리가 다가왔다. 지아는 혜수가 자신의 잔에 홀로 소주를 따르는 것이 못마땅했는지, 날름 소주병을 채 가선 대신 따라 주었다. 혜수는 싱긋 웃었다.

"앉아. 뉴스는 잘 끝났어?"

"당근이지. 이 몸이 하는 일이 언제 잘 안 되는 게 있었나?"

지아가 자리하자 주인아저씨가 술잔 하나를 더 가져왔다. 지아를 향해 알은체를 하니 지아 역시 중년 아저씨처럼 걸쭉한 목소리를 내면서 인사를 했다.

"캬. 역시 저 아저씨가 사람 보실 줄 안다니까. 우리 아빠 빼고 어떤 중년의 아저씨가 저렇게 온화한 미소를 하고 나를 쳐다본 적이 있었는지. 미소가 사라진 이 삭막한 세상에 말이야."

요란스럽게 술잔을 건네받은 지아에게, 혜수가 잔을 채워 주었다. 채우자마자 홀라당 들이켠 지아가 두 번째로 술을 따르며 혜수에게 말했다.

"넌 왜 그렇게 죽을상을 하고 있냐? 술자리에 대한 예의 좀 갖춰. 즐거우라고 마시는 거지, 너처럼 인상 팍 쓰라고 마시는 거 아니다."

"그러니까 한 잔 좀 줘 봐, 친구야."

둘이서 주거니 받거니를 반복하면서 분위기가 제법 무르익어 갔다. 지아는 서비스로 나온 마른 오징어 다리를 뜯으면서 흘깃 혜수를 쳐다봤다. 술을 전혀 마시지 못하는 혜수가 어쩐 일로 술자리를 제안한다 싶더니, 아니나 다를까 벌써부터 눈이 풀려 있었다. 지아는 자리에서 일어나 정수기에서 물 한 컵을 받아 와 혜수에게 내밀었다.

그것을 벌컥벌컥 들이켠 혜수에게 지아가 조심스럽게 물었다.

"너 요즘 무슨 일 있어? 옆에서 보기에 영 아니올시다야."

이미 내심으로 혜수에게 무슨 일이 있는지 짐작하고 있는 중이었지만 혜수가 직접 자신의 입으로 고민거리를 털어놓기를 기다렸다. 그러자 혜수가 손등으로 입을 싹 닦은 후 말했다.

"왜 나한텐 진짜 사랑이 찾아오지 않는 걸까."

"진짜 사랑?"

"후우…… 짝사랑만 세 번이야. 그리고 이번이 네 번째지. 내 인생은 짝사랑만 하라고 설계되어 있나 봐."

혜수는 넋두리하듯 솔직한 심정을 털어놓았다. 지아를 포함한 어떤 사람에게도 네 번째 짝사랑만은 털어놓지 않으리라 생각했지만, 모두 내려놓고 나니 오히려 홀가분해졌다. 어쩌면 이 자리에서 훌훌 털고 나면 더는 미련이 남지 않을지도 모른다.

"그래. 이번엔 누군데?"

지아가 술잔을 입 속으로 털어 넣은 후 물었다.

"너 다 알고 있잖아. 네가 예상하는 그분이시다."

"대박! 이강욱 피디님이란 말야?"

"응."

"흐음. 언제부터였어?"

"딱 꽂힌 건 몇 달 안 됐어. 비 오는 날 아침에 자기 우산을 나한테 씌워 주더라. 기자가 감기 걸리면 안 된다면서. 평소에 무진장 까칠하고 냉정한 사람이 그런 행동을 보이니 생뚱맞았지. 그때부터였어. 계속 신경이 쓰이고, 예민해지고, 설레고."

"너도 참 큰일이야. 우리 나이 땐 결혼 상대자를 만나야 하는데 설레는 게 다 뭐니. 어린애도 아니고."

"그러게 말이야. 그래서 그만두고도 싶었는데 내가 짝사랑의 달인이 된 건지, 혼자서도 견딜 수 있겠더라구. 그래서 지금까지 왔지. 그 사람이 상처 주면 상처받고 그 사람이 행복하면 나도 행복하고. 몰래 뭔가를 해 주고 싶고. 이 나이에 사랑이 자선 사업도 아닌데, 저절로 그렇게 되더라구."

혜수는 지아가 따라 주는 잔을 연신 비워 냈다. 평소 같았다면 이미 술에 취해 쓰러졌을 타이밍이지만 오늘만큼은 정신이 또렷했다. 차라리 속의 것을 게워 낼 정도로 정신을 잃으면 좋으련만.

"그런데 그 사람, 며칠 전에 그러더라. 나 좋아하지 말라고. 너 아프게 될 거라고."

"응? 이 피디님도 네가 좋아하는 거 아신다는 거야?"

"아니. 농담처럼 장난처럼 던진 말이었어. 그런데 그 말이 비수 같더라. 정말로 아파, 지금."

"눈치채신 거구나. 이 피디님 말이야."

지아의 확언에 혜수는 고개 돌려 그녀를 쳐다봤다. 얼마쯤 몽롱하던 눈에 초점이 맞추어졌다.

"선배님이…… 아신다고?"

"내가 눈치챌 정도면, 이 피디님도 아실 수도 있지. 솔직히 너이 피디님 쳐다볼 때 눈에 꿀이 뚝뚝 떨어져. 넌 모르겠지만."

내가 그렇게나 티를 냈나. 혜수는 아랫입술을 깨물었다. 이러면 곤란한데. 괜히 뒷머리를 긁적이던 그녀는 다시 술을 들이켰다.

"그래서 너 언제까지 짝사랑할 건데? 계속 그러다가 딴 여자가채 가면 어쩔 거냐고."

"글쎄. 지금 고백을 한다고 해서 선배님이 당장 어떤 제스처를취하진 않을 거야. 사람 무안 주는데 일가견이 있는 사람이니까.그래도…… 이대로는 안 되겠지? 포기를 하든지 사랑을 이루든지, 둘 중 하나여야 하는데."

아무래도 전자가 가능성이 있을 것이다. 혜수는 그렇게 생각했다. 지금까지의 모든 짝사랑이 그런 결말을 지녔듯, 이번에도 어김없이 비슷한 결말일 것이다. 더는 이렇게 홀로 마음고생할 수없다는 생각이 용기백배하게 만들었다. 술의 힘을 빌려서라도 이반복되는 감정의 요동을 끝내고 싶었다.

혜수는 시계를 보았다. 어느새 10시가 훌쩍 넘어 있었다. 지금쯤이면 뉴스를 끝낸 강욱이 오늘 방송분을 다시 확인한 후 마무리 작업을 하고 있을 것이다. 하루 중 가장 여유로운 시간이기에지금이 적기라고 생각했다.

혜수는 후욱, 결단의 숨을 내쉰 후 자리에서 일어났다. 그러자지아가 덥석 손을 붙들었다.

"야, 너 어딜 가려고."

어지간히 취했는지 지아의 눈은 이미 풀렸고 혀는 마비되었는지 잔뜩 꼬부라졌다.

"여기서 잠시만 기다려. 딱 10분이면 돼."

"야, 너 진짜 사고 칠 거야?"

"기다려."

혜수는 기다리라는 말만 남기고 포장마차를 나왔다. 마음을 정리할 때 정리하더라도 시원하게 고백이나 해 보고 싶었다. 어쩌면 선후배라는 관계조차 끝나게 될 것이고 괜히 서먹서먹해져 얼굴조차 마주 보지 않게 될지도 모르지만, 지금은 아무 생각이 들지 않았다.

찬바람에 얼굴에 뜬 술기운을 조금 죽였다. 그러곤 곧장 로비에 들어선 혜수는 시작부터 당황했다. 엘리베이터에서 내린 강욱이 가방을 들고 이쪽을 향해 걸어오고 있었던 것이다.

퇴근하는 건가. 그를 보자마자 혜수는 후다닥 어디론가 숨고 싶었다. 조금 전까지 용기백배한 마음은 어디로 가고, 그와 유일하게 이어져 있는 선후배 관계마저 끊어 낼 수 없다는 생각이 야금야금 들기 시작한 것이다.

"서혜수."

하지만 혜수가 채 도망가기도 전에 강욱이 그녀를 불렀다. 술기운이 다시 차오르는 것 같았다. 눈앞이 어질어질했다. 강욱은 벌써 두어 발자국 앞에 도착해 있었다. 그가 상체를 숙인 채 혜수의 얼굴을 살폈다.

"술 마셨냐?"

"어, 네."

초저녁부터 보이지 않던 혜수가 술에 잔뜩 취한 몰골로 늦은 밤에 나타나자, 강욱은 인상을 찌푸렸다.

"어딜 갔나 했더니 겨우 술이야? 아주 술독에 푹 빠진 몰골이네."

"저, 찾으셨어요?"

혜수가 되묻자 강욱은 아주 잠시 당황했다. 분명히 그녀를 찾아 두리번거렸던 자신의 모습이 떠올랐기 때문이다.

"찾긴 뭘 찾아, 인마. 심부름 좀 시키려고 했던 거지. 집엔 안 가나? 태워다 줘?"

"어……."

혜수는 눈물이 왈칵 쏟아질 것 같았다. 항상 칼날처럼 날카롭기만 한 그지만 이렇게 따뜻한 면도 있다는 것을, 다른 사람들은 알까. 이런 남자를, 어떻게 좋아하지 않을 수가 있겠어.

"선배님. 저…… 하고 싶은 말이 있어요."

무척 낮게 깐 목소리였다. 술에 취해 혀가 마비된 발음도 아니고 잔뜩 쉬어 버린 음성도 아니었다. 시선을 내리깐 채로 혜수는 무척 진지한 얼굴이 되었다.

그러나 그녀의 얼굴 표정을 확인한 강욱은 생각이 달랐다. 전에 없던 처연해 보이는 낯빛이 무척 생소했다. 뭘까, 이 녀석. 자꾸만 제게 다가오고 있는 것 같은 이 느낌은. 자꾸만 이 녀석의 마음을 알 것 같은 이 느낌은.

"하지 마."

비수처럼 나간 말은 강욱 자신도 예상하지 못한 것이었다. 그러나 말을 되돌릴 생각은 없었다. 그는 무척 단호했고 혜수가 하려는 말이 무엇인지 짐작하고 있었다.

"……네?"

"난 그거 귀찮아."

"……선배님."

"네가 말하려는 거, 그거 난 귀찮다고. 안 한다고."

어떤 뜻으로 내뱉은 말인지 혜수도 알아들은 듯했다. 상처 입은 얼굴에 작은 경련이 이는 것이 보였다. 결국 강욱은 자신의 짐작이 모두 맞았다는 생각에 마음이 시렸다.

혜수가 자신을 좋아하고 있는 것이다. 간간이 퇴근을 위해 지나가는 사람들의 시선이 와 닿았지만 강욱은 그들과 유리된 공간에서 혜수와 단둘이서만 있는 것 같았다.

한동안 혜수와 얽힌 시선에서 벗어날 수 없었다. 미안하다는 말도, 그러니 마음 돌리라는 말도, 그 어떤 말도 첨언하지 못한 채 서 있는데 혜수의 뒤로 여자가 구둣발 소리를 내며 다가오는 것이 보였다. 강욱의 시선이 자연스럽게 그쪽으로 옮겨 갔다.

처음에는 흐릿한 실루엣으로, 그다음엔 차츰 뚜렷한 선으로 강욱의 시선을 붙잡았다.

"강욱아."

안타까운 미소를 띠고 강욱을 쳐다보고 있는 여자는 은성이였다.

8

"응? 김 기자 아냐?"

지아가 비틀거리며 방송국 쪽으로 걸어가는 혜수를 막 쳐다보고 있을 때였다. 귀에 익은 목소리의 주인공은 예능국 피디인 재현이였다. 지아가 갓 입사했을 때 선배들과의 술자리를 통해 안면을 익힌 사이였다.

"어? 노 피디님!"

술에 어지간히 취한 상태였지만 혜수에 대한 걱정으로 겨우 이성을 붙들고 있는 중이었다. 지아는 엉거주춤 일어나 재현을 맞이했다.

"여긴 어쩐 일이세요? 술 약속 있으세요?"

"응. 예능 2국 피디랑 술 한잔하기로 했는데 30분 정도 늦겠대서 혼자서 먼저 마시고 있으려고 했지. 김 기자는 여태 혼자서 마시고 있었어?"

재현이 자연스럽게 혜수의 자리에 앉았다. 그러다 빈 잔이 하나 더 있는 걸 발견한 후 고쳐 물었다.

"일행이 있었나 봐?"

"예. 동료 기자요. 방금까지 같이 있었는데 잠시 방송국에 들어갔어요."

"아, 그랬어?"

"같이 드세요, 피디님. 아저씨! 여기 잔 하나 더 주세요!"

지아가 목청을 높이자 주인아저씨가 냅다 빈 잔을 가져다주었다. 재현은 지아로부터 그것을 받아 들곤 지아가 따라 주는 잔을 입에 머금었다. 꽤 취한 것 같은데 용케 눈에 초점을 맞추고 있는 걸 보니 아직 정신을 완전히 놓지는 않은 모양이었다.

술잔을 모두 비운 재현은 자연스럽게 봄 개편으로 화두를 옮겨 갔다.

"김 기자는 왜 9시 뉴스에 입성을 못 한 거야. 내가 알기론 김 기자가 능력이 출중한 걸로 아는데."

"제 능력이 생각보다 출중하지 않나 보죠, 뭐. 좀 섭섭하긴 하지만 아직 만족해요. 기자 일을 못 하는 건 아니니까요."

"흐음. 난 보도국 업무에 대해 자세히 알지는 못하지만 그래도 우리처럼 시청률에 일희일비하는 곳은 아니니까 마음 편히 생각하고 일해. 혹시 또 알아? 가을 개편에 김 기자가 대박 날지?"

"에이. 노 피디님 립서비스 끝내주신다. 그런데 저는요, 그런 거 포기한 지 오래됐어요. 그냥 이대로 살다 죽을래요."

"거참. 젊은 사람이 하는 말하곤. 걱정하지 마. 내가 강욱이한테 말 잘해 놓을 테니까."

지아의 두 귀에 '강욱'이라는 이름이 확 담긴 건, 아무래도 방금 방송국으로 들어간 혜수 때문일 것이다. 지아는 갑자기 술이 깨는 것 같았다. 눈을 말똥말똥 뜨고서 재현을 쳐다봤다.

"아, 맞다. 이강욱 피디님이랑 노 피디님, 대학 동창이시죠?"

"대학 동창이기만 해? 같이 늘 붙어 다닌 절친이기도 하지."

"아, 그러시구나."

"왜? 뭐 궁금한 거 있어?"

"예? 뭐……."

지아는 말끝을 흐렸다. 심각한 내적 갈등에 시달렸다. 당사자가 없는 자리에서 그 사람에 대해 꼬치꼬치 캐묻자니 어딘가 비겁해 보이는 것도 같고, 그렇다고 강욱의 연애를 포함한 과거사를 모두 알 수 있는 절호의 기회를 놓치고 싶지는 않고.

갈등 끝에 지아는 비장하게 고개를 끄덕였다. 아무래도 지금은 혜수를 위하는 마음이 더 컸다.

"이강욱 피디님이요. 혹시 애인 있어요?"

"김 기자가 그게 왜 궁금해? 왜? 그 녀석이 마음에 들어?"

"엥? 아뇨. 언감생심 꿈도 못 꾸죠. 이 피디님은 여자가 대하기에도 어려운 분이지만, 우리 손 국장님 말씀으론 같은 남자가 대하기에도 어려운 분이래요. 어우우우. 전 그런 남자랑 같이 있으면 머리칼이 쭈뼛 서서 안 돼요."

"허어! 김 기자 김칫국 마시는 것 좀 봐. 강욱이가 김 기자랑

177

같이 있어 주긴 하고?"

"예예, 김칫국 마시는 거 맞으니까 대답 좀 해 주세요. 그분, 여자들한테 철벽이 장난 아니시잖아요. 평소에 보면 애인은 없으신 것 같은데 왜 그렇게 여자들한테 찬바람이 쌩쌩 부신대요?"

지아는 다급히 대답을 기다렸다. 하지만 재현은 술잔을 다시 한 잔 들이켠 후 안주까지 집어 먹고 나서야 입을 열었다.

"가슴 아픈 사랑을 했지, 그 녀석이."

"가슴 아픈 사랑이라면……."

"대학 씨씨로 만나서 십 년 가까이 연애를 했는데 여자 쪽 집안 반대로 헤어졌어. 그 집안이 어마어마한 집이거든."

"아……."

"그 뒤로 여자라면 치가 떨리나 봐."

"아……."

지아는 재현의 말에 하나하나 맞장구를 쳐 주었다. 그러나 내심으론 혜수가 걱정되어 안절부절못했다. 이강욱과 열렬한 사랑이라니. 도저히 매치가 되지 않는 조합이 흥미가 있기도 하고 말이다.

"그 여자분은요? 그분은 지금 어떻게 됐어요?"

"약혼 앞두고 있을걸? 유명한 피아니스트야. 얼마 전에 귀국했지."

지아가 의미심장한 표정으로 고개를 끄덕이니 재현이 진지하게 속삭였다.

"너 이 말 퍼뜨리지 마라. 강욱이한텐 아픈 과거사니까."

"알아요. 제가 그 정도 눈치도 없을까 봐서요. 근데 우리 이 피디님 생각보다 로맨티스트시다. 자그마치 십 년이라니. 와우……."

"그게 로맨틱한 거야? 멍청한 거지. 저도 보란 듯이 다른 여자랑 연애도 좀 하고 다른 사랑도 좀 하고 하면 얼마나 좋아. 으이구."

재현은 질렸다는 듯 고개를 절레절레 저으며 잔을 들었다. 지아는 물끄러미 방송국 건물 쪽을 쳐다봤다. 10분이 지났는데 혜수가 돌아올 생각을 하지 않고 있었다. 감당할 수 없는 남자를 마음에 품은 친구가 오늘따라 측은하고 안타까웠다.

일생을 살면서 부딪치지 말아야 할 사람이라고 생각했다. 가슴에서 비워 냈기에 다시 만나 봐야 좋지 않은 기억만 새로이 심길 거라 생각했다. 그렇게 길었던 세월 동안 사랑했지만 손에 남은 건 공허한 바람뿐이다. 사랑한 시간 8년, 이별한 후 3년. 시간은 쏜살과도 같이 흘러가 있었다.

강욱은 마치 과거의 자신을 보듯 은성을 쳐다보고 있었다. 현실에 발목 잡혀 지지부진하게 살아왔던, 다시는 돌아가고 싶지 않은, 과거의 제 모습이 은성에게서 보였다. 은성은 어쩌면 그가 한때 사랑했던 여자가 아니라 반추하고 싶지 않은 기억의 한편일지도 모르겠다.

그런 후에 강욱은 고개를 돌려 뒤를 보는 혜수를 응시하며 그녀의 존재를 상기했다. 그리고 그것은 갑자기 일어난 일이었다. 강욱은 혜수의 손을 잡고 밖으로 이끌었다.

"가자."

혜수를 데리고 은성의 옆을 스쳐 지나갈 때, 그녀가 돌아보는 것이 느껴졌다. 그러나 이 상황이 구차하고 구역질 나게 귀찮아진 강욱은 건물 밖으로 나가는 걸음에 속도를 더했다.

계단을 내려오고 정문을 통과한 강욱은 잡고 있는 혜수의 손을 놓지 않은 채 택시를 잡았다. 빠른 속도로 다가온 택시의 뒷좌석 문을 황급히 여는데, 혜수가 그를 저지했다.

"선배님."

"타. 너 많이 취했어."

"아뇨."

혜수가 완강히 버티고 서자 강욱은 그제야 모든 행동을 멈추고 숨을 골랐다. 시선을 떨어뜨리고 있는 혜수의 정수리를 빤히 내려다보았다. 그러곤 기다랗게 한숨을 쉬며 인정했다. 은성에게서 벗어나려 이 녀석을 다짜고짜 데리고 나왔다는 것을. 그리고 이 녀석이 로비에서 제게 상처받았다는 것을.

"고개 들어. 서혜수."

낮게 깐 음성이 그녀의 머리칼을 흔들었다. 명령조도 아니고 그렇다고 부드러운 톤도 아닌, 딱 이강욱다운 높낮이에 그녀의 시선이 천천히 들렸다.

혜수와 시선이 얽힌 순간, 그녀의 눈에서 수많은 의문을 발견했다. 아까 그 말뜻은 뭐냐고, 대답이 뭐 그런 식이냐고, 그 여자는 누구냐고.

하나같이 그가 뚜렷하게 대답할 수 없는 의문들을, 혜수는 눈빛으로 자꾸만 물어보고 있었다. 택시가 빵빵거린다. 강욱은 기사에게 잠시만 기다려 달라고 말한 후 다시 혜수를 응시했다.

"아까 나한테 무슨 말을 하려 했든, 다 지우고 다 잊어. 내일 다시 나랑 만났을 때 아무 어색함이 없어야 해. 무슨 뜻인지 알겠어?"

혜수는 고개를 끄덕이는 것도 고개를 젓는 것도 하지 않았다. 그저 강욱만 쳐다볼 뿐이었다. 강욱은 거의 억지로 혜수를 택시 뒷좌석으로 밀어 넣은 후 차 문을 닫았다. 그러곤 기사에게 지폐를 건네며 혜수의 집 동네를 알려 주었다.

차의 유리창이 올라가고 택시는 그대로 그곳을 떠났다. 택시가 보이지 않을 때까지 그곳을 지키던 강욱은 허탈하게 돌아섰다.

피곤했다. 상황이 엉망으로 뒤죽박죽 엉켜 버렸다는 생각을 떨쳐 낼 수가 없었다. 혜수의 돌발 행동과 은성의 갑작스러운 등장까지. 그가 숨을 쉴 수 있는 타이밍이 부족했다. 집에 가서 뜨거운 물에 몸을 담가야겠다고 생각하면서도, 눈앞에 다가오고 있는 은성을 보면서 걸음을 멈추어야만 했다.

"이강욱."

짙은 화장과 함께 레이스가 여기저기 달린 화려한 원피스를 입은 은성이 그를 불렀다. 언뜻 무척 야속한 눈빛을 하고 있었다. 노려보는 것도 같고 째려보는 것도 같다.

갑자기 강욱은 그녀가 생소하게 느껴졌다. 이 여자가 내가 알던 여자가 맞는지, 그 오랜 세월 동안 사랑했던 여자가 맞는지.

"어떻게 나한테 그래? 어떻게 내가 왔는데, 우리 몇 년 만에 보는 건데, 내 앞에서 다른 여자 손을 잡고 나갈 수가 있어?"

야멸치게 내뱉은 은성의 눈에 그렁그렁 눈물이 매달렸다. 이 여자, 뭔가. 우리가 이미 헤어진 사이라는 인식을 하지 못하고 있는 건가. 아니면 그녀의 부친으로부터 상처받은 자신을 아무렇지도 않게 여겼던 그때처럼, 그를 다시 한 번 농락하겠다는 건가. 강욱은 똑바로 서서 은성을 쳐다봤다.

"네가 왜 여길 왔는지, 무슨 얘길 하고 싶은 건지, 앞으로 어떻게 할 건지. 너에 대해 궁금한 게 하나도 없으니까 돌아가."

"강욱아!"

돌아서는 강욱의 소맷자락을 은성이 붙잡았다. 낯이 설다. 그가 아는 정은성은 고고하고 도도한 여자였다. 이렇게 눈물 따위로 지나간 연인의 옛정을 갈구하는 게 아니라. 강욱은 소매에 접착제처럼 붙어 있는 은성의 손을 떼며 말했다.

"약혼도 앞두고 있는 사람이 간도 커. 그렇게 우왕좌왕하면 안 되지. 길을 정했다면 한눈팔지 말고 걸어."

"후회하고 있어. 몇 번이나 후회했는지 몰라. 아버지한테 좀 더 매달릴걸. 당신 좋게 봐 달라고 좀 더 하소연할걸. 너무 후회돼."

떨리는 목소리가 젖어 있었다. 그녀의 말 한 마디 한 마디는 눈물이 수반되어 있었다. 은성은 계속해서 말을 이었다.

"당신을 하루도 잊은 적이 없어. 약혼도 부모님 때문에 어쩔 수 없이 하는 거야. 난 당신을 아직도……."

"그만."

왜였을까. 강욱은 이토록 나약한 은성의 모습이 보고 싶지 않았다. 나이를 먹은 만큼, 그리고 치열하게 삶과 전쟁을 해 온 만큼 성숙되고 자신만만한 사람들로 변해 있길 바랐다. 그 자신이 다 잊고 다시 웃을 수 있었듯이, 은성도 그럴 수 있기를 바랐다.

그가 보고 싶은 건 이렇게 힘이 빠진 풍선처럼 금세 꺼져 버릴 것 같은 그녀가 아니었다.

"내가 널 버린 거야. 네가 아무리 돌아와도 있을 곳이 없다는 뜻이야. 나는 널 위해 준비된 사람이 아니니까, 이젠."

"강욱아."

"현실을 인정하는 게 힘들다면 미워하면 돼. 날 미워해. 그럼 다시는 나를 찾아올 일도 없을 거야."

강욱은 냉랭한 얼굴로 돌아섰다. 주차장으로 향하는 발길은 무덤덤했다.

무슨 감정일까. 왜 이제야 진정으로 은성과 이별하는 기분이 드는 것인지 알 수 없었다. 감정에 질질 끌려갔던 지난날이, 상처라는 추억에 휘말려 가슴속에서 사라지고 있는 것 같은지. 왜 이렇게 후련하고 개운해지는 건지.

하지만 여전히 아픔은 있다. 다시 만나지 않았다면 더 좋았을 거라는 아쉬움 역시 있었다. 그건 사랑이 전부였던 시절에도 있었고, 사랑이 다 떠나고 혼자인 지금도 마찬가지였다. 그래서 특별할 것도 없는 일상적인 것이다.

강욱의 일상은, 어쩌면 지금부터 시작인지도 몰랐다.

혜수는 몇 번이나 벽에 옆머리를 툭툭 부딪쳤다. 잠옷으로 모두 갈아입고 침대에 앉아, 벽에 기댄 채로 무릎을 세웠다. 술기운은 이미 모두 달아난 상태였다.

그가 태워 준 택시는 전속력으로 달려 집에 도착했다. 영수와 간혹 대화를 나누고 아버지와 같이 신문을 들여다보다가 엄마를 데리러 가는 아버지에게 인사를 한 후 방으로 들어왔다.

하지만 방에 들어서자마자 혜수의 기분은 멍한 상태가 되었다. 그건 침대에 앉아 있는 지금도 마찬가지였다. 눈앞이 하얗고 머릿속도 하얗다. 백지도 이런 백지가 없었다. 아무 생각이 나지 않았다. 다만······.

'강욱아.'

라고 그를 부르던 여자의 목소리. 그 처연하고 곱고, 한편으론 안타까웠던 여자의 목소리만이 또렷하게 재생되고 있었다. 그리고 그 여자를 쳐다보던 강욱의 눈빛 또한 혜수를 혼란스럽게 만들었다. 무엇보다도 강욱이 내내 제게 보내던 그 말과 표정이 잊히지 않았다.

'네가 말하려는 거, 그거 난 귀찮다고. 안 한다고.'
'아까 나한테 무슨 말을 하려 했든, 다 지우고 다 잊어. 내일 다시 나랑 만났을 때 아무 어색함이 없어야 해. 무슨 뜻인지 알겠어?'

그의 말을 상기한 혜수는 무릎 사이로 고개를 떨어뜨렸다. 그는 자신의 마음을 다 알고 있는 것이다. 그리고 제 마음을 명백하게 거절했다. 그제야 혜수는 택시를 타고 집에 와서 내내 멍했던 자신이 이해가 되었다. 상황이 그렇게 흘러간 것을 마음속으론 거부하고 인정하고 있지 않았던 것이다.

그는 그저 새카만 후배가 술에 잔뜩 취한 채 저 좋다고 주사 부린 그날의 밤, 그 정도로만 이번 일을 인식하고 있진 않을까, 덜컥 겁이 나기도 했다. 아니, 이강욱이라면 충분히 그렇게 받아들일 만도 하다. 그와 어색해지지 않으려면 딱 그 정도가 적정선일지도 모른다. 그렇게 생각하자, 혜수는 오히려 강욱의 태도가 고마워졌다.

그럼에도 불구하고 여전히 풀리지 않는 문제. 그 여자.

혜수는 머리가 빠개질 정도로 아파 오는 것을 느끼며 협탁 위 핸드폰을 집어 들었다. 지금까지도 포장마차에서 기다리고 있을지 모를 지아가 걱정돼 번호를 누르려는데 돌연 벨소리가 시끄럽게 울려 댔다. 이심전심인지 지아에게서 전화가 걸려 왔다. 혜수는 통화 버튼을 눌렀다.

"응."

— 뭐? 응? 얘가 얘가. 나보고 10분만 기다리라더니 내가 망부석이냐?

"미안."

— 미안이고 뭐고 너 지금 어디야? 아직도 방송국이야?

"아니. 집."

— 헐. 친구 내버려 두고 홀라당 내팽개치셨군.

"그렇게 됐어. 넌 어디야? 아직도 포장마차에 있어?"

— 이제 가려고. 네 핸드백 내가 보관해 둔다. 내일 만나면 줄

게. 그건 그렇고 나한테 보고해야 할 것 있지 않아? 10분 동안 역사가 이루어졌어? 이 피디님이 네 고백 듣고, 얼씨구나 우리 함께 러브러브 해 보자, 이러시든?

혜수는 다시 벽에 옆머리를 콩콩 박았다. 불난 집에 열심히 기름통을 들이붓고 있는 지아지만, 지금은 이렇게 말 상대가 되어 주고 있다는 사실만이라도 고마웠다.

"지아야."

— 응.

"내가 말하려고 하는 거, 그게 귀찮대. 안 하고 싶대. 이거 거절 맞지?"

물었지만 지아에게선 곧장 대답이 돌아오지 않았다. 그러다 한참 만에 지아가 말했다.

— 그렇게 대답하셨어?

"응."

— 그게 무리도 아니다, 얘. 그 정도 연애했으면 무리도 아니지.

"그게 무슨 말이야?"

지아의 뜬금없는 말에 혜수가 인상을 썼다. 어딘가 불안감이 스멀스멀 피어오른 것은 그때부터였다.

— 이 피디님 말이다. 십 년 가까이 연애했던 여자가 있었대. 헤어진 지는 몇 년 됐나 보더라.

"……그걸 네가 어떻게 알아?"

술이 확 깨는 것 같았다. 눈동자가 초롱초롱 힘을 받았고 머릿속이 복잡다단하게 흩어졌다. 그 정도의 외모와 학력과 능력까지 겸비한 남자가 여태 연애 한 번 하지 않았을 거라고 생각하진 않았지만, 막상 다가온 현실에 혜수는 뒷머리가 서늘해지는 것 같았다.

혜수의 질문에 지아는 차분하게 설명조로 대답해 주었다. 우선 예능국 노재현 피디로부터 들었다는 언급을 먼저 하면서 꽤 신빙성 있는 얘기라는 점을 강하게 어필했다. 그러곤 여자 쪽 집안의 거센 반대로 헤어졌다는 것부터 시작하여 그 여자가 유명한 피아니스트인 정은성이라는 것까지 막힘없이 술술 풀어냈다. 혜수가 되물었다.

"정은성?"

— 응. 내가 하도 궁금해서 인터넷 검색을 해 봤잖아. 와…… 예쁘긴 하더라. 포털 사이트에 이름을 검색하면 뜨는 사람이라는 자체가 벌써부터 포스가 확 다르잖아, 우리하곤.

"포샵을 했겠지. 당연한 거 아냐?"

— 기본 바탕이 예뻐야 포샵도 통해.

지아가 은근히 제 편을 들어 주지 않는 것에 부아가 치밀었다. 얘, 친구 맞아? 라는 심정으로 몇 번이나 핸드폰을 내려다본 것도 무리는 아니었다. 그랬는데 지아가 한술 더 떴다.

— 너 어떡할 거야? 이 피디님 계속 좋아할 거야?

"헤어졌다며. 지금 와서 그게 무슨 상관인데?"

— 근데 이 피디님이 네 마음 거절했다며? 열 번 찍어 넘길 생각 하지 말고 이쯤에서 마음 접어. 나 진짜 친구라서 충고해 주는 거야. 그런 여자랑 연애했던 남자가 다른 평범한 여자가 눈에 들어오겠냐구.

"너 진심이야?"

— 상처받지 말라는 뜻이야. 남자한테 차여서 상처받고 일에 소홀하고 폐인 되고, 결국엔 9시 뉴스에서 잘리기까지 할지도 모르잖아. 나 그런 꼴 못 본다. 그러니까 언니다 생각하고 내 말 들어. 세상 어디에 이런 현실적인 조언을 해 주는 친구가 있겠어?

어쩌면 지아의 말이 옳을지도 몰랐다. 그의 가슴에 선명하게 새겨져 있을 십 년의 세월을 견뎌 내고 이겨 낼 수 있을까, 생각하면 자신이 없다. 무엇보다 제 마음을 명백히 거절해 버린 그에게, 혜수는 이제 더는 다가갈 수 없게 되어 버렸지 않은가.

"내일 봐."

전화를 끊었다. 목소리가 축 처져 있었다. 다시 벽에 머리를 기댄 채로 알싸하게 밀려드는 쓰린 속과 싸워야 했다. 아무래도 소화제를 하나 먹어야 할 것 같았다. 주섬주섬 무거운 몸을 일으켜 침대에서 내려선 혜수는 갑자기 스치는 생각에 행동을 멈추었다.

'강욱아.'

로비의 여자가 그를 부르는 소리가 환청처럼 들렸다. 그 여자일까. 그렇게 처연하고 안타까운 목소리로 그를 불렀던 그 여자가, 강욱의 십 년 사랑인 걸까.

다시 침대에 걸터앉아 핸드폰을 들었다. 정은성 이름 석 자를 검색하고 결과물을 발견한 건 그리 오래 걸리지 않았다. 혜수의 아랫입술이 떨렸다. 로비에서 봤던 그 여자가, 포털 사이트 속 사진에서 환하게 웃고 있었다.

허탈함에 핸드폰을 쥔 손을 아래로 떨어뜨렸다. 혼란스러움에 손으로 이마를 짚었다.

두 사람, 혹시 다시 만난 건가.

아침부터 머리가 지끈거린 나머지, 오후가 되자 혜수는 방송국 건물 내에 있는 약국에 들러 두통약을 샀다. 어제의 숙취 때문이 아니라 밤새 잠을 이루지 못한 탓이 크기에 두통약만 먹으면 해결될 줄 알았다. 그러나 숙직실에 등을 대고 누운 지 한 시간이 지나도 두통은 가라앉지 않았다.

잠시 후면 편집실에 들러 오늘 자 뉴스에 나갈 화면을 점검해야 하는데 이런 상태에선 눈도 제대로 뜨지 못할 것 같았다. 지아에게 부탁하고 싶었지만 취재 때문에 외부에 나가 있는 상태였다.

결국 혜수는 다시 몸을 일으켰다. 누워 있느라 헝클어진 머리칼을 대충 정리하고 구겨진 옷도 깔끔하게 다시 편 후 숙직실을 나섰다.

숙직실 앞에서 하필 강욱과 마주친 혜수는 걸음을 움찔거렸다. 그와 시선이 부딪치자마자 얼른 고개를 내렸다. 어제의 일, 그리고 지금의 두통 등 여러 가지가 버무려져 그와 대면하기 좋은 상황이 절대 아니었다. 따라서 혜수는 그에게 인사를 하는 둥 마는 둥 서둘러 자리를 뜨려고 했다.

"최 기사 지금 편집실에 있는데 넌 여기서 뭐 하는 거야."

최 기사는 오늘 혜수와 함께 편집을 하기로 한 편집 기사였다. 혜수는 아랫입술을 깨물고 대답했다.

"지금 올라가려구요."

"잠깐만."

강욱은 혜수에게 한 걸음 다가섰다. 녀석의 귀와 눈동자가 붉어 보였고 안색조차 매우 창백하게 보였다.

조금 전 최 기사가 편집실에 있는 걸 본 후 혜수를 직접 찾아나선 참이었다. 녀석의 핸드폰이 불통이기에 기자 방으로 구내식당으로 그리고 휴게실을 쓸고 다녔다. 그렇게 죄다 찾아다녀도 없다가 보도국의 어떤 기자로부터 혜수가 숙직실로 들어가더란 얘길 듣고 내려왔다.

다 지우고 다 잊고, 다시 만났을 때 어색한 게 없어야 한다고 분명히 말했는데 아무래도 혜수가 자신을 피하고 있다고 여겼다. 그래서였다. 하던 일을 잠시 중단시킨 채 이 녀석을 찾으러 다녔던 건. 이 녀석과 어색해지는 건 상상이 되지 않는 일이었다. 은성을 다시 만나는 것보다 더.

"어디 아픈 거야?"

묻자 혜수가 고개를 들었다. 여전히 눈두덩이 무거웠지만 그의 앞에서 되도록 아픈 티를 내지 않게 하기 위해 일부러 싱긋 웃었다.

"두통이 있었는데 지금은 괜찮습니다. 올라갈게요."

돌아서는 혜수의 손목을 강욱이 붙잡았다. 뜨끈뜨끈한 체온이 그대로 전해졌다. 강욱은 혜수의 이마를 손등으로 짚었다. 그 행동에 혜수가 움칫했지만 강욱은 열을 재느라 심각한 얼굴이었다. 이 녀석, 아픈 게 분명했다.

"더 쉬어. 내가 가 볼 테니까."

"아뇨. 제가 할 일이에요. 제가……."

"쉬어."

조용하면서도 단호한 목소리. 혜수는 고집을 꺾게 만드는 그의 목소리에 온 신경이 곤두서는 걸 느꼈다.

그분을 다시 만나는 건가요, 라고 묻고 싶은 마음이 목까지 차올랐다. 눈동자에 질문을 잔뜩 실은 채 그를 쳐다보고 있는데, 그가 다시 숙직실 문을 열어 주었다. 혜수는 알겠다며 고개를 끄덕였다. 그는 왔던 길을 돌아갔다.

혼자 남은 혜수는 벽에 등을 기대고 눈을 감았다. 찬 기운이 등골을 타고 올라오는 것 같은 느낌에 몸에 남은 더운 열기가 싹 가시는 듯했다. 그의 손길이 지나갔던 이마가 실룩거렸다.

그렇게 등을 기댄 채 얼마의 시간을 보낸 혜수는 핸드폰을 꺼냈다. 아무래도 최 기사에게 사과의 말은 전해야 할 것 같았다.

핸드폰에 뜬 부재중 전화 2통. 이강욱. 이름을 발견하자 혜수의 얼굴에 아픈 미소가 실렸다. 시간을 보니 여기서 그를 만나기 직전이었다. 아무래도 편집 때문에 자신을 찾아다닌 것이리라. 다른 이유는 없는 것이리라.

혜수는 짐짓 화면을 바꾼 후 최 기사를 향해 메시지를 보냈다.

「최 기사님, 죄송해요. 혼자 힘드시죠?」

잠시 후 최 기사에게서 곧장 답장이 날아왔다.

「서 기자, 아프다면서요. 쉬어요. 이 피디님이랑 같이 작업하고 있으니까.」
「죄송해서 어떡해요. 아…… 저 원래 이렇게 막 아프고 약한 여자 아닌데.」
「죄송하면 밥 사요.」
「뉴스 끝나고 오늘 저녁 어떠세요? 제가 살게요.」
「몸은 괜찮아요? 저야 좋죠.」
「네. 괜찮아질 거예요. 그럼 이따 다시 연락드릴게요.」

핸드폰을 다시 주머니에 넣은 혜수는 숙직실로 들어갔다. 두통이 재차 도지는 듯했다. 하필 그를 만나서 두통은 더욱 기승을 부리는 것 같았다.

뉴스 방송이 모두 끝나고 강욱은 제 방으로 들어왔다. 잠시 후 오늘 자 방송분을 다시 보기 해야 하는 작업이 남아 있었지만 지금은 머리를 식혀야 할 필요가 있었다. 의자에 앉아 머리를 기대고 피로를 내려놓았다. 멀뚱멀뚱 눈을 뜬 채 천장을 응시했다.

그는 오늘 하루 미친 듯이 일에 몰두했었다는 것을 인정했다. 덕분에 잡념이 말끔히 지워지긴 했지만 대신 정신적인 노동에 시달렸다. 머리가 산산이 부서질 것 같았다. 혜수처럼 그도 두통에 시달리는 게 아닌가 싶었다.

혜수……. 강욱은 고개를 바로 했다. 아직도 숙직실에 누워 있는지, 그렇다면 약이라도 사다 줘야 하는지, 저녁은 먹었는지. 곧장 핸드폰을 꺼내 혜수의 번호를 눌렀다.

하지만 혜수에게선 응답이 없었다. 어쩌면 깊은 잠에 빠졌는지도 모를 일이었다. 강욱은 몸을 일으켰다. 숙직실에 들렀다가 부조정실에 가야겠다고 생각하고 있는데 핸드폰이 울렸다. 혜수라고 생각했지만 액정에 흐르는 이름은 다른 이였다.

"노 피디?"

— 응. 뉴스 잘 봤다.

"한가한가 봐?"

— 너무 한가해서 혼자 술 마시는 중이야. 나와라. 같이 마시게.

"좀 바쁜데. 다시 점검해야 할 것도 있고."

— 일벌레야. 그거 병이야, 너. 오늘은 그냥 먹고 마시게 나와. 너 안 오면 올 때까지 전화 걸어 땡깡 부릴 테다.

강욱은 인상을 찡그렸다. 재현은 반가운 존재지만 당분간은 피하고 싶은 상대이기도 했다. 재현과 함께 대화를 나누다 보면 십중팔구 은성이 화두에 오를 게 뻔하기 때문이었다. 내키지 않는 자리였고 거절하고 싶었지만, '오늘 내가 좀 괴로워서 그런다.'라는 재현의 덧붙인 말에, 강욱은 고개를 끄덕였다.

사무실을 정리한 후 나온 강욱은 숙직실에 가장 먼저 들렀다. 불이 꺼진 그곳엔 혜수가 없었다. 기자 사무실로 발길을 옮긴 강욱은 지아만이 덩그러니 남아 있는 그곳을 휘 둘러보았다. 서 기자는 퇴근했냐고 묻자, 멈칫한 지아가 조금 전에 퇴근했다고 대답해 주었다. 강욱은 고개를 끄덕인 후 문을 닫고 나와 재현이 기다리고 있는 곳으로 향했다.

재현과의 약속 장소는 방송국에서 10분 거리에 있는 꽤 규모가 있는 식당 겸 술집이었다. 식사를 위주로 하면서 간단히 반주도 곁들일 수 있는 곳이어서 방송국 스텝들도 가끔 이용하는 곳이었다.

입구에서부터 사람 키만 한 금전목 화분이 반겼다. 사람들이 테이블을 가득 메우고 있는 그곳에 서서 잠시 두리번거렸다. 재현을 찾기 위해서였는데 어찌 된 영문인지 재현이 보이지 않는다.

다시 한 번 테이블 사이사이를 돌아다니며 세세하게 훑는 그의 시야에 바로 옆 구석 테이블에 혼자 앉아 있는 은성이 보였다. 그녀는 정확하게 강욱을 올려다보고 있었다.

"재현 씨 만나러 온 거지?"

은성의 말과 표정에서 강욱은 오늘 이 자리가 재현과의 술자리가 아님을 단박에 알아차렸다. 그의 생각을 뒷받침이라도 해 주듯, 은성이 씁쓸하게 웃으며 말을 이었다.

"내가 재현 씨한테 부탁했어. 내가 전화하면 당신 안 나올 게 뻔하니까. 그러니까 재현 씨한테 뭐라 그러지 마."

은성의 테이블에는 이미 반 정도밖에 남지 않은 소주병이 있었고 찌개 냄비 하나가 놓여 있었다. 그리고 그녀의 술잔에는 소주가 가득 채워져 있었다.

피곤했다. 계속해서 생기는 이런 상황이. 이런 상황을 만든 은성과의 인연이. 이별한 채로 이 인연이 끝났다면 어쩌면 아련했던 추억으로 남을 수도 있었겠지만, 지금의 그녀는 추억마저 추하게 만들고 있었다.

강욱은 허탈하게 은성의 맞은편에 앉아 그녀를 보았다.

"그만 마시고 일어나."

"왜? 어제 그 여자한테 했던 것처럼 나한테도 택시 태워 주게? 난 사양할래. 내 차가 있으니까. 씁쓸하네. 당신한테 내가 처음이 아닌 것도 있다니."

"마음대로 해."

냉정하게 일어나려던 강욱을 은성이 저지했다. 무척 다급하고 울먹거림이 깃든 말이었다.

"그냥 앉아 있어 주면 안 돼? 술 마시라고 안 할게. 나랑 얘기하자고도 안 해. 그냥 앉아만 있어 줘."

어쩌다 이런 절벽의 끝까지 오게 된 걸까. 사랑이 원망으로 변하고, 그 원망조차 남아 있지 않은 지금, 어쩌다 이렇게까지 판이하게 다른 감정의 끈을 붙들고 있게 된 걸까. 강욱은 이제는 연민마저 느껴지는 은성이 술 한 잔을 깨끗하게 비우는 것을 씁쓸하게 바라보고 있었다.

"혜수 씨!"

기정의 부름에 혜수는 놀라며 얼굴을 찌푸렸다. 최 기사와 만나기로 한 식당에 도착해서 가장 먼저 부딪친 이는 다름 아닌 양기정이었다. 시끌벅적한 홀은 사람들로 북적거렸고 이래서야 테이블을 잡을 수나 있을까 싶었던 혜수가 정신없이 빈 테이블을 찾고 있던 중이었다.

혜수는 도끼눈을 뜨고 기정을 쳐다봤다.

"그쪽이 왜 여기에 있는 건데요?"

"에이. 그쪽이라뇨. 나 살짝 섭섭해질라 그러네. 최 기사랑 나 친한 사이거든요. 오늘 혜수 씨랑 같이 저녁 먹는다기에 얹혀서 먹자 싶어서 따라왔죠. 최 기사는 좀 있다 올 거예요. 앉아요, 혜수 씨. 나도 방금 막 도착해서 겨우 테이블을 잡았어요."

최 기사님이 이렇게 경우 없는 사람이었나. 제삼자를, 그것도 혜수에겐 아무래도 걸쩍지근한 상대인 기정을 합석시키다니. 불쾌했지만 우선 최 기사가 올 때까지 기다렸다가, 혜수는 밥만 간단히 먹고 난 후 일어나야겠다고 생각했다.

쭈뼛거리며 착석한 혜수는 기정과 마주 보지 않기 위해 최대한 몸을 틀었다. 그러곤 앞에 놓인 잔을 들어 물을 머금었다.

두통은 거의 가라앉았다. 신기한 일이라 생각했지만 오후에 숙직실 앞에서 강욱과 마주친 이후로 거짓말처럼 통증이 모두 나았다. 역시 그의 손이 약손이다 싶었지만 마음은 여전히 복잡했다. 이렇게 양기정이라는 인간과 마주 앉아 있을 여유가 전혀 없는 것이다.

"우리 술 먼저 마시고 있을래요? 아니다. 밥 먼저 먹어야 하나? 혜수 씨 아직 저녁 전이죠?"

"전 됐어요. 그냥 최 기사님 올 때까지 기다리죠?"

"에이. 그래도 빈 테이블에 마주 보고 앉아 있는 건 좀 그렇지 않아요? 우리 먼저 시켜요."

그놈의 '우리'라는 말이 꽤 듣기에 거북했지만 메뉴판을 보고 주문할 음식을 정하는 기정을 말릴 수는 없었다. 혜수는 멍하니 다른 쪽만 응시하고 있었다.

"어? 이강욱 피디 아냐?"

다소 경계심이 서린 듯한 기정의 목소리가 들려온 건 잠시 후였다. 이강욱이라는 이름 석 자에 바보처럼 가슴이 들뜬 것도 사실이었다. 하지만 덧붙여진 기정의 중얼거림이 잔뜩 들떴던 혜수의 가슴을 서늘하게 만들었다.

"앞에 앉은 여잔 누구지? 애인인가? 히야, 능력 좋네. 저런 여자가 애인이라니."

혜수의 눈길이 절로 강욱을 찾아 헤맸다. 그런 후에야 발견한 그는 구석진 테이블에 앉아 있었다. 자연스럽게 그의 앞에 앉은 여자에게 시선을 두었다.

어제 로비에서 본 여자. 그 여자가 술을 홀짝홀짝 들이켜며 강욱을 힐끔 쳐다보고 있었다. 누가 봐도 강욱에게 애정을 가지고 있는 여자의 눈빛이었다.

머릿속으로 생각이 차단되었다. 무심히 이쪽으로 고개를 돌린 강욱과 시선이 부딪치자 혜수는 아무 생각이 들지 않았다. 단지 저 두 사람의 사랑이 아직도 계속되고 있었던 거라는 사실만이 온 가슴을 휘젓고 있었다.

<u>9</u>

어째서일까. 강욱은 자신의 시야에 잡혀 오는 광경 때문에 낯설지만은 않은 불쾌감을 느껴야 했다. 돌이켜 보니 이 불쾌감의 시작은 야유회에서부터였던 것 같았다. 다음 날 아침, 실개천가에서 마주 보고 서 있던 혜수와 양기정을 봤을 때 이미 한차례 겪었던 감정이었던 것이다. 강욱은 인상을 쓰며 그들로부터 시선을 돌렸다.

기정의 앞에 앉아 있는 사람이 혜수라는 사실에 왜 이렇게 예민해지는지 알 수 없었다. 무슨 이유로 두 사람이 함께 이곳에 왔는지, 무슨 이야기를 나누고 있는지, 자신을 알아본 혜수는 왜 인사를 하러 다가오지 않는지, 왜 가만히 바라보고만 있는지. 하나부터 열까지 전부 다 미심쩍고 궁금했다.

눈은 은성을 보고 있지만, 시야 한편에선 계속하여 혜수를 좇고 있다는 사실을 그는 깨닫지 못하고 있었다.

"나 약혼 이 주 남았어."

그러다 문득 내뱉은 은성의 말에 강욱은 혜수한테서 신경을 끄기 위해 노력했다. 그는 무심하게 대답했다.

"신문에서 봤어."

"봤어? 본 거야? 그런데도 연락 한 번 안 했던 거야?"

은성은 강욱의 대답이 당황스러웠다. 이미 다 알고 있다는 사실이 그랬고, 그러면서도 제게 연락 한 번 하지 않았다는 사실에 절망했다. 강욱은 그녀를 똑바로 보고 되물었다.

"내 연락을 기다렸니?"

"그래."

"왜. 우린 헤어진 사인데."

"당신만 그렇지 난 아냐. 난 아직도 강욱 씨를 잊지 못했어."

"그거야 네 사정이고. 내가 이렇게 너한테 불려 다녀야 할 이유는 없어. 다시 말하지. 이렇게 너하고 마주 보고 앉아 있는데도 난 아무런 감흥이 없다, 이제. 나한테서 또 버림받고 싶지 않으면 이제 그만둬."

"이강욱."

"너 이러는 건 집착에 가까워. 집착과 미련은 구분할 줄 아는 현명한 여자일 거라고 믿어. 네 자신을 상처 내면서까지 몰두할 만한 그런 가치가 있는 남자가 아냐, 나는. 앞으로 네 앞에 펼쳐져 있는 길을 가. 바보처럼 굴지 말고."

강욱은 진심이었다. 어제처럼 은성을 보면서 분노가 일지도 않앗고, 과거를 반추하면서 감상에 젖지도 않았다. 마치 감정 없는 지인을 대하듯 무척 무덤덤했고 무감했다. 은성을 대하면서 이렇게 스스럼없어질 날이 오리라는 상상은 단 한 번도 하지 않았다.

이런 감정의 변화가 신기하면서도 새삼스러웠다. 그렇게 사랑했던 날들이 있었는데, 지금은 휴지 조각처럼 쓸모가 없어질 수도 있다는 것이 씁쓸했다.

"약혼할 남자는 어때?"

그래서 강욱은 은성과 더욱 스스럼없어지기 위해 아무렇지도 않게 질문을 던졌다. 그녀의 과거 연인이, 그녀의 현재 연인에 대해 묻고 있다는 게 믿기지 않을 만큼, 강욱의 얼굴에선 어떤 표정도 없었다.

은성은 강욱의 그 질문에 더욱 절망했다. 이제는 정말로 감정한 톨도 남아 있지 않은 듯한 질문. 은성은 강욱의 무신경함이 믿기지 않았다.

"멋지지. 돈 많고 잘났고 현명하고 능력도 좋아."

그래서 강욱을 자극하기 위해 마음에도 없는 칭찬을 늘어놓았는데, 강욱은 오히려 빙긋 웃기만 했다.

"다행이군. 적어도 너희 집에선 환영하실 테니까."

강욱은 천천히 자리에서 일어났다. 그러곤 자신을 따라오는 은성의 시선에 눈을 맞추었다.

"적당히 마시고 가. 그리고 앞으로 이런 술수는 쓰지 마. 네가 점점 더 정떨어질지도 몰라."

은성의 떨리는 눈동자를 뒤로하고 강욱은 테이블을 떠났다. 홀의 뒤쪽을 따라 출구로 향하는 길에 혜수와 기정의 테이블을 지나가게 되었다. 혜수가 앉은 의자의 뒤를 지나가면서 저를 보고 있는 기정을 향해 간단히 눈인사를 했다.

그때까지도 혜수는 그를 돌아보지 않았다. 강욱은 앉아 있는 혜수의 정수리를 잠시 주시하곤 홀을 빠져나갔다.

"이 피디랑 서 기자, 같은 뉴스 팀 아니에요?"

강욱이 식당을 나가자 기정이 의아한 듯 고개를 갸웃거리며 혜수에게 물어 왔다. 혜수는 굳은 얼굴로 대답했다.

"맞아요."

"그런데 왜 그렇게 서로 모르는 사람처럼 쌩까요? 나하고야 뭐 냉랭한 거 이해하지만 서 기자는 같은 팀인데."

"그냥 타이밍을 놓친 것뿐이에요. 게다가 상황이 좀 그래서……."

"아…… 하긴."

혜수가 짐짓 아무렇지도 않게 대꾸하자 기정도 그제야 이해하는 듯했다. 자신의 뒤를 지나가던 강욱의 느낌과 그 숨소리가 아프게 상기되었다.

물 잔을 손에 쥔 채 빙글빙글 돌리기만 하던 혜수는 문득 은성이 자리에서 벌떡 일어나 나가는 것을 발견했다. 강욱에게 달려가는 것이리라. 그렇게 짐작하며 손에 쥐고 있던 물을 입에 머금었다.

늦게 합류한 최 기사와 함께 셋이서 저녁 식사를 했다. 기정과 최 기사는 반주도 곁들이며 방송국 생활의 애환을 나누었지만 혜수는 그들의 옆에서 하릴없이 물만 마시기를 반복했다. 그러다 자꾸만 강욱과 은성이 앉았던 테이블 쪽으로 시선이 가는 자신을 발견하곤, 중간에 식당을 나와 버렸다. 최 기사와 기정에겐 몸이 좋지 않다는 핑계를 댔다.

그길로 버스에 오른 혜수는 집 앞 골목 정류장에서 내렸다. 걸음을 멈추고 밤하늘을 올려다보았다. 평소에 보기 힘들다는 별이 둥둥 떠 있었다. 문득 어릴 때의 기억이 떠올랐다. 아빠는 우리 딸이 원한다면 하늘의 별을 따 줄 수도 있다고 입버릇처럼 말하곤 했다. 어린 마음에 별을 가질 수 있다면 얼마나 좋을까, 되지도 않는 희망을 품었다.

비행기를 타면 저 별들을 금세 손에 쥘 수 있을 테니까, 키가 좀 더 자라서 폴짝 뛰어오르면 딸 수 있을 테니까, 그렇게 자신만만했었다. 하지만 하늘의 별은 실제로는 수백 광년이나 떨어져 있다는 것을 어느 어린이 프로그램을 통해 알게 된 이후 절망에 빠졌었다.

그때부터 알게 되었다. 우리 딸을 위해서라면 하늘의 별도 다 따 줄 거라던 아빠의 말은 거짓말이었다는 것을. 그저 아빠의 딸을 사랑하는 마음이 아주 크다, 정도로만 이해해야 한다는 것을. 세상에는 내가 아무리 원해도 딸 수 없고 가질 수 없는 것도 있다는 사실을.

무척 컸던 집이 빚쟁이들에게 넘어가고 작은 집으로 들어갔을 때에도, 언젠가 우리 집을 다시 찾을 거라던 영수의 철없는 울먹거림과는 달리, 혜수는 그저 현실을 인정했었다.

불가항력.

그 단어를 혜수는 어쩌면 마음에 품고 살아왔는지도 모른다. 그래서 짝사랑의 달인이 된 것이다. 내 것이 아니라는 사실을 빨리 깨닫고 현실을 받아들인 것도, 삶의 불가항력의 이치를 너무도 일찍 알아 버렸기 때문인지도 몰랐다. 강욱도 결국 불가항력이었던 것이다.

걷다가 보니 어느새 현철의 이발소 앞에 도착했다. 이발소는 집에서 불과 20미터 떨어진 거리에 있었기에 혜수는 수시로 드나들곤 했다. 밤 10시가 훌쩍 넘은 시간인데도 이발소의 불은 환하게 켜져 있었다. 혜수는 문을 열고 들어갔다.

"응? 아니. 우리 딸 집으로 바로 가지 않고 여긴 뭐하러 왔어?"

현철이 이발소 한편에 놓인 작은 소파에 앉아 있다가 몸을 일으켰다. 커다란 전면 거울, 두 개의 이발 의자와 소파, 그리고 아주 작은 세면대가 이발소 살림의 전부였다. 혜수는 싱긋 웃으며 현철에게 다가갔다.

"아빠가 보고 싶었나 보지. 아빠는 집에 안 들어가고 지금까지 뭐 하고 계세요? 손님도 없는데."

"응. 매달 오늘 날짜에 10시 30분에 들르시는 할아버지가 계셔서. 아빠가 여길 넘겨받으면서부터 단골이 되신 분인데 한 달에 한 번씩 거르시는 법이 없단다. 내가 문 닫고 일찍 들어가는 날엔 어디 몸이라도 아픈가 싶어 전화를 하시는 바람에, 매달 이날은 늦게까지 문을 닫을 수가 없어."

"그렇구나. 그 할아버지 되게 멋있으시다. 문이 닫혀 있으면 전화까지 주시고."

"그렇지. 나를 기다리고 있는 손님이 계시다는 것만으로도 힘이 돼."

"배고프시겠다. 아빠 저녁은 드신 거예요?"

"응. 아까 영수가 김밥 사 왔기에 같이 먹었어."

"그거 가지고 되겠어요? 잠시만 기다려요. 나가서 빵이랑 우유라도 사 올게요. 아니면 집에 가서 아침에 엄마가 해 놓은 갈치조림이라도 가지고 올까요? 밥이랑 같이 드시면 되잖아요."

"됐다니까. 너나 어여 집에 가서 쉬어. 하루 종일 취재하느라 바빴을 녀석이 무슨 힘이 남아돌아서 아빠 걱정이냐?"

걱정이 잔뜩 묻은 현철을 보면서 혜수는 싱긋이 웃기만 했다. 아까 최 기사와 기정과 함께 식사하면서 마신 소주 때문인지 기분이 조금은 알딸딸했다.

"좀 있다 아빠 일 끝나면 같이 들어가죠, 뭐. 여기 쓸면 돼요?"

혜수는 가방을 내려놓은 후 빗자루와 쓰레받기를 들었다. 이발 의자 아래에 떨어진 손님들의 머리카락을 쓸려는데, 현철이 얼른 와서 저지했다.

"그냥 둬. 이건 아빠가 해야 돼. 자칫 잘못하면 머리카락이 사방에 날려서 안 돼."

현철은 억지로 혜수의 손에서 빗자루를 빼앗았다. 머리카락이 날린다는 건 핑계일 뿐, 딸에게 빗자루를 쥐여 주기 싫은 아버지의 마음이라는 걸 알았다.

혜수는 고개를 끄덕이며 얌전히 소파에 가서 앉았다. 슥삭슥삭 바닥을 쓰는 빗자루 소리가 정겹다. 어른이 되어선 공부한다는 핑계로 일을 한다는 핑계로, 자주 들여다보지 못했던 이발소였다.

테두리가 금이 가 테이프로 고정시켜 놓은 거울, 싸구려 인조 가죽이 군데군데 벗겨진 이발 의자, 녹이 슬어 버린 세면대의 수도꼭지, 낡아서 잡음만이 들리는 라디오까지. 이발소 안 모든 물건들은 그녀가 어렸을 때 그대로였다. 변화를 싫어하는 단골 노인들의 취향에 맞춘 거라고 현철은 말했지만, 돈이 없어서라는 걸 혜수는 알았다.

작년에 혜수는 만기가 된 단기 적금을 타서 이발소 살림을 새로 꾸리라고 현철에게 주었지만, 현철은 그 돈을 고스란히 혜수의 결혼 자금으로 저금해 두었다. 그 얘기를 들은 혜수는 제 돈으로 이발 가위 세트를 새로 사서 드렸다. 그때 감격하던 현철의 얼굴을 잊을 수가 없었다.

"너 무슨 일 있어?"

바닥을 다 쓴 현철이 바지를 한 번 훅 털더니 다가왔다. 혜수는 쓰게 웃었다. 아무래도 아버지 앞에선 죽상을 하고 있으면 큰일 나겠다 싶었다. 이렇게 금세 들켜 버리니 말이다.

"제 얼굴만 봐도 무슨 일이 있는지 아시는 거예요?"

"당연하지. 저번에도 말했잖아. 세상의 모든 아버지들이 다 그럴 거라고."

"맞아. 그러셨지."

"너 짝사랑하는 놈한테 다른 여자가 생겼어?"

쓸쓸하게 내리깔린 혜수의 시선이 확 들렸다. 그녀는 놀란 듯 현철을 쳐다봤다.

"와! 대박! 아빠 신들리셨나 봐. 어떻게 아셨대요?"

"뭐어? 진짜란 말이야?"

"아니, 그냥 뭐…… 오래전부터 사귀었던 여자였나 보더라구요. 중간에 한 번 헤어졌다가 이번에 다시 만나나 봐."

"그래서 넌 괜찮으냐?"

"괜찮지 않으면 어쩌겠어요. 나랑 연애했던 사이도 아니고 나 혼자 몰래 일방적으로 좋아한 건데요. 나 오늘부로 훌훌 털었어요. 물론 나 정도면 그 두 사람 사이 충분히 흔들어 놓고도 남겠지만, 내가 또 착하잖아. 두 사람의 행복을 빌어 주며 기꺼이 빠져 줘야죠."

그렇게 말하는데 괜스레 서러움이 밀려들었다. 울컥하는 표정을 들키지 않으려 고개를 틀어 버린 혜수를, 현철이 물끄러미 바라보고 있었다.

현철은 이번 짝사랑은 조금 다르다는, 얼마 전에 혜수가 했던 말을 떠올리고 있었다. 그래서 더 가슴 아프고 안타까웠다.

어떤 부모에게도 금지옥엽은 있겠지만 혜수는 현철에게 조금은 특별한 딸이었다. 사업이 망하고 가세가 기울면서 어린 나이에 충분히 엇나갈 법했을 텐데도, 단 한 번의 일탈도 없이 무사히 어른이 되어 주어 고마운 딸이었다. 그런 딸이 평범하게 일을 하고 평범한 남자를 만나서 사랑을 하고, 그리고 평범한 가정을 꾸려 가는 것을 곁에서 지켜보는 것이 남아 있는 소망이었다.

물론 사람의 감정이란 건 마음대로 움직여지지 않는다지만 그래도 혜수만큼은 아무 상처 없이, 아무 고통도 없이 마음껏 사랑을 하고 연애를 하면서 즐거이 살아가길 바랐다.

"혜수야."

현철은 다정하게 딸의 이름을 불렀다. 그러자 눈에 눈물을 매단 채로 혜수가 돌아보았다.

"응?"

"인연을 만나는 게 쉬운 건 아니야. 이 사람인가 싶다가도 돌아서면 저 사람인가 싶기도 하고. 헷갈림의 연속이지. 그렇게 계속 헷갈리고 갈등하고 고민하고 아파하고 울고 웃고 하다 보면, 어느 순간 인연이 내 옆에 확 다가와 있단다. 그럴 때 꽉 잡고 놓치지 않으면 돼."

"……응."

"그래. 그래도 평생의 인연을 만날지도 모르는 건데 쉽게 네 손에 쥐어질 리가 있겠니? 지금 괴로워하는 거 나중에 다 보상받는다고 생각해. 우리 딸의 인연이 될 사람이라면 충분히 다 보상해 줄 만한 사람일 테니까."

현철의 말은 차분하고 조용했다. 그래서 더 잔잔하게 혜수의 마음을 파고들었다. 그러나 아는 것과 느끼는 것은 달랐다. 혜수가 지금 느끼는 건 아프다는 거였다.

"아빠 말씀, 명심할게요. 근데 오늘은 좀 울게. 내가 그 사람을 너무 좋아했나 봐요. 마음이…… 조각나 버릴 것 같아……."

끝내 눈물을 터뜨리고 말았다. 끅끅 울음을 참느라 목이 아플 지경이었다. 현철이 다가와 등을 토닥여 주었다. 이렇게 위로라도 받아 마음이 편해졌으면 좋겠다는 생각이 들었다. 하늘의 별을 모두 따 주겠다던 아빠의 하얀 거짓말이 간절하게 고픈 순간이었다.

지아는 하루 종일 혜수를 힐끔거렸다. 친구의 그 눈빛이 어떤 의미인지 모르는 바는 아니었지만 점심시간을 거쳐 저녁 시간이 다 되어 가는 와중에도 그러니 혜수는 점점 지쳐 갔다. 그는 하루 종일 회의가 있는 듯했다. 덕분에 그와 마주치는 불상사는 일어나지 않아 그나마 다행이라고 생각하고 있는데, 지아라는 복병이 불쑥 나타난 것이다.

"그만 좀 봐라. 얼굴 타겠다."

마침내 혜수는 지아가 저녁 뉴스 타임에 들어가기 전, 폭발했다. 폭발이라고 해 봤자 눈을 부라리며 쳐다보는 것이 전부였지만, 그 작은 몸부림에도 지아는 화들짝 놀랐다.

"내가 언제 네 얼굴을 봤다고 그러냐. 그냥 고개를 이리저리 돌리는데 네가 눈에 띄어서 본 거지."

혜수의 폭발에 지아가 괜스레 덩치에 어울리지 않게 주눅이 들었다. 혜수는 기자 사무실에 아무도 없다는 사실에 안도하면서 다시 한 번 눈꼬리를 추켜세웠다.

"나 아무렇지도 않으니까 그만 봐도 돼. 아무렇지도 않다고! 리얼리!"

"아, 그래. 누가 뭐래? 나는 단지 네 기분을 살피고 있었던 것뿐이야. 그래도 친군데 네 기분 정돈 맞춰 줘야 할 거 아니냐고. 나도 오늘 힘들었다고. 너한테 말 한마디 붙이는 것도 얼마나 힘들었는지 아냐?"

"그래. 차라리 그렇게 평소대로 해. 그래야 내가 편하지. 우리 사이에 눈치 보고 기분 맞춰 주고 할 필요가 있어? 내가 이딴 일로 기분 꽁해 있을 사람은 아니잖아."

"뭐, 어쨌든 다행이다. 난 네가 점심도 거르고 책상에 파묻혀 지내면 어쩌나 했지. 근데 이 피디님이랑 그 여자, 정말 다시 만나는 거래? 소문 쫙 났어. 이 피디님이 옛 애인이랑 다시 만난다고."

이 대목에선 제아무리 마음을 다잡은 혜수라고 해도 또 한 번 울컥해지는 것은 어쩔 수 없는 일이었다.

분명 양기정이리라. 어제 식당에서 목격한 것에 대해 입을 함부로 놀렸을 테고, 그 여자와 강욱의 과거를 아는 사람이 방송국 직원들 중 적어도 한두 명은 있을 테고, 그러다 보니 자연스럽게 소문이 나게 된 것이리라. 게다가 강욱은 현재 방송국 안 여직원들 사이에서 가장 화제의 중심인 인물이다 보니 그의 일거수일투족에 대해 입에서 입으로 옮겨지는 과정이, 상대적으로 빨랐을 것이다.

"그렇다면 그런 거겠지. 난 이제 선배님에 대해서 아무것도 몰라. 그러니까 나한테 묻지 마."

"너 그럼, 포기한 거야?"

"내 주제에 포기는 무슨. 그냥 발 빼는 거지. 삼각관계에 휘말릴 일 있어?"

"하긴 메시급 스트라이커가 아닌 다음에야 막강한 골키퍼가 버티고 있을 땐 피하는 게 상책이지. 그래도 너무 기죽어 있지는 마. 원래 잘난 여자들은 싱글로 남는 법이잖아. 나 봐라, 얼마나 화려하고 도도해 보이는 싱글 라이프냐?"

"빨랑 뉴스나 들어가지?"

"어? 어! 맞다. 나 뉴스 들어가! 이따 보자!"

지아는 혜수를 한바탕 뒤흔들어 놓고 유유히 사라졌다. 저게 과연 친구인지 원수인지 분간이 가지 않는 찰나, 혜수는 책상에 앉아 노트북을 켰다. 오늘 9시 뉴스 타임엔 그녀의 취재 분량이 없었으므로 차분하게 타임라인을 훑으며 취재거리를 찾아야 했다.

각종 SNS를 점검하는 동안 복잡하던 머릿속도 차츰 안정을 찾아가는 것 같았다. 이대로 퇴근할 때까지 그를 보지만 않는다면 오늘 하루는 무사히 지나갈 것도 같았다. 일에 몰두하면서 자신을 잃어버리다 보면 잡념도 말끔히 사라질 것이다. 비장하게 각오한 채 모니터를 뚫어져라 쳐다보고 있는데 누군가 기자 사무실의 문을 확 열었다.

고개를 든 순간, 혜수는 오늘 하루의 마무리가 그다지 좋지 않을 것이라는 확신이 들었다. 강욱이 잠시 멈춰 서서 그녀를 빤히 쳐다보고 있었기 때문이었다. 혜수는 저도 모르게 의자에서 일어났다. 고개를 까딱하면서 인사를 하는데 그가 이쪽으로 성큼성큼 걸어오고 있었다. 등골에 긴장감이 흘렀다.

"아픈 건 괜찮아?"

툭 던지듯 내뱉은 말이었다. 강욱은 괜스레 혜수의 책상 위에 널려 있는 메모지나 수첩을 뒤적거리면서도 시선만큼은 혜수에게 두었다.

하루 종일 국장 회의와 피디 회의를 쫓아다니다 비로소 여유가 생겼다. 뉴스 타임이 얼마 남지 않았기 때문에 지금 부조정실에 가서 오늘 방송될 분량을 체크해야 하는데도, 그의 발길은 자연스럽게 기자 사무실로 향했다. 문을 열고 혜수를 본 순간, 어제의 감정이 고스란히 되살아났다. 양기정과 마주 앉아 있던 이 녀석. 자신도 인지하지 못하고 있던 사이에 섬뜩하게 조여들던 야속함.

야멸치게 쏘아보는 그의 눈빛을, 혜수가 의아해하며 쳐다보고 있었다.

"네?"

"어제 내내 아팠잖아. 하긴 양 아나하고 저녁 식사까지 함께 하던데 깨끗하게 나았긴 했겠군."

강욱은 빈정거리며 손에 들고 있던 메모지를 책상에 툭 내려놓았다. 혜수는 그 모습을 보며 입술을 깨물었다. 그는 화가 난 건가. 대체 왜?

"괜찮습니다, 이제."

"그래? 그럼 이번 주 주간 기자 기획안 자료 취합해서 내 책상에 올려놔. 그리고 내일 방송 분량 미리 체크해서 나한테 메일로 보내고."

"기획안 취합 업무는 제 일이 아닌데요, 이 피디님."

"뭐?"

"그건 늘 윤 기자님이 하신 거예요. 아무리 피디님 지시라고 해도 갑자기 제가 나서는 건 말이 안 되는 것 같습니다. 윤 기자님께 말씀드려 놓긴 하겠습니다만, 제가 직접 하진 못합니다. 대신 내일 방송 건은 피디님께 메일로 보내 드리겠습니다."

어딘가 사무적이고 딱딱해진 말투와 태도. 강욱은 혜수의 변한 모습에 잠시 어리둥절했다. 게다가 '피디님'이라니. 변한 호칭만큼 그녀가 낯설게 느껴졌다. 사실 혜수의 말이 모두 옳았다. 기자 기획안 취합 업무는 기자 사무실 실장인 윤경호 기자의 일이었고, 그건 누구도 침해할 수 없는 고유 권한이자 의무였다.

그걸 혜수에게 지시했으니 혜수가 의아해하는 건 당연한 일이었다. 그런데도 그녀의 싸늘한 반응이 못내 신경이 쓰였다. 사실은 무턱대고 기자 사무실에 온 일부터가 자신답지 않은 것이었다.

강욱이 그렇게 복잡한 생각을 하며 혜수만 응시하고 있는데 핸드폰이 울렸다. 보도국 상황 실장으로부터 걸려 온 전화였다.

"네. 이강욱입니다. 네…… 네? 아, 네…… 알겠습니다. 곧 지시 내리죠."

그가 통화를 하는 동안 혜수의 시선은 갈 곳을 잃고 방황했다. 그가 통화하는 내내 그녀를 쳐다보고 있었기 때문이다. 왜 저런 눈으로 쳐다보는 거지? 애인한테나 그렇게 쳐다보시든가. 조금은 도전적으로 턱을 추켜올린 채 그를 외면하고 있는데, 통화를 끝낸 그가 다급히 말했다.

"너 지금 권 감독하고 현장에 좀 나가 봐야겠다. 도진구 도진 빌딩 화재 현장이야. 9시 20분쯤에 생중계 타임 잡아 놓을 테니까 우선 현장에 가서 연락하자. 도착하자마자 원고 작성하는 거 잊지 말고."

혜수의 눈이 휘둥그레졌다. 생중계라는 말에 귀가 번쩍 뜨였다. 녹화가 아닌 생중계는 업무의 특성상 노련함을 필요로 하기 때문에 연차가 오래된 기자를 파견하는 게 관례였다. 당연히 혜수는 거기에 속하지 않는 풋내기에 가까운 존재였다. 그런데도 그런 파격을 강행하는 강욱이 놀라웠고, 생중계 현장이 화재 현장이라는 사실이 두 번째로 놀라웠다.

"알겠습니다."

다른 부연 설명 따위 필요하지 않는 긴급한 일이었다. 당연하게도 혜수 역시 여타의 질문을 하지 않고 곧장 대답했다. 그러자 강욱이 낮은 목소리로 그녀를 불렀다.

"서혜수."

"네."

"대형 화재야. 조심해. 재작년 일 알지?"

"아, 네."

혜수는 강욱이 걱정하는 바가 무엇인지 잘 알았다. 도진빌딩은 대형 빌딩에 속하지만 아주 오래된 건물이라 몇 년 전부터 붕괴의 위험이 있다는 보도가 속출하곤 했다. 게다가 재작년 대형 화재 현장을 생중계하던 보도국 기자 한 명이 중상을 입어 병원에 실려 간 일이 있었다. 그 일로 담당 피디가 경질됐고 여러모로 보도국에 안전제일주의가 팽배해져 있었다.

하지만 그 모든 위험을 감수하고라도 혜수는 욕심이 났다. 강욱이 자신에게 준 업무를 완벽하게 해내고 싶다는 욕심이었다. 마음에서 그를 지워 내고 있는 연습을 하고 있지만, 그는 피디이고 자신은 기자, 라는 그 관계만큼은 잃고 싶지 않았다. 혜수는 진지하게 표정을 굳혔다.

촬영 감독인 권 감독과 함께 중계 차량에 몸을 실은 혜수는 차창 밖을 무심코 쳐다봤다. 방송국 앞마당이었다. 화단이 있는 쪽에 세워진 붉은색의 스포츠카에서 여자가 내리는 것이 보였다. 환하게 켜진 가로등 불빛 아래 드러난 여자의 얼굴은 어제 강욱과 함께 있던 사람이었다.

혜수는 고개를 바로 했다. 씁쓸해진 마음을 추스르기 위해 괜히 옆에 앉은 권 감독에게 말을 걸어 보기도 하고 운전기사에게 웃으며 말을 건네기도 했다. 그래도 허전함은 채워지지 않았다. 저 여자는 오늘도 강욱을 만날 테고 두 사람은 웃으며 대화를 나눌 것이다. 풍경 좋은 곳을 드라이브할지도 모르고, 조용한 카페에서 커피를 마실지도 모른다.

강욱과 함께 그런 일상을 나누는 상대가 자신이 되길 바랐지만, 이제는 그 바람마저 물거품이 되고 말았다. 언젠가는 두 사람의 행복을 순수하게 빌어 줄 수 있을 날이 올지도 모르지만, 지금은 그저 아프기만 했다. 아팠다, 정말로.

"출발하죠."

혜수의 말에 취재 차량이 움직였다. 차는 40분을 달려 도진빌딩에 도착했다. 대로변에 있는 빌딩이라 주변은 아수라장이었다. 근처 도로는 폐쇄되었고 소방차 다수와 구급차, 경찰 차량, 그리고 각 방송국에서 나온 중계 차량으로 북적거렸다. 워낙 대형건물의 화재라 주변이 대낮처럼 환하게 보였다. 수많은 사람들이 10차선 도로 건너편에서 그야말로 불구경을 하고 있었다.

가로수 십수 그루가 불에 탔고 인도의 벽돌은 이미 불 때문에 새카매졌다. 워낙 큰 화재라 취재하는 기자들도 조심하는 게 보였다. 막말로 건물에서 철골이나 불똥이 떨어질 수도 있기 때문에 방화복을 입은 기자들도 보였다.

권 감독과 함께 중계 차량에서 내린 혜수는 제공된 이어폰을 꼈다. 이제 막 9시 뉴스가 시작된 시점. 다급히 소방관 한 명을 섭외해 화재 원인에 대한 인터뷰를 딴 혜수는, 그다음 중계 장소를 물색했다.

— 조심하세요, 서 기자님. 20분 후에 바로 중계 들어갑니다. 원고는 작성하셨어요?

"네. 장소부터 물색해 보고 곧장 작성할게요. 다섯 줄이면 되겠죠?"

— 네.

이어폰을 통해 조연출과 대화를 나눈 혜수는 다른 방송국 기자들이 일명 '명당'을 놓고 취재 경쟁을 벌이고 있는 가운데, 혼자 동떨어진 장소를 택했다. 권 감독이 고개를 저으며 외쳤다.

"서 기자, 여긴 좀 위험하지 않을까. 바로 위에 철골 구조물이 널려 있어."

혜수는 고개를 들고 위를 보았다. 아직도 불길에 활활 타오르고 있는 외벽이 보였다. 거센 불꽃이 타닥타닥 소리를 내며 주변으로 흩어지고 아슬아슬하게 매달린 철골이 여기저기에 보였다.

"길게 잡아 5분이니까 상관없지 않을까요? 저기쯤이 딱 적당한데 기자들이 너무 몰려 있어서 안 될 것 같아요."

"뭐, 일단 여기서 하자고. 서 기자 조심하고."

"네."

혜수는 대답한 후 이어폰을 다시 고쳐 꼈다. 여기서 대기하다가 부조정실에서 지시가 내려오면 곧장 플래시를 켠 후 중계를 하면 되는 거였다. 혜수는 다소 긴장한 표정으로 카메라를 응시했다.

"큐!"

9시 20분. 부조정실에 앉아 있던 강욱은 화면을 통해 보이는 혜수를 향해 사인을 내렸다. 제법 중계 장소가 적절해 보였다. 혜수의 뒤편으로 일고 있는 거센 불길이 내심 신경 쓰여서 되도록 혜수의 중계를 짧게 딴 후 화재 장면으로 넘어갈 생각이었다.

이어폰을 통해 '네.'라는 혜수의 대답이 들려왔다. 자신도 모르게 미소가 지어졌다.

— 안녕하십니까. 여기는 두 시간 전에 화재가 시작된 도진빌딩 현장입니다. 거센 화마가 도심을 집어삼킬 것처럼 퍼붓고 있습니다. 몇 년 전부터 붕괴 조짐을 보여 폐쇄되었던 이 도진빌딩이

마지막 몸부림을 치고 있는 듯합니다. 다행히 현재 인명 피해는 없습니다. 정확한 손실액은 현재 집계 중이지만 대략 기천 만 원으로 추정되고 있습니다……. 흡! ……화재를 ……진압……하기 위한 소방관들의 노력이 이 밤을 하얗게 만들고 있습니다. 이상 도진빌딩 화재 현장에서 NBS 뉴스 서혜수였습니다.

화면을 통해 혜수를 보는 그의 표정에 묘한 긴장이 흘렀다. 멘트 도중 멈칫했던 혜수의 행동이 아무래도 석연찮았다. 멘트는 무사히 끝났고 중계 또한 별 무리 없이 마무리되어 다른 사람들은 눈치채지 못했지만, 미묘하게 달라지던 혜수의 표정이 마음에 걸렸다. 강욱은 몸을 일으키며 조연출에게 지시했다.

"다음 화면으로 넘겨. 난 통화 좀 하고 들어올 테니까."

"예."

부조정실을 나온 강욱은 다급히 핸드폰을 꺼냈다. 혜수에게 전화를 걸었지만 그녀는 받지 않았다. 하는 수 없이 혜수와 동행했던 권 감독에게 전화를 걸었다.

— 예, 피디님.

"서 기자는?"

— 아, 중계 끝나고 다른 볼일이 좀 있다면서 택시 타고 현장 떴어요. 저는 중계차 타고 돌아가는 길이구요.

"서 기자 괜찮아? 별 이상 없었어?"

— 예? 예…… 뭐 별문제는 없었는데요. 왜요? 피디님?

"아냐. 아무것도."

아무래도 혜수에 대해서 지나치게 예민해진 탓인가. 강욱은 마른세수를 하곤 한숨을 흘렸다. 다시 혜수의 번호를 눌렀다. 역시나 그녀에게서 돌아오는 대답은 없었다. 별문제 없었다는 권 감독의 말에 내심 안심하면서도 혜수가 계속해서 전화를 받지 않는다는 사실이 그를 힘들게 했다.

"누나!"
영수가 황급히 응급실로 뛰어 들어왔다. 주유소 아르바이트를 하다 중간에 달려왔는지 유니폼이 그대로였다. 혜수는 등에서 퍼지고 있는 통증을 참으며 영수를 맞이했다.
"응. 왔어?"
"대체 어떻게 된 거야. 이 붕대는 다 뭐고!"
속상했던지 영수가 인상을 찡그리며 물었다. 영수에게 대답할 기운조차 남아 있지 않았던 혜수는 눈을 감은 채 아까의 일을 떠올렸다. 중계를 하던 도중 등짝에서 갑자기 느껴지던 뜨거운 불길. 철골에서 떨어진 불길이 그대로 혜수의 등에 달라붙은 것이었다.

멘트를 하는 도중이어서 아프다, 티를 낼 수가 없었다. 게다가 이 생중계가 방송 사고로 이어진다면 강욱의 경질은 불 보듯 뻔한 일이었다. 그래서 혜수는 고통을 인내할 수밖에 없었다.
권 감독 앞에서도 절대 티를 내지 않고 일을 진행했다. 중계가 끝난 후 혜수는 권 감독에게 대충 둘러댄 후 서둘러 택시를 타고 병원에 도착한 것이다.
"엄마 아빠한텐 말씀 안 드렸지?"

"누나가 하도 신신당부를 해서 말씀 안 드렸어. 그런데 상태 보니 심각해 보이는데? 연락을 하는 게 낫지 않아?"

"그건 누나가 알아서 할게. 넌 오늘 누나 대신 입원 수속 좀 밟아 줘. 네가 내 보호자 해 달란 소리야."

"그건 당연하지. 근데 방송국엔 이 일 알린 거야? 방송국에선 뭐래?"

"내가 차차 알아서 할게."

"뭐야, 아직 방송국에도 얘기 안 했다는 거야? 이 누나가 지금 제정신이 아니시네."

"영수야. 제발. 누나 지금 아프다."

인상을 찡그리며 영수의 잔소리를 차단시킨 혜수는 돌아누웠다. 아직 입원 전이라 옷은 아까 입은 그대로였다. 겉에 입고 있던 점퍼는 불에 타서 버린 상태고, 셔츠도 등 부분이 타서 구멍이 나 있었다. 화상 자국에 붕대를 감아 두어서 움직임이 용이하지 않았다.

이렇게 아픈데도 아직 방송국에 알리지 않았다. 알릴 자신이 없었다. 자신으로 인해 강욱이 혹여 제재를 받을까, 염려되어서였다. 오직 그 생각밖에 나지 않았다.

주치의가 오고 입원 수속이 완료되었다는 통보를 해 주었다. 응급처치를 했으나 입원을 하면서 차후 경과를 지켜봐야 한다고도 덧붙였다.

영수는 부모에게도 심지어 방송국에도 알리지 않은 혜수를 미련하다 생각하며 투덜거렸다. 그러면서도 혜수의 입원을 옆에서

도왔다.

입원실은 2인실 병동으로 옆 침대는 비어 있었다. 그나마 조용하게 지낼 수 있겠다 싶어 혜수는 다행이라고 생각했다.

진통제 때문인지 혜수는 입원실로 올라오자마자 곧장 잠에 빠졌다. 영수는 그런 누나를 보면서 한숨을 내쉬었다. 타 버린 혜수의 셔츠를 이리저리 둘러보며 혀를 차고 있는데 혜수의 가방 안에서 핸드폰 소리가 들려왔다. 영수는 그것을 꺼내었다.

— 서혜수. 너 어디야.

여보세요, 라고 말하기도 전에 들려온 남자의 굵직한 음성에 영수는 핸드폰을 한 번 내려다보곤 물었다.

"누구세요?"

— ……서 기자 핸드폰 아닙니까? 저는 함께 근무하는 이강욱 피디입니다.

"아, 그러세요? 저는 동생인데요."

— 서 기자는 지금 어디에 있습니까.

"여기 병원이에요. 저희 누나가 방송하다가 다쳤거든요."

— ……거기가 어딥니까.

영수는 핸드폰 너머 남자에게 병원 위치를 알려 주고 통화를 끝냈다. 괜히 사실을 알렸다고 혜수에게 잔소리를 듣는 게 아닐까 잠시 후회됐지만, 그렇다고 마냥 혼자 앓게 둘 순 없었다. 영수는 혜수를 한 번 내려다보곤 빈 물병에 물을 받기 위해 병실 밖으로 나갔다.

무척 긴 시간이 흐른 것 같았다. 혜수의 남동생으로부터 혜수의 사고에 대한 이야기를 전해 듣고 모든 업무를 조연출에게 맡긴 후 방송국 로비를 지나 밖으로 나오기까지, 강욱은 아무 생각이 나지 않았다. 자신의 추측이 맞았다는 생각보다도, 대단했을 통증을 견디면서까지 중계를 무사히 끝냈던 혜수가 안쓰러워 미칠 것 같았다.

건물 입구에 주차시켜 놓은 차에 오르는데 멀리 은성이 보였다. 그녀는 그를 기다리고 있는 건지 로비 쪽을 쳐다보고 있었다. 강욱은 그런 은성을 무심하게 외면하며 시동을 걸었다.

병원으로 가는 내내 혜수에 대한 걱정으로 머릿속이 가득 찼다. 심한 부상이 아니기를 바라며 차의 속도를 더욱 높였다.

병원에 도착한 강욱은 다급히 차를 주차시키고 입원실로 올라갔다. 엘리베이터의 느린 속도를 잠시 원망하기도 했다. 그렇게 도착한 8층 입원실 복도를 강욱은 거의 뛰다시피 걸어갔다. 그리고 마침내 혜수가 입원한 병실 앞에 선 강욱은 숨을 골랐다.

노크를 하려던 순간 문이 열리며 남자가 나왔다. 잠시 그와 시선을 주고받은 강욱은, 그가 혜수의 동생이며 아까 통화를 했던 장본인이라는 걸 알 수 있었다.

"아까 통화했던 이강욱입니다. 혜수를, 지금 잠시 볼 수 있겠습니까."

간호사 데스크로 가기 위해 나왔던 영수는 머리를 긁적이며 난감한 표정을 지었다.

사실 아까 강욱과 통화를 끝내고 곧장 눈을 뜬 혜수가 누구와 통화를 한 거냐고 다그쳤었다. 그 바람에 영수는 사실대로 고스란히 말했으며, 혜수는 누구도 병실에 들이지 말라고 부탁했다. 강욱이 이렇게 늦은 시간에 병원까지 올 줄은 몰랐기에 영수는 누나의 말에 따라야 하는지, 강욱을 병실에 들여야 하는지, 잠시 갈등한 것이다.

"저기. 잠시만 기다리시겠어요?"

영수는 강욱에게 양해를 구한 후 다시 병실로 들어갔다. 강욱은 굳은 얼굴로 영수를 기다렸다. 잠시 후 나온 영수가 미안한 얼굴로 입을 열었다.

"정말 죄송한데요. 누나가 오늘은 상태가 좀 좋지 않아서 누구도 못 만나겠대요. 지금 잘 시간이기도 하구요. 정말 죄송합니다."

그렇게 말한 영수가 병실 문을 천천히 닫았다. 문이 닫히는 틈새로 강욱은 침대에 누워 있는 혜수를 보았다. 병원복 밖으로 보이는 붕대도 발견했다. 강욱의 낯빛이 차츰 어두워졌다.

10

혜수는 모로 누운 채 꼼짝도 하지 않고 있었다. 등의 상처 때문에 똑바로 눕는 게 힘이 들었던 탓도 있지만 병실 문을 자꾸만 쳐다보게 될까 봐 겁이 났다. 그는 어련히 돌아갔으려니, 그의 병문안을 거절했으니 지금쯤 병실 밖 복도는 텅 비어 있으려니, 생각해 봐도 자꾸만 미련스럽게 뒷머리가 당기는 것을 어찌할 수가 없었다.

그를 거절할 필요까진 없었다고 이제 와 후회했다. 너무 티가나는 설정이다. 자신의 마음을 이미 다 알고 있는 그는 분명 코웃음 칠 게 뻔했다. 감정을 다 보여 주고 말았으니 그녀가 분명 약자인 셈이었다.

그래도 지금은 그의 얼굴을 보지 않는 편이 차라리 나은 것이리라. 사고 순간의 아찔함이 되살아나서 그의 품에 자신도 모르게 안겨 울어 버릴지도 모른다.

"누나 왜 못 들어오게 해? 저 사람 방송국 피디 아냐?"

다가온 영수가 물었다. 등이 따끔거리는 것 같았다. 혜수는 눈을 감고 입을 열었다.

"피곤해서 그래. 저분도 충분히 이해해 주실 거야."

"그래도 소식 듣고 무척 황급하게 달려온 것 같은데. 사람 무안하게."

"혹시 네가 말했어?"

혜수는 돌아보지도 않고 물었다. 강욱이 어떻게 여기 병원까지 왔는지 따져 보자면 그 범인은 영수뿐이었다. 영수는 머리를 긁적거렸다.

"응. 아까 누나 잠시 자는 사이에 핸드폰이 울리잖아. 저 사람이었어. 내가 다 말했지 뭐. 솔직히 이 사고도 산재 아냐? 보상받을 건 다 받아야지."

영수의 말에 혜수는 그제야 몸을 움직여 상체를 일으켰다. 영수가 후다닥 다가와 베개를 혜수의 등 뒤에 받쳐 주었다. 상처 부위를 피하느라 매우 조심스러운 손길이었다. 혜수가 손을 스윽 내밀자 영수가 금세 물 한 잔을 건넨다. 혜수는 그것을 마셨다.

"넌 이만 집에 들어가. 엄마 아빠 걱정하시겠다."

"누나를 이렇게 두고 집에 들어가라고? 제정신이냐?"

"혼자 있을 수 있어. 게다가 넌 남자라서 나한테 도움도 안 돼. 얼른 들어가."

영수는 막무가내인 혜수를 물끄러미 쳐다보다가 핸드폰을 건넸다. 그러곤 단호하게 말했다.

"얼른 전화해. 엄마한테. 누나가 안 하면 내가 해."

혜수는 제 앞으로 내밀어진 핸드폰과 영수의 얼굴을 번갈아 쳐다봤다. 어린아이라고만 여겼던 영수가 어느새 이렇게 훌쩍 커선 누나의 상황까지 컨트롤하고 있다는 게 웃기기도 하고 대견하기도 했다.

혜수는 고개를 끄덕이며 핸드폰을 받아 들었다. 처음엔 혜수 자신도 놀라 경황이 없었지만 입원실로 올라오고 어느 정도 진정이 되고 나니 엄마의 손길이 그리워진 것도 사실이었다.

— 응. 우리 딸.

신호가 가자마자 정순의 음성이 건너왔다. 혜수는 정순이 앞에 있는 것처럼 빙긋 웃었다.

— 아까 뉴스에서 우리 딸 봤지. 어찌나 또박또박 말도 잘하던지. 네 아빠도 보시고선 친척 어른들한테 전화 돌리셨다. 근데 퇴근 안 하고 뭐 해? 어디니?

"아…… 여기 병원요."

— 응? 병원? 병원엔 왜? 누가 입원했어? 병문안 간 거야?

쉬지도 않고 쏟아지는 정순의 음성에 혜수는 왈칵 눈물을 쏟을 뻔했다. 말을 하다 보니 더욱 서러움이 밀려들어 콧물까지 찍 흘렸다. 옆에 서 있던 영수가 티슈 한 장을 꺼내어 내밀곤 길게 한숨을 쉬었다.

"엄마, 지금 좀 와 줄 수 있어? 나 다쳐서 입원했어."

— 응? 뭐? 아니…… 이게 다 무슨 소리래? 벼, 병원이라니.

혜수야! 어딜 다친 건데!

정순의 목소리가 부드럽고 온화한 그것에서 갑자기 다급하게 변해 갔다. 숨이 넘어갈 정도로 놀란 듯했다. 그러자 부스럭거리는 소리가 들리더니 이번엔 현철의 목소리가 건너왔다. 두 분이 함께 계셨던 모양이었다.

— 혜수야. 아빠다. 너 다친 거야? 어디를 얼마나 다쳤니. 응?

"아빠. 죄송해요. 취재하다가 좀 다쳤어요. 심각한 거 아니니까 걱정하실 필요는 없어요. 길어야 일주일 입원이에요. 아빠는 집에 계시고 엄마만 좀 보내 주세요. 오늘 밤만 함께 계셔 주시면 내일부턴 혼자 있을 수 있어요."

— 아니, 이게 대체 무슨 일이야. 지금은 누가 옆에 있는데?

"영수요."

— 우선 알았다. 엄마하고 지금 당장 가마.

소란스러운 통화가 끝이 나고 혜수는 베개에 뒷머리를 기댔다. 귀가 아직도 쩌렁쩌렁 울리는 것 같았다. 이런 식으로 부모님을 걱정하게 만들고 싶지는 않았는데, 어쩌면 등에 난 화상보다 마음이 울적하고 외로워 더 부모님이 그리워진 건지도 몰랐다.

핸드폰을 영수에게 돌려준 후 다시 모로 누웠다. 그는 갔을까. 미친 척하고 병실 밖으로 나가 볼까. 혜수는 실소하며 고개를 저었다. 그가 너무도 그리워졌다. 더는 다가갈 수 없는 거리감에 등이 아니라 온몸이 욱신거리며 아파 오는 것 같았다. 혜수는 젖어 오는 코를 실룩거리며 부러 헛기침을 했다.

"엄마 오실 때까지 눈 좀 붙여, 영수야. 오늘 피곤했을 거잖아."

헛기침을 한 게 제 발 저려 일부러 영수에게 말을 건넨 혜수는, 그 말이 떨어지자마자 들려오기 시작하는 코골이 소리에 두 귀를 의심했다. 고개를 돌려 가까스로 돌아본 혜수는 한숨을 내뱉었다. 영수가 어느새 간병인용 보조 침대에 누워 잠을 자고 있었다. 혜수는 눈을 감았다.

강욱은 시계를 들여다보았다. 병원에 온 지 어느새 한 시간이 지나 있었다. 복도는 간간이 카트를 미는 간호사들만 보일 뿐, 조용하고 적막했다.

벤치에서 몸을 일으킨 강욱은 저만치 혜수의 병실을 쳐다봤다. 문은 아까 그가 막 왔을 때처럼 굳게도 닫혀 있었다. 혹여 혜수가 병실 밖으로 나올까 싶어 무작정 기다리고 있던 참이었다. 무슨 일이 있어도 오늘 혜수의 얼굴을 직접 봐야 안심이 될 것 같았다.

그녀가 무슨 이유로 자신과의 만남을 거부했는지 알 수 없었으나, 막연하게 '부담감과 미안함' 때문이라고 생각하고 있었다.

그러나 미안한 건 도리어 강욱 자신이었고 그가 가져야 할 감정이었다. 혜수를 현장에 내보낸 장본인이 그 자신이었기 때문이다. 그래서 아무 걱정 하지 말라고, 내가 다 알아서 책임지겠다고 말해 주고 싶었다. 많이 놀라고 당황했을 녀석의 감정을, 그렇게나마 어루만져 주고 싶었던 것이다.

나오지도 않는 혜수를 기다리면서 그는 많은 생각을 했다. 얼마 전 술에 취한 채 다짜고짜 그를 찾아와 고백 비슷한 걸 하던 모습은, 아직도 어제 일처럼 생생했다. 그때 은성이만 갑자기 나타나지 않았다면, 어쩌면 혜수를 데리고 술 한잔 정도 마셨을지도 모를 일이었다.

그때, 혜수에게 '그것'이 귀찮아서 더는 하지 않을 거라고 말했었다. 그러곤 내일부터는 다시 예전처럼 돌아가자고 말했지만, 여전히 혜수와의 사이에 이름 모를 기묘한 감정이 도사리고 있음을 알고 있었다. 그것은 때때로 그를 유치하게도 만들었고 신경 쓰이게도 만들었다. 그래서 더 혼란스럽다.

복도 바닥을 타고 강욱의 구둣발 소리가 울렸다. 혜수의 병실에 한두 걸음 다가가려던 순간, 뒤에서 후다닥 뛰어오는 사람들의 소리가 들렸다. 강욱은 걸음을 멈추고 뒤를 돌아봤다.

"혜수야. 엉엉. 혜수야."

울먹이는 중년 여자와 그런 그녀를 부축하며 강욱의 앞을 지나가는 남자. 자세히 보니 그들은 강욱의 눈에 익숙한 사람들이었다. 혜수를 집 앞까지 태워다 주었던 날 보았던 혜수의 부모님이었다. 그들은 황급히 혜수의 병실 문을 열고 들어갔다. 문은 탁, 소리가 나도록 다시 닫혔다.

강욱은 병실 문 앞에 섰다. 안에선 극적인 상봉을 한 부모 자식 간의 울음소리가 들려왔다. '엄마! 아빠!'라고 외치며 울먹이는 혜수의 목소리가 강욱의 귀를 사로잡았다. 그건 진지한 상황이라기보다는 마치 연극적인 분위기가 물씬 풍겼다. 혜수의 상태가 다행히 심각한 게 아니라는 의미였다.

그의 만면에 웃음이 흘렀다. 문고리를 슬쩍 잡았다가 놓았다. 그러곤 한 발자국 뒤로 물러섰다.

다행이다. 네 목소리라도 듣고 돌아갈 수 있어서.

병원 주차장에 있는 차에 올라탄 강욱은 손 국장에게 전화를 걸었다. 자다 깼는지 손 국장의 목소리는 매우 잠겨 있었다.

"벌써 주무시고 계셨던 겁니까?"

— 응…… 이 피디. 무슨 일이야.

"이제 겨우 12신데 잠이라뇨. 얼른 세수하고 방송국에 좀 오십시오."

— 방송국이라니? 왜 무슨 일 있어? 간만에 일찍 와서 꿀잠 자고 있었는데 이게 무슨 아닌 밤중에 홍두깨야.

"빨리 채비하고 나오세요. 드릴 말씀이 있습니다."

— 아, 뭔데 인마! 귀찮게.

손 국장이 빽 소리를 지르며 짜증을 냈다. 그러거나 말거나 강욱은 핸드폰을 끊고 시동을 걸었다. 병원 건물을 스윽 훑어본 후 차를 출발시켰다.

그길로 다시 방송국에 돌아온 강욱은 부조정실로 올라갔다. 오늘 자 뉴스 방송분을 재생시킨 후 혜수의 중계 장면만 따로 편집해서 들어내었다.

턱을 괸 강욱은 화면 속 혜수를 응시했다. 다분히 들뜬 그녀의 얼굴이 카메라를 정면으로 보고 있어, 마치 시선이 얽힌 듯했다.

— 안녕하십니까. 여기는 두 시간 전에 화재가 시작된 도진빌딩 현장입니다. 거센 화마가 도심을 집어삼킬 것처럼 퍼붓고 있습니다. 몇 년 전부터 붕괴 조짐을 보여 폐쇄되었던 이 도진빌딩이

마지막 몸부림을 치고 있는 듯합니다……

강욱은 멈춤 버튼을 누른 후 다시 앞부분으로 돌아갔다.

— 안녕하십니까. 여기는 두 시간 전에 화재가 시작된 도진빌 딩 현장입니다…….

— 안녕하십니까. 여기는 두 시간 전에 화재가 시작된 도진빌 딩 현장입니다…….

— 안녕하십니까. 여기는 두 시간 전에 화재가 시작된 도진빌 딩 현장입니다…….

혜수가 진지한 표정으로 인사하는 부분을 계속해서 몇 차례 재 생시켰다. 화면을 보는 강욱의 얼굴에 차츰 미소가 번져 나갔다. 돌이켜 보면 혜수를 대할 때마다 그 녀석의 활기 넘치는 모습에 늘 덩달아 실소가 나곤 했었다. 그에게뿐만 아니라 보도국 직원들 모두에게 비타민 같은 존재였던 그 녀석. 강욱의 뇌리 속에 희미 하게 자리하고 있던 기억 하나를 슬그머니 끄집어냈다.

일주일에 한 번씩 있는 신입 기자 조간(朝間) 미팅 날이었다. 아침부터 부슬부슬 내리는 비가 가을을 재촉하고 있는 날이었다. 10시에 예정되어 있는 조간 미팅은 방송사 사장단과 보도국 국장 단 그리고 피디들까지 모두 모이는 자리였다. 지난 일주일 동안 신입 기자들의 활동 상황과 교육 상태 등을 점검하고 앞으로의 계획을 공유한다.

신입 기자들은 최소한 10분 전에 미팅 장소에 입장하여 대기하는 것이 일반적인 관례였으며, 이번 기수 또한 지금까지 총 여섯 차례 미팅을 하면서 단 한 명도 그 관례에서 벗어난 이가 없었다. 하지만 오늘은 달랐다. 강욱은 다소 굳은 얼굴로 엘리베이터를 노려보고 있었다.

지금 시간 10시 5분 전. 혜수가 아직 도착하지 않고 있었다. 혜수는 강욱이 담당을 맡은 신입으로 순발력도 있고 제법 똘똘한 후배였다. 그랬는데 오늘 처음으로 오점을 남기는 행동을 하고 있는 것이다. 강욱은 길게 한숨을 지었다. 잠시 후 엘리베이터 문이 열리자 토해지듯 혜수가 내렸다. 그녀의 모습은 가관이었다.

머리부터 발끝까지 비에 홀딱 젖어 있었다. 가슴에 품은 꽃다발 역시 빗줄기에 바스러져 고개를 숙이고 있었다. 강욱은 물기가 뚝뚝 흘러내리고 있는 혜수를 뜨악한 얼굴로 쳐다보다가 입을 열었다.

"10분 전에 도착해서 착석하고 있으라고 했을 텐데?"

"죄송합니다, 선배님. 엄마가 아프셨습니다."

혜수가 내뱉은 변명이 진실인지 아니면 위기를 모면하기 위한 거짓말인지는 알 수 없었다. 그렇지만 강욱은 그간 혜수가 보여준 성실한 태도 때문에 그 변명이 사실이라고 짐작하고 있었다.

"그런데 선배님. 저 이 몰골로 미팅장에 들어가도 되는 걸까요."

"당연히 안 되지. 따라와."

강욱은 보다 못해 혜수와 기자 사무실로 들어갔다. 옷걸이에 걸려 있는 수건 하나를 빼내어 혜수에게 던지자 날름 그걸 받아

든 혜수가 서둘러 머리와 얼굴을 닦기 시작했다.

"어째서 우산도 안 챙긴 거지?"

"그게…… 버스에 딱 오르자마자 비가 내리기 시작하더라구요. 재수가 없었어요."

"점퍼 벗어."

"예?"

혜수가 놀라 그를 쳐다봤다. 강욱은 자신이 입고 있던 점퍼를 벗어 혜수에게 건넸다.

"선배님 옷을 입으라구요?"

"그럼 다 젖은 상태로 들어갈 거야?"

"그래도 이건……."

"옷이 크겠지만 잠시만 견뎌. 젖어서 옆 사람들까지 불편하게 하는 것보다는 나을 테니까."

혜수는 하는 수 없이 강욱의 점퍼를 걸친 후 미팅 장소로 다급히 향했다. 이미 착석한 사람들의 시선을 받으며 쭈뼛쭈뼛 자리한 혜수를, 강욱은 맨 뒷자리에 서서 지켜보고 있었다. 다행히 10시 전에 들어간 터라 윗선에선 별다른 말이 없었다.

일련의 순서가 끝나고 마지막으로 신입들이 자신의 희망 사항을 발표하는 순서가 다가왔다. 착석한 순서대로 발표가 시작되었다. 혜수의 차례가 되자 그녀가 일어섰다. 강욱은 혜수의 뒷모습을 빤히 쳐다보고 있었다.

"오늘 아침 저는 지각을 했습니다. 어머니께서 꽃 가게를 하시는데 제가 아침마다 어머니한테서 꽃다발을 받아 옵니다. 어머니께선 그걸 기자 사무실에 늘 꽂아 두라고 하셨습니다. 신선한 꽃과 함께 지내다 보면 머리가 맑아진다고. 그래서 좋은 기사만 쓰라고."

모든 이들의 이목이 혜수에게 집중되었다. 혜수는 어깨를 으쓱하며 말을 이어 갔다.

"그런데 오늘 아침엔 어머니께서 감기 몸살에 걸리셨습니다. 그래서 서툰 제가 대신 꽃다발을 챙기게 됐습니다. 지각을 했지만 제 직속 선배이신 이강욱 피디님은 그 일에 대해 더 이상 책망하지 않으셨습니다. 제 꿈은 저의 직속 선배이신 이강욱 피디님을 기쁘게 하는 것입니다. 그분을 절대 실망시키지 않는 진정한 기자로 거듭나겠습니다."

박수 소리가 터지고 사람들의 시선이 이번엔 강욱을 향했다. 강욱이 멋쩍어하는 동안, 혜수가 슬쩍 뒤를 돌아보는 게 보였다. 자신을 당황하게 만든 혜수가 야속하여 강욱이 야멸친 시선을 보내자, 혜수가 씨익 웃으며 브이자를 그려 보였다. 저 녀석이.

보란 듯이 인상을 팍팍 썼지만, 강욱의 기분도 그리 나쁘지만은 않았다. 비가 와 가라앉은 분위기가 혜수의 행동으로 인해 들뜬 기분으로 변해 갔다.

"뭐 해?"

강욱의 길고 길었던 회상은 손 국장의 등장으로 끝이 났다. 강욱은 마른세수를 하며 손 국장을 맞이했다.

"오셨어요? 피곤하실 텐데 오시라고 해 죄송합니다."

"죄송한 거 알면 됐어. 그래 무슨 일인데?"

"이걸 좀 보시죠."

강욱은 혜수의 중계 화면을 다시 재생시켰다. 손 국장은 강욱의 옆으로 의자를 끌고 와서 앉았다.

"이 부분에서 서 기자의 멘트가 잠시 끊겼습니다. 알고 보니 이때 서 기자한테 사고가 일어났더군요."

"사고라니?"

"등 쪽으로 불길이 떨어진 모양이에요. 우선 중계를 끝내고 서 기자는 곧장 병원으로 갔다고 합니다."

"흐음. 그래서 서 기자 만나 봤어? 네가 병원엘 가 본 거야?"

"병원엘 갔지만 서 기자는 만날 수 없었습니다. 대신 서 기자의 동생과 대화를 나누면서 알게 된 거죠. 산재 처리를 하고 치료에 대한 모든 지원을 방송사 측에서 해야 한다고 봅니다."

강욱의 단호한 입장에 손 국장도 고개를 끄덕였다.

"그거야 당연히 해야겠지. 하, 참! 서 기자, 마냥 어리게만 봤는데 그래도 생방이라고 아픈 것까지 참고 무사히 끝을 내서 다행이네. 이 피디 후배다워. 이 피디, 옛날에 동경 지진 때 일 생각나?"

손 국장이 희미하게 미소 지으며 물었다. 당연히 기억하고 있다. 그 선명한 고통과 충격의 기억을 어떻게 잊을 수 있을까.

하지만 지금은 혜수가 먼저였다. 병실 문이 닫히던 순간에 보았던 혜수의 등이 떠올랐다. 붕대를 친친 감고 있던 그 작은 등을 상기하자 다시금 한숨이 밀려왔다. 그런 강욱을 손 국장이 흘깃 쳐다봤다.

"근데 병원까지 갔다면서 서 기자를 왜 못 만났어?"

"글쎄요. 안 들여보내 주던데요."

"무슨 소리야, 이게."

강욱은 실소했다. 말 그대로였지만 손 국장은 어리둥절해 있었다. 강욱은 그런 손 국장을 쳐다보며 입을 열었다.

"어쨌든 이제 집에 돌아가서 쉬세요. 국장님 허락이 떨어졌으니 나머지 일은 제가 알아서 처리하겠습니다."

"너무 심난해하지 마. 네 직속 후배여서 기분이 착잡하겠지만 취재하다 보면 별의별 일을 다 당한다는 거 잘 알잖아. 내가 특별히 신경 써서 서 기자 잘 치료하게 할 테니까. 그래도 이만하길 다행이지. 내일 오후쯤 병원에 한번 들러 볼게."

"그러세요."

손 국장은 고개를 끄덕이며 부조정실을 떠났다. 손 국장도 당연히 놀랐을 터. 오히려 혜수를 배려해 주려 하는 노력이 믿음직스러워 보였다.

강욱은 다시 혜수의 중계 화면을 켰다. 의자에 몸을 기대고 화면을 뚫어지게 응시하다가 스르르 눈을 감았다.

잠에서 깬 강욱은 가장 먼저 시계를 보았다. 어느새 아침 7시가 넘어 있었다.

찌뿌듯한 몸을 일으켜 기지개를 켠 후 곧장 세면장으로 갔다. 양치질을 하고 대충 세수를 한 후 옷깃을 정리했다. 그러곤 방송국 주차장으로 내려갔다.

지금쯤 병원에 들러 다시 방송국으로 돌아오면 출근 시간에 맞출 수 있을 것 같았다. 어젯밤은 녀석을 보지 못했지만 오늘은 얼마쯤 상황이 달라져 있을 거라고 믿었다.

어제보다 더 화창한 날이었다. 봄을 지나 이미 여름의 문턱에 성큼 와 있는 것 같은 열기도 간간이 느껴졌다. 미세 먼지가 줄어든 만큼 공기는 깨끗했다. 혜수를 만나러 가는 길은, 그렇게 다분히 들떠 있었다.

병원에 도착하여 혜수의 병실이 있는 층까지 엘리베이터를 타고 올라가는 동안에도, 그 들뜬 기분은 여전했다. 신기한 일이다. 그 녀석은 다쳐서 입원해 있는데 자신은 이렇게 들떠 있다니.

엘리베이터에서 내려 복도를 걸어가던 강욱은 걸음을 우뚝 멈추었다. 혜수의 병실 문이 열리더니 휠체어에 앉은 혜수가 복도로 나왔기 때문이었다. 링거 병이 휠체어에 꽂혀 있었고, 아마도 혜수의 모친일 듯한 중년의 여자가 휠체어를 밀고 있었다.

강욱이 멈췄던 발길을 이어 가려 할 때, 혜수 역시 그를 발견하곤 움칫했다. 혜수는 어쩔 줄 몰라 했다. 부스스한 머리칼부터 화장기가 하나도 없는 민얼굴까지. 그에게 절대 보여 주고 싶지 않은 모습이었다. 그를 향한 감정을 접을 거라 결심했지만, 예쁜 모습만 보여 주고 싶은 건 또 다른 거였다.

혜수가 당황해하고 있는 사이 강욱이 성큼성큼 다가왔다. 그가 가까이 오자 주변의 공기부터 달라지는 것 같았다. 그는 먼저 정순을 향해 꾸벅 인사를 했다.

"안녕하십니까."

"아, 네. 그런데 누구신지."

"서 기자의 선배입니다. 함께 뉴스를 하고 있습니다."

"엄마. 우리 피디님이셔."

혜수가 정순에게 덧붙여 설명했다. 그러자 정순의 얼굴에 화색이 감돌았다.

"어머나. 그래? 안녕하세요, 피디님. 전 혜수 엄마예요. 우리 혜수가 좀 다쳐서 심려가 크시죠? 의사 선생님이 일주일 정도만 입원하면 된대요. 그 후에는 흉터 치료에 집중하면 한 달 안에 싹 나을 거래요."

정순의 웃음기 섞인 말에 강욱도 안도했다.

"다행입니다. 병원 치료에 대한 비용이나 제반 사항들은 모두 제가 알아서 조치를 취할 겁니다. 댁에선 일절 신경 쓰지 않으셔도 됩니다."

"어머나. 이렇게 고마울 데가."

"고마운 게 아니라 당연히 받아야 할 대가입니다."

혜수는 부드러움이 뚝뚝 떨어지는 강욱의 음성을 듣자 머리가 다 맑아지는 것 같았다. 눈앞에 그의 손이 보였다. 잡고 싶고 만지고 싶었지만, 그 모든 감정을 차단시켜야 한다. 혜수는 강욱의 손을 외면하며 고개를 틀었다. 그러자 정수리로 강욱의 목소리가 쏟아졌다.

"괜찮니?"

"……네."

겨우 대답을 끌어냈지만, 더는 그와 함께 있다간 심장이 터질지도 몰랐다. 혜수는 조금은 냉랭한 얼굴로 그를 올려다보았다.

"저어, 지금 치료받으러 가는 길이에요. 시간이 오래 걸릴 거예요. 그냥 방송국으로 가세요, 피디님. 와 주셔서 고맙습니다."

그렇게 말하곤 다시 시선을 떨어뜨렸다. 정순을 향해 '엄마. 가.' 라고 말하니 정순이 강욱에게 인사를 했다. 휠체어는 다시 움직였다.

치료실로 내려가는 엘리베이터 안에서 정순이 넌지시 말을 걸었다.

"너 저 피디랑 사이 안 좋아? 왜 그렇게 찬바람이 쌩쌩 불어?"

"찬바람이 부는 게 느껴졌어? 엄마?"

"그래. 아주 내가 다 민망할 정도였어. 피디한테 그래도 돼?"

"그러면 안 되지. 근데 지금은 어쩔 수가 없어. 아마 저 피디님도 이해하실 거야."

"왜? 무슨 일 있었어?"

"그냥……."

혜수는 말끝을 얼버무렸다. 다행히 정순은 호기심을 접었지만 서글픈 기분은 사라지지 않았다. 아침 일찍 그가 병원에 온 이유가, 단지 자신의 얼굴을 보기 위해서였다면 얼마나 좋을까. 하지만 그런 무지막지한 행운은 절대 오지 않을 것임을 안다. 혜수는 절망스러운 얼굴로 휠체어의 손잡이를 붙잡았다.

오전 내내 잠이 들었나 보다. 어젯밤과 오늘 아침 강욱이 다녀 갔다는 사실로 신경이 내내 예민해 있었다. 그 예민함은 결국 잠으로 이어졌고, 혜수가 일어났을 때는 이미 점심시간이 다 되어 있었다. 정순은 오전에 가게에 갔고 영수는 아르바이트를 갔기에, 병실엔 혜수 혼자였다.

간호사가 내일부터 옆 침대에 할머니 환자 한 분이 오실 거라고 말해 주었다. 할머니와 두런두런 대화를 나누다 보면 심심한 것도 사라질까.

복도에서 그릇 부딪치는 소리가 들려왔다. 점심식사가 도착한 것이다. 담당 아주머니를 수고스럽게 하고 싶지 않아 몸을 일으킨 혜수는 침대에서 내려왔다.

걸을 때마다 아직은 등의 통증이 강했지만 한 발자국 한 발자국, 떼고 출입문 쪽으로 걸어가는데 드르륵 문이 열렸다.

"어이! 친구!"

혜수의 식판을 들고 들어온 이는 지아였다. 팔에는 오렌지가 가득 든 비닐봉지가 대롱대롱 걸려 있었다. 혜수는 반가운 사람의 등장에 환하게 웃었다.

"헐! 김 기자!"

"너 뭐야. 걸어도 돼? 장난 아니게 아플 텐데 얼른 침대로 올라가, 이것아."

지아는 식판을 잠시 옆에 내려놓은 후 혜수를 부축했다. 그러곤 침대에 안전하게 앉힌 후 상을 펴서 식판을 올렸다.

침대 끝에 걸터앉은 채 혜수를 쳐다보니 기자 생활에 회의감이 밀려들었다. 이렇게 몸을 바쳐 취재를 해도 방송에 나가는 건 고작 1분에서 2분 사이. 그 찰나의 순간을 위해 목숨을 바치는 기자도 있다지만, 그렇게까지 해야 하나, 싶은 감정적인 생각들이 불쑥 올라온 것이다.

지아는 혜수가 숟가락으로 밥을 담을 동안 젓가락을 이용해 반찬을 집어 주었다. 한입 가득 밥을 넣은 혜수가 꾸역꾸역 씹으며 물었다.

"넌 언제 안 거야?"

"오늘 아침. 보도국에 소문이 쫙 퍼졌더라. 이 피디님이 기자들 시간 되면 병문안 가라고 등 떠미시더라니까."

혜수가 잠시 멈칫했고 지아도 그런 혜수의 표정을 놓치지 않았다. 눈치껏 화제를 돌렸다.

"아마 오후에 다른 사람들도 올 거야. 내일도 그렇고. 며칠 동안 너 줄줄이 면회해야 할 거다, 아마."

"바쁠 텐데 면회는 무슨. 안 오셔도 된다고 전해 줘. 불편하고 부담스러워."

"부담스러워도 어쩔 수 없어. 그게 환자들의 숙명이잖아. 그건 그렇고 나한테라도 먼저 말해 주지 그랬냐. 나 얼마나 놀란 줄 알아?"

"미안. 나도 정신없었어. 너무 아파서 까무러치는 줄 알았다니까."

"네 방송 화면 봤어. 대단하더라, 너."

지아가 추켜세우는 바람에 혜수는 으쓱해졌다. 아무리 생각해도 그 순간의 아픔을 참고 끝까지 중계를 한 건 잘한 일 같았다. 강욱의 경질도 면하고 말이다. 혜수의 입장에선 그게 가장 다행스러운 일이었다.

"난 참 직업 정신이 너무 투철해서 탈이야. 누가 감히 그 순간에 중계를 완성해야 한다고 생각하겠어. 아파서 날뛰며 소리 지르기 바빴겠지. 안 그래? 김 기자?"

"자뻑이 심한 걸 보니 아직 덜 아프구나, 네가?"

혜수의 망발을 지아가 알아서 눌러 주었다. 계속해서 반찬을 집어 주던 지아가 넌지시 물었다.

"안 무섭든?"

"무서웠지. 이러다 죽겠구나, 싶더라. 근데 여기서 내가 마이크를 놓아 버리면 뉴스는 실패인 거잖아. 그게 더 무서웠어. 어차피 1분도 안 될 분량인데 참자 참아 보자, 했지. 까짓 점퍼 하나 태우는 게 별건가 싶었어. 알고 보니 등짝도 화상을 입은 거였지만."

"난 너처럼 그렇게 못 할 것 같아. 아마 아까 네 말대로 방방 뛰면서 나 죽는다고 119 부르라고 고함질렀을 거야. 그러곤 어쩌면 기자를 그만뒀을지도 모르지. 하! 생각하니 내가 참 못난 인간이었구나. 나 이렇게 약한 인간인 줄 몰랐어. 서혜수! 네가 내 자아까지 돌아보게 만드는구나."

지아가 우스갯소리를 하며 울상을 지었다. 곧 표정을 바꾼 지아는 젓가락을 내려놓은 후 비닐봉지에서 오렌지를 꺼내었다. 껍질을 깐 후 조각을 내어 혜수의 입 속으로 하나 물려 준다.

"무조건 잘 먹어야 돼. 비타민을 섭취해서 기운도 좀 차리고. 너 퇴원하면 내가 고기 쏠게."

"정말이지? 나 막 기대한다?"

"콜! 내가 언제 빈말하는 거 봤어? 기자 사무실 선배들도 너 퇴원하기만을 아주 벼르고 계셔들. 맛있는 거 사 준다고. 이강욱 피디님은 오늘 아예 네 책상에 한참 동안 앉아 계시더라. 아무래도 너한테 많이 미안하시겠지. 너 현장에 보낸 사람이 이강욱 피디님……."

정신없이 말을 쏟아 내던 지아가 갑자기 입을 다물었다. 혜수 앞에서 되도록 강욱에 대한 말은 하지 않으려 했는데, 무의식중에 또 입이 방정맞을 짓을 해 버렸다. 지아는 슬그머니 혜수의 눈치를 살폈다. 혜수는 입 속에 든 오렌지를 오물오물 씹었다.

"나한테 미안해하시든?"

"응? 아…… 뭐, 당연한 거 아니겠냐? 솔직히 이 피디님이 무리하신 거지. 그런 현장에는 연륜 있는 기자를 내보내는 게 관례였잖아. 많이 미안해하실 거야. 또 그런 표정이셨고."

혜수는 담담하게 고개를 끄덕였다. 예상은 했지만 어젯밤과 오늘 아침, 그가 병원에 온 이유는 역시나 미안함 때문이었던 것이다. 그럴 필요까진 없는데. 난 아무렇지도 않은데.

"너 괜찮아?"

"응?"

"이 피디님 얘길 괜히 꺼냈나 보다, 내가. 내 입이 방정이야. 어휴."

지아가 괜스레 제 입을 툭툭 쳤다. 혜수는 실소하며 밉지 않게 눈을 흘겼다. 마음 한구석에 씁쓸한 뒷맛이 남아 무거웠지만, 이대로 시간이 흐르고 나면 아무렇지도 않게 될 것이다. 아무 감정도 남아 있지 않게 될 것이다. 혜수는 그날이 빨리 왔으면 좋겠다고 생각했다.

9시 뉴스 방송이 끝난 후 강욱은 서둘러 점퍼를 걸쳤다. 혜수한테 가기 위해 나머지 자투리 작업은 모두 조연출에게 맡겨 두었다. 방송에 나갈 자료 화면 점검과 편집 작업을 대충 살펴본 후 내일 함께 최종 마무리를 짓기로 했다.

부조정실을 나가려는데 손 국장과 마주쳤다.

"어딜 가?"

"병원에 다녀오겠습니다."

"흐음. 난 내일 오전쯤에 들를 생각이야. 서 기자한테 안부 좀 전해 줘."

"네."

강욱은 손 국장을 향해 인사를 했다. 서둘러 엘리베이터를 타고 지하 주차장으로 내려갔다. 차에 올라 시동을 켜는데 맞은편에 있던 붉은색 스포츠카가 클랙슨 소리를 크게 울려 댔다. 빵빵빵.

강욱은 그곳을 주시했다. 운전석에서 내린 이는 다름 아닌 은성이였다. 어젯밤에도 자신을 기다리고 있던 은성을 외면했던 걸

상기하며, 강욱은 피곤한 한숨을 지었다.

또각또각. 은성의 구둣발 소리가 거리를 좁혀 왔다. 운전석 쪽으로 다가온 은성이 유리창을 두드리자, 강욱이 차창을 반쯤 내렸다.

"무슨 일이야."

"이젠 내리지도 않는 거야? 내가 진심으로 피곤하다는 표정이네, 강욱 씨."

은성은 며칠 전처럼 도전적인 표정이 아니었다. 짙은 미련에 힘겨워하는 가녀린 여자만이 남아 있을 뿐이었다.

"내 입장은 모두 얘기한 것 같은데. 나한테 무슨 얘길 듣고 싶어 이러는 거야?"

"듣고 싶은 얘기는 없어. 그냥 우리 함께 자주 걸었던 그 골목길, 마지막으로 자기랑 걸어 보고 싶어. 미련 가져 봤자 소용없다는 거 알아. 당신은 내뱉은 말은 절대 되돌리지 않는 사람이지. 그래도 말이야 당신 때문에 몇 년을 아파했던 날 위해서라도, 잠시만 시간을 내줄 수 없어?"

은성이 언급한 골목길은 그들이 함께 다녔던 대학촌에 있는 포장마차 골목을 의미하는 것이었다. 아직도 추억에 빠져 살고 있는 은성이 안타까웠다. 현실을 인정하지 못하고 발버둥 쳐 대는 모습이 가여웠다. 그러니 강욱은 더욱 냉정해질 수밖에 없었다.

"지금 시간을 내준다면 넌 더 많은 걸 나한테서 원하겠지. 난 너한테 해 줄 게 없어. 그 골목길을 걸으면서 우리가 무슨 얘길 나눌 수 있겠어. 다 허망한 짓일 뿐이야. 그리고 지금은…… 가야 할 곳이 있어. 내가 가야 돼. 돌아가라."

　강욱은 그렇게 통보한 후 차를 몰았다. 머릿속에 가득한 혜수 때문에 마음이 조급해졌다. 어제처럼 그 녀석이 일찍 잠이 들까, 그래서 얼굴도 보지 못할까, 차의 속도를 조금씩 올렸다. 남겨 두고 온 은성보다 혜수에 대한 생각으로 가득한 밤이었다.

　병원에 도착한 강욱은 차에서 내려 뛰다시피 했다. 앞마당을 가로지르는데 문득 시야에 스치는 것이 있었다. 걸음을 멈추고 고개를 돌려 보니 병원 한편 분수대에 앉아 있는 혜수가 보였다. 가로등 불빛이 그녀를 환하게 내리비추고 있었다. 아직도 통증이 있는지 앉아 있는 모습이 부자연스러워 보였지만 바깥 공기를 마음껏 들이켜고 있는 그녀가 반가웠다.

　"서혜수."

　다가간 강욱이 부르자 혜수가 놀라 고개를 들었다. 혜수는 어둠 속에서 시야에 담긴 이의 얼굴을, 처음에는 알아보지 못했다. 그러다 차츰 가로등 불빛에 익숙해진 얼굴을 확인하고선 당황하여 엉거주춤 일어서려 했다.

　"앉아 있어."

　강욱은 혜수의 어깨를 지그시 눌러 앉히며 그녀의 옆에 앉았다. 혜수의 머릿속이 갑자기 엉망이 되어 버렸다. 그의 등장은 예상하지도 못했던 일이기에 더 그랬다. 손바닥에 땀이 고이고 심장이 엇박자를 내기 시작했지만 최대한 자제하려고 애를 썼다.

　"아침에 치료는 잘 받은 거야?"

　그가 온화한 음성으로 물었다. 혜수는 고개를 끄덕였다.

"네. 앞으로 매일 받아야 돼요. 참, 좀 전에 뉴스 봤어요. 다 보고 바람 쐬러 나온 거예요. 피디님은 뉴스 끝나고 곧장 오신 거예요?"

또다시 바뀐 그녀의 호칭. 강욱은 마음에 들지 않았지만 내색 하지 않았다.

"응. 그래도 내 직속 후밴데 내가 챙겨야지. 안 그래?"

"언제는 뭐 저를 챙기셨다고. 저녁은요. 드셨어요?"

"이미 먹었지. 넌? 병원식이 보기엔 초라해도 영양가가 균형 잡혀 있어서 도움은 될 거야. 거르지 말고 먹어."

"그러고 있어요."

"오늘은 부모님 안 오셨어?"

"네. 쉬시라고 했어요. 저 혼자서도 충분히 움직일 수 있거든 요."

"그래. 잘됐구나."

일상적인 대화는 무척 차분하고 조용하게 이루어졌다. 그런 분 위기 탓일까. 혜수는 먼 곳을 응시하다가 갑자기 목이 멨다. 이렇 게 그와 나란히 앉아 있는 게 더없이 좋은데, 이제는 분명하게 선 을 그어야 할 필요가 있는 것이다. 그가 미안함 때문에 계속 이 병원에 들락거리지 않아도 되게끔, 그를 안심시켜 주어야 할 것 같았다. 혜수는 용기를 내고 입을 열었다.

"피디님."

"말해."

"이미 알고 계시겠지만…… 저 피디님 좋아했어요."

바람결에 나뭇잎 하나가 천천히 내려앉았다. 강욱은 제 무릎에 떨어진 그것을 손으로 주웠다.

"그런데 그러면 안 되겠더라구요. 그래서 감정 정리 중이에요. 우리 관계가 어색해지지 않도록 앞으로 최선을 다할 거예요."

나뭇잎을 손가락 사이에 쥐고 이리저리 돌리던 강욱은 움직임을 멈추었다.

"그러니까 저한테 미안해하지 않으셔도 돼요. 더 이상 바쁘게 이 병원에 왔다 갔다 하지 않으셔도 돼요. 늘 그랬듯이 사무적으로 저를 대하셔도 돼요. 이제 상처 안 받아요."

고개를 돌려 혜수의 옆얼굴을 보았다. 희미하게 어린 미소. 그러다 슬쩍 그를 쳐다본다.

"아, 이제 정말 후련하다. 앞으로 기자 서혜수로 열심히 생활하겠습니다. 이강욱 피디님."

그의 손에서 나뭇잎이 떨어졌다. 텅 빈 손바닥만큼이나 어딘가 가슴이 공허해졌다. 혜수는 환하게 웃고 있는데 그는 그때부터 속이 뒤틀리기 시작했다.

11

짙게 깔린 어둠 속을 강욱은 한참 동안 응시하고 있었다. 실체가 잡히지 않는 감정 때문에 거듭 혼란을 느꼈다. 그녀는 말한 대로 감정을 모두 비워 낸 해맑은 얼굴이었지만, 그 얼굴이 오히려 강욱의 목울대를 욱신거리게 만들었다.

오래전에 이미 끝났다고, 두 번 다시 그런 비슷한 감정 따위에 휘말릴 일이 없을 거라고, 자신을 부추기고 단정 지은 적이 있었다. 더는 훼방받기 싫어 그런 감정들로부터 스스로를 유리시킨 채 살아왔다. 그랬는데, 이 혼란과 복잡함은 뭘까.

"피디님."

혜수의 나직한 말이 침묵을 밀어 냈다. 강욱은 그제야 감상 속에서 빠져나와 그녀를 돌아보았다. 저를 빤히 쳐다보고 있는 녀석의 얼굴은 말갛고 뽀얗다. 그대로 끌어와 입을 맞추고 싶을 만큼.

강욱은 혜수의 얼굴을 뚫어져라 응시하며 대답했다.

"응."

"무슨 생각 하고 계세요? 제 말, 다 들으신…… 거예요?"

혜수는 강욱의 강렬한 시선에 움칫하며 말을 겨우 이어 갔다. 왜 저런 표정일까. 무섭도록 어두운 눈빛은 평상시의 것과 달라 보였다. 혜수는 시선을 내리깔아 버렸다. 강욱은 대화의 화두를 돌리기 위해 헛기침을 했다.

"퇴원은 언제니?"

"어…… 아직 사흘에서 나흘 정도 더 있어야 돼요. 벌써부터 좀이 쑤신 거 있죠. 빨리 가서 취재도 하고 싶고 동료 기자들도 보고 싶고, 촬영 감독님들도 뵙고 싶어요. 아, 이러다 워커홀릭이 되면 안 되는데."

"그딴 것, 될 필요 없어. 방송 이전에 너 자신이 가장 중요해. 건강 챙겨 가면서 일해. 지금처럼 또 병원 신세 지면 안 되니까."

"네."

말끝이 뾰족해지는 것을 모르지 않았다. 퉁명스럽게 내뱉은 말에, 이 녀석의 대답도 차츰 주눅을 잃어 가는 것이 느껴졌다. 도무지 제어가 되지 않는 마음 때문에, 강욱은 스스로가 한심스러웠다. 그럼에도 불구하고 이 녀석의 옆에 앉아 있는 이 시간이 좀 더 길어지길 바라는 아이러니를 이해할 수 없었다.

"음. 커피 드실래요? 여기 자판기 커피가 정말 맛있어요. 설탕을 때려 붓나 봐. 의사 선생님이 하루에 한 잔 정돈 괜찮다고 해서 마시는데요, 대박이에요. 어때요? 피디님? 드실래요?"

자꾸만 자신을 향해 피디님이라 부르는 녀석의 호칭이 마음에 들지 않았다. 그걸 티를 내자니 옹졸해지는 것 같고, 그대로 듣고 있자니 내내 거슬렸다. 강욱은 털어 낸 먼지처럼 건조하게 대답했다.

"됐어."

"그럼, 뭘 해요? 피디님이랑 저, 둘이서 나눌 수 있는 대화가 딱히 있지도 않은데."

"먹고 싶은 거 없어?"

무심결에 물었다. 어쩐지 야윈 것 같아 보이는 혜수가 걱정된 것도 있었지만, 둘이서 나눌 수 있는 대화가 딱히 없다고 말하는 혜수가 금방이라도 병실로 돌아갈 것 같아서였다.

혜수는 조금 당황하며 강욱의 얼굴을 살폈다. 왠지 친근하게 느껴지는 말투와 그의 행동. 벽을 쌓고 있는데, 견고하게 쌓을 생각이었는데, 그의 말에 설레는 건 어쩔 수 없는 일이었다.

"먹고 싶은 거야 늘 있죠, 많고. 지금은 음…… 떡볶이?"

"나가자. 내가 간호사한테 얘기해 놓을 테니까."

"네? 아, 피디님. 전 그냥 해 본 말인데요."

혜수는 벌떡 일어나 자신의 손목을 붙드는 강욱을 만류했다. 병원 건물 쪽을 연신 쳐다보며 보이지도 않는 담당 간호사의 눈치를 봤다.

"나가자고. 다 사 줄 테니까."

강욱은 한 손으론 혜수의 손을 잡은 채로 다른 손으로 핸드폰을 꺼냈다. 혜수의 담당 간호사와 연락이 닿자 사정을 설명했다.

간호사는 간단한 주의 사항을 전달한 후 허락했고, 강욱은 그제야 표정이 풀어지는 혜수를 빤히 쳐다봤다.

"떡볶이 말고 또 먹고 싶은 건 없어?"

"네? 네…… 뭐."

혜수는 말끝을 흐렸고 강욱은 급기야 혜수를 일으켜 병원 앞마당을 가로질렀다. 병원 밖을 나서자 도로가에 즐비한 가게들이 보였다. 과일 가게, 편의점, 식당 등을 지나가다가 강욱이 멈춰 선 곳은 분식집 앞이었다. 어묵과 떡볶이 튀김 등을 내놓고 파는 가게였는데, 주인아주머니가 떨이라며 넉넉하게 줄 테니 드시고 가시라 호객 행위를 한다.

"여기서 먹어요."

혜수가 그렇게 말한 후 먼저 앞에 섰다. 그러곤 나무젓가락 두 개를 잘 맞춰 떼어 낸 후 강욱에게 하나를 내밀었다. 강욱은 말없이 그걸 받아 들곤 혜수의 옆에 섰다.

"신혼부부신가? 새댁이 다쳤나 봐. 병원복을 입고 있는 걸 보니."

주인아주머니가 웃으며 말을 걸어왔다. 떡볶이를 하나 집어 들려던 혜수가 눈에 띄게 붉어진 얼굴로 헛기침을 연신 해 댔다. 강욱은 빙긋 웃으며 조그만 정수기에서 물을 받아 그녀에게 내밀었다.

"저희가 신혼부부로 보이세요?"

강욱이 아주머니에게 묻자 고개를 끄덕여 보였다. 당황해하고 있는 혜수와는 달리 강욱은 싱글벙글 웃기만 했다. 이 남자가 지금 어쩌자는 건가. 아주머니의 오류를 짚어 줄 생각도 하지 않고 웃기만 하고 있다니.

한편으론 그가 신혼부부로 보인다는 농담 따위에 전혀 신경을 쓰지 않는다는 반증인 것 같아, 혜수 역시 담담하려 애를 썼다.

두 개를 맛있게 삼키곤 세 번째 떡을 찍어 입 속으로 넣으려던 찰나, 새하얀 티슈가 다가와 입술을 스윽 훑고 갔다. 그가 닦아 준 것이다. 혜수는 놀라 입술을 혀끝으로 축였다. 강욱은 다시 모른 척 어묵 하나를 집어 들며 말했다.

"야단스럽게도 먹는구나. 흡혈귀냐? 입가에 벌겋게 묻혀선."

"원래 떡볶이는 그런 맛으로 먹는 거예요. 피디님은 이런 걸 안 먹어 봤으니 잘 모르시겠지만요."

"그래. 잘 모른다 치자. 근데 그래서 재미없다는 투로 들리는데?"

"재미가 없는 게 아니라 이런 세상도 있다는 거죠. 이를 테면 화장을 하는데 실수로 립스틱을 까먹고 안 바를 수도 있고, 밥을 짓는데 까먹고 물을 안 부을 수도 있고, 화장실에 가는데 까먹고 휴지를 안 들고 갈 수도 있는. 그런 실수투성이인 사람도 있다구요."

"생중계하는데 불길이 제 몸에 튀어도 그대로 중계를 하는 사람도 있고?"

강욱의 한마디에 혜수는 입을 다물었다. 어쩐지 야단치는 것 같은 말투였다. 걱정이 묻어 있는 것도 같았지만 다른 대꾸를 하지 않았다.

"무슨 생각이었던 거야, 너. 불길이 강하고 컸다면 그 자리에서 넌⋯⋯."

"다행히 아무 일 없었잖아요. 전 넉넉잡아 일주일이면 퇴원하게 되고 흉터도 자연스럽게 없어질 거고, 뉴스는 여전히 잘 돌아가고 있구요."

"결론만 보고 단정 지으면 안 돼, 서혜수. 네 자신이 살아야 취재도 계속되는 거야. 일주일 후면 퇴원한다지만, 그 일주일 동안 결국 넌 아무것도 못 하고 누워 있어. 그건 결코 다행인 일이 아니야. 내 말뜻, 알겠어?"

혜수는 고개를 끄덕였다. 기자 정신이니 책임감이니 해도 어쨌든 자신은 현재 침대에 누워 있다. 제가 해야 할 일을 다른 사람이 대신 맡고 있는 것이다. 하지만 그럼에도 불구하고 하고 싶은 말은 있었다.

"피디님 말씀이 다 맞아요. 그런데 피디님. 전 또다시 그런 일이 생긴다 해도 중계를 계속할 것 같아요. 피디님도 그러시잖아요. 예전에 기자셨을 때, 동경 지진 현장에 파견되셨을 때요. 뒷머리랑 손발 다 다치셨는데도 꿋꿋하게 중계를 끝냈다는 얘길 들었어요."

"너도 그랬으니 나도 그러련다, 이거냐?"

"에이. 그렇게 앞서가시면 안 되죠. 저도 기자로서의 의무와 책임 정도는 인지하고 있다, 그 얘기죠."

혜수는 환하게 웃었다. 그를 보면서 이렇게 웃을 수 있다는 사실이 새삼스럽게 기뻤다. 역시 감정을 정리해야만 웃을 수 있는 사이인 건가.

"다 좋아. 그런데 나한테 계속 피디님이라고 부를 거야? 마음에 안 드는데. 예전처럼, 선배님이라 불러. 그게 편해."

하지만 그 환한 웃음도 오래가지 못했다. 떡 하나를 입 속으로 넣으려던 그녀는 강욱의 무심한 듯한 말에 뒷머리를 얻어맞은 듯했다. 마음을 다잡기 위해 그를 부르는 호칭을 바꾸었다는 것을 그 또한 인지하고 있는 줄 몰랐던 것이다.

그가 건넨 종이컵에 담긴 어묵 국물을 마셨지만 혜수는 아무런 맛을 느끼지 못했다. 등의 흉터에 통증이 이는데도, 아무것도 느끼지 못했다.

며칠간 무리하여 과로를 했다는 것을 뉴스가 끝나고서야 깨달았다. 강욱은 부조정실 의자에 앉아 지친 몸을 달래고 있었다.

며칠간 혜수가 담당할 예정이었던 취재를 낮 동안 대신 나갔고, 저녁이 되면 9시 뉴스 팀과 회의를 하고 편집을 하고 자료를 정리했다. 뉴스가 끝나면 곧장 다음 날 취재 내용을 정리했고, 취재 보고서를 작성했다.

손 국장은 굳이 그렇게 하지 말고 강욱이 무리하지 않는 선에서 다른 콘텐츠를 잡아 보라고 제의했었다. 그러나 개편 이후 겨우 잡혀 가고 있었던 뉴스의 분위기를 중간에 변화시킬 수 없었고, 혜수가 다시 돌아왔을 때 업무가 자연스럽게 인수인계되도록 하고 싶었다. 그래서 하루 동안 지방으로 다시 서울로, 왔다 갔다 하는 강행군을 매일 치러 냈던 것이다.

몇 날 며칠 철야를 해도 무너지지 않는 강철 체력을 소유했다고 자부했는데, 식사를 자주 거르고 가벼운 두통도 약 없이 넘어가고 하다 보니 한계가 온 듯했다. 오후부터 내내 몸에서 식은땀이 흐르고 열이 치솟았던 것이다.

내일이면 혜수가 퇴원하는 날이니, 오늘 지난 취재 자료를 모두 정리하여 인수인계해 주어야 했다. 그래서 더 바쁜데 묵직한 머리가 놓아주질 않고 있었다.

"이 피디?"

그러다 문득 들리는 목소리 때문에 강욱은 힘겹게 눈을 떴다. 재현이 부조정실에 와 있었다. 그의 얼굴을 살피더니 이내 걱정스러운 안색이 되었다.

"얼굴이 왜 그래? 후배 기자 때문에 며칠 동안 눈코 뜰 새 없이 바빴다더니 정말이었나 보네."

"응. 아냐. 괜찮아. 어쩐 일이야? 퇴근은 안 했어?"

강욱은 몸을 고쳐 앉으며 재현을 맞이했다.

"매니저들하고 미팅이 있어서 거기 갔다가 돌아오는 길이야. 이제 퇴근해야지."

"그래. 바빴겠군."

"이거 봤어?"

재현은 아까부터 한 손을 등 뒤로 숨기고 있었는데, 그걸 슬그머니 앞으로 돌렸다. 손에는 신문이 쥐어져 있었다. 한 페이지를 펼치더니 그걸 강욱의 눈앞에 보여 주었다.

세계적인 피아니스트 정은성, 내일 약혼. 상대는 고려건설 장남 민지석.

짤막하면서도 간단한 기사가 몇 줄에 걸쳐 문화면을 장식하고 있었다. 기사를 보는 강욱은 그저 눈만 껌뻑거렸다. 재현이 이걸 도대체 왜 보여 주는지 알 수 없었다.

"난 너희들 다시 만난 줄 알았는데 아니었냐?"

"내가 은성일 왜 다시 만나. 헤어진 사이인데."

강욱은 신문을 한쪽으로 치우곤 화면을 응시했다. 조금 전 끝이 났던 뉴스를 다시 보기 하고 있었다.

"은성이가 귀국했으니까 당연히 두 사람 사이에 뭔가 변화가 있겠다 싶었지. 며칠 전에 나 대신 은성이도 만났을 테고."

"그래. 이제 와서 말인데 다음부턴 그런 일 하지 마라. 아무리 내 친구라도 한 대 맞는 수가 있으니까."

"쩝. 나도 후회는 했어. 괜히 널 속인 것 같기도 하고 해서. 어쨌든 네가 이제 완벽하게 정리가 된 것 같아서 안심이다. 솔직히 말하면 난 너 술 퍼먹고 있을 줄 알았거든. 옛 애인이 약혼한다는데 지금은 아무 감정이 남아 있지 않아도 술 한잔 정돈 마셔 줘야 인간적인 거 아니냐. 독한 놈."

재현의 그 솔직한 마음에 강욱은 피식 웃었다. 생각해 보니 술 한잔 생각나지 않을 정도로 다 비워진 모양이다. 그저 좀 아는 지인의 약혼식에 대해 들은 것 같았다.

물끄러미 은성의 사진을 내려다보았다. 행복하게 살아가길 바라는 수밖에 없었다.

재현이 돌아가고 다시 부조정실에 혼자 남은 강욱은 무거운 몸을 일으켰다. 아무래도 집으로 가서 쉬어야 할 것 같았다.

핸드폰을 든 채 엘리베이터에 오른 그는 문득 혜수의 번호를 찾았다. 전화를 할까 말까 갈등하다가 지금은 잠이 들어 있을지도 모른다고 판단하며 핸드폰을 거두었다.

기자 사무실이 있는 층에 내린 강욱은 그곳으로 들어갔다. 불을 켜니 대낮처럼 환하다. 혜수의 책상으로 간 그는 혜수가 늘 앉던 의자에 앉았다. 며칠째 텅 빈 책상은 주인을 잃은 것을 알기라도 하듯 썰렁하고 적막했다.

문득 책꽂이에 꽂힌, 포장이 된 조그만 선물 보따리를 보게 되었다. 강욱은 싱긋 웃으며 그것을 꺼냈다.

혜수가 제게 주었던, 자신은 매몰찬 말로 되돌려 주었던 바로 그 선물이다. 강욱은 포장을 뜯었다. 클래식 CD에는 베토벤이 굳은 얼굴로 노려보고 있었다. 그러고 보니 매일 아침 클래식을 듣던 습관이 언제부터인가 이행되지 않고 있다. 타이트한 일상 때문에 잊었고, 어쩌다 보니 또 잊었다.

강욱은 CD를 점퍼 안주머니에 넣었다. 내일 아침엔 이걸 들어봐야겠다. 은성에 대한 미련을 지우기 위해서가 아니라, 선물을 준 혜수의 마음 때문에.

기자 사무실을 나온 강욱은 그길로 집으로 돌아왔다. 불을 켜지도 않은 채 점퍼만 대충 벗곤, 오는 길에 약국에 들러 구입한 약을 먹었다. 미지근한 물을 한 잔 마신 후 혜수의 CD를 플레이어에 집어넣었다.

흐르는 클래식을 자장가 삼아 그대로 침대에 쓰러졌다. 숨을 내쉴 때마다 신열이 느껴졌다. 온몸을 짓누르는 열기가 밤새 그를 집어삼켰다.

"준비는 다 된 거야?"

정순이 병실에 들어오자마자 물었다. 혜수는 고개를 끄덕였다. 퇴원 준비랄 것도 없었다. 칫솔과 치약, 그리고 수건, 밤에 병원복 위에 입었던 카디건과 양말 등이 전부였다. 이제 원무과로부터 올 전화만 기다리면 된다고 정순이 말했다.

"어디 좀 봐. 흉터는 괜찮은지."

"그게 벌써 사라졌겠어? 시간이 좀 걸린다잖아. 아직 그대로야, 엄마."

"어휴. 이걸 어째. 과년한 딸 몸에 이게 다 뭐니."

정순이 혜수의 윗옷을 슬쩍 들추더니 등을 보며 못마땅한 듯 중얼거렸다. 손바닥보다 약간 크기가 작은 흉터는 앞으로 지속적으로 치료를 해야 사라진다고 했다. 그러니 벌써부터 한숨으로 속상해하는 정순이 오히려 더 못마땅했다.

혜수는 윗옷을 슥 내리며 말했다.

"이런 걸로 나 혼삿길 막히는 일은 없을 테니까 걱정하지 마. 이런 상처마저도 다 사랑으로 감싸 주고 안아 주는 남자, 이 세상에 분명히 존재할 거야."

"얼씨구. 말이나 못 하면. 그런 남자는 이 세상에 없어. 네 아빠밖엔."

"헐! 이런 식으로 딸 앞에서 부부 금슬을 과시하다니. 너무한 거 아니야?"

혜수가 톡 쏘아붙이자 정순이 배시시 웃었다. 소녀처럼 웃는 엄마가 혜수는 좋았다. 아빠도 엄마의 저런 점에 깊이 끌렸으리라.

"퇴원하고 엄마랑 집에 가서 점심 먹자. 아빠가 너 온다고 이것저것 많이 차리고 계실 거야."

"어…… 어쩌지? 나 바로 방송국에 가 봐야 할 것 같은데."

"뭐어? 퇴원하고 곧장 일터에 가는 사람이 어딨어. 안 돼. 너 좀 더 쉬어야 돼."

"나 그동안 계속 쉬기만 해서 볼이 터지려고 해, 엄마. 그리고 나 때문에 다른 사람들이 두 배로 일했을 텐데 그거 미안해서 안 되겠어. 대신 오늘 일찍 퇴근해서 들어갈게. 한 번만 봐줘, 엄마."

혜수의 그 말도 무리는 아니었다. 그간 병문안을 오거나 전화 통화를 했던 동료들은 일체 업무에 대해선 언급하지 않았다. 혜수가 입원해 있을 동안에는 스트레스를 받게 하지 말자고 다들 단합을 했다는 것이다. 분명히 자신의 펑크를 대신 메워 준 이들이 있을 텐데, 혜수는 그것이 미안해서 견딜 수가 없었다.

결국 혜수의 생각을 존중해 준 정순이 한발 물러섰다. 집에 반드시 가야 한다고 팽팽하게 맞서던 정순은 현철에게 전화를 걸어 사정을 설명했다. 현철도 혜수의 입장을 이해했는지 알겠다고 대답했다. 결국 오늘 점심은 현철과 정순의 단둘만의 오붓한 자리가 될 것이다.

원무과로부터 걸려 온 전화를 받고 입원비를 정산한 후 정순은 혜수의 짐을 들고 집으로 갔다. 병원 앞에서 정순을 배웅한 혜수는 방송국으로 향하는 버스에 올랐다. 아직 등의 흉터에는 붕대가 붙어 있어 마음 놓고 움직이기엔 무리가 있었다. 그렇지만 며칠 만에 맡아 보는 바깥 공기에 혜수는 이미 충분히 들떠 있었다. 차창을 조금 여니 바람이 훅 들어온다.

어느새 계절이 훌쩍 지나가 있었다. 이제 곧 여름이 다가올 것이다. 이따금 반소매 차림인 사람들도 간혹 눈에 띄었다. 말 그대로 쏜살같이 지나간 시간들이었다. 가늠하지 못할 정도로 많은 일들이 그녀에게 일어났다. 그리고 가슴 아픈 일들도 동시에 일어났다.

그는 그날 이후 병원에 오지 않았다. 미안해하지 말라고, 병원에 왔다 갔다 하지 않아도 된다고 했던 그녀의 말 때문인지, 아니면 지아의 말대로 강욱이 자신의 업무를 모두 처리하느라 바빠서 그랬는지는 알 수 없었다. 신경을 끄고 지금부터는 철저하게 선후배 관계로 되돌아가면 되는 일이었다.

제가 할 일을 대신 진행시켜 주어 감사하다고 그 말과 함께 인사만 건네고 아무 일 없었다는 듯 사무적인 관계로 돌아가면 그

뿐이었다. 다만 아직도 미련처럼 목을 간질이는 것이 있었다. 호칭을 다시 '선배'로 하라던 그의 한마디였다.

"후우……."

어렵게 마음 다잡아 놓고도 여전히 흔들리고 있었다. 그녀의 업무를 강욱이 대신 했다는 것도 마음을 무겁게 만들었다. 이젠 잊는 것만 남았다고 생각했는데, 대체 언제쯤 잊힐지 그것도 알 수 없었다.

차창을 다시 닫은 혜수는 창에 머리를 기대었다. 그러던 사이 버스는 방송국에 도착했고, 그녀는 무거운 마음을 억지로 털어 낸 후 가벼운 발걸음으로 들어갔다.

기자 사무실에 들어서자마자 가장 먼저 그녀를 반긴 이는 역시나 지아였다. 과도하게 팔을 흔들며 무거운 몸을 이끌고 달려오는 지아에게 깔릴까 무서울 정도였다.

"엉엉엉. 혜수야. 내가 얼마나 너 보고 싶었는데. 이럴 줄 알았다면 내가 너 대신 아플걸 그랬어. 난 아무래도 너의 노예인가 봐. 혜수야. 엉엉엉."

지아가 나오지도 않는 눈물을 억지로 쥐어짜 내며 우는 목소리를 했다. 주변으로 선배 기자들이 우르르 다가와 퇴원을 축하한다는 말들을 건네 왔다. 지아가 하도 목을 세게 끌어안은 바람에 캑캑거린 혜수는 선배 기자들을 향해 애써 미소를 지어 보였다.

"이, 이거 좀 놓지, 캑캑캑."

"아니야. 아니야. 친구를 향한 내 마음을 다 보여 줘야 해. 친구야. 이제 우리 절대 헤어지지 말자. 꺼이꺼이."

"캑캑. 헤어지기 전에 이거나 좀 놔."

"그래그래."

지아가 흐르지도 않는 눈물을 스윽 닦는 척하며 포옹을 풀었
다. 육중한 지아의 몸에 짓눌려 숨도 못 쉬던 혜수가 그제야 후욱
하고 호흡을 했다. 선배 기자들한테 직각으로 허리를 구부려 인사
를 한 후 '잘 지내셨습니까.' 라고 크게 외쳤다. 모두 박수를 쳤고
혜수는 그들의 환대를 받으며 자신의 책상으로 다가갔다.

책상에는 취재 보고서가 놓여 있었다. 한 장 한 장 들추어 보니
제가 입원해 있던 며칠 동안 강욱이 취재를 나갔던 내용이 고스
란히 정리가 되어 있었다. 날짜별로 일목요연하게 취합한 자료를,
혜수는 입을 떡 벌린 채 들여다봤다. 강욱이 제 할 일을 대신 했
다는 얘기만 전해 들었지, 이 정도로 수고와 노력을 들였다는 것
은 꿈에도 짐작하지 못했다.

"너 이 피디님한테 진짜 크게 한턱 쏴야 돼. 너하곤 퀄리티가
다르더라, 야."

지아가 깐족거리며 다가왔다. 친구의 말에 쓰게 웃으면서도 강
욱의 수고에 어떤 말로 보답을 해야 할지 갈피를 잡지 못하고 있
었다.

"이 피디님 며칠 동안 엄청 피곤하셨을 거야. 결근한 것도 이
해가 돼."

"결근이라니?"

"오늘 결근하셨잖아. 아프시단다."

온몸에 피가 빠져나가는 것 같았다. 자신 때문에 며칠간 강행

군을 했을 그의 모습이 눈에 보이는 듯했다.

혜수는 서류를 툭 내려놓은 후 의자에 힘없이 앉았다. 등의 상처가 따끔거렸지만 개의치 않았다. 어디가 어떻게 아픈 건지 궁금해 미칠 것 같았다. 이래 놓고 다 잊을 거라 장담했던 자신이 한심하기 그지없었다.

"너 자책하는 거야? 그럴 필요 있냐? 어차피 이 피디님은 너한테 미안해서 그러신 건데. 넌 빨리 흉터 치료 할 생각이나 해. 일은 그다음이야."

지아가 혜수의 눈치를 잠시 살피더니 위로차 말을 건넸다. 그러나 지아의 말이 귀에 들어오지 않았다.

"결근까지 하셨다는데 내가 자책 안 하게 생겼어?"

혜수가 한숨과 함께 어두운 얼굴을 하고 있는데 책상 위 인터폰이 울렸다. 지아가 혜수 대신 받았다.

"네. 김지아입니다. 네, 국장님. ……네, 왔습니다. ……네, 알겠습니다."

인터폰을 끊은 지아가 혜수를 쳐다봤다.

"손 국장님이셔. 너 출근했으면 국장실에 좀 오래."

"응. 알았어."

주섬주섬 의자에서 몸을 일으키면서도 혜수의 시선은 취재 보고서에서 한시도 떨어지지 않았다. 기자 사무실을 나서는 혜수의 등을 지아가 토닥여 주었다. 조금은 기운 빠진 발길로 국장실로 올라간 혜수는 환한 얼굴로 자신을 맞이하는 손 국장과 마주했다.

"여어. 우리 서 기자 오랜만이네. 몸은 좀 어때?"

"많이 좋아졌습니다. 걱정 끼쳐 드려 정말 죄송합니다, 국장님."

"음. 아냐 아냐. 서 기자가 잘 참아 준 덕분에 그래도 그날 방송 사고는 없었잖아. 금상첨화로 서 기자가 색다른 장소에서 중계를 한 덕에 그 부분이 실시간 시청률이 가장 높더라고."

"그렇습니까? 그건 정말 다행입니다."

"서 기자의 살신성인 때문에 나이 많은 기자들도 좀 자극이 됐던 모양이야. 다들 요 며칠 엄청나게 발로 뛰어. 설렁설렁 일하던 놈들까지도 막 난리라니까. 허허 참."

"네……."

손 국장의 칭찬과 추켜세움에 강욱에게 적잖이 미안해진 혜수는 이리저리 눈동자를 굴렸다. 그러다 손 국장의 책상에 놓인 서류 하나를 보게 되었다. 2016년 상반기 아프가니스탄 지역 파견 기자 신청서. 그 문구가 자꾸만 시선을 사로잡았다.

매년 분기마다 중동과 아프리카의 분쟁 지역에 두 달 동안 기자를 파견한다는 사실을 알고는 있었지만, 이렇게 서류로 보고 접한 적은 처음이었다. 혜수 같은, 아직은 연차가 적은 기자들한테는 주어지지 않는 기회지만, 다녀온 선배 기자들의 말에 의하면 많은 경험과 고통과 아픔을 겪게 된다고 들었다.

"신청은 다 끝난 겁니까?"

절로 이끌리듯 손 국장에게 물었다. 그러자 손 국장이 되물었다.

"응? 뭐가? 아…… 이거?"

손 국장은 신청서를 손에 들고 길게 한숨을 쉬었다.

"이번엔 아무도 신청을 안 해. 하긴 안전이 백 프로 보장된 게 아니니까 몸을 사릴 수밖에 없지. 그럴까 봐 급여 외의 수당을 작년의 두 배로 올렸는데도 아직 지원이 없어. 5년차 이상으로 한정했는데, 그 아래로도 지원 가능하다고 공고를 다시 내야 할까 싶다. 뭐 물론 나 같아도 두 달은커녕 이 주도 못 견디고 돌아올지도 모르지만."

"제가…… 가면 안 될까요?"

"뭐어?"

혜수의 돌발 발언에 손 국장이 눈을 동그랗게 뜨곤 물었다. 그건 말 그대로 불쑥 튀어나온 말이었다. 충동이라 해도 좋고 순간적인 발언이라 해도 할 말 없었다. 예전부터 작게 희망을 품어 온 일이었고 여러모로 지금이 딱 적기일 것 같았다. 두 달이면 머릿속에 든 모든 것을 비우고 새로운 것을 가득 채울 시간이 충분할 것이다.

"아, 서 기자의 그 도전적인 마인드는 높이 사지만, 남자 기자를 일차적인 대상으로 해. 물론 신청자가 전무하다면 차선책으로 여기자를 투입하기도 하지만 그것도 5년차가 넘어야지. 서 기자는 아직 연차도 얼마 안 됐고 또……."

"압니다. 국장님. 그래도 제가 가면 안 될요. 물론 기한 내에 신청자가 아무도 나오지 않는 조건에서입니다."

혜수는 단호하게 말했다. 손 국장은 그녀의 태도에 더는 말을 덧붙이지 않았다. 기한은 이제부터 이틀밖에 남지 않았지만 신청자가 아무도 없을 거라는 걸 잘 알고 있었다. 다른 방송사나 하다 못해 신문사에서도 파견하는 판에, 방송국이 기자 하나 파견하지 못하면 방송사 입장에서도 망신이었다. 결국 이 병아리를 보내야 하나, 손 국장의 얼굴에 근심이 어렸다.

혜수는 하루 종일 핸드폰만 만지작거렸다. 그에게 전화를 하고 싶었지만 있는 힘을 다해 참고 있는 중이었다. 어쩌면 은성이라는 여자가 함께 있을지도 모른다. 아픈 그를 간호하면서 잔잔한 클래식을 같이 듣고 있을지도. 가망이라곤 보이지 않는 일이니 신경을 끄는 것이 그를 돕는 것일지도 모른다.

그래도 자기 대신 일을 하는 바람에 아프기까지 한 그를 외면하는 건 도리가 아니다 싶어, 정말로 피디 대 기자로 딱 한마디 '괜찮으세요.' 만 전하자고 생각했다.

몇 번의 심호흡 끝에 용기를 내어 그의 번호를 찾고 있는데 기자 사무실의 문이 활짝 열렸다. 서류 봉투를 쥐고 들어온 사람은 9시 뉴스 조연출이었다. 텅 빈 기자 사무실을 이리저리 둘러보더니 혜수 쪽으로 다가왔다. 혜수는 서둘러 핸드폰 화면을 껐다.

"무슨 일이세요? 뉴스 할 시간 아니에요?"

"아직 20분 남았어요. 서 기자 마침 있었네요. 퇴원했단 얘긴 들었는데."

"네. 오늘 오전에 퇴원했어요."

"서 기자, 지금 혹시 바빠요?"

조연출이 서류 봉투를 책상에 올려놓으며 물었다. 혜수는 고개

266

를 저었다.

"그렇게 바쁘진 않아요. 아마도 내일부터 바쁠 예정?"

"그럼 부탁 하나만 할게요. 이거 이강욱 피디님한테 좀 갖다 줄래요? 여기서 20분 거리에 있는 오피스텔에 사세요. 여기 주소."

혜수가 뭐라 대답하기도 전에 주소가 적힌 쪽지가 떡하니 그녀의 손에 쥐어졌다.

"예? 이게…… 뭔데요?"

"내일 방송 자료데요. 변경 사항이 있어서 피디님한테 최종 승인이 떨어져야 하거든요. 새벽에라도 깨시면 보고 검토하시라고요. 피디님이 저한테 직접 갖다 달라고 하셨는데, 자료가 방금 완성됐고 저는 지금 뉴스에 들어가야 돼요."

"그럼 이메일로 보내 드리면 되는 거 아닌가요?"

"피디님이 노트북을 방송국에 놓고 가셨어요. 오늘 결근하신 거 알죠?"

"예. 그건 알지만……."

"그럼, 부탁할게요. 나 오늘 피디님 안 계셔서 바빠 죽겠어요."

조연출은 우는 소리를 마지막으로 황급히 기자 사무실을 나갔다. 혼자 남은 혜수는 앞머리를 헝클며 난감한 표정을 비쳤다. 붙잡을 새도 주지 않고 나가 버린 조연출이 원망스러웠다.

"미치겠네. 정말……."

아무리 머릴 굴려 생각해도 안 갈 수 있는 방법이 없었다. 지아에게 부탁할까, 라는 얕은 꼼수가 떠올랐지만 지아는 이미 퇴근했다는 것을 깨달았다. 꼼짝없이 그의 집에 가야만 하는 것이다.

　방송국 앞에서 택시를 탄 혜수는 기사에게 강욱의 주소가 적힌 메모지를 보여 주었다. 기사는 그 근방에 워낙 빌딩이 많아 도로가 막힐지도 모르겠다는 경고를 미리 주었다. 차라리 도로라도 막혀서 그의 집에 가지 못하는 행운이 찾아오길 간절하게 바라고 싶어졌다.

　하지만 기사의 경고와는 달리 차는 무척 빨리 그의 오피스텔에 도착했다.

　엘리베이터를 타고 그의 집이 있는 7층으로 올라가는 동안 몇 번이나 심호흡을 했는지 모른다. 이제는 그가 잠시 집을 비웠기를 바라기 시작했다. 약을 사러 갔다거나 먹을 게 떨어져서 편의점에 갔다거나. 그러면 조연출한테 전화하여 우체통에 넣어 두면 될 텐데.

　띠링, 하는 벨소리와 더불어 엘리베이터에서 내렸을 때, 혜수는 도무지 걸음이 떨어지지 않았다. 강욱의 집인 702호가 바로 앞에 있었다. 여기까지 온 용기가 가상하니 서류 봉투만 빨리 전해 주고 돌아서자고 다짐했다. 괜찮으시냐고 한마디 물어보는 것도 잊지 않으리라. 용건만 간단히. 용건만 간단히.

　두 번이나 결심한 혜수는 단단히 마음먹곤 초인종을 눌렀다. 딩동, 딩동, 딩동. 세 번이나 울렸지만 안에선 기척이 없었다. 혹시 아까의 바람대로 정말로 부재중인 건가, 약간의 화색이 돌았지만 한편으론 아쉬움도 들었다.

혹시나 싶어 한 번 더 눌러 보았다. 딩동, 딩동, 딩……. 소리가 채 끝나기도 전에 문이 덜컥 열렸다. 혜수는 시선을 들었다.

아……. 열린 현관문 안으로 보이는 그의 얼굴에 혜수는 마음이 쓰라려 울컥해졌다. 초췌한 얼굴이 하루 종일 아팠노라고 말해 주고 있었다. 그를 향한 연민에 속 시려 하고 있던 혜수는, 문득 시야에 들어오는 그의 상반신에 화들짝 고개를 틀었다.

그는 하체에 청바지만 걸치고 있을 뿐, 상반신은 실오라기 하나 걸치지 않은 나신이었다. 갑자기 얼굴이 붉게 달아올랐다. 좀 전까지 가득하던 연민이고 뭐고 온데간데없고, 부끄러워 제대로 마주할 수도 없는 난감한 상황이 이어졌다.

"네가 온 거야?"

강욱은 눈을 가늘게 뜨고 혜수를 쳐다봤다. 조연출에게 시켰건만, 혜수가 올 줄은 몰랐다. 이제는 멀쩡한 얼굴이 되어 제 앞에 다시 나타난 혜수가 반가웠다. 절로 미소가 지어질 정도로 가슴으로 뜨거운 것들이 마구 흘러드는 것 같았다.

"네."

"들어와."

강욱은 혜수가 들어올 수 있도록 현관문을 활짝 연 후 거실로 돌아왔다. 그러자 멀거니 현관 밖에서 한 발자국도 움직이지 못하고 있는 혜수가 말을 더듬었다.

"아, 저, 저기…… 피디…… 아니, 선배님."

"들어와."

한 번 더, 그가 들어와 주길 종용하자 혜수는 쭈뼛거리며 움직여지지 않던 발길을 겨우 내디뎠다.

등 뒤로 현관문이 닫히는 소리가 들렸다. 그는 셔츠를 걸치고 있었다. 셔츠 새로 근육질의 등줄기가 미끈하게 뻗어 내리는 것이 보이자, 혜수는 또다시 고개를 틀었다. 이놈의 붉어진 얼굴이 제 색깔로 돌아오려면 한참이 걸릴 듯했다.

"차 한잔할래? 오느라 고생했을 텐데."

"아뇨. 그냥 이것만 놓고 갈게요. 아픈 건 좀 어떠세요?"

주방으로 향하던 강욱은 걸음을 멈추고 그녀를 쳐다봤다. 아직도 쌀쌀한 그녀의 표정과 태도. 오늘 내내 침대에 누워 있으면서 든 한 가지 생각이 다시금 그를 찾아왔다.

저 녀석이, 보고 싶었다.

욱신거리던 머릿속 한편에서, '선배님.' 이라 부르던 녀석의 목소리가 내내 생각났다. 내일 출근해서 만나면 아무도 없는 곳으로 데리고 가 안아 줄 생각이었다. 네가 먹고 싶은 것, 하고 싶은 것, 다 하게 해 주고 싶다고 말하고 싶었다. 그랬는데, 이 녀석은 아직도 날을 세우고 있다.

"차 한잔해. 잡아먹지 않을 테니까."

낮게 깔린 목소리에 쓸쓸한 웃음소리가 묻어 있었다. 강욱은 혜수가 주춤주춤 소파에 앉는 것을 지켜보다가 커피를 내리기 위해 주방에 들어섰다.

딸각딸각, 주방에서 그가 내는 소리에 혜수는 조심스럽게 귀를 기울였다. 잔뜩 긴장하여 움츠린 어깨가 아파 왔다. 오피스텔은 다소 낡아 보였던 외관과는 달리 무척 산뜻하고 청정해 보이는 분위기를 지니고 있었다. 매일 방송국에서 철야를 밥 먹듯 하는 강욱과는 어울리지 않아 보일 정도였다.

가구는 심플했고 주방 기기들도 적당히 작거나 실용성이 있는 것들이었다. 열린 방문 틈새로 보이는 침대엔 시트가 흘러내리고 있었다. 저 침대에서 잠이 든 강욱의 모습을 상상하자, 얼굴이 다시 상기되었다.

혜수가 열이 오른 얼굴을 움켜쥐고 있는데, 강욱이 찻잔 두 개를 내어 왔다.

"홍차 좋아해? 커피를 내릴까 하다가 커피는 오늘 하루 종일 마셨을 테니까."

강욱이 찻잔 하나를 혜수 쪽으로 밀어 주었다. 하얀 찻잔에 김이 모락모락 오르고 있었다.

"아무거나 잘 마셔요, 전."

찻잔을 두 손으로 쥐면서 한 모금 머금었다. 알싸한 홍차 맛에 살짝 미간을 찡그리다 고개를 든 그녀는, 저를 뚫어지게 응시하고 있는 강욱과 시선이 마주쳤다.

"몸은 괜찮아진 거야?"

강욱이 잔을 머금으며 묻자 혜수가 고개를 끄덕였다.

"네. 제가 아니라 피디, 아니 선배님 건강이 걱정이네요. 결근까지 하셨다면 많이 아프셨을 텐데. 선배님이 웬만한 일론 절대 결근하실 분이 아니잖아요."

"지금 그거, 정말로 걱정해 주는 건가?"

"네."

강욱은 싱긋 웃었다. 그 미소가 너무도 유혹적이어서 혜수는 하마터면 그에게 애인이 있다는 사실조차 망각할 뻔했다.

혜수는 시선을 떨어뜨렸다. 아무래도 그와 같은 공간에 단둘이 있는 건 안 될 것 같았다. 제 감정에 빠지다 보면 나중에 맞닥뜨릴 상실감이 몇 배는 더 커질 것이다. 그게 두려웠다.

혜수는 찻잔을 내려놓은 후 자리에서 일어섰다. 그녀의 움직임을 강욱의 시선이 따라붙었다.

"저, 아무래도 좀 늦은 것 같아서. 집에 가 봐야 하거든요. 홍차 잘 마셨습니다. 내일 뵐게요, 피디…… 아니, 선배님."

그를 향해 인사를 한 후 돌아서는데, 어느 틈엔가 그에게 손목이 붙들렸다. 당황하여 돌아보니 아무 생각이 나지 않을 정도로 강렬한 눈빛이 그녀를 향해 내리꽂히고 있었다. 무척 순식간에 일어난 일이었다. 강욱이 팔에 힘을 주어 끌어당기자, 혜수가 속절없이 그의 품에 딸려 갔다.

"흐읍……!"

그의 두 손이 혜수의 얼굴을 부드럽게 감싸 쥐었다. 얼굴이 다가온 건 그다음이었다. 고개를 기울인 그와 입술이 겹쳐졌다. 놀랄 틈도 없이 비집고 들어온 그의 입술은 그녀의 얼굴만큼이나 뜨겁게 달아올라 있었다. 혜수의 머릿속이 까맣게 암전되어 버렸다.

12

버스 정류장에서 내려 집까지 올라가는 골목길이었다. 혜수는 초입에서 잠시 멈춰 서선 또 한 번 숨을 골랐다. 그러다 남의 집 벽에 등을 기댔다. 아직도 다리엔 힘이 빠져 있었다. 그의 오피스텔을 나와 버스에 어떻게 올랐는지, 좀 전엔 또 어떻게 내렸는지, 하나도 기억나지 않았다.

모든 것이 멍했고 모든 것이 암전이었다. 태어나 이렇게 살 떨리고 온몸이 무너져 내리는 경험은 처음이었다. 말 그대로 첫 키스였다. 대학교 2학년 MT 때, 게임을 하다 벌칙으로 신입생 후배와 가볍게 입을 맞춘 적은 있었지만 그건 감정이 수반되지 않았던 행동이니 패스. 그러니 강욱과의 입맞춤이 사실상 첫 키스였던 셈이었다.

그 부드러운 느낌, 사지가 다 녹아내릴 것 같은 알싸한 감각,

아랫배를 간질이고 자극하던 생경한 그 입술의 촉감. 오감이 모두 그를 향했던 그 순간이 지금도 생생하게 떠올랐다. 혜수는 마른침을 삼키고 입술을 비비적거렸다. 손바닥에 밴 땀을 바지에 슥 문질러 닦아 냈다.

집요하게 제 입술을 탐하던 그를 겨우 피한 그녀는, 그길로 그곳을 벗어났다. '데려다줄게, 혜수야.' 라며 그가 손목을 다시 붙잡으려 했지만 혜수는 서둘러 오피스텔을 나왔다. 그렇게 하는 게 옳은 일이라 판단했다. 그는 정은성이라는 훌륭한 애인이 있는 남자니까.

그래서 이렇게 몸이 달아오르는 순간에도 그녀가 놓치지 않는 의문은 계속되었다. 애인도 있는 사람이 왜 제게 키스를 한 걸까. 설마, 바람둥이였던 건가.

"설마, 그건 아냐."

혜수는 강하게 고개를 저었다. 결코 오랜 세월이라 할 수는 없지만 몇 년간 봐 온 강욱은 절대 그럴 수 있는 남자가 아니었다. 그렇다면 대체 이건 뭐지.

혜수는 주머니에서 핸드폰을 꺼냈다. 제게 왜 그랬던 거냐고, 강욱에게 묻고 싶은 마음에 망설이며 핸드폰을 내려다보았다. 그러던 차에 강욱에게서 메시지가 들어왔다.

「내일 점심시간에 보자. 엔젤 레스토랑 알지? 12시 30분까지 나와.」

엔젤 레스토랑은 방송국 옆에 있었다. 혜수도 한두 번 가 본 경험이 있는 곳이었다. 인테리어가 세련되고 흐르는 음악은 늘 잔잔했으며, 분위기가 좋은 곳이어서 방송국 사람들이 중요한 약속 장소를 정할 때마다 이용하는 곳이었다.

강욱의 메시지를 본 혜수는 더욱 혼란스러웠다. 전화를 해 볼까 하던 마음조차 사라진 상태였다.

겨우 다시 발길을 옮겨 집으로 간 혜수는 현철과 정순의 환영을 받으며 방으로 들어갔다. 저녁밥을 먹는 둥 마는 둥, 대충 때운 혜수는 그날 밤을 하얗게 지새웠다. 덕분에 다음 날 아침, 혜수의 눈은 퀭해져 있었다. 역시나 지난밤 술 마신다고 늦게 들어온 영수의 눈도 퀭해져 있어, 정순은 남매가 쌍으로 몰골이 말이아니다, 라고 혀를 찼다.

"그럼 닭이나 삶아서 오늘 저녁은 삼계탕 끓여 볼까."

현철이 정순을 도와 식탁을 차리며 말하자, 기지개와 동시에 하품을 한 영수가 말했다.

"전 삼계탕 싫어요, 아빠. 무조건 국물 빨간 거, 음…… 매운탕?"

"자식아. 네 누나는 매운 거 못 먹잖아. 공평하게 모두가 먹을수 있는 걸로 해야지."

"에이. 그거야 누나가 잘못된 거지. 한국 사람이 매운 거 못 먹는 게 말이 돼요? 아빠, 엄마, 나, 모두 매운 거 마니안데, 누나만 아니라면 그건 누나 잘못이죠."

냉장고를 열고 반찬을 꺼내고 있던 혜수가 영수를 휙 째려봤다. 영수의 앞에 그릇을 소리가 나도록 내려놓곤 머리를 쥐어박았다.

"넌 다 큰 녀석이 혼자 식탁에 앉아 밥을 기다리고 있냐? 다 움직이고 있는데?"

"난 숙취가 남아 있는 몸이잖아. 여차하면 웩, 한다고."

"엄마. 영수도 주방 일 좀 시켜. 요즘에 살림 못 하는 남자 없다구. 이렇게 오냐오냐 받아먹기만 하다가 나중에 결혼하면 십중 팔구 버림받아요. 부부가 맞벌이하는 세상인데 집안일도 공평하게 해야지."

"어휴. 또 그놈의 반반 타령. 여유가 되는 사람이 하는 거지, 그걸 그렇게 자로 잰 듯 반반 해야 직성이 풀리냐? 누님?"

"당연하지. 손해만 보는 게 여자의 결혼인데."

혜수가 다시 한 번 영수의 머리를 쥐어박자, 영수가 아이처럼 우에엥, 소리를 낸다. 남매의 티격태격 싸우는 모습을 지켜보던 현철과 정순이 한숨을 쉬었다. 어렸을 때부터 첨예하게 의견대립을 보이던 남매를 걱정스레 쳐다보기도 했다.

식탁이 다 차려지자 식사가 시작되었다. 혜수는 억지로 밥을 떠넘기며 현철과 정순의 표정을 살폈다. 아프가니스탄 파견 업무에 대해 미리 언질을 해 두어야 할 것 같았다. 강욱에 대한 혼란스러움은 잠시 머릿속에서 밀쳐 둔 혜수는 심호흡과 함께 입을 열었다.

"저어. 엄마, 아빠."

혜수의 부름에 현철과 정순이 동시에 고개를 들었다.

"저 어쩌면 조만간 해외 파견 나갈지도 모르겠어요."

"응? 해외 파견?"

"해외라니?"

현철과 정순이 동시에 물어 왔다. 눈에는 궁금증이 가득한 표정이었다.

"음…… 그러니까 해외 상황을 취재하면서 그걸 방송국으로 송신하는 업무인데요. 두 달 정도 돼요, 기간이."

"그래? 어딜 가는데? 영국? 프랑스? 이탈리아?"

"아프가니스탄. 분쟁 지역이에요."

"아프가니스탄?"

정순이 놀라 되물었고, 현철도 조금은 어리둥절한 표정이었다. 두 분 모두 자세히는 모르지만 위험한 지역인 건 알고 있는지, 어리둥절한 얼굴에 곧 걱정이 덮였다.

"아직 확정이 난 건 아닌데, 국장님께 제가 가고 싶다고 말씀을 드려 놓은 상태예요. 내일쯤 확정이 날 것 같아요."

"생각지도 못한 일이라 조금은 얼떨떨하구나. 너 아직 경력도 얼마 안 됐고 여러모로 부족할 텐데 잘 견딜 자신 있냐?"

현철이 걱정스레 물었고 혜수는 멋쩍은 듯 미소 지었다. 영수는 '오, 멋진데?'라며 흐뭇해했다.

"그건 자신감으로 하는 건 아닌 것 같아요. 자신 있냐고 물으면, 전 아니라고 말할 거거든요. 그냥 누구든 가야 하는 거고 그 기회가 제게 왔고, 놓치고 싶지 않은 것뿐이에요."

"다른 이유가 있는 건 아니고?"

현철이 불쑥 물어 왔다. 혜수는 그 질문에 제 발 저려 현철의 시선을 회피했다. 그녀의 짝사랑과 그 짝사랑의 실패를 모두 알고 있는 현철이였기에, 그 질문에 뼈가 있음을 직감한 것이다.

혜수는 씨익 웃기만 했다. 결국 노코멘트로 대화를 마무리한 혜수는 식사를 이어 갔다. 하아, 한숨이 난다. 이젠 밥그릇에도 강욱의 얼굴이 떠다녔다. 그가 키스한 순간의 그 얼굴이다.

"아! 진짜! 이 미친놈! 열 받네."

조용하던 기자 사무실에 지아의 울분에 찬 외침이 울렸다. 책상에 앉아 수상쩍은 시선으로 책꽂이를 응시하던 혜수가 깜짝 놀라 고개를 들었다.

"아, 깜짝이야. 왜? 무슨 일인데?"

"어떤 미친놈이 상관도 없는 기사 댓글에 영화 스포일러를 적어 놨잖아. 나 이 영화 이번 주말에 보러 가려고 했던 거란 말이야. 아, 매너 없는 놈."

"열 받을 만하네."

말은 그렇게 했지만 뉘앙스는 시큰둥했다. 다시 책꽂이로 시선을 돌린 혜수를, 지아가 쳐다봤다.

"그건 그렇고 넌 출근해서 지금까지 어째 한마디도 안 하고 표정이 굳어 있냐. 생리 중이야? 아니지. 넌 나랑 시기가 같으니 그건 아니고. 무슨 일 있어?"

"지아야."

"응?"

"혹시 네가 내 책상 만졌니?"

"네 책상이야 한 번씩 만지지. 스윽 지나가다가. 왜?"

"아니. 그런 거 말고 내 책꽂이에서 혹시 가져간 거 있어?"

"아니. 없는데?"

지아의 단호한 대답에 혜수는 더욱 굳은 얼굴이 되었다. 그녀는 책꽂이 속 빈칸을 스윽 쓸었다. 강욱에게 주려던 CD 선물, 그게 없어졌다. 분명히 여기다 꽂아 뒀는데.

"왜? 뭐 없어진 거 있어?"

"아냐. 아무것도."

혜수의 부인에 지아는 머리를 긁적였다. 그런 지아의 눈치를 슬쩍 보던 혜수는 머뭇거리며 다시 입을 열었다.

"저기 말이야. 애인이 있는 사람이 다른 사람한테 키스를 할 수도 있을까?"

망설이다 내뱉은 질문에 지아가 휙 돌아봤다. 그러곤 탐색을 하듯 코를 킁킁거린다. 탐정처럼 눈을 가늘게 뜨곤 대답했다.

"그게 왜 궁금한데? 네가 겪어 보기라도 했어?"

"대답이나 좀 해 주시지?"

"그럴 경우 두 가지 경우의 수가 있지. 하나는 키스를 한 그 사람이 굉장한 바람둥이에 어장관리자든가, 그게 아니면 그 사람이 애인이 없을 경우지."

"……그래?"

"키스를 한 사람이 남자야? 여자야? 남자가 그랬다면 후자일 가능성이 크고, 여자가 그랬다면 전자일 가능성이 커. 여자는 아주 감정적인 동물이거든."

"그렇단 말이지?"

지아의 대답에 왠지 모를 안도감이 생긴 혜수는 아무래도 강욱을 직접 만나 물어봐야겠다고 생각했다. 이렇게 혼자서 땅굴만 파고 있다간 머리에 쥐가 나 머리칼이 다 빠져 버리고 말 것이다. 하지만 지금 당장 그의 얼굴을 어떻게 본단 말인가. 이제 곧 시작될 회의도 참석하고 싶지 않은 게 솔직한 심정이었다.

　지아가 다시 모니터를 들여다보는 사이, 혜수는 어제 그에게서 받은 문자 메시지를 다시 확인하고 있었다. 12시 30분. 회의가 끝나고 가면 딱 맞춰질 시간이었다. 어차피 강욱과 함께하는 회의라 자칫하면 레스토랑으로 가는 길조차 함께일지도 모른다.

　이런저런 골머리를 앓고 있을 때, 인터폰이 울렸다. 서 기자님, 회의실로 오세요, 라는 조연출의 음성이 들려왔다. 혜수는 도축장에 끌려가는 소처럼 자리에서 일어났다.

　회의실에는 9시 뉴스 팀이 모두 모여 있었다. 강욱이 회의장 자리에 앉아 있다 막 들어오는 혜수를 슬쩍 쳐다봤다. 혜수는 되도록 강욱과 시선을 마주치지 않으려 노력하며 가장 끝자리, 정치부 선배 기자의 옆에 앉아 한껏 어깨를 오므렸다.

　회의는 지난 일주일간의 업무 평가와 함께 향후 일주일의 업무 공유, 라는 아주 간단한 주제로 진행되었다. 간단하다고는 했지만 혜수가 일주일 만에 합류했기에 이것저것 정보를 공유할 부분이 많았다. 조연출이 차기 일주일 업무를 브리핑하는 동안 모든 이의 시선이 조연출에게로 쏠렸다. 혜수 역시 조연출에 집중하다가 슬쩍 곁눈질로 강욱을 쳐다봤다.

'헉!'

혜수는 놀란 눈을 하고 마른침을 삼켰다. 강욱이 그녀를 뚫어
지게 쳐다보고 있었던 것이다. 그러면서 손에 쥔 핸드폰을 툭툭
건드려 보인다. 아마도 그가 보낸 문자 메시지를 잊지 말라는 뜻
일 터였다.

회의가 막바지에 접어들었을 때쯤, 문이 열리고 보도국 상황실
직원이 들어왔다. 강욱에게 다가온 그가 종이 한 장을 건네고 다
시 회의실로 나갔다.

종이에는 현재 부산에서 성폭행범의 인질극이 벌어지고 있다는
제보가 쓰여 있었다. 10분 전 상황이라 지금 당장 취재 팀을 파견
하여 9시 뉴스에서 보도를 하라는 지시였다.

"조연출. 그만."

강욱이 고개를 들고 조연출의 브리핑을 중단시켰다. 회의실은
조용해졌고 모두의 시선이 강욱에게 몰렸다. 물론 그중에는 혜수
도 포함되어 있었다.

"부산 지역 취재 파견입니다. 지난달에 탈옥했던 성폭행범이
현재 인질극을 벌이고 있는 상황인데, 지금 당장 내려가야 오늘
밤 뉴스에 보도가 가능할 것 같네요. 그래서……."

"저요. ……제, 제가 가겠습니다. 피디님."

강욱의 말이 채 끝나기도 전에 혜수의 목소리가 들려왔다. 강
욱은 손을 번쩍 들고 있는 혜수를 쳐다봤다. 조금은 경직되고 긴
장됐지만 망설임은 없어 보였다.

"서 기자, 이번에도 또 다치려고?"

옆에 앉은 기자가 우스갯소리를 하자 회의실은 웃음이 터졌다. 혜수도 민망한지 웃곤 곧이어 정색하며 대답했다.

"아뇨. 이번엔 잘 해내겠습니다."

강욱의 가슴이 서늘하게 가라앉았다. 그녀가 지금 당장 떠나야 하는 취재를 가겠다고 나선 건, 자신이 제안한 점심 약속을 거절하겠다는 의미에 지나지 않는다는 걸 알기 때문이었다. 모두의 시선이 재차 강욱에게로 돌아섰다. 강욱의 승인을 기다리는 것이리라.

강욱은 혜수에게 꽂힌 시선을 풀지 않았다. 어젯밤, 황급하게 나가 버린 녀석의 모습이 겹쳐져 그 공허함은 배가 되었다. 하지만 지금은 감정보다 이성이 먼저 발동해야 할 자리였다.

"좋아요. 회의 끝나고 준비해서 다녀와요. 촬영 감독은 내가 따로 지시할 테니까."

말소리는 딱딱했다. 그걸 깨달았는지 혜수가 아랫입술을 지그시 깨무는 게 보였다. 강욱은 서류를 챙겨 들고 회의를 끝낸 후 그곳을 나왔다.

복도로 나와 뒷문 쪽을 쳐다봤다. 회의에 참석했다가 빠져나가는 이들 중 혜수의 뒷모습도 보였다. 언뜻 뒤돌아본 그녀의 시선을 붙잡고 싶었지만, 이내 그녀는 고개를 돌렸다.

제 방으로 돌아온 강욱은 시계를 확인했다. 12시 10분. 갑자기 생겨 버린 공백에 강욱은 난감해졌다. 혜수와 점심을 먹기 위해 어젯밤부터 레스토랑의 메뉴와 녀석에게 하고 싶은 말을 고민하고 있었는데, 순식간에 그 기대가 물거품처럼 사라져 버렸다.

그간 혜수를 밀어 내기만 했으니 녀석의 반응은 어쩌면 당연하다 여기면서도, 그 외면이, 그 회피가, 못내 아쉽고 쓸쓸했다. 혜수도 이런 마음이었을까. 그러면서도 꿋꿋하게 제 앞에선 웃어 보였던 걸까. 냉정해진 혜수에게서, 지난날 혜수에게 냉정했던 자신의 모습이 겹쳐 보였다.

그래서 더 욕심이 난다. 혜수를 붙잡고 내게서 등을 보이지 말라고 말하고 싶은 강렬한 욕심이 이글거리도록 타올랐다. 손에 쥔 핸드폰으로 혜수에게 전화를 걸려던 찰나, 손 국장으로부터 인터폰이 왔다.

― 이 피디, 내 방으로 좀 와. 자장면 시켜 놨는데 같이 먹으면서 할 얘기가 있어.

머리가 지끈거렸지만 강욱은 어쩔 수 없이 일어났다. 아쉬운 마음을 잠시 접어 두고 손 국장의 방으로 향했다.

손 국장의 방에는 자장면 냄새가 가득했다. 벌써 젓가락질을 하고 있던 손 국장이 고개를 들고 강욱을 맞이했다.

"어서 와. 아픈 건 괜찮아? 어째 9시 팀은 돌아가며 애를 먹이냐. 일주일 동안 입원한 기자가 있질 않나, 피디란 놈은 몸살에다가. 어휴 내 팔자야. 어째 니들 둘은 딱 맞춰서 번갈아 가며 그러냐고."

"둘이 천생연분인가 보죠."

"뭐야?"

강욱이 던진 농담에 손 국장의 분위기가 사뭇 묘해졌다. 저런 농담을 던질 위인이 아니라는 것을 누구보다 잘 아는 손 국장이

어서 대뜸 고개부터 갸웃거렸다.

"일단 앉아. 탕수육도 있으니까 자장면 먹인다고 너무 잔소리 하진 말고."

"그러죠. 먹어야 힘도 나고 취재도 하고, 사랑도 해 볼 테니까. 그런데 무슨 일로 부르셨습니까?"

"일단 먹자. 배부터 좀 채우고."

강욱은 고개를 끄덕이며 자장면을 뜨기 시작했다. 배부터 좀 채운다던 손 국장은 강욱이 젓가락을 채 뜨기도 전에 본론을 꺼냈다.

"서혜수 말이야. 괜찮을까? 자네가 보기엔 어때?"

뜬금없이 거론된 혜수의 이름에, 강욱의 귀가 번쩍 뜨였다. 강욱은 시선을 들고 손 국장을 쳐다봤다.

"뭐가 말입니까?"

"올 상반기 아프가니스탄 기자 파견 말이야. 서 기자가 자원했어. 아마 오늘 저녁부로 확정이 될 것 같다."

"……네?"

"표정 보니 이 피디도 모르고 있었던가 봐. 그래?"

손 국장이 되물었지만 강욱은 선뜻 대답을 하지 못했다. 몰랐던 것도 맞고 표정이 굳은 것도 맞았다. 강욱은 다시 물었다.

"그래서 서 기자가 확실하게 내정됐다는 말씀입니까?"

"다른 방송국에 비해 시기도 많이 늦었고 오늘까지 신청자를 접수하는데 서 기자 외엔 아직 한 명도 없어. 이 피디도 알겠지만 요즘 젊은 기자들이 우리 때처럼 막무가내로 덤비나, 어디. 다들 몸 사리기 바쁘지. 여자라 좀 위험 부담이 있긴 하지만 서 기자라도 어디냐 싶어."

"이번 파견은 기간이 어떻게 됩니까."

"두 달 조금 안 돼. 한 달만 넘겨도 업고 다니겠다."

손 국장은 씁쓸히 고개를 저었다. 아무래도 위험이 따르는 업무다 보니 몇 년 전부터 꾸준하게 신청자가 줄어들고 있어, 차후엔 의무 파견제를 실시해야 한다는 말도 윗선에서 나오고 있는 중이었다. 수당을 두 배로 올리고 온갖 복지를 보장하고, 돌아와서의 처우 개선도 약속해 주는 등, 몇 가지 조건을 내걸어도 신청자가 없기는 마찬가지였다.

강욱은 그런 방송국의 사정을 모두 알고 이해하고 있었고, 끝내 지원자가 나타나지 않는다면 자신이라도 참가할 생각이 있을 정도였다. 그러나 혜수가 가는 건 다르다. 이제 막 녀석에게 마음을 열기 시작했는데, 두 달의 공백이라니. 매일매일 그 녀석의 얼굴을 보면서 즐거워하는 기쁨을 이제야 알게 됐는데.

예전 같았다면 당연히 보내 주었을 것이다. 후배의 열정을 높이 사면서 공항까지 배웅을 나갔을지도 모를 일이었다. 하지만 지금은 마음이 동하지 않았다. 게다가, 혜수는 그런 중차대한 문제를 선배인 자신과, 피디인 자신과 논의조차 하지 않은 게 서운했다.

"일어나 보겠습니다. 자장면이 다 불지 모르니 제 것까지 다 드세요, 국장님."

강욱은 '뭐야. 왜 그냥 가?' 라고 묻는 손 국장을 뒤로하고 국장실을 나왔다. 엘리베이터를 타고 기자 사무실에 있는 층에 도착하자마자, 강욱은 문을 열고 나오는 혜수를 맞닥뜨렸다. 화재 현장을 함께했던 권 감독과 함께 부랴부랴 나서고 있었다.

"서혜수. 너……."

"저, 선배님. 저 지금 비행기 시간 때문에 빨리 공항에 가야 해요. 죄송해요. 나중에, 얘기해요."

혜수는 앞서가는 권 감독을 따라가며 외쳤다. 무척 어색해하면서도 애써 웃음을 잃지 않고 있었다. 제가 타고 온 엘리베이터에 몸을 싣는 혜수를, 강욱은 그저 바라만 보고 있었다.

차량에 오르자마자 혜수는 시트에 등을 기댔다. 차 안에는 운전기사와 권 감독, 중계 스텝 두 명과 혜수가 타고 있었다. 간단한 중계 장비를 싣고 공항 쪽으로 달리면서, 혜수는 망연히 대낮의 도로를 감상했다.

그는 무슨 얘기를 하려고 내려온 걸까. 어젯밤의 일은 모두 잊으라는 말일까, 아니면 다른 말일까.

10분 정도의 여유가 있었지만, 일부러 다급히 엘리베이터를 탔다. 어젯밤의 일은 실수였으니 깊이 생각하지 말라고 그가 말할까 봐 지레 두려웠다. 마음이 여러 갈래로 갈등하고 있었다.

"기사님. 우리 라디오나 들어요."

혜수는 복잡한 심경을 가라앉히기 위해 눈을 감으며 기사에게 부탁했다. 기사는 고개를 끄덕이며 라디오를 켰다. 주파수를 이리저리 맞추는 동안 가요며 팝송이며 정오 뉴스가 지나갔다.

권 감독은 뒷줄에 앉아 중계 스텝과 이야기를 나누는 중이었다. 혜수는 눈을 뜨고 핸드폰을 통해 SNS를 살폈다. 배터리가 부족한 탓에 핸드폰이 연신 삑삑, 경고음을 보냈다. 부산에서의 상황을 실시간으로 접하기 위해서였는데, 올라오는 내용이 별로 없었다.

차가 대기 중이다가 파란색 신호를 받고 출발시키는 바람에, 한동안 라디오가 어떤 프로그램의 주파수에 고정되어 있었다. SNS 화면을 계속해서 들여다보던 혜수는, 어느 시점에 천천히 고개를 들었다.

— 문화가 뉴스입니다. 고(故) 김진석 화백의 유작 '귀향' 이 업계 최고가로 팔렸다는 소식입니다. 업계에 따르면……. 다음 소식입니다. 한국이 낳은 세계적인 피아니스트 정은성 씨가 내일 오후 5시 서울 그린힐 호텔에서 약혼식을 올린다고 합니다. 상대는 유명 기업체 대표의 장남인…….

정은성이라는 이름 석 자가 유난히 귀를 붙잡은 건 절대 우연이 아닐 것이다. 정은성, 약혼식, 그 단어들이 어지럽게 머리 주변을 맴돈 것도 절대 그녀가 예민한 탓이 아닐 것이다.

혜수는 서둘러 핸드폰 화면을 포털 사이트로 돌렸다. 삑삑, 배터리의 부족을 알리는 경고음이 더욱 강해졌다.

포털 사이트에 확인한 바 은성의 약혼 소식을 전한 기사가 대여섯 개 보였다. 기사 사진은 혜수가 봤던 은성이 확실했다. 전혀 현실적이지 않은 일들이, 피부에 현실처럼 와 닿아 혜수를 혼란의 늪에 빠뜨렸다.

다른 생각을 할 겨를도 없이 그녀는 곧장 강욱의 번호를 눌렀다. 언제 전원이 꺼질지 모르는 핸드폰을 꼭 쥐고 귀에 댔다.

— 혜수야.

그가 먼저 자신의 이름을 불러 왔다. 음성은, 무너질 만큼 부드럽고 다정하게 들렸다. 핸드폰을 쥔 손이 떨렸다.

"선배님……."

— 공항에 도착한 거야?

"아뇨. 아직."

— 왜. 무슨 문제가 생겼어?

"그게 아니라, 하고 싶은 말이 있어서요. 지금 핸드폰에 배터리가 다 되어서 언제 통화가 끊어질지 모르겠어요. 그러니까 최대한 짧게……."

목이 막히는 것 같아 중간에 말을 잇지 못하고 있는데, 강욱의 토닥거리는 듯한 말소리가 건너왔다.

— 우선 취재에 집중해. 너 돌아오면 얘기하자. 나도 할 얘기가 있으니까.

"전 몰랐어요. 선배님. 모르고서……."

— 뭘 몰랐다는 거야?

"그분요. 그분. ……선배님? ……선배님?"

핸드폰이 툭 끊겨 버렸다. 혜수는 답답한 마음에 뒤돌아보며 권 감독의 핸드폰이라도 빌릴까 싶었지만 그만두기로 했다. 운전기사에게 차량용 충전기로 핸드폰 충전을 부탁하고 싶었지만 그것도 그만두었다. 지금은 강욱의 말대로 취재에 집중해야 할 때였다. 강욱과 통화가 이루어진다면 마음이 붕 떠 버려 취재를 망쳐 버릴지도 모른다.

그러니 최대한 머리를 비워 내고 이성을 가동시켜야 했다. 모든 건 취재가 끝난 후에 이루어져야 했다.

혜수는 시간이 빨리 지나가기를 바랐다. 공항에 도착해서 비행기에 몸을 싣기까지 그다지 오래 걸리지 않았다. 김해공항까지 40분. 그곳에서 내려 미리 준비해 둔 렌터카에 올라 부산의 취재 현장까지 한 시간을 다시 달렸다.

인질극 현장은 주택가 골목이었다. 경찰 차량과 119 구조대 차량, 주택가의 주민들로 일대는 북새통이었다. 취재 팀은 카메라를 설치하고 중계 본부를 꾸린 후 현장을 지시하는 경찰들을 위주로 현장 스케치를 먼저 했다. 그런 후 강욱의 지시에 따라 시민 인터뷰와 구조대 인터뷰를 땄고, 낮 동안의 상황을 고스란히 카메라에 담았다.

인질범은 피해자의 예전 남자 친구였고, 다시 만날 것을 종용했으나 피해자가 말을 듣지 않자 홧김에 인질극을 벌이고 있다고 경찰이 말해 주었다.

인질극이 벌어지고 있는 집은 약간 고지대여서, 까치발만 들면 낡은 시멘트 벽 위로 두 사람의 모습이 고스란히 보일 정도였다. 남자는 여자의 목을 뒤에서 조른 채 칼을 들고 있었다. 일촉즉발의 끔찍한 상황에 혜수는 눈을 질끈 감았다가 다시 떴다.

"미친 새끼."

욕이 절로 나왔지만 멈칫하고 입을 꾹 다물었다. 혜수의 멘트는 9시 뉴스 생중계 타임에 나갈 예정이었으므로, 혜수는 시시각각 변하는 상황을 체크하면서 원고를 준비하기 시작했다. 강욱 때문에 여전히 가슴이 울컥하고 힘들었지만, 아프가니스탄 파견을 나가면, 이보다 더 심적으로 힘든 상황이 많을 거라 생각하니, 앞이 캄캄했다.

아프가니스탄.

거기에 생각이 미치자, 혜수는 그제야 아까 강욱이 왜 그런 얼굴로 기자 사무실로 내려왔는지 짐작할 수 있었다. 그녀의 아프가니스탄행을 강욱이 알게 된 것일지도 몰랐다. 손 국장이 언질하며 의논했을지도.

"서 기자."

기자 사무실 앞에서 맞닥뜨렸던 강욱의 얼굴 표정이 떠올라 곤혹스러워하고 있는데, 권 감독이 다가왔다.

"네. 감독님."

"이번엔 조심하자고. 딱 취재 선에 서서 하자고. 서 기자 입원했을 때 내가 얼마나 가슴이 내려앉았는지 알아?"

"그럼요. 이번엔 안전하게 할게요. 나대는 일 없을 거예요."

혜수가 거듭 약속했지만 권 감독은 못 믿겠다는 듯 고개를 절레절레 저었다.

"서 기자 아프가니스탄에 간다며? 그렇게 용감무쌍한 사람인데 오늘도 솔직히 겁이 나긴 해. 막 현장에 가까이 가고 그러지 마. 알았지?"

"어떻게 아셨어요? 감독님은?"

"응? 뭘?"

"제가 아프가니스탄 파견에 신청한 거요."

"소문 쫙 났던데? 서 기자로 확정이 날 모양이더라구. 난 오금 저려서 그런 용기는 없어."

권 감독의 대답은, 강욱이 아프가니스탄 문제로 제게 왔다는 것에 더욱 힘을 실어 주었다. 어떻게 벌써 그런 소문이. 강욱은 분명히 서운했을 것이다. 그에게 한마디 의논조차 하지 않았던 것에 대해 따지고 들지도 모른다. 난감해진 혜수는 머리를 긁적이며 한숨을 쉬었다.

— 상황은 밤 9시를 넘긴 지금까지도 별반 나아진 것이 없어 보입니다. 어둠이 자욱하게 깔린 밤, 심신이 피폐하고 두려워하고 있을 피해자의 마음을 진정으로 어루만지고 싶다면, 지금이라도 경찰 측의 결단이 필요해 보입니다. NBS 뉴스 서혜수였습니다.

혜수의 멘트로 실시간 시청률이 치솟는 것이 확인됐다. 9시 뉴스 첫 포문을 연 혜수의 중계로 시청자 게시판에 의견도 쏟아지고 있었다.

강욱은 부조정실에 앉아 멘트를 마무리하는 혜수를 응시하다가 마이크에 입을 댔다.

"권 감독. 좀 더 상황을 주시하면서 기다려 주세요."

— 예. 알겠습니다, 피디님. 이거 오늘 올라가긴 그른 것 같네요. 일단 카메라는 켜 두겠습니다.

"네. 그렇게 하세요."

중계는 이미 끝나 뉴스는 다른 방송으로 넘어가고 있었다. 하

지만 강욱은 부조정실의 마이크를 통해 현장과 연락을 주고받을
수 있는 상태였고, 카메라 또한 켜 두어서 언제든 다시 중계 장소
로 연결할 수 있게 조치를 취했다. 카메라 속 혜수가 한숨 쉬며
현장을 주시하고 있는 게 보였다.

강욱은 턱을 괴곤 그런 혜수를 응시했다. 중계를 시작하기 전
에 상황이 모두 종료될 줄 알았는데, 아무래도 혜수를 오늘 안에
만나지 못할 것 같다는 생각이 들었다. 강욱은 다시 마이크에 입
을 갖다 댔다.

"서혜수."

부르자, 화면 속 혜수가 화들짝 놀라 이어폰을 고쳐 끼는 게 보
였다. 그러곤 카메라를 본다. 강욱은 화면 속 혜수와 마주 보고
있는 셈이었다.

— 네. 선배님.

"지금 얘기할 수 있어? 주변은 어때?"

— 권 감독님은 저쪽에서 통화하고 계세요.

"그렇구나. 오늘 수고가 많았어. 최소한 11시까지는 그 자리를
지키도록 해."

— 알아요. 새벽까지 여기 있어도 상관없어요.

한숨이 그의 입가를 적셨다. 곧 조연출이 부조정실에 들어올지
도 모르기 때문에 되도록 대화를 빨리 끝내고 싶었지만, 화면 속
혜수를 좀 더 길게 보고 싶었다.

"혜수야."

— 선배님.

두 사람은 동시에 서로를 불렀다. 강욱은 혜수에게 먼저 발언권을 주지 않고 저 할 말을 하기 시작했다. 지금은 제 마음을 열어 보이는 게 더 시급한 일 같았다.

"아프가니스탄 파견 신청 했단 얘기 들었어. 진심이니?"

── ……네. 지금이 아니면 안 될 것 같단 생각이 들어서요.

"미리 나하고 의논이라도 했다면 내가 네 생각을 좀 더 도와줄 수 있었어. 왜 나한테 말하지 않은 거지?"

── 선배님하고는, 어떤 말도 나누고 싶지 않았어요. 제가 포기가 안 될까 봐.

"뭐가?"

── 선배님 좋아하는 거요.

강욱은 크게 숨을 들이켰다. 화면 속 혜수의 얼굴이 미세하게 떨리는 것이 보였다. 강욱은 잠시 입을 뗐던 마이크를 다시 끌어왔다.

"너에 대해서 많은 생각을 했어. 생각을 하면 할수록, 그게 다 부질없다는 걸 알게 됐지. 널 보면 즐겁고 웃게 된다는, 그 명백한 사실만 남았어."

혜수의 눈동자, 볼살이 눈에 띄게 떨리기 시작했다. 언뜻 눈동자가 젖어 보이기도 했다. 그러나 강욱은 개의치 않고 제 감정을 밀어붙였다. 녀석과의 사이에 겉돌기만 하던 감정을 명확하게 정의 내리고 싶었다.

"그런 거 귀찮고, 절대 하지 않으려던 날도 있었어. 혼자라는 것에 익숙해지면 된다고 여겼지. 마음이 움직이고 있었다는 걸 깨닫지 못한 어리석은 나를 탓해. 그래서 너한테 상처 주고 마음 아프게 한 거 미안해. 하루에 한 시간씩, 사랑하는 연습을 하려고 노력한다고 했지? 나도 노력하고 싶어. 너보다 1분 더."

— 서…… 선배님.

"네가 보고 싶고 널 좋아한다고, 앞으로도 마음껏 말하고 싶다. 허락해 줘."

— ……저도 ……보고 싶어요, 선배님. 지금도 너무 보고 싶어요.

이마를 훑는 땀방울이 턱으로 미끄러져 내릴 동안, 강욱은 혜수에 꽂힌 시선을 움직이지 않았다. 그간 제게서 받은 설움을 보상이라도 하는 듯 혜수는 훌쩍거렸다.

눈물을 닦아 주고 싶었지만 먼 거리가 방해했다. 대신 강욱은 혜수에게 미소를 보냈다. 녀석이 돌아오는 시간을 하염없이 기다리고 있을 자신을 생각하니, 앞이 막막해졌다. 그런데도 슬슬 흐르는 웃음은 멈출 생각을 하지 않았다.

"이제 핸드폰이 중간에 꺼질 일은 없는 거야?"

강욱은 차 안에서 혜수에게서 걸려 온 전화를 받고 있었다. 인질극은 밤 12시쯤, 경찰의 무력 진압으로 일단락됐고 혜수 팀은 마무리까지 완벽하게 보도하여 자정 뉴스에 내보냈다. 그러곤 렌터카를 이용해 곧장 서울로 올라와 방금 도착했다고 했다.

— 네. 돌아오는 차 안에서 넉넉하게 충전시켰어요. 낮에 공항

가는 길에선 답답해 죽는 줄 알았어요.

"그래. 잘했네. 피곤할 텐데 다리가 후들거리진 않아?"

— 전혀요. 전 아무래도 기자가 체질에 딱 맞나 봐요.

"그래도 빨리 들어가서 쉬어. 그래야 내일 내 얼굴을 볼 거 아냐."

— 선배님 보고 싶다. 헤헤.

이제 이런 대화를 스스럼없이 나눌 수 있는 상황이 좋았다. 아주 오랜만에 여자로 인해 가슴이 움직이는 감정을 경험하는 것도 색달랐다. 강욱에게 혜수는, 정말이지 모든 게 색다른 존재였다.

강욱은 룸미러를 빤히 쳐다봤다. 저 뒤편, 골목의 초입에 어른어른 실루엣 하나가 잡혔다. 가로등 불빛이 비춘 실루엣은 혜수였다. 강욱은 지금 혜수의 집 앞에 차를 세워 두고 녀석을 기다리고 있었던 것이다.

"새벽 3시야. 나도 잠 좀 자자."

일부러 튕기니 혜수가 입술을 삐죽거리는 게 보였다. 점점 더 가까이 녀석이 다가오고 있었다. 그가 이곳에 와 있다는 것을 까맣게 모르고 있을 혜수의 표정이, 지켜보기엔 더없이 흥미로웠다.

— 원래 좋아하는 감정은 시간을 가리지 않는 법이거든요.

"그렇군. 그래서 나도 지금 여기에 있나 보다."

— ······네? 어디에 계시단 거예요?

하지만 막나가는 감정을 막을 수가 없었다. 강욱은 그길로 전화를 끊은 후 차에서 내렸다. 차 문이 열리고 닫히는 소리에 혜수가 고개를 들고 이쪽을 쳐다보는 것이 보였다. 성큼성큼, 큰 걸음으로 다가간 강욱은 혜수의 입술에 키스를 퍼부었다.

봄에서 여름으로 넘어가는 계절.

텅 빈 어둠의 골목길이 갑자기 열기에 사로잡히기 시작했다.

13

　새벽의 골목에 이렇게 앉아 있는 건 처음이었다. 주변은 먹물을 입혀 놓은 듯 새카맸고 띄엄띄엄 서 있는 가로등이 그나마 유일하게 환한 빛을 비춰 주었다.

　골목의 초입. 강욱의 차는 저만치 서 있고, 조금만 더 올라가면 집 대문이 보인다. 이 벤치에 앉아 있으니 그런 것들도 한눈에 보였다.

　혜수는 주체할 수 없이 뛰는 심장 때문에 호흡조차 제대로 내뱉기 버거웠다. 혹여 옆에 앉은 강욱에게 들킬까 최대한 가슴을 억누르고 있는데도 두근대는 소리가 제 귀에 제법 크게 들렸다. 그는 아까부터 아무 말도 하지 않고 있었다. 그저 눈앞의 허공만 응시하고 있었다. 언뜻 그의 옆얼굴을 스치듯 쳐다봤을 때에도, 그의 시선은 움직이지 않았다.

"내가 말이 없는 게 불안해?"

그러던 차 그가 불쑥 내뱉은 말에 혜수는 움찔했다. 사람 마음을 꿰뚫어 보기라도 하는 건가. 그가 불현듯 유지하고 있는 침묵에 슬그머니 불안해진 것도 사실이었다. 키스를 한 것과 마음을 내비친 것을 후회하고 있는 건 아닐까. 괜한 자격지심에 주눅이 잠깐 들기도 했던 것이다.

"어…… 어떻게 아셨는지."

강욱은 고개를 돌려 혜수를 쳐다봤다. 말간 눈빛이 얼마쯤 장난스럽게 빛이 나고 있었다. 피식, 잇새를 비집고 흘러나온 웃음소리에 혜수가 그제야 안도했는지 같이 웃었다. 강욱은 허벅지에 얌전히 오른 그녀의 손으로 시선을 내렸다. 그 위로 살포시 제 손을 포개니, 그녀가 움찔하는 것이 느껴졌다. 그 틈을 타 강욱은 그녀의 손을 제 허벅지 위로 끌고 왔다.

"너 피곤할 텐데 이렇게 붙들고 있어도 되나 모르겠다."

부드러운 음성이 더운 바람에 실려 혜수의 귓가를 간질였다. 너무 가까이 있어 더 간질거리는 음성이었다.

"괜찮아요. 바람 좀 쐬고 들어가서 자면 잠이 더 잘 올 거예요."

"그래. 푹 자고 오후에 출근해. 나한테 그 정도 편의는 봐줄 수 있는 권한 있어."

"아침에 출근해도 되는데."

그래야 선배를 오래 볼 수 있죠. 뒷말을 삼키며 중얼거리자 강욱이 잡고 있던 손에 힘을 꽉 주었다.

"방송국에서 내내 너만 쳐다보게 만들지 마. 네가 멀쩡해야 내 마음이 편해."

하아. 이런 달콤한 남자 같으니라고. 혜수는 자신과 그가 어떻게 이런 관계로까지 발전하게 되었는지 도무지 믿을 수가 없었다. 내 남자, 내 애인. 그렇게 부를 수 있는 사람이 이강욱이어서 얼마나 행복한지 몰랐다. 혜수는 그간의 마음고생이 생각났지만 조금은 후련해진 목소리로 말했다.

"저, 그동안 선배님을 오해했어요."

"무슨 오해? 아…… 그래. 이왕 얘기 나왔으니 물어보자. 낮에 통화했을 때 네가 뭘 모르고 있었다는 거지?"

"전 선배님이 그분과 다시 만나신 줄 알았어요. 정은성, 그분이요."

"하!"

강욱은 어이가 다 없어져 헛웃음을 터뜨렸다.

"그래서 나를 좋아한다고 고백까지 한 녀석이 그렇게 차가워진 이유가 그것 때문이었다는 말이지?"

"그럴 수밖에 없었어요. 전 그렇게 알고 있었으니까요."

"대학생 때부터였어. 그 친구."

혜수는 갑자기 비집고 들어오는 강욱의 말에 그를 쳐다봤다. 그는 다시 먼 허공에 시선을 두고 있었다. 회상이라도 하는 듯 아련한 미소가 깃든 표정이었다. 쓸쓸한 아련함이 아닌, 모두 비워져 홀가분한 과거를 반추하는 것 같은 얼굴이었다. 혜수는 그가 말을 잇기를 기다렸다.

"처음부터 말이 되지 않는 상대라고 생각했어. 어마어마하게 화려한 이력을 지닌 집안의 딸이어서 남학생들 모두의 선망의 대상이었지. 연인으로서가 아니라 동경심 같은 거였지. 어쩌면 난 내가 선택을 한 게 아니라 그 친구한테 선택을 당한 것일지도 몰라. 그런 사람들은 타인에 의해서가 아니라 자의로 뭔가를 선택하는 게 당연한 삶을 사니까."

"네."

"처음부터 말이 되지 않는다고 생각했던 것. 그게 결국 나중에 가서도 말썽이더군. 어쩌면 끝이 뻔히 예정되어 있었는데 그 친구나, 나, 둘 다 고집을 부렸던 것일지도 몰라. 난 현실에 두 발을 딛고 사는 지극히 평범한 사람이니 현실에 순응할 수밖에 없었지. 그런데 지금 와서 생각해 보면, 내가 그 친구와 비슷한 조건의 배경을 가지고 있었다 해도, 결국 끝은 똑같았을 거야. 내 사랑이 그것밖에 되지 않았던 거니까."

강욱은 혜수에게 자신의 옛사랑을 차분하게 털어놓으며 마음이 한층 가벼워지는 것을 느꼈다. 그녀의 이해를 바라는 것도, 공감을 구걸하는 것도 아니었다. 다만 혜수에게 다 털어놓아야만 떳떳해질 것 같은 마음의 지시 때문이었다.

"그래서 귀찮고 다시 하기가 싫어졌던 거야, 사랑이. 결국엔 피폐해질 게 뻔하니까. 그런 고생은 다시 하고 싶지 않았으니까."

"그 마음 저도 알 것 같아요. 제가 짝사랑만 하던 시절에 느꼈던 거였거든요. 그런데 그런 줄 알면서도 어쩔 수 없이 또 하게 되더라구요. 그것 때문에 절 아는 사람들한테서 손가락질도 많이 받았어요. 저거 저거, 또 시작이네, 그러면서."

"그런 줄 알면서도 또 하게 되는 거. 그게 망각이야. 내 안의
피폐함을 이미 잊은 거지. 그건 절대 손가락질받거나 야단맞을 일
이 아니야. 그래서 계속 살아갈 수 있는 거고, 사랑할 수도 있는
거거든. 난 그걸 요즘에서야 깨달았어."

"고마워요, 선배님. 저 계속 짝사랑만 한 거, 사실 저 스스로도
굉장히 못나 보이고 구질구질해 보였어요. 그런데 이번엔 선배님
이 응답해 주셔서 얼마나 기쁜지 몰라요."

"너처럼 밝은 여자를 어떻게 안 좋아하고 배겨."

강욱의 한마디는 혜수를 울컥하게 만들었다. 지난 짝사랑의 기
억이 무수히도 많은 감정을 담고 머릿속에 스쳐 지나갔다. 저를
쳐다보는 강욱의 따뜻한 눈빛은 상처받았던 순간들을 어루만져
주는 것 같았다.

그렇게 벅차오르는 감정을 맛보고 있을 때, 온기 넘치는 시선
으로 그녀를 보고 있던 강욱이 슬며시 입을 열었다.

"그런데 꼭 가야겠어? 거기, 아프가니스탄."

"……네?"

"물론 네 생각과 의사는 전적으로 존중할 거야. 내 말은 너하
고 내가 이렇게 어렵게 함께하게 됐는데, 좀 더 많은 시간을 같이
있고 싶어서 그러는 거야."

혜수는 강욱의 진심을 모르는 바 아니었다. 어쩌면 강욱이 좀
더 빨리 고백을 했더라면 혜수로선 아프가니스탄은 꿈도 꾸지 않
았을 것이다. 뒤늦게 찾은 사랑에, 몸과 마음이 모두 달아오른 건

혜수도 마찬가지였다.

하지만 과연 그럴까. 그의 고백이 좀 더 빨랐다면 정말로 아프가니스탄은 생각하지도 않았을까.

강욱을 비롯한 많은 선배들이 걸어왔던 길이었다. 언젠가 때와 조건이 모두 맞아떨어진다면 그녀 역시 꼭 경험해 보고 싶은 일들 중 하나기이도 했다. 짝사랑에 상처 입었던 시기와 하필 절묘하게 맞아떨어졌지만, 꼭 그 이유만은 아니었던 것이다. 혜수는 제 손을 덮고 있는 강욱의 손에 다른 손을 얹었다.

"전 그런 꿈이 있었어요. 기자로서 하고 싶은 건 다 해 보고 싶은 꿈이요. 경험만이 좀 더 나은 기자가 되는 길인 것 같아요. 아직 많이 부족하지만 그래서 더 가 보고 싶고 더 해 보고 싶어요."

"네가 욕심이 많은 사람이라는 걸 진즉에 알고 있었지. 하아…… 그럼 내가 계속 붙잡으면 안 되는 거네. 옹졸한 남자는 되고 싶지 않은데."

"그런데 저 지금 기분이 엄청 좋은 거 아세요? 선배님?"

"넌 기분이 좋냐? 난 죽겠는데."

"선배님이 저 가지 말라고 붙잡는 거, 감격스러워요. 나도 누군가에게 그런 존재가 될 수 있구나, 싶은 게 제 자신이 더 소중하게 느껴져요."

"그러니까 약속해야지. 아프지 말고 다치지 말고. 기다리고 있을 나를 항상 생각하고."

"네."

"그래. 너라면 잘 해내겠지. 난 기다리면 되니까."

기다리면 된다는 말에 아주 잠시 녀석의 얼굴에 미안함이 스치는 것이 보였다. 동시에 떠오르는 홍조와 미소. 강욱은 이 녀석이 이렇게 예쁜 여자였던가를 새삼 실감하고 있는 중이었다. 왜 진작이 녀석을 알아보지 못했는지, 왜 빨리 이 녀석을 제 여자로 만들지 않았는지, 왜 이 녀석과 자신은 그 많은 시간을 서로 맴돌기만했는지.

그의 손이 혜수의 손에서 빠져나와 녀석의 얼굴을 감싸 쥐었다. 고개를 기울이고 다가간 입술이 떨려 왔다. 스치듯 혜수의 입술을 살짝 맞댄 강욱은 그대로 그녀의 입술을 벌리곤 혀를 밀어넣었다. 미처 그를 맞이할 준비도 못 한 여린 혓바닥이 그의 공략에 휘말려 들었다. 부드럽고도 뜨겁게 감아 오는 그 감촉에, 혜수의 목울대가 연신 울렁거렸다. 그의 강렬한 입맞춤에 뒤로 밀릴 뻔한 혜수의 허리를 강욱이 끌어당겼다.

더욱 밀착된 몸 때문에 키스가 더 짙어졌다. 숨이 막힐 정도로 강한, 그야말로 소나기처럼 내린 키스였다. 그 뜨거움에 질식할 것 같은, 한여름 같은 입맞춤이었다.

강욱이 푹 자고 오후에 출근하라고 했지만, 혜수는 그날 아침 따라 일찍 눈이 떠졌다. 처음 맞이하는 아침처럼, 모든 것들이 새롭게 보였다. 창을 넘어오는 햇빛도 정순이 찌개를 끓이며 내는 그릇 소리도, 마당에서 투덕거리는 현철과 영수의 목소리도. 모두 전에 없던 새로운 소리들 같았다.

혜수는 상체를 벌떡 일으키며 가장 먼저 핸드폰을 보았다. 그래도 피곤하긴 했는지 9시가 다 된 시각이었다. 예상대로 강욱에게서 메시지가 도착해 있었다.

「자고 있겠구나. 오후에 출근해야 해. 커피 한 잔 놓고 기다리고 있을게. 3시쯤 내 방에서 보자.」

"그럼요, 그럼요. 시간 맞춰서 갈게요. 선배님."

혜수는 핸드폰에 입을 맞추었다. 행복하다. 이런 행복이 저를 기다리고 있을 줄은 상상도 하지 못했다. 황급히 손바닥으로 얼굴을 매만졌다. 잠이 부족하여 피부가 까칠해지지는 않았는지 슬금슬금 걱정이 되기 시작했다. 엄마가 쓰는 팩이라도 빌려 볼까, 싶어 이불을 걷어차고 방을 나왔다.

부모님 방에 몰래 들어간 혜수, 선물로 들어왔지만 아주 비싼 거라 한 달에 한 번만 사용한다는 팩 하나를 들고 싹 빠져나왔다. 그러곤 후다닥 제 방으로 돌아가 서랍 속에 숨겨 둔 후 거실로 나왔다. 정순이 식사를 차리고 있는 주방으로 들어가려는데, 마침 마당에 있던 현철과 영수가 들어왔다.

"어라? 우리 딸 일찍 일어났네? 늦게야 일어날 줄 알았는데."

"헤이! 시스터? 어젯밤 뉴스에서 또 일냈더라? 이야! 우리 누님, 요즘 너무 잘나가시는 거 아냐? 남동생 주눅 들게."

"그러게 복학해서 공부 열심히 해. 이 누나가 한층 더 잘나갈 예정이니까."

"아하! 아프가니스탄? 근데 뭐, 거기 갔다 오면 승진이라도 시켜 주나?"

"승진 때문에 가니? 자고로 기자란 말이다. 언제 어느 때에라도 호기심과 궁금증을 발동시켜서 그걸 기사로 구현해 낼 줄 알아야 하는 거란다."

혜수가 혈육 3호의 머리에 알밤을 하사하는 동안 현철은 빙긋 웃으며 주방으로 들어갔다. 정순과 현철이 바쁘게 차려 낸 식탁에 혜수와 영수가 착석하자, 현철이 혜수에게 말했다.

"혜수야. 오늘 오후에 출근한댔지? 이따가 아빠랑 시장에 나가 볼래? 오늘 마침 우리 동네 오일장이 서거든."

"당근! 좋아요, 아빠."

"그럼 여보, 당신이 장 봐 올 거 목록 좀 써 줘. 싸고 좋은 놈으로다가 골라 올 테니까."

현철이 정순에게 말하자 고개를 끄덕였다.

"시장은 꼭 딸내미랑 같이 간다니까. 마누라랑 가면 어디가 덧나나?"

"내가 또 무슨 혜수랑 간다고 그래? 당신이랑 매번 같이 가잖아."

"됐네요. 딸내미랑 잘해 보슈."

어딘가 심기가 불편해 보이는 정순을, 혜수가 물끄러미 쳐다봤다. 정순은 곧장 수저를 들며 식사를 시작했지만, 정순의 표정은 식사 시간 내내 계속되어 혜수를 근심하게 만들었다.

식사가 끝나고 영수가 설거지를 하는 동안 혜수는 씻고 옷을 갈아입었다. 현철 역시 장 볼 준비를 마친 후 마당에서 그녀를 기다리고 있었다.

두 사람은 집에서 5분 거리에 있는 넓은 공터로 향했다. 평소엔 마을 공동 주차장으로 사용하고 있지만, 오 일에 한 번 장날이 되면 시장으로 변한다. 이곳에 장이 들어서면 이웃 동네 사람들까지 들르는 터라, 주변 일대가 매번 북새통이 되곤 했다.

골목을 내려와 장터로 향하는 내내 현철은 정순이 적어 준 메모를 들여다보았다. 암기라도 할 기세였기에, 혜수가 물었다.

"그 가격에 사지 않으면 엄마한테 혼나요?"

"대충 그렇지. 그래도 다 늙은 할머니들이 나물 몇 가지 들고 나와 파시면, 그거 제값 주고 사야지, 깎을 수가 있나. 그럴 땐 슬그머니 아빠 돈도 쓴단다."

"아침에 엄마 표정이 별로던데. 무슨 일 있어요? 가게에 일이 있나?"

"아니. 너 아프가니스탄 가는 것 때문에 그래. 안 갔으면 한다고."

혜수는 얼마쯤 놀랄 수밖에 없었다. 정순이라면 혜수의 행동을 침이 마르도록 칭찬하며 오히려 용기를 북돋워 줄 줄 알았던 것이다. 그만큼 기자로서의 혜수에게 거는 기대도 컸고, 또 행보도 늘 칭찬해 왔다. 그랬는데 안 갔으면 하신다니.

"왜요?"

"그게 그렇잖아. 너희들은 부모가 아니라서 잘 모를 거야. 너희들 나고 자라는 동안, 항상 우리 네 식구가 매일같이 함께 부대끼며 살아왔는데, 아무리 출장이지만 네가 두 달이나 떨어져 지낸다는 거, 네 엄마는 생각지도 못한 일이지. 네가 결혼을 하거나 혹은 독립이라도 하게 되면 우리 곁을 떠날 수도 있다는 걸, 너희는 언제든 부모 곁을 떠날 수 있다는 걸, 이제야 깨닫게 된 거야."

"헤에. 그래도 전 다시 돌아올 거잖아요. 물론 결혼을 하면 다르겠지만."

"그게 또 안 그래. 공허한 거지. 손에 꽉 쥐고 있던 게 모래성처럼 스르르 사라지는 기분? 아마 극복하려면 시간이 좀 걸릴 거야. 사실, 아빠도 그래."

막연하지만 어떤 기분인지 알 수 있을 것 같았다. 늘 함께하던 이의 갑작스러운 부재가 주는 상실감 같은 것일 터다. 어렸을 때 영수와 함께 일 년 동안 키웠던 고양이가 갑자기 집을 나가 행방불명이 된 적이 있었다. 영수와 둘이 몇 날 며칠 밤을 얼마나 울었는지 모른다.

물론 그것과는 비교도 안 되는 더 큰 감정의 회오리가 일겠지만, 결국 부모님도 자연스럽게 적응하실 것이다. 영수와 그녀가 고양이가 늘 누워 있던 자릴 봐도, 아무렇지도 않아진 것처럼.

"걱정하지 마. 부모라면 누구나 겪어야 할 일일 뿐이야. 너도 부모가 되면 자연스럽게 겪을 일이고. 네 엄마한텐 아빠가 있잖아."

"네. 처음이라 그러실 거예요. 다음에 또 간다고 하면 그땐 아무렇지도 않으실걸요?"

"그래. 그렇겠지. 그건 그렇고 네가 짝사랑한다던 그놈은 연애 잘하고 있대냐?"

현철이 불현듯 물어 온 건 장터 안에 막 들어섰을 때였다. 좌판이며 가판대가 셀 수도 없이 많이 깔려 있는 공터는 사람들로 북적거리고 있었다. 혜수는 현철의 질문에 선뜻 대답하지 못하고 걸음을 멈춰 섰다.

"어…… 그게…….."

앞서 걷던 현철이 돌아보았다.

"왜? 무슨 일 있냐?"

"저, 사실은……."

현철과 혜수 사이로 사람들이 지나갔다. 혜수는 서둘러 현철의 옆으로 갔다. 말이 더듬어져 나왔다. 현철에게 사실대로 말해야 하나, 어쩌나, 갈등하던 혜수는 대답을 기다리고 있는 현철을 보며 결심을 굳혔다.

"아빠. 저 사실은 그 사람이랑 연애 시작했어요."

"뭐어?"

현철은 진심으로 놀란 듯했다. 그러면서도 잠시 후 차츰 밝아지는 표정에 혜수 역시 기쁨을 감추지 못했다.

"아니. 어쩌다가. 이발소에 와서 펑펑 울던 게 불과 며칠 전이구먼."

"그러게요. 그렇게 됐어요. 그 사람도…… 저를 마음에 두고 있을 줄은 몰랐어요."

"어이구. 우리 딸 이제 정말로 연애를 시작하는 건가? 기특하

다고 해야 할지, 섭섭하다고 해야 할지 모르겠구나. 어쨌든 축하
한다, 혜수야. 그런데 그 사람이 누구냐, 대체."

"나랑 같이 뉴스 하는 피디님이요. 아직 엄마랑 영수한텐 비밀
이에요. 때가 되면 제가 다 얘기할게요."

"그래. 그래야지. 연애도 좋지만 가족들한테 인정받는 연애를
하는 게 더 중요해. 그 사람을 존중하는 하나의 방법이거든."

"네. 아빠."

"그런데 이제 막 연애 시작했는데, 너 아프간에 가 버리면 그
사람 어쩐다니."

"그 사람도 다녀오라고 했어요. 아빠."

햇빛 아래 말갛게 웃는 혜수를, 현철이 흐뭇하게 쳐다봤다. 딸
의 가슴에 쌓여 있을 상처가 순식간에 나은 듯해 보여 더 그랬다.
그래도 마음 한구석에 있는 허전함이 사라지지 않았다. 이렇게 출
장을, 그리고 연애를, 그 후엔 결혼까지 하다 보면 딸이 언젠가
곁을 떠날 거라는 게 현실로 와 닿았기 때문이었다.

"세 정거장 남았다고?"

— 네. 선배님. 제 커피 준비해 두셨어요?

"흐음. 좋아. 너 오기 전에 커피를 미리 사 놓을게. 커피 취향
이 어떻게 되지?"

강욱의 얼굴에서 연신 미소가 떠나지 않았다. 그는 핸드폰을

귀에 붙인 채 제 방을 왔다 갔다 하고 있었다. 혜수에게 오후 3시
쯤 오라고 했는데 2시도 안 된 지금, 도착하기까지 세 정거장이
남았다고 전화가 왔다.

— 음…… 달고 진하게?

"캐러멜 마끼야또? 아니면 모카 커피?"

— 캐러멜 마끼야또요. 우리 방송국 1층 커피숍에 그거 맛있게
해서 팔아요.

"알았어. 조심히 와."

— 네.

강욱은 혜수와의 통화를 끝낸 후 서둘러 방을 나섰다. 1층으로
내려가는 엘리베이터 안에서 문득 그는 실소를 터뜨렸다. 자신의
변화가 놀랍도록 생소하다. 불과 며칠 전까지만 해도 세상의 모든
짐이 제 어깨에 올라간 것 같았는데, 혜수와의 관계가 새롭게 정
리되자마자 마음처럼 몸도 날아갈 듯 가벼워졌다.

이 감정의 결말이 어떤 모습이 될지 아직은 알 수 없지만, 적어
도 사랑하는 이 순간에 충실하면 되는 것이리라. 그러면 혜수에게
도 적어도 부끄럽지 않은 연인으로 다가갈 수 있을 것이다.

1층에서 내린 강욱은 넓은 로비를 가로질렀다. 방송국 커피숍
은 1층 로비의 왼쪽 구석에 위치해 있어서 강욱은 곧장 그쪽으로
향했다.

검색대를 통과하고 막 방향을 틀었을 때, 그의 시야를 붙드는
무언가가 있었다. 고개를 돌려 보니 은성이 검색대 앞에 서 있었
다. 그를 발견했는지 자신을 뚫어지게 쳐다보고 있다. 강욱은 한

숨과 함께 은성에게 다가갔다.

선글라스를 끼고 있던 은성은 다가오는 강욱을 보고도 선글라스를 벗지 않았다.

"어쩐 일이야?"

은성과 함께 나란히 서 있는, 매니저처럼 보이는 남자를 흘깃 본 후 말을 걸었다. 설마 은성이 자신을 찾아온 건 아닐 거라는 짐작과 함께 물은 말이었다. 이제는 스스럼없이 말을 걸 수 있는 분위기가 만들어지길, 그래서 은성도 편해지길, 강욱은 진심으로 바랐다.

"걱정 마. 당신 보려고 온 건 아니니까."

"그래. 알아."

"토크쇼 녹화가 잡혔어. 난 분명히 하지 않겠다고 말했는데 에이전시에서 착오가 있었나 봐. 어쩔 수 없이 녹화에 가고 있는 중이야. 나중에 약혼식에 가려면 지금밖에 여유가 없어서."

"흐음. 그렇군."

은성의 눈빛은 선글라스로 인해 보이지 않았다. 하지만 목소리로 미루어 짐작건대, 그녀는 지금 충분히 이성을 가지고자 노력하는 듯했다.

"약혼, 축하한다."

"고마워."

매우 간단명료한 축하 인사였지만 그 속에 담긴 의미만큼은 은성도 알아차렸을 것이다. 더는 예전과 같지 않은 감정이라는 것을, 은성도 받아들이게 될 것이다. 추억에 매몰되어 살아가는 것만큼 불쌍하고 안타까운 일은 없다는 것을, 은성도 알게 될 것이다. 사람은 앞을 향해서 걸어가는 존재라는 것을, 은성도 언젠가 깨닫게 될 것이다.

검색대를 통과한 은성은 매니저와 함께 엘리베이터 쪽으로 사라졌다. 강욱은 은성이 사라질 때까지 그곳에 서 있다가 이윽고 커피숍으로 향했다. 혜수가 주문한 것과 자신이 마실 원두커피 한 잔을 구입한 후 다시 제 방으로 올라갔다. 책상에 커피 두 잔을 놓고 창문을 열었다.

그러곤 혜수가 선물로 준 클래식 CD를 플레이어에 넣고 켰다. 잔잔하게 시작되는 피아노 선율에 맞춰 커피를 들었다. 쓰디쓴 향은 마치 혜수가 이 CD를 처음 선물했던 날의 기분을 떠올리게 했다. 그러다 그는 피식 웃었다. 이제는 클래식 하나를 들어도 혜수가 가장 먼저 떠오른다는 사실이, 어지간히도 한심스러웠다.

"선배님."

그때 노크 소리와 함께 열린 문틈으로 혜수가 삐죽 얼굴을 내밀었다. 새벽에 본 얼굴인데도 반갑기 그지없었다. 강욱은 환하게 웃으며 고개를 끄덕이는 것으로, 들어오라는 말을 대신했다.

혜수는 클래식이 흐르고 있는 강욱의 방에 들어서자 괜스레 민망해졌다. 그에게 예쁘게 보이기 위해 일부러 찾아서 입은 노란색 원피스도 무안해졌다. 그냥 평소처럼 입고 올 걸, 하는 후회가 스며 얼굴이 붉어졌다.

"네 거."

강욱은 혜수의 커피를 내밀었다. 혜수는 그것을 받아 들며 대답했다.

"아…… 감사합니다."

"분위기 좋은 카페에 가서 사 줘야 하는데 좀 이따 회의라 어쩔 수가 없네. 미안하다, 혜수야."

"에이. 뭘요. 선배님 방에서 이렇게 마주 보며 마시는 것도 좋은데요 뭐."

강욱은 혜수가 다리를 배배 꼬는 것을 물끄러미 쳐다봤다. 그러다 제 시선이 들킬까 얼른 커피 잔을 머금었다. 혜수의 분위기를 닮은 노란색 원피스는 제법 길이가 짧아 늘씬한 허벅지가 더욱 도드라져 보였다. 머릿속에서 온갖 상상들이 춤을 춘다. 그것은 단전 아래를 서늘하게 만들었다.

"클래식 듣고 계셨어요?"

문득 혜수가 던진 질문에, 강욱은 헛기침을 하는 것으로 욕망을 누르며 대답했다.

"응. 네가 준 CD야. 기억하지?"

"예? 그럼, 그걸 가져간 사람이 선배님이었어요?"

"왜? 도둑이라도 든 줄 알았어?"

"사실은…… 그렇긴 하지만 내심 선배님이 가져간 거라면 좋겠다 생각하긴 했었어요. 그래도 그렇지, 너무 엉큼하신 거 아니에요?"

장난스럽게 던진 말이었지만, 이내 강욱의 표정이 말 그대로 엉큼하게 변해 갔다. 강욱은 눈을 가늘게 뜨곤 커피를 내려놓았다. 그러곤 한 걸음, 한 걸음, 혜수에게 다가가며 그녀와의 거리를 좁혔다.

"왜, 왜요?"

"내가 엉큼하다며? 엉큼한 남자와 함께 있을 땐 무슨 일이 일어나는지 궁금하지 않아?"

사실은 혜수와 닿을 수 있는 기회만 엿본 것인지도 모른다. 녀석이 이토록 예쁜 여자였다는 것을 새삼스레 느끼면서 강욱의 욕구는 시간이 갈수록 그 덩치를 부풀려 가고 있었다. 오랫동안 눌러두기만 했을 뿐 절대 꺼내지 않았던 수컷의 본능이 혜수를 상대로 마구 날뛰고 있었다.

마침내 혜수와 마주 섰을 때, 강욱은 한쪽 입꼬리를 비틀며 유혹적인 미소를 지어 보였다. 그러곤 고개를 혜수에게 가까이 기울인 후, 다짐하듯 혹은 선전포고를 하듯 속삭였다.

"난 너를, 아주 많이 사랑할 거야. 무슨 뜻인지 조만간 알게 될걸?"

"서, 선배님……."

"그러니까 앞으론 이렇게 예쁘게 입고 오지 마. 내가 자극받아서 널 가만 안 두면 어쩔래? 게다가 다른 놈들이 널 쳐다보기라도 한다면, 난 아마 돌아 버릴지도 몰라. 뉴스고 뭐고 다 망치고 싶어?"

"지, 지금 저를…… 나무라는 거예요?"

"아니. 보호하는 거지."

그의 미소는 심장 떨릴 정도로 야릇하게 느껴졌다. 침을 꼴깍 삼킨 혜수는 그에게서 '보호'를 받고 있다는 생각에 절로 가슴

벅찼다. 턱 끝에 잘게 솟은 턱수염에 시선을 두었다. 한 번만 만져 보고 싶다는 얼토당토않은 생각을 하고 있는데, 정수리로 다시 그의 목소리가 쏟아졌다.

"네가 예쁘다는 사실을, 나는 요즘에서야 깨달아. 왜 진작 몰랐을까."

그 속삭임에 혜수의 가슴에서 둥둥, 북소리가 울렸다. 단 한 번도 자신이 예쁘다거나 아름답다고 여겨 본 적이 없었다. 그저 평범한 외모를 가졌다고 생각하고 있었기에, 그가 해 주는 찬사가 적응되지 않는다. 그럼에도 불구하고 떨리는 건 어쩔 수 없었다.

"안 예쁜 거 다 아는데, 선배님 오버하신다. 그런 얘기 다른 사람들한테 해 보세요. 그 사람들이 뭐라고 하나."

"다른 사람들 눈이 무슨 상관이야. 내 눈에 그렇게 담기는데."

강욱은 피식 웃곤 혜수의 허리를 끌어당겼다. 더없이 편안한 품 안. 혜수는 강욱의 가슴에 얼굴을 묻었다. 허리를 껴안고 있던 그가 등을 살살 간질인다. 그러자 까륵, 하는 혜수의 웃음소리가 터졌다. 방 밖으로 소리가 새어 나가지 않도록 주의하면서, 혜수는 그의 간질임에 웃음으로 답했다.

회의가 끝나고 저녁 6시를 향해 가던 시각, 강욱은 1층 로비의 경비실을 통해 누군가가 그를 찾아왔다는 소식을 접했다. 누구냐고 물었지만 그쪽에서 계속 묵묵부답이라 했다. 중년의 남자라고 해서 얼핏 아버지인가, 생각했지만 아버지라면 전화부터 하셨을 것이다. 우선 알겠다고 말한 후 강욱은 혜수에게 메시지를 남겼다.

「잠시 기다리고 있을래? 누가 찾아온 것 같은데 만나고 나갈게.」

함께 근처 칼국수 집에서 저녁 식사를 하기로 했다. 돌아와서 바로 중계 준비에 들어가야 하기 때문에 최대한 간편한 메뉴로 고르라고 했더니, 혜수가 칼국수가 먹고 싶다고 하여 그러자고 한 것이다. 혜수는 회의가 끝난 직후 곧장 그쪽으로 갔으니, 지금쯤 기다리고 있을 것이었다.

로비로 내려간 강욱은 경비 옆에 서서 주변을 휘 둘러보고 있는 중년의 남자를 쉽게 발견했다. 자그마한 체구에 흰 머리가 듬성듬성 나 있고, 표정은 무척 온화하고 부드러워 보였다.

누구실까, 의문이 든 고개를 갸웃거렸으나 강욱은 이내 남자가 누군지 알아차릴 수 있었다. 남자의 품에는 꽃다발이 들려 있었기 때문이다. 언젠가 비가 오는 날 아침, 혜수의 품에서 봤던 바로 그 꽃다발과 같은 것이었다.

강욱의 표정이 순식간에 긴장에 휩싸였다. 혜수의 부친일 거란 확신이 날카롭게 스쳤다. 동시에 저분이 왜 저를 찾아온 건지, 혹시 혜수가 그들의 관계에 대해 모두 털어놓은 건 아닌지, 그래서 그 이유로 확인 차 오신 건지, 도무지 감을 잡을 수 없었다. 하지만 분명한 건, 단지 그런 이유라기엔 표정이 지나치게 절박해 보였다.

"안녕하세요. 이거, 갑자기 이렇게 불쑥 찾아와서 대단히 실례

가 아닐 수 없네요. 난 서현철이라고 합니다. 혜수 아비 되는 사
람이에요."

역시나 짐작이 맞았다는 생각과 함께 다시금 긴장감이 느껴졌
다. 어쩐지 혜수의 세상에 한 발자국 깊이 들어선 기분이었다.

"네. 안녕하십니까. 저는 이강욱입니다."

"예. 알아요. 우리 혜수한테서 몇 번 이야길 들었거든요."

"저에 대해서…… 말씀이십니까."

"그래요. 그리고 이건…… 혜수 엄마 꽃 가게에서 만들어 온
건데 책상에 꽂아 두시라고. 뭘 사 올까 하다가 우리 형편 그대로
보여 주는 게 낫겠다, 싶어서."

현철이 불쑥 꽃다발을 내밀었다. 초면에 꽃다발을 주고받는 게
영 어색했지만, 강욱은 웃는 얼굴로 기꺼이 받아 들었다.

"감사합니다. 잘 꽂아 두겠습니다. 저쪽으로 가서서 말씀을 나
누시겠습니까? 아니면, 식사라도."

"어휴. 식사라니. 아뇨. 초면에 그렇게까지 실례를 끼칠 순 없
죠. 그저 5분 정도만 시간을 좀 내 주시면 정말 고맙겠어서……."

"그럼, 저쪽으로 가시죠. 어르신."

"예."

강욱은 한 손에 꽃다발을 든 채 현철과 함께 로비 구석에 있는
휴게 쉼터를 찾았다. 커피를 뽑아 올까 했지만 현철이 한사코 거
절하는 바람에 두 사람은 밍밍한 분위기로 마주 보고 앉아 있었
다.

현철은 손바닥에 땀이 다 났다. 직접 대면하고 보니, 혜수의 안

목을 칭찬하고 싶은 마음뿐이었다. 키는 무척 컸으며 허우대가 멀 쩡하고 믿음직스러운 인상을 주는 얼굴이었다. 여자들이 제법 많이 따랐을 텐데 어떻게 혜수와 마음이 맞아 들었는지 신기할 따름이었다.

하지만 오늘은 그것보다는 다른 용건이 시급했다. 이 문제로 이 사람을 찾아오는 게 맞는 일인지 몇 번이나 자문해 보았지만 다른 방도가 보이질 않았다.

"저어기. 피디님도 아시지요? 혜수가 곧 아프가니스탄으로 가는 거요."

"예. 알고 있습니다."

강욱은 대답을 했다. 어르신이 저를 찾아온 이유가 이 문제 때문인 건가, 그때부터 그런 짐작이 들었다.

"사실은 그거 취소가 안 되나, 싶어서요. 아무래도 부모 마음으로선 자식이 위험 지역에 나간다는 게 영 마음이 안 내키고 답답하네요. 혜수 엄마는 어제오늘 계속 울기만 하고. 저러다 쓰러지는 건 아닌지."

강욱은 현철의 탄식에 고개를 끄덕였다. 그러나 난감한 건 어쩔 수 없었다. 혜수의 결정은 강욱 자신도 처음엔 내키지 않아 했으니, 그녀의 부모는 더욱 당연한 일일 터였다. 돌이킬 수 없는 사고라도 당한다면 누가 책임질 수 있겠는가. 떠나기 전 생명 포기 각서까지 쓰는 일이니 말이다.

"물론 저도 압니다. 혜수가 기자로서 훨훨 날 수 있도록 부모로서 그저 묵묵히 받쳐 주고 말없이 지원해야 한다는 것을. 그래서 저번에 등에 화상 입었을 때에도 그러려니 했어요. 하지만 이번 일은 신변의 안전조차 불투명한, 그런 결정이라서, 이거야 원간밤에 한숨도 못 잤어요."

강욱은 그저 고개만 끄덕일 뿐이었다. 누구보다 현철의 마음에 동조하고 공감하는 바였다. 그조차도 혜수에 대한 걱정과 근심으로 그녀가 돌아올 때까지 하루하루 불안에 떨 것이 분명했다. 강욱은 조금은 진지한 얼굴로 현철을 마주 보았다.

"무슨 말씀으로 어르신의 염려를 덜어 드릴 수 있을지 모르겠습니다. 한 가지 말씀드릴 수 있는 건, 혜수가 의욕이 충만하다는 점입니다. 그렇게 의지가 있고 하고자 하는 욕심이 있는 후배를, 지금까지 본 적이 없습니다. 좀 더 큰물에서 놀 수 있는 자질을 가지고 있고, 또 충분한 역량도 됩니다."

"하아. 내가 그런 대답을 바란 게 아닌데. 그래요. 한 번 결정된 거 번복할 수는 없겠지요. 난 그저 어떻게 안 갈 수 있는 방법이 있지는 않을까 싶어서, 그래서 염치 불구하고 온 거예요. 그런데 괜히 온 것 같네. 기자 아비가 되어 가지곤 이 피디님한테 이런 못난 모습이나 보이고. 좀 더 의연했어야 했는데."

"아닙니다. 어르신. 저희 부친께서도 당연히 어르신처럼 하셨을 겁니다. 부모로서 그런 걱정 하시는 건 당연한 겁니다. 그 부분에 대해선 전혀 마음 쓰지 마십시오."

"괜히 바쁜 사람 붙잡은 것 같아. 나 이만 가 볼게요. 일 봐요."

현철은 후딱 일어났다. 강욱 역시 황급히 일어나 떠나는 그를 배웅하고자 했지만, 현철은 강욱을 말리며 도망치듯 건물 밖으로 나갔다.

한바탕 큰 회오리를 겪은 것 같았다. 걱정과 염려가 짙게 묻은 현철의 얼굴이 자꾸만 눈가에 매달렸다. 그건 바로, 혜수를 걱정하는 강욱 자신의 표정과도 닮아 있었기 때문이었다.

현철이 떠난 후 곧장 방송국을 나와 칼국수 집에 들어선 강욱은, 중간에 있는 테이블에 앉아 물을 마시고 있는 혜수와 시선이 부딪쳤다. 혜수가 물 잔을 들고 흔들며 환영했다. 조금은 씁쓸한 기색으로 가서 앉은 강욱은 그제야 칼국수를 주문하는 혜수를 물끄러미 쳐다보고 있었다.

"선배님. 무슨 일 있어요? 얼굴이 왜 그래요?"

어딘가 수심이 깃든 표정. 강욱의 얼굴이 그래 보였다. 혜수는 자신을 뚫어지게 쳐다보고 있는 강욱을 마주했다. 그러자 그에게서 대답이 돌아왔다.

"뭣 좀 생각하느라."

"무슨 생각이요?"

"널 어떻게 하면 혼자 두지 않을지, 내가 어떻게 하면 외롭지 않을지."

"에에? 그게 무슨……."

무슨 뜻인지 알 수 없었던 혜수가 반문했지만, 강욱은 빙긋 웃을 뿐이었다.

주문한 칼국수가 나오고 반찬 그릇이 나왔다. 강욱은 수저를 챙겨 혜수의 앞에 놓아 주었다. 머릿속으로 몇 가지 생각이 교차하고 있었다. 칼국수를 젓가락으로 집어 올릴 때에도 그 생각들로 가득 찬 머리가 복잡해졌다.

"저녁…… 식사 하고 계셨어요?"

그때였다. 두 사람의 귀에 잔뜩 익은 음성이 테이블 위로 쏟아졌다. 고개를 드니 얼굴 하나가 요란스러운 의문을 품고 두 사람을 번갈아 쳐다보고 있었다. 지아였다. 그것도 취조하는 형사의 눈빛을 하고 있는. 김치 조각 하나를 먹고 있던 혜수는 당황스러움에 헛기침을 연신 내뱉었다.

좀 전, 기자 사무실에서 구내식당에 저녁 먹으러 내려가자는 지아에게, 동생과 함께 저녁을 먹기로 했다고 둘러댔기 때문이다. 거짓말이 탄로 난 순간, 지아의 표정은 매몰찼고, 혜수의 얼굴은 눈에 띄게 일그러졌다.

14

"머, 먼저 들어가세요. 선배님."

"그래."

강욱이 얼마쯤 찝찝한 표정을 하곤 로비 안으로 들어갔다. 혜수는 그런 강욱의 뒷모습을 물끄러미 쳐다보다가 몸을 홱 돌렸다. 그녀의 뒤에는 도끼눈을 하고 있는 지아가 서 있었다.

망할! 오늘 저녁 식사 자리를 무척이나 불편하고 딱딱하게 만든 장본인. 강욱으로 하여금 연신 신경 쓰게 만들고 결국은 칼국수를 조금 남긴 상태에서 자리를 뜨게 만들었던, 요주의 인물!

"왜 그렇게 쳐다봐?"

지아는 따끔거리는 혜수의 눈빛을 슬그머니 외면하며 물었다. 그러자 혜수가 발끈했다.

"몰라서 물어? 넌 동행도 있었으면서 꼭 합석까지 했어야 했어? 대체 칼국수가 입으로 들어가는지 코로 들어가는지 모르겠더라. 네가 하도 이 얼굴 저 얼굴 살펴 대서?"

"걱정 마. 칼국수는 네 입으로 정확하게 들어갔으니까."

"그래서 지금 잘했다는 거야?"

"너 왜 이렇게 화를 내? 둘 다 내가 잘 아는 사람들이고 내 동행도 어차피 방송국 직원이었으니, 무척 자연스럽게 합석을 한 건데, 왜 그렇게 화를 내냐고. 왜? 내가 끼면 안 되는 자리였어?"

지아의 일침에 혜수가 거의 반사적으로 어깨를 움츠렸다. 이 사악한 친구의 유도 심문에 절대 넘어가선 안 된다. 혜수가 강욱을 좋아했다는 사실을 모두 알고 있는 이상, 혜수에겐 경계의 대상 1호였다.

아직은 강욱과의 관계가 방송국 내에 알려지길 원치 않았다. 그녀 자신도 또 강욱도, 늘 일이 먼저인 사람이 되어야 한다고 여긴 탓이다.

"네가 뭘 알고 싶어 하는지 잘 알겠지만, 그런 거 아냐. 동생이 마침 바쁘다고 전화가 와서 저녁 약속이 무산됐고, 마침 선배님이랑 만났고, 우연히 함께 식사를 한 것뿐이야."

"오호…… 마침 약속이 깨졌고 마침 피디님을 만났고 우연히 식사를 했다? 그래, 누가 뭐래? 그렇게 구구절절 변명하지 않아도 난 두 사람이 우연히 만난 거라고 생각하고 있었어. 오히려 너의 이 변명이 더 구차하다, 야."

"네가 또 살을 보태고 부풀려서 사람들한테 말할까 봐 그러지. 네 전적이 좀 화려해야 말이지."

"내가 왜? 보도 2국 도준호 피디님이랑 박미진 작가랑 같이 식사하는 걸 목격하고, 두 사람이 함께 식사하더라, 라고 사람들한테 말한 것뿐인데? 하지만 결국 두 사람은 사귀고 있던 사이였다는 게 밝혀졌지? 드라마국 정세호 음향 감독님이랑 최태희 보조 작가랑 포장마차에서 술 마시는 걸 목격해서, 두 사람이 술 마시더라, 라고 사람들한테 말한 것뿐인데? 하지만 결국 이 두 사람도 사귀고 있었지. 그러지 말지, 진짜. 숨기고 숨겨서 들키면 본인들만 우스운데."

"어쨌든 우린 아냐."

"우리? 우리? 히야! 이거 좀 봐. 이게 바로 전조라는 거거든. '우리' 라는 개념은 말이야. 그렇게 아무런 사이가 아닌데도 사용하진 않거든. 사람의 무의식은 무척 오묘한 거라서 그게 자신의 심정이나 현실을 반영한다는 거지. 네 심정은 지금, 이 피디님과 네가 '우리' 로 묶여 있다고 생각하고 있는 거야."

이 친구 좀 보게. 어쩌면 이토록 사람 마음결을 섬세하게 파악하고 있는 거지? 혜수는 지아의 남다른 통찰력에 속으로 박수를 쳤다. 얼마쯤 뜨악해진 얼굴로 지아를 멀거니 쳐다보고 있는데, 그녀가 씨익 웃으며 흘리듯 물었다.

"솔직히 말해 봐, 서혜수야. 이 피디님도 너한테 마음 있으신 거 맞지?"

"응…… 응? 아, 아냐…… 내가 말이 헛나갔어. 아냐, 그거 아냐!"

혜수는 무심결에 내뱉어진 대답을 황급히 부인하며 수습했다.

하지만 이미 때는 늦었다. 지아는 그럼 그렇지, 라는 표정을 하고 선 팔짱을 척 끼며 승리자의 여유를 만끽하고 있었다.

"이 불쌍하고 순수한 영혼 같으니라고. 그래 넌 처음부터 거짓말이라곤 모르는 친구였지. 게다가 마음이 얼굴에 다 드러나서 감정을 읽기도 쉬워. 지금 네 얼굴 어떤지 알아? 말 그대로 사랑하고 있는 여자라고. 짝사랑이 아니라 쌍방이 서로 통하는, 그야말로 사랑! 알겠어?"

"하아…… 이 나쁜 년."

"내가 왜 나쁜 년이야? 사랑을 하고 있으면서도 그걸 숨기려고 하는 네가 나쁜 년이지. 그건 그렇고 대체 언제부터야? 언제부터 두 사람 그렇게 된 거야? 응? 나 듣고 싶어. 서 기자야. 너 이 피디님 때문에 마음고생한 역사를 나도 다 알잖아. 솔직히 난 그걸 들을 자격이 된다고 생각해."

지아는 마치 빌려 간 돈 내놓으라는 태도였다. 이 친구와 함께 있다간 아무래도 무슨 사달이 단단히 날 것 같았다. 지아 성격에 지금 당장 강욱에게 달려가 '이 피디님! 축하드려요!' 라고 복도에서 크게 외칠지도 모른다. 그런 불상사를 막기 위해선 초장부터 싹을 잘라야 했다. 혜수가 한마디 하려는 찰나 강욱에게서 문자 메시지가 들어왔다.

「30분 후 내 방에서 보자.」

지아가 혹여 핸드폰을 훔쳐볼까, 혜수는 서둘러 점퍼 주머니에

도로 넣었다. 그러곤 고개를 빳빳하게 쳐들곤 지아를 쳐다봤다.

"단 한 마디도 더 말해 줄 수 없어. 너는 믿지만 네 입은 못 믿겠거든. 나 먼저 들어간다."

혜수는 손을 흔들며 계단을 올랐다. 뒤에서 지아가 후다닥 따라 올라오는 소리가 들렸다. 그럴수록 혜수의 걸음도 빨라졌다. 막 닫히려 하는 엘리베이터에 아슬아슬하게 올라탔다. 그러곤 혜수는 한발 늦은 바람에 타지 못해 인상을 쓰고 있는 지아를 닫히는 문틈으로 엿보며 씩 웃었다. 나이스!

혜수에게 문자를 보낸 강욱은 국장실 문을 열고 들어갔다. 손 국장이 호출한 건 칼국수를 먹고 막 돌아왔을 때였다. 지아의 갑작스러운 등장에 혜수와 대화를 나누고자 했던 계획이 수포로 돌아갔기에, 혜수를 따로 부르고 싶었지만 손 국장의 호출이 먼저였던 것이다.

손 국장은 강욱이 들어서자마자 자리에서 일어났다. 그러곤 강욱과 함께 소파에 앉은 후 서류를 내밀었다. 혜수의 이름이 큼지막하게 들어가 있는 해외 파견 신청서였다.

"서혜수로 확정이 됐어. 이 피디도 알겠지만 우리 방송국이 신청자가 없는 바람에 파견 일정이 좀 늦어졌잖아. 그래서 되도록 사전 준비를 후딱 해치울 생각이야. 빠르면 열흘 후야. 서 기자도 따로 불러서 전달할 계획이야. 촬영 감독 두 명도 적절하게 뽑을 거고."

"잘됐군요. 지원자가 나타나서 그나마 일이 수월하게 진행되겠어요. 다른 애로 사항은 없습니까."

"유일한 애로 사항이 지원자가 없다는 거였잖아. 그게 해결됐으니 이제 날개만 달면 되는 거지."

"국장님이 그간 심적으로 많이 부담이셨겠어요."

"부담뿐이었겠어? 어우. 국장 회의 할 때마다 아주 죽을 맛이었어. 사장님은 잔소리하시지 이사진들도 쪼아 대지, 몇 달 동안 내가 내가 아닌 것 같았다니까. 이제야 두 발 뻗고 잠들 수 있겠어."

강욱은 길게 숨을 내쉬는 손 국장을 보며 웃었다. 그야말로 어깨에 있는 무거운 짐을 내려놓은 표정이었다. 손 국장은 말을 이었다.

"피디만 한 명 더 동행해 주면 좋은데 사정이 여의치 않으니 지금 상황으로도 충분히 만족해야지."

"제가 동행하면 안 됩니까?"

"뭐?"

"제가요."

강욱은 웃음을 풀지 않으며 대답했다. 즉흥적이거나 충동적인 생각은 아니었다. 혜수 때문이 아니라고 말 못 하지만, 그렇다고 해서 전적으로 혜수 때문만도 아니었다. 힘든 결정을 내린 혜수를 바라보면서, 무수히 많은 생각을 해 왔고 아까 오후에 만난 현철 때문에 그 생각이 구체화된 것이다.

"말이 돼? 그럼 9시 뉴스는 어쩌고?"

"서 기자와 같이 출국하겠다는 건 아닙니다. 당장 제가 가게 된다면 조연출에게 업무 인수인계도 해야 하고, 그러다 보면 빨라야 일주일 후에 팀에 합류하게 되겠죠. 9시 뉴스도, 봄 개편 이후로 석 달 남짓 지난 지금 거의 자리를 잡았다고 봅니다. 메인 피디가 한 달 정도 부재중이라 해서 흔들리지 않을 정도는 됩니다."

"아주 자신만만하군, 그래?"

"이 정도 자신감이 없으면 메인 피디 못 하죠. 국장님과 싸워서 이겨야 하는데요."

"잘났다, 잘났어. 9시 뉴스 메인 피디가 국장이랑 싸워서 이겨 아프가니스탄으로 파견을 간다니, 다른 방송국이 알면 뭐라 그러겠냐."

"멋지다고 그러겠죠."

강욱은 몸을 일으키며 덧붙였다.

"검토해 주시고 그리고 하나 더 부탁드릴 게 있습니다. 서 기자한테는 비밀로 해 주십시오."

"왜?"

"서프라이즈라고나 할까. 갑자기 나타난 저 때문에 환하게 웃는 그 녀석을 보고 싶거든요."

"응? 뭐라고?"

손 국장은 강욱의 말을 제대로 알아듣지 못한 듯했다. 그러다 그가 문을 열고 나오는 순간, '야! 니들 뭐야? 뭔데? 니들 사겨?'라는 외침이 들려왔다. 강욱은 나직이 웃으며 문을 닫고 나왔다.

제 방으로 향하는 동안 조연출로부터 문자가 도착했다. 부조정실에 있다는 내용이었다. 혜수와 만난 후 부조정실로 가야겠다고 생각한 강욱은 제 방의 문을 열고 들어갔다.

창가에 서서 바깥을 바라보고 있던 혜수가 기척에 몸을 돌렸다. 그 모습이 너무도 자연스럽고 우아하게 보여 잠시 강욱의 눈이 시렸다. 혜수의 머리 위로 떨어지는 불빛이 그를 한동안 꼼짝없이 그녀만 쳐다보게 만들었다. 미소인지 웃음인지 모를 표정이 그녀의 얼굴 전체에 드리워졌다.

"오셨어요?"

잠시간 흐르던 적막을 깬 혜수 때문에 강욱도 퍼뜩 정신을 챙겼다. 얼이 빠져 버렸다. 이 녀석 때문에.

"응. 김 기자는 뭐래?"

"예? 뭐…… 아무 말도 안 하던데요?"

"개코라고 소문난 김 기자가 너랑 내가 함께 식사하는 장면을 목격했는데도, 아무 말이 없었다고?"

"냄새를 맡기 위해 코를 킁킁대긴 했는데, 제가 하나도 안 흘렸어요. 하나도요."

솔직히 좀 제 발 저렸다. 지아의 앞에서 전부 다 흘린 것과 다름없는데, 사내 연애를 떠벌리고 다니는 생각 없는 여자로 비춰지는 게 싫었다. 그랬는데 그는 아무렇지도 않은 표정으로 지나가듯 말했다.

"다 흘렸나 보구나."

"아, 아뇨. 아니에요. 선배님."

"난 상관없어. 사실은 나도 손 국장님께 다 흘리고 왔으니까."

"네에?"

두 사람은 한동안 서로를 쳐다보기만 했다. 그러다 둘 다 동시에 쿡쿡, 대며 웃기 시작했다. 혜수는 강욱의 웃는 얼굴을 응시하다가 문득 가슴이 벅차올랐다. 그가 저토록 환하게 웃는 걸 보는 게 처음이라는 생각에서였다. 그를 계속 웃게 만들고 싶어졌다. 제 앞에서만.

"안 그래도 국장님한테서 연락이 왔었어요. 저 확정됐다고요. 일정이 촉박해서 당장 다음 주부터 사전 준비 시작해야 할 것 같아요. 주사도 맞아야 하고. 이것저것 할 게 많아서 뭐부터 해야 할지 모르겠어요."

"겁이 나진 않아?"

"그것도 모르겠어요. 주변 사람들이 아무렇지 않아 하면 모르겠는데, 부모님, 특히 엄마가 걱정을 많이 하고 계셔서 그것 때문에 겁이 나더라구요."

강욱은 손을 뻗어 혜수의 얼굴을 감쌌다. 이 작은 몸으로 그곳에서 맞닥뜨리게 될 여러 가지 상황에 잘 대처할 수 있을까. 그조차도 염려가 되었다. 그러니 자신이 가지 않을 수가 없는 것이다. 반드시 가서 혜수의 곁에 있고 싶었다.

"거기서 열심히 일하고 있다 보면 좋은 일이 생길지도 몰라. 기다려 봐."

"좋은 일요? 아…… 그러면 좋겠네요. 생각지도 못했던 선물이 온다든가 아니면 중간에 한국에 한 번 들어갈 수 있는 휴가가 주어진다거나, 하면 좋을 것 같아요. 선배님이…… 정말 많이 보고 싶을 것 같거든요."

망설이다 전하는 녀석의 심경이 강욱을 미소 짓게 만들었다.

"다음 주 토요일에 시간 비워 둬. 하루 종일. 낮에도…… 밤에도."

그래서 혜수에게 은밀하게 속삭였다. 그의 말뜻을 알아차렸는지 혜수의 눈빛이 일순 흔들리는 것이 보였다. 이내 고개를 끄덕이는 그녀를 끌어당겨 안았다. 그녀가 품에 안겨 올 때 마음이 풍요로워지는 것을 느꼈다. 텅 비어 공허하기만 했던 가슴이 다 채워진다. 그래, 한순간이라도 이 느낌을 놓칠 수 없지. 다시 생각해도 아프간행을 결정한 건 잘한 일인 것이다.

퇴근한 혜수는 버스 정류장에 내리자마자 현철과 마주쳤다. 현철의 이발소가 근처에 있기 때문에 이런 우연은 혜수의 가족에게 간혹 일어나는 일이었다. 그래서 굳이 놀라거나 당황하지 않은 혜수는 현철의 팔에 팔짱을 꼈다.

"아빠. 지금 퇴근하시는 거예요?"

"응. 배고프지 않니? 오늘도 고생했지?"

"아뇨. 별로. 밥보다는 술이 고파."

"뭐어? 술도 잘 못 마시는 녀석이 뜬금없이 무슨 술이야?"

"그러게요."

편의점 앞을 지나가던 중, 현철은 걸음을 멈췄다. 앞에는 야외 테이블도 있었다. 현철은 제게 팔짱을 끼고 있는 혜수의 손을 툭툭 쳤다.

"여기서 아빠랑 맥주 한 캔 할래?"

"어머나? 좋죠."

혜수는 후딱 편의점으로 들어가 캔 맥주 두 개와 오징어 한 마리를 사 왔다. 이미 테이블에 자리하고 있던 현철은 딸의 눈치를 살피기에 여념이 없었다. 아직 모르는 건가. 고개를 갸웃거리며 한숨을 내쉬었다.

방송국에 다녀온 걸 얼마나 후회했는지 모른다. 그 피디에게 딸이 사귀는 사람이 당신인 걸 안다고 굳이 내색하지는 않았지만, 그래도 부끄러운 건 마찬가지였다.

아내의 눈물을 보다 못해 망설이다 나섰지만, 역시 만나지 않았던 편이 좋았을 것이다. 그래도 첫 만남인데 제게 어떤 편견을 가지게 됐을 거라 생각하니, 그것 또한 편치 않았다. 그래서 혜수를 만나게 되면 어떤 얼굴로, 무슨 말을 해야 할까, 오후 내내 고민을 했었다.

"여기요. 아빠. 천천히 마시세요. 급하게 마시다 보면 금세 취하니까요."

"너나 천천히 마셔. 아빠 위장은 술로 단련됐기 때문에 끄떡없네요."

"하아, 그러신가요? 자, 그럼. 건배!"

캔이 부딪치고 두 사람은 한 모금씩 맥주를 마셨다. 캔을 내려놓은 현철은 오징어 다리를 씹으며 다시금 딸의 눈치를 보았다. 정말로 모르고 있는 건가. 마음이 영 불편하고 매도 먼저 맞자 싶어 슬그머니 입을 열었다.

"오늘 아빠, 방송국엘 갔었어."

오징어를 물고 있던 혜수가 현철의 말에 놀라 눈을 크게 떴다.

"방송국? 우리 방송국이요? 왜? 저 찾으러 왔었던 거예요?"

"아니. 너 말고 다른 사람을 만났어."

"누구……요?"

"네가 사귄다는 그 사람 말이다."

혜수는 좀 전보다 더 놀란 얼굴이 되었다. 한 모금 마신 맥주 탓인지 볼 언저리에 열이 오르는 것 같았다.

"피디님이요? 이강욱 피디님이요? 아빠가 왜……."

"허허. 정말로 너한테 말을 안 한 모양이구나. 생각했던 것만큼 입이 무겁고 진중한 사람이 맞지 싶다."

"저 때문에 만나신 거예요? 제가 사귀는 사람이 누군지 궁금해서?"

"아니. 그 이유는 아니었어."

"그럼요?"

혜수는 다분히 복잡한 심정으로 현철의 대답을 기다렸다. 현철은 잠시 뜸을 들이다 이내 대답을 내어놓았다.

"너 파견 나가는 것 때문에. 네 엄마가 걱정이 많아서. 네가 안 가는 방법은 없을까, 그런 게 있다면 좀 도와주십사, 하는 마음에."

잔뜩 긴장했던 어깨가 아파 왔다. 현철의 목소리가 낮아서 더 그랬다. 그러면서도 아버지를 만난 일을 제게 한마디도 하지 않았던 강욱에게 미안하여, 혜수는 한동안 목이 따끔거릴 정도였다.

"그 사람, 널 많이 믿더구나. 잘 해낼 거라고."

"아빠."

"그래서 아빠도 돌아와선 후회를 많이 했어. 괜히 갔다 싶어. 혹시라도 나중에 그 사람이 오늘 일을 말해 주면, 우리 아빠가 정말 많이 미안해하시더라며, 네가 얘기 좀 잘해 줘. 아무래도 너무안해할까 봐 얘길 안 한 모양인데."

"……네."

"그리고 엄마한테 위로도 좀 해 주고. 다른 곳도 아니고 그런 위험한 델 딸이 가는데, 어떤 엄마라도 우울하고 속상할 거야. 어쨌든 두 달 동안 무조건 몸조심해야 한다. 알았지?"

혜수는 고개를 끄덕였다. 강욱에 대한 감정에 매몰되어 사느라 엄마의 감정을 챙기지 못한 것 같아 죄송스러웠다.

그날 밤, 혜수는 씻고 난 후 정순이 누워 있는 안방으로 갔다. 현철은 거실에서 신문을 보고 있는 중이었다. 침대에 누워 이마에 손등을 얹고 있는 정순의 옆에 슬그머니 누우니, 정순이 고개 돌려 쳐다봤다.

혜수는 말없이 정순을 끌어안았다. 그러자 딸의 갑작스러운 행동에 당황하던 정순이 잠시 후 그녀의 등을 두드려 주었다. 엄마의 품은 어렸을 때처럼 따뜻했으며 부드러웠다.

밤이 흘러간다. 실로 오랜만에 찾아든 평화로운 밤이었다.

사전 준비는 의외로 간단했다. 풍토병 예방 주사를 맞고 사진을 찍고 몇 가지 서류를 작성했다. 떠날 인원은 혜수를 비롯하여 촬영 감독 두 명뿐이었기에 미팅이나 회의도 비교적 간단했다. 출국 일정이 예상보다 사흘 정도 앞당겨지는 바람에 준비 물품을 갑자기 챙겨야 하는 사태는 일어났지만 말이다.

지아는 생명 포기 각서를 쓰는 혜수를 보며 '살벌하다.'고 말했다. 그런 걸 쓰느니 차라리 안 가고 만다면서 저답지 않게 몸을 사리기도 했다. 그래도 당분간 혜수 없이 두 달 동안 심심할 거라 생각했는지, 이것저것 챙겨 주기도 했다.

"칫솔은 되도록 많이 가져가야 하는 거 아냐? 거기 칫솔 살 수 있어? 치약은? 수건은? 너 세수하고 나서도 얼굴도 못 닦고 바로 취재 나가야 하는 거 아냐?"

지아의 문제는 지나치게 의심이 많고 질문이 많다는 거였다. 혜수는 서류를 작성하다 말고 고개를 들었다.

"김 기자님. 거기도 사람 사는 곳이거든요? 그런 거 다 살 수 있거든요?"

"옷 같은 건? 솔직히 여기처럼 센스 있는 옷을 팔진 않을 거 아냐. 막 찢어지고 누더기 같은 옷을 파는 건 아니겠지? 아니면 아나바다 운동이랍시고 다 찢어진 옷이 제공된다든지."

"저기요. 그런 것도 걱정할 필요가 없거든요?"

"그럼 화장품은? 화장품까진 아닐걸?"

"흐음. 그건 좀 의심이 가네. 아무리 일하러 가는 거지만 비주얼을 포기할 순 없는데."

혜수가 부러 걱정하는 척하자, 지아가 불쑥 얼굴을 들이밀곤 속삭였다.

"그럼 나가자. 너 어차피 파견 대상자 회의도 끝났겠다, 토요일 오훈데 할 일도 없잖아. 그거 후딱 쓰고 나서 나가자. 이 언니가 좋은 놈으로다가 하나 사 줄게."

"어…… 그건 좀 곤란한데……."

혜수가 말끝을 흐리자 지아가 왜 그러냐며 물었다. 혜수는 더욱 난감한 얼굴이 되었다.

사실 그녀가 오늘 한껏 신경을 쓰고 있는 일은 다른 곳에 있었다. 바로 강욱과의 약속이었다. 출국 일정이 앞당겨지는 바람에 오늘 회의가 잡혀 낮과 밤을 함께 있자던 약속은 지키지 못했다. 대신 강욱은 일이 끝나는 대로 오피스텔로 와서 저녁을 함께 먹자고 했다. 지금 출발해야 저녁 식사 시간에 맞출 수 있을 것이다.

내일모레 월요일이 출국 날짜고, 내일은 가족과 함께 보내야 하니 사실상 오늘이 강욱과 함께 보내는 마지막 날인 것이다. 그래서 혜수는 아침부터 잔뜩 긴장해 있었다. 그와 보내는 마지막 날이라는 사실이 믿을 수 없을 정도로 허전하고 허탈하게 다가왔기 때문이다. 되도록 미루고 싶고, 그를 만나는 시간을 늦추고 싶은 마음을 이해할 수 없었다. 지금 당장 그를 만나 버리면, 그만큼 헤어지는 시간도 빨리 올 것만 같았다.

지아가 한참 동안 고민하고 있는 혜수를 살피듯 쳐다보곤, 괜스레 고개를 끄덕였다. 망설이는 이유를 알겠다는 듯 입술을 삐죽이며 말했다.

"맞다. 내가 너 남친 생긴 거 깜빡 잊고 있었다. 토요일에 남친 만나고 싶지, 친구랑 쇼핑이 하고 싶겠니? 내가 이해해야지, 어쩌겠어. 대신에 거기 가서 필요한 거 있으면 언제든지 나한테 연락해. 내가 바로 택배로 보내 줄게."

"아냐. 같이 가. 서류 작성 거의 끝나 가."

"뭐? 너 이 피디님 안 만나?"

"응. 이따가 만나려고……."

"뭐, 그래 그럼. 나도 퇴근 준비 할게."

지아가 제 자리로 돌아간 후, 혜수는 핸드폰을 꺼냈다. 지아가 눈치채지 못하도록 강욱에게 문자 메시지를 보냈다.

「선배님. 저 떠난다고 지아가 환송식이라도 해 주고 싶나 봐요. 어쩌죠? 선배님 지금 기다리고 있을 텐데.」

문자를 보내고 나서 기다리고 있는데 그에게서 곧장 답신이 돌아왔다.

「그렇게 해. 나도 급한 일이 생겨 집엔 늦게 들어가게 될 것 같다. 나중에 전화해 줄래?」

「어…… 네. 그렇게 할게요.」

혜수는 미간을 좁혔다. 뭐지? 이 서운함은? 그래도 오늘이 마지막인데. 아무리 두 달 후엔 볼 수 있다고 해도 갓 연애를 시작한 연인을 보는 마지막 날인데 이렇게 무감하고 무심한 문자에다가 태도라니. 토요일 하루 종일 함께하자고 했으면서 갑자기 무슨 급한 일이라는 건가.

혜수는 다시 핸드폰을 들어 그에게 전화를 해 볼까 하다가 가만히 내려놓았다.

"김 기자, 가자."

괜스레 뾰족해지는 말투는 어쩔 수가 없었다. 서운한 얼굴이 된 혜수는 주섬주섬 가방을 챙겼다.

지아와 함께 퇴근을 하고 저녁 늦게까지 시내를 돌아다녔다. 지아는 기초 화장품을 위주로 한 색조 화장품을 골고루 사 주었다. 그다지 비싼 가격이 아니니 부담 갖지 말라면서도, 공항 면세점에 들르게 되면 와인 한 병만 부탁한다며 생떼를 썼다.

결국 화장품 선물의 이유에 커다란 저의가 있음을 포착한 혜수는, 밤 9시가 되어서야 지아와 헤어지고 버스에 올랐다.

강욱에게 문자를 보내자 잠금장치의 비밀번호와 함께 집에 먼저 들어가 있으라는 답변이 돌아왔다.

"뭐야, 아직도 안 온 건가."

서운함이 묻은 목소리가 낮아졌다. 차창 밖을 보는데 한숨이 났다. 그와 함께할 수 있는 시간이, 그야말로 부족했다.

아쉬움을 뒤로하고 도착한 그의 오피스텔 앞에서, 혜수는 잠시 망설였다. 아무리 그가 비밀번호까지 알려 줬다지만 먼저 들어가 있는 건 예의가 아닌 듯했다.

하지만 이곳에 서서 언제까지 기다릴 수도 없는 노릇이라, 혜수는 망설임을 밀어 내고 비밀번호를 눌렀다. 띠띠띠띠, 하는 소리와 함께 찰칵 문이 열렸다.

집 안은 어두컴컴했다. 그는 확실히 집 안에 없는 듯했다. 구두를 벗고 거실로 올라선 혜수는 우선 불을 켜기 위해 벽을 더듬었다. 스위치가 어디에 위치해 있는지 몰라 더듬더듬 걸음을 한쪽 방향으로 계속 옮겼다.

그러다 주방의 식탁을 보게 되었다. 바로 앞에 있는 창문을 통해 어스름한 달빛이 새어 들어와, 거실보단 시야 확보가 잘되었다.

"세상에……."

혜수는 입이 쩍 벌어졌다. 식탁에는 손수 만든 것 같은 조그만 케이크와 닭튀김, 그리고 예쁘게 썬 각종 과일들과 와인 잔 두 개가 놓여 있었다. 혜수는 스위치를 켜고 반사적으로 거실로 고개를 돌렸다. 그제야 소파에 길게 누워 있는 강욱이 보였다. 혜수는 황급히 그쪽으로 걸음을 옮겼다.

그는 머리 뒤로 손을 깍지 낀 채로 누워 잠이 들어 있었다. 혜수는 가까이 다가가 무릎을 꿇고 앉아 그의 얼굴을 들여다보았다. 뭔지 모를 복잡한 감정이 들었다. 설마, 그가 거짓말한 건가. 집에 있으면서 급한 일이 생겨 늦게 온다고 했던 건가. 왜?

"섭섭했지?"

갑자기 눈을 뜬 그가 불쑥 물어 오는 바람에, 놀란 혜수는 뒤로 나자빠질 뻔했다. 다행히 그가 한쪽 팔을 뻗어 혜수를 잡아당기자, 아까보다 더 가까운 거리가 되었다. 혜수는 짐짓 평온한 척하며 물었다.

"……네? 뭐가요?"

"하루 종일 함께하자고 해 놓고 급한 일 생겨 늦게 온다고 하다니. 뭐 이런 남자가 다 있어? 했지?"

"아닌데."

"그런 얼굴인데."

그의 목소리는 조금 쉬어 있었다. 그래서 더 야하게 들렸다. 새삼스럽게 공기가 환기되는 것 같았다. 그가 누워 이토록 유혹적인 눈빛으로 쳐다보고 있는 모습은 처음 대하는 거였다. 가슴이 놀랄 정도로 날뛰기 시작했다. 금세라도 일을 치를 수 있을 것만 같은 노골적인 유혹이었다. 혜수는 마음을 가다듬고 이성을 챙기며 또박또박 대답했다.

"조금 서운하긴 했어요. 그런데 다 녹아 버렸네요. 설마 저거 혼자 다 한 거예요?"

"혼자 산 지 몇 년 찬데. 저런 건 식은 죽 먹기보다 더 쉽지."

"그럼 낮에 집에 있었다는 말인데, 왜 나한텐 급한 일이 생겨서 늦는다고 한 거예요?"

"김 기자랑 시간 보내라고. 내가 집에서 기다리고 있다고 말한다면 부담이 돼서 마음껏 놀지도 못할 테니까."

"그런 배려는…… 안 해도 되는데."

갑자기 목이 콱 막혀 왔다. 하루 종일 자신을 위해 음식을 만들고 기다렸을 그를 생각하니, 잠시 잠깐 들었던 투정이 미안하고 죄스러웠다.

미안하다는 말도 선뜻 내뱉지 못할 정도로 미안해하고 있는데 그가 상체를 일으켰다. 그러곤 팔을 뻗어 혜수의 손을 잡았다. 살짝 힘을 주어 끌어당기자, 그녀가 강욱의 옆에 나란히 앉았다.

"와인 마실래?"

강욱은 아직도 몸 둘 바를 몰라 하고 있는 혜수의 볼을 꼬집으며 물었다. 딱히 와인을 마시겠다는 생각보다는 잔뜩 미안해하고 있는 혜수의 분위기를 풀어 주기 위해 물었던 건데, 그녀의 표정이 얼마쯤 경직되어 보였다. 혜수는 고개를 저었다.

"아뇨."

"그럼 다른 거라도 마셔. 쇼핑하느라 바빴을 텐데."

다분히 웃음기 섞인 강욱의 말에, 혜수는 그제야 그를 똑바로 쳐다봤다.

"고맙고 미안해요. 선배님."

"뭐가?"

"선배님 마음 모르고 서운해한 거 미안하고, 이렇게 하루 종일 제 생각 하면서 준비해 준 거 고마워요. 어쩐지 나 떠나기가 싫을 것 같아."

마지막 말은 혼잣말 같은 거였다. 시선을 내리깔았다. 피식, 새어 나오는 미소는 조금 젖어 있었다. 그의 곁을 떠나는 게 비로소 실감이 되었기 때문이었다.

강욱은 혜수의 마음을 알아차리곤 그녀의 턱을 쥐고 들어 올렸다. 다시 눈이 맞추어지고, 강욱이 입을 열었다.

"두 달은 생각보다 짧아. 기다리는 것도 할 만한 일이야. 네가 돌아온다는 약속만 한다면."

혜수는 그의 말에 울컥하여 자신도 모르게 그의 목을 끌어안았다. 그와 볼을 비비며 조금이라도 체온을 나누고 싶었다. 그의 손이 등을 쓸어내리는 것이 느껴졌다.

"흐음. 너 이러면, 위험해지는 수가 있어."

킥킥거리는 남자의 웃음소리가 미약하게 귀를 울렸다. 그의 말이 뭘 뜻하는지 혜수는 잘 알았다. 상관없었다. 약속 같은 거라면, 지금 그에게 다 주어도 상관없을 것 같았다. 혜수는 쑥스럽게 웃으며 고개를 끄덕였다. 그러자 등을 쓸던 그의 손이 잠시 멈추어졌다.

적막은, 무척 길게 느껴졌다. 숨소리 하나까지도 잡아먹어 버린 침묵에 혜수는 목이 타들어 가는 것 같았다. 마침내 그가 얼굴을 돌려 볼에 입을 맞추어 왔을 때, 목이 아니라 가슴이 타들어 가기 시작했다. 그에게 입술이 빨리고 그 입술이 귓불을 지나 목을 타고 내려가자, 등줄기로 뜨거운 열기가 스쳐 갔다.

목이 그의 입술로 점령당한 상태에서, 그가 상체로 혜수를 지그시 눌러 왔다. 그 때문에 혜수의 몸은 균형을 잃고 뒤로 눕혀졌고, 곧장 강욱이 그녀를 덮쳐 왔다. '흐읍!' 하는 외마디의 신음성이 혜수의 입에서 터져 나오자, 강욱이 다시 고개를 들고 그녀에게 키스를 퍼부었다.

그는 부지런히 손을 놀렸다. 키스를 쏟아 내고 있는 와중에도 혜수의 점퍼를 벗겨 냈으며 얇은 반소매 티셔츠의 단추를 하나씩 풀어냈다. 등 뒤로 손을 돌려 브래지어의 후크를 열자 상체로 한 기가 몰려드는 것 같았다.

혜수는 번쩍 눈을 떴다. 가슴을 눌러 오는 남자의 몸이 생생하 게 느껴져 당황스러웠다. 그런 혜수의 움직임을 알아챘는지 강욱 이 입술을 떼고 그녀를 내려다봤다.

"사실은 가끔 너하고 침대로 가는 상상을 했어."

"……네? 언제?"

"한 번씩, 네가 아주 야한 여자로 보일 때가 있거든. 그럴 땐 미치지. 내가 내가 아닌 것처럼 미칠 때가 있어. 너 때문에."

혜수는 믿을 수 없을 만큼 노골적으로 말하는 강욱 때문에 생 경한 감각에 사로잡혔다. 아랫배가 들끓고 그 아래 깊숙한 곳에서 이물감 같은 것이 뭉게뭉게 피어올랐다.

"지금이 그때라서…… 멈추지 못하겠어."

"괜찮아요. 난 정말 괜찮아요."

혜수는 자신도 모르게 다급히 말했다. 행여 그가 멈출까 봐 그 래서 아쉬움만 잔뜩 남을까 봐 지레 겁을 먹곤 고개를 들고 그에 게 입을 맞추었다. 그건 일종의 신호였다. 그에게 자신을 주겠다 는 명백한 신호.

어느새 강욱에 의해 바지와 속옷이 모두 벗겨졌다. 동시에 그 도 나체가 되어 혜수를 끌어안았다. 이론적으로 상상만 하던 노골 적인 장면들이 머릿속으로 지나갔다. 혜수는 그의 타액으로 홀딱 젖어 버린 가슴이 점점 더 흥분으로 물들어 가는 것을 느꼈다.

몸의 구석구석 그의 손이 닿지 않은 곳이 없었다. 옆구리와 허벅지를 쓸어 갈 때면 그곳이 타들어 가는 것 같았다.

허벅지 사이에 그의 손이 들어왔을 때, 혜수는 숨을 참을 수밖에 없었다. 전율보단 수치심이 먼저였지만, 그것마저 곧 사라졌다. 그가 부드럽게 밀고 들어왔기 때문이었다.

"하읏!"

숨을 내뱉는 것조차 허락되지 않는 극도의 감각에 혜수의 허리가 휘어졌다.

그와 사랑을 나누고 있는 이 시간이 현실인지 비현실인지, 분간도 가지 않았다. 아래에서부터 전해지는 야릇하고 생소한 느낌 때문에 혜수의 머릿속은 이미 텅 비어 버렸다. 그러곤 계속하여 밀고 밀리기를 반복하는 그의 움직임에 전율 같은 소름이 돋아났다.

그는 부드럽다가도 또 거칠었다. 처음이어서 서투른 혜수를 배려하다가도 곧 야수처럼 으르렁거리기도 했다. 한 가지 분명한 건, 기분이 무척 좋다는 것이었다. 끝 간 데 없는 곳까지 절정이 내달리는 기분이었다. 이렇게 화끈하고 뜨겁고 온몸을 송두리째 불태우는 것 같은 감각도 있구나, 싶어 혜수는 내심으로 한 번 더 그가 안아 주길 바랐다.

하지만 그는 끝까지 혜수를 배려했다. 등을 쓸며 안아 주고 혹여 아팠을까 시트를 가져와 그녀의 몸을 꽁꽁 싸매 주기도 했다. 하는 수 없이 혜수는 생각했다. 아프간에 다녀와서 이 남자와 원 없이 해야겠다고.

"혜수야."

혜수는 고개를 든 강욱이 제 이름을 불렀을 때 귀가 녹아내리는 듯했다. 선뜻 대답할 수 없을 정도로 달콤해서 혜수는 그냥 미소만 지었다.

"서두르지 말고 우리 천천히 가자. 내가 널 모두 알 수 없듯이, 너도 나를 다 알 순 없을 거야. 그래서 가끔 싸우기도 할 테고 이기적인 서로의 모습에 실망하기도 할 거야. 그런데 그런 감정도 모두 과정의 일부일 뿐이야. 널 사랑하는 마음은 항상 변하지 않을 테니까. 그게 내 전부일 테니까."

"……선배님."

"사랑해 줘서 고마워. 그리고 앞으로도 잘 부탁한다."

혜수는 강욱의 그 말이 사랑스럽게 느껴져 그의 목을 허겁지겁 끌어안았다. 자신이 지금 그의 몸 아래에 나신으로 누워 있다는 사실조차 망각할 만큼 울컥했다.

"저야말로 잘 부탁해요. 선배님은 앞으로 각오를 단단히 하셔야 하거든요. 제가 많이 괴롭힐 거니까. ……큭."

울컥함 뒤로 키득거리는 웃음이 찾아왔다. 그녀의 고백에, 그가 갑자기 손을 천천히 올려 가슴 끝을 움켜잡고 비틀었기 때문이다. 그와 동시에 강욱이 혜수의 상반신으로 얼굴을 내렸다. 혜수는 신음을 터뜨리곤 자신도 모르게 또 한 번 다리를 벌렸다.

공항의 새벽은 대낮처럼 환했다. 일찍부터 서두른 사람들의 얼굴에는 피곤함과 잠이 잔뜩 묻어 있었다. 길게도 늘어선 티켓팅 줄에 섞여, 혜수는 하품을 했다. 월요일이라 그런지 더욱 북적거리는 것 같았다.

"후우…… 피곤하다, 피곤해."

함께 취재 팀에 합류하게 된 오경훈 촬영 감독이 한숨과 함께 말하자 그 옆에 선 권정호 촬영 감독도 맞장구쳤다.

"직항이 없으니 더 난감하네. 그나마 여행 금지 구역은 아니니 다행이지 뭐야. 취재를 갈 수 있는 것만 해도 어디야."

권 감독의 말처럼 아프간으로 가는 직항이 없어 6시간을 날아 인도의 델리로 가야 했다. 그곳에서 비행기를 갈아타고 아프간의 수도인 카불로 가는 여정인데, 생각만 해도 끔찍했다.

두 남자의 허심탄회한 넋두리를 흘려들으며 혜수는 흘깃 공항 입구 쪽을 쳐다봤다. 워낙 넓은 청사 안이라 입구가 보일 리 만무했지만 그래도 눈에 띄는 모든 것에 시선을 두었다. 인파 사이를 부지런히 헤집으며 그를 찾았다. 오지 않을 걸 알면서도 본능적으로 찾게 되었다.

공항에 나오지 말라고 한 건 자신이면서, 왜 이렇게 허둥지둥 그를 찾고 있는지. 토요일 밤 그와 처음으로 사랑을 나눈 후 새벽까지 세 번을 연거푸 하면서 비로소 하나가 된 기분이었다. 살갗이 닿고 숨결이 섞이고 땀이 뒤범벅되었던 수많은 순간들. 그 순간의 여운을 가지고자 공항엔 나오지 말라고 부탁했건만, 막상 그가 보이지 않으니 허전함이 밀려드는 것이다.

애써 침착함을 유지하면서 촬영 감독들의 대화에 끼어들며 웃었다. 그러던 사이 줄은 짧아지고, 델리행 비행기가 곧 이륙한다는 안내 음성이 들려왔다. 촬영 감독들과 함께 출국장에 들어서면서도 혜수는 연신 뒤를 돌아보았다. 미련과 아쉬움, 갖가지 감정이 섞여 들어 차마 발길을 떼어 낼 수 없는 순간들도 있었다.

하지만 그녀는 모르고 있었다. 저 멀리, 먼발치에서 출국장 안으로 들어가는 그녀를 지켜보고 있던 한 남자의 존재를. 흐릿한 미소와 함께 문이 닫힐 때 까지 그녀를 응시하고 있던 그 남자를. 조만간 그녀를 다시 만나기 위해 지금부터 부지런히 준비해야 하는 그 남자를.

15

강욱의 지시로 부조정실에는 강욱과 조연출만 남았다. 정오 뉴스 방송이 끝난 직후여서 북적거리고 있던 스텝들을 모두 내보낸 것이다. 이름하여 과외 교습. 벌써 엿새째였다. 생방송이 진행되는 동안 화면 배치라든지 편집된 분량에 대한 적절한 사용 등, 아직 연차가 더 쌓여야 배울 수 있는 것들을, 조연출은 운 좋게 지금 배우게 된 것이다.

"내일 출국이신데 오늘은 푹 쉬시다가 9시에 나오시지, 저 이제 웬만한 건 다 다룰 줄 아는데요. 피디님."

"시끄러워. 자만하지 마. 그러다 방송 사고 내면 너나 나나 목숨 줄이 위태로워."

"에이. 그래도 설마 방송 사고까지야 나겠어요? 그리고 저번에서 기자 이후로 은근히 다들 그런 종류의 사고를 기다리고 있는 것도 모르세요?"

"넌 서 기자의 사고가 재밌냐?"

강욱이 갑자기 발끈하자 조연출이 움찔했다. 요 며칠 보도국 내에 떠도는 소문이 역시 소문만은 아닌 모양이었다. 조연출이 새로운 사실을 알게 된 양 뜨악해져 있는데, 강욱이 말을 이었다.

"정신 상태가 어떻게 글러 먹으면 그런 종류의 사고를 기다리고 있는 거야. 정신 챙겨. 그러다 너 골로 가."

"예."

과외는 다시 이어졌다. 강욱의 지탄이 채찍질이 되었는지 조연출은 그때부터 굉장한 집중력을 발휘하며, 강욱이 가르치는 것을 하나도 놓치지 않았다.

마지막 하나까지 모두 인수인계한 강욱은 조연출에게 이제 그만 가 보라며 자신도 일어서려는데, 조연출이 넌지시 말을 건넸다.

"저기. 피디님."

"왜."

"그 소문이 사실이에요? 피디님이랑 서 기자랑……."

강욱은 코끝을 찡그렸다. 엊그제 보도국 내에 혜수와 자신의 핑크빛 소문이 돌고 있다는 것을 지아가 알려 줬다. 분명히 손 국장의 소행이라고 여겼지만 어쩌면 범인은 지아일지도 모른다고 생각했다. 어쨌거나 혜수가 알게 되면 분명 부담스러워할 것이 뻔했기에 강욱에게도 그다지 반가운 일만은 아니었다.

강욱이 손에 쥐고 있던 서류 몇 장을 돌돌 말아 조연출의 머리를 툭툭 쳤다.

"그런 거 질문할 시간에 다시 복습이나 해. 넌 실전에 약한 놈이잖아."

"알았어요. 알았다구요. 그런데 진짜예요? 피디님? 그래서 피디님이 아프간에 가시는 거예요?"

"내가 뭘 하든 네가 무슨 상관이야, 이 자식아."

강욱이 소리를 빽 지르니 조연출이 어깨를 움츠리며 알아서 기었다. 그러던 차에 인터폰이 울리는 것을 강욱이 받았다.

"네. 부조정실입니다. ……네. 제가 이강욱입니다. ……네? ……아, 네. 바로 내려가죠."

강욱은 인터폰을 끊은 후 조연출의 머리를 한 번 더 쥐어박은 후 부조정실을 나왔다. 그러곤 서둘러 1층 로비로 내려왔다.

인터폰은 아버지가 로비 휴게실에 와 계시다는 연락이었는데 아무래도 며칠 전에 드린 전화 때문인 듯했다. 강욱의 아프가니스탄 출국일은 내일이었다. 혜수가 떠난 지 일주일째 되는 날이었고, 9시 뉴스도 그가 부재할 한 달 남짓 동안, 조연출 체제로 돌아갈 수 있게끔 모든 채비가 끝난 후였다.

며칠 전 석우에게 아프간 출국에 대해 얘기하자마자 걱정이 묻은 음성이 돌아왔다. 혜수의 부친이 그를 찾아올 정도였으니, 이번 일정이 가족에게 얼마나 수많은 염려와 걱정을 끼치는 일인지 잘 알고 있었다. 그래서 석우의 방문에 대해서 어느 정도 긴장한 것도 사실이었다.

하지만 휴게실에 앉아 있는 석우를 본 순간, 강욱은 그것이 자신의 기우였음을 알게 되었다. 석우는 무척 환한 얼굴로 그를 맞아 주었기 때문이다.

"안 바쁘세요? 출발하실 때 전화라도 주시지 그러셨어요. 제가 모시러 갔을 텐데요."

"아냐. 너 바쁠 텐데 뭐하러 왔다 갔다 해. 버스 타고 한 시간 이면 금방인데. 오늘 특별히 오전 근무만 하고 조퇴했지. 저녁에 퇴근하고 들르면 너 뉴스 때문에 바빠서 못 만날까 봐."

강욱은 석우와 마주 앉았다. 커피라도 뽑아 올까 했지만 석우가 한사코 만류했다.

"내일 출국한다며. 그래서 네 얼굴이라도 보려고 왔지."

"기껏 한 달 남짓 있을 겁니다. 뭐 특별한 취재거리가 없으면 입국이 더 빨라질 수도 있고요."

"그래도 어쨌거나 위험한 데 가는 건데, 몸조심해. 잘 챙겨 먹고."

"네, 알겠습니다. 아버지."

"내가 그런 것에 대해선 아무것도 모르니 답답하구나. 뭐라도 알면 챙겨 주고 할 텐데."

"신경 쓰지 마세요. 아버지는 저 돌아올 때까지 건강하게 계시기만 하면 됩니다. 그리고 오늘은 제 오피스텔에 가 계세요. 퇴근하고 빨리 갈 테니까 저하고 같이 저녁 드세요, 아버지."

"괜찮겠나?"

"그럼요."

석우는 흐뭇하게 웃으며 고개를 끄덕였다.

"그럼 내친김에 민욱이 놈도 부르지 그러냐. 어제 잠깐 통화했는데 오늘은 한가한가 보더라고."

"알겠습니다. 제가 연락할게요."

강욱은 그렇게 대답한 후 석우의 안색을 살폈다. 간혹 아버지를 만날 때마다 안색을 살피는 것이 습관이 되었다. 혼자 사시기 때문에 스스로 건강을 잘 챙기시지 못할까 봐 걱정이 되는 것이다. 아프신 곳은 없냐고 물으면, 늘 없다고 괜찮다고만 대답하시기에 강욱은 어느 순간부터는 안색만 살펴도 아버지의 건강 상태를 짐작할 수 있는 경지에 다다르게 되었다.

그런데 지금은 안색이 나쁘다기보다는 뭔가 하고 싶은 말이 있으신 눈치였다. 쉽게 얘길 꺼내지 못하시는 걸 보니 강욱이 듣기에 난처하거나 난감한 말일 수도 있겠다 싶었다. 그래서 하고 싶은 말 있으면 하시라고 말을 건네려고 하던 찰나, 뜻밖에도 석우가 먼저 입을 열었다.

"며칠 전에 민욱이 놈이 집에 내려왔더라고."

"그랬어요?"

강욱은 그 얘기로 석우가 무슨 말을 하고 싶어 하는지 눈치를 채게 되었다. 민욱이 집에 내려간 거라면 분명히 결혼 문제 때문일 테고, 석우의 입장에선 아무래도 장남인 강욱이 신경 쓰일 수밖에 없었을 것이다. 강욱은 석우가 걱정하지 않도록 태연한 표정을 지었다.

"녀석이 넌지시 결혼 얘길 꺼내더라고. 여자가 있는 모양이야."

"나이가 그렇게 됐으니까요."

"내가 아직은 안 된다고 했어. 그래도 네가 장남인데 너부터 해야지. 안 그래?"

"아버지."

"그건 민욱이 놈도 이해를 하고 배려해 줘야 할 부분이야. 섭섭해도 어쩔 수 없어. 내가 그렇게 얘기했다."

"민욱이 먼저 결혼을 시키는 게 좋겠어요. 전 괜찮습니다, 아버지."

강욱의 완강함에 석우가 잠시간 곤혹스러운 표정을 지어 보였다. 그에겐 아픈 손가락인 큰아들이 지금까지 어떤 연애를 했고 왜 헤어졌는지, 그 사정을 알고 있었다. 그랬기에 강욱의 행복을 그 어떤 일보다 간절하게 바라 왔던 것이다. 석우는 자신도 모르게 왼손을 테이블 아래로 내렸다.

모두 이 잘려 나간 손가락 때문이다. 이것만 아니었다면 강욱이 연애를 실패했을 리도, 지금 이렇게 늦은 나이까지 혼자일 리도 없을 텐데 말이다. 자책과 자학이 불쑥불쑥 치밀어 올랐다. 자식에게 도움이 못 되어 줄망정 앞날을 방해나 하고 앉았으니 그 미안함과 죄스러움을 어떻게 다 감당할 수 있을지도 알 수 없었다.

"저, 만나는 여자 있어요, 아버지."

하지만 강욱의 그 한마디에 석우는 휙 시선을 들어 올렸다. 자학으로 얼룩졌던 눈빛이 금세 색깔을 달리했다. 반가움과 동시에 이루 말할 수 없는 기쁜 빛이 올랐다. 석우는 얼떨떨하며 물었다.

"여자가…… 있어?"

"네. 아직 시작한 지 얼마 되지 않아서 정식으로 인사를 드린 다든가 소개를 하기엔 시기상조예요. 하지만 언젠가는 아버지께 얼굴을 보여 드릴 날이 올 겁니다. 아, 생각해 보니 이미 아버지 도 보신 친구네요."

"내가 이미 봤다고?"

"네. 일사사에 텔레비전을 가지고 온 친구들, 기억나세요?"

석우는 고개를 크게 끄덕였다. 그 일은 어제 일처럼 아직도 생 생하게 기억하고 있었다. 그런 식의, 외부에서의 기부는 처음 있 는 일이었기에 생각이 안 나려야 안 날 수가 없었다.

"둘 중에 더 예쁜 친구예요. 아버지."

"하아……."

석우는 탄성을 지르며 기억을 더듬었다. 한 명은 조금 살집이 있었고 다른 한 명은 어여쁜 처자였다. 석우는 그 어여쁜 처자와 함께 간식거리를 사기 위해 마트에도 같이 갔었다. 그러곤 강욱에 게 전화를 해 방송국 직원이 여길 왔었다고 말한 적도 있었던 것 같다. 석우는 놀라운 우연에 기막혀 하면서도 한편으론 기쁨을 감 추지 못했다.

그제야 석우는 아까 엘리베이터에서 내려 이쪽으로 걸어오던 강욱에게서, 예전엔 보지 못했던 생기를 발견했던 걸 떠올렸다. 환하게 웃는 얼굴이 확실히 보여 주기 위한 것이라기보다는, 진정 으로 밝아 보였던 것이다. 그래서 조금은 의아해하면서도 석우도 덩달아 기분이 좋아졌었다.

그랬는데 그렇게 만든 장본인이 바로 그 처자였다니. 내심 반갑고 흐뭇하여 석우는 당장에라도 그 처자를 다시 만나고픈 생각이 간절해졌다.

"그러니까 아무 걱정 하지 마시고 민욱이 먼저 결혼시키시죠."

"허허. 이거 참."

강욱은 희한한 우연에 혀를 차면서도 흐뭇한 미소를 숨기지 못하고 있는 석우를 가만히 바라보았다. 자식들의 행복이 지상 최대의 과제인 양 살아오신 아버지가, 이제부터라도 매일매일 저렇게 웃으시길 바라고 싶었다.

석우를 오피스텔로 보내고 제 방으로 올라온 강욱은 노트북 앞에 앉았다. 그러곤 지난 일주일 동안 혜수에게서 온 메일을 차례대로 열어 보았다. 메일 제목은 항상 '선배님'이다.

「시차 때문에 늦잠을 잤어요. 여긴 싸구려 호텔이고 제 방도 저 하나 돌아다니기에도 좁지만, 아직은 기운 넘치고 팔팔해요. 내일은 호텔 주변을 스케치하기로 했어요. 잠결에 멀리 어디쯤에서 들려오는 총성 소리를 들었는데, 오싹해요. 선배님, 우엥. ㅜㅜ」

「이곳의 밤은 정말 조용하고 평화로워요. 오늘 낮에 대사관 분들과 함께 분쟁 지역으로 이동해서 커버 존(cover zone, 취재 구역)에 답사 다녀왔어요. 시가지에 탱크가 돌아다니고 아이들은 블록 한 구역을 지날 때마다 몸을 숨기기에 바쁘네요. 언제쯤 이곳에 평화가 올까요.」

「선배님. 저 향수병 났나 봐요. 아니, 그리운 건 고향이 아니라 선배님이에요. 이럴 줄 알았다면 선배님 사진이라도 하나 찍어 오는 건데. 사진 좀 보내 줄래요? 정말 보고 싶어요.」

강욱은 아직 사진을 보내지 않았다. 내일 밤이면 사진보다 더 선명하고 뚜렷한 실물을 보게 될 테니까. 무엇보다 그리운 건 이 녀석의 목소리였다. 낮지도 높지도 않은 밝은 음성이 귀를 쟁하게 만들 때면 피곤함도 잊곤 했다. 비타민 같았던 혜수의 웃음과 목소리가, 지금 너무도 고팠다.

강욱은 모니터를 스치듯 쓸어내리며 자리에서 일어났다. 그러곤 곧장 기자 사무실로 내려갔다. 그곳은 텅 비어 있었지만, 구석에 설치된 텔레비전을 켜 두고 나갔는지 소음이 작게 들려왔다.

혜수의 책상으로 간 그는 의자에 앉아 창가 쪽으로 몸을 돌렸다. 밝은 하늘을 쳐다보고 있는데 텔레비전의 소음이 무심결에 들려왔다.

— 오늘 이 자리에는 세계적인 피아니스트 정은성 씨를 모셨습니다. 반갑습니다. 정은성 씨.

— 네. 반갑습니다.

— 오랜만에 한국에 들어오셨는데 어떠세요.

— 모든 게 그대로네요. 그래서 조금 신기했어요.

— 좋은 소식도 들리던데요.

— 네. 좋은 분과 약혼하게 됐어요. 결혼은 가을쯤 할 계획입

니다.

　— 아, 그렇군요. 그럼 본격적으로 인터뷰에 들어가기 전에 두 분이 어떻게 만나셨는지 잠시 여쭈어도 될까요.

　— 호호호. 대답하기 참 민망한 질문인데요.

　은성의 토크쇼 방송인 것 같았다. 강욱은 고개를 돌리지 않고 하늘에 계속 시선을 두고 있었다. 은성은 은성대로 잘 살아갈 것이다. 계속되는 저 웃음소리처럼 그래도 행복하게.

　강욱은 눈을 감았다. 그때부터 텔레비전의 소음이 완벽하게 차단되고 그의 귀에는 오로지 혜수의 웃음소리만 들리기 시작했다. 그 녀석이 떠나기 전날 밤에, 자신의 아래에서 킥킥거리며 웃던 그 소리까지 떠올랐다.

　얼른 만나 그 녀석을 안고 싶어졌다. 이마에 입을 맞추고 등을 쓸어 주고 일주일간 고생했다며 맛있는 음식도 사 주고 싶어졌다. 내일이 빨리 오기를. 강욱의 얼굴에 온화한 미소가 퍼졌다.

　메일함을 확인한 혜수의 얼굴에 실망의 기색이 역력하게 올랐다. 사진을 보내 달라고 분명히 말했는데, 심지어 메일 확인도 했는데, 하루가 지나도록 그에게선 아직 답신이 오지 않고 있었던 것이다.

　핸드폰을 확 끌어와 그의 번호를 누르려다 그만두었다. 목소리를 듣게 된다면, 그때부터 감당할 수 없는 그리움에 빠져 일도 뒷전으로 미룰지도 몰랐다.

전화 통화만큼은 절대 하지 말자고 그녀 스스로 다짐했던 부분
이었다. 메일을 주고받는 것으로도 그리움이 배가 되는 느낌인데,
목소리를 듣는다면 후폭풍을 감당할 자신이 없었던 것이다. 누구
보다 그는 이런 자신의 마음을 잘 알아 줄 거라 믿었다. 그도 같
은 마음일 거라 여긴 것이다.

그러나 그녀의 생각은 보기 좋게 빗나갔다. 이강욱이라는 남자
는, 그 매몰차게 차갑고 냉랭한 그 남자는, 자신을 그리워하지도
보고 싶어 하지도 않고 있다. 일에 빠져 미친 듯이 화면만 보고
살겠지. 마이크에 대고 이것저것 지시하면서 때론 야단도 치면서,
그렇게 지내던 사람이었으니까. 모니터를 노려보던 혜수는 책상
에 엎드렸다.

"하아…… 기껏 사진 안 보내 줬다고 선배님을 이렇게 험담하
냐, 넌."

속이 좁은 자신을 책망했다. 그래도 그리움이 쉬이 나아지지
않았다. 아무래도 향수병이 단단히 도진 건가 보다.

노크와 함께 경훈과 정호가 들어왔다. 이곳에 온 지 단 며칠 만
에 두 사람의 얼굴은 까맣게 타 버렸다. 수도인 카불은 그나마
30도 초반에 머물고 있지만 칸다하르나 헤라트 같은 남부 도시는
40도를 육박한다고 하니, 숨이 턱턱 막힐 것이다.

혜수는 까맣게 태운 두 사람의 얼굴을 보며 선크림을 더 열심
히 바르고 다녀야겠다고 생각했다. 워낙 좁은 방이라 두 사람이
들어오니 더욱 비좁게 느껴졌다. 정호가 물어 왔다.

"으따 거참 심심하네. 뭐 해? 서 기자?"

"너무 더워서 아무것도 안 하고 있으려구요. 오늘 하루는 꿀 휴가잖아요."

어제 하루 대사관 직원들과 함께 카불 내 이곳저곳을 돌아다녔다. 지프차가 지나가는 곳마다 뿌연 먼지가 안개처럼 일어나곤 했었다. 그 생각을 하니 또 한 번 숨이 막히는 것 같았다.

"참, 손 국장한테서 연락이 왔는데 피디 한 명이 우리 팀에 합류한다는데 알고 있었어?"

정호의 물음에 혜수가 의아해하며 물었다.

"피디라뇨? 누구요?"

"글쎄. 그건 안 알려 주더라고. 오늘 밤에 여기 도착 예정이래."

"피디가 합류하면 아무래도 작업이 더 수월해지지. 우린 지시만 따르면 되니까. 그런데 대체 누가 합류한다는 거지?"

"그러게. 합류할 만한 사람이 없는데. 정 피디는 다음 주까지 특집이라 자리를 못 비우는 상황이고 이강욱 피디는 무려 9시 뉴스 책임자라 당연히 안 될 테고, 박 피디는 얼마 전에 결혼했잖아. 깨가 쏟아질 때라 이런 덴 절대 안 오지. 올 사람이 없는데."

정호와 경훈이 주고받는 대화를 유심히 듣던 혜수가 농담 삼아 물었다.

"혹시 손 국장님이 오시는 건 아니겠죠?"

"에이. 설마. 서 기자 참 농담을 해도."

"하하. 하하하. 하하하하. 그러게요."

잔소리꾼 손 국장을 다들 꺼려하는 분위기라 혜수의 농담마저도 결코 농담으로 비춰지지 않는 상태였다. 그렇다면 대체 누가 온다는 거지? 그에게 전화를 걸어 한번 물어볼까, 하던 혜수는 다시 고개를 가로저었다. 안 돼. 절대로 목소리를 들어선 안 돼. 마음을 다잡은 후 그녀는 방을 나섰다.

심심하다며 노래를 부르던 경훈과 정호는 다시 자기들 방으로 돌아갔다. 두 사람은 잠이나 자야겠다며 한숨을 내쉬었다. 그들처럼, 혜수 역시 며칠 만에 맞이하게 된 휴일인데 뭘 해야 할지 알 수 없었다. 그래서 우선 호텔 밖을 나가 보기로 했다.

호텔이라 해 봤자 한국의 작고 허름한 유스호스텔 수준인 건물이었다. 호텔촌이라 그런지 2차선 도로를 사이에 두고 맞은편에도 호텔이 몇 개가 있었다. 혜수는 가장 먼저 목에 두르고 있던 얇은 스카프로 입을 가렸다. 워낙 먼지가 많은 곳이라 자칫하다간 호흡기 질환을 일으킬 수도 있다는 의사의 경고도 있었고 말이다.

대낮의 햇빛은 무척 강렬했다. 혜수는 절로 눈살이 찌푸려지는 따가움에 고개를 외로 틀었다. 그러자 이번엔 코를 찌르는 썩은 냄새가 몰려왔다. 골목 곳곳에 쌓인 쓰레기들 때문이었다. 제멋대로 방치된 그것들이 햇빛에 부식해 있었다. 혜수는 고개를 설레설레 저었다. 이곳에, 과연 정이 들 수나 있을까.

인도의 끝, 저만치서 한 무리의 사람들이 노래를 부르며 도로를 건너고 있었다. 이곳에서 흔히 볼 수 있는 선교사 단체들이었고, 그들이 부르는 노래는 찬송가였다. 간간이 지나다니는 행인들이 힐끔 눈치를 본다.

이곳의 특징은 어디에서나 물건을 파는 아이들을 볼 수 있다는 거였다. 아이들은 일찍부터 생계를 위해 거리에 나온다. 그러곤 집에서 만든 우산이나 팽이, 양말 등을 돌아다니면서 판다. 관광객의 대부분이 선교사들이기 때문에, 그들은 기꺼이 좋은 마음으로 그런 물건들을 사 준다고 한다. 아이들은 물건을 하나 팔 때마다 한국 돈으로 약 30원 정도의 수입이 생긴다.

뿌연 거리는 눈마저 따갑게 만들었다. 하지만 그럼에도 불구하고 그녀가 틈틈이 호텔 밖으로 나와 거리를 관찰하는 이유는 이곳 특유의 쓸쓸한 분위기가 좋아서였다. 멀리서 총성이 들려올 때마다 절로 움츠러드는 도시. 그래서 사람들의 발길은 평상시에도 무척 다급하고 속도가 빨랐다. 좌우를 보지 않고 오로지 앞만 보며 걷는다. 총성이 가까워지기 전에 집에 들어가야 하기 때문이다.

그러다 보면 도로는 늘 적막하고 쓸쓸했다. 물건을 파는 아이들이 아니었다면 버려진 도시라고 봐도 무방했을 것이다. 스카프를 넓게 펴 얼굴 전체를 다 가린 혜수는, 호텔 좌측으로 발길을 옮겼다.

그러자 어디서 나타났는지 일곱 살쯤 되어 보이는 아이 하나가 혜수를 가로막고 섰다. 아이는 손에 든 조그만 손거울을 혜수에게 내보였다. 아이는 자신보다 더 큰 배낭을 짊어지고 있었는데 그 속에는 죄다 이 거울이 들어 있는 것 같았다.

혜수는 상체를 숙이고 아이의 머리를 쓰다듬었다.

"이걸 사라고? 이게 얼만데?"

혜수의 한국어를 용케 알아들은 건지, 아니면 그들 사이에서 으레 통용되는 순서인지, 손바닥만 한 푯말을 꺼냈다. 거기엔 12AFN(12아프가니, 한화 약 30원)라고 적혀 있었다. 혜수는 웃으며 고개를 끄덕인 후 바지 뒷주머니에 넣어 둔 조그만 동전 지갑을 꺼냈다. 지갑 안에는 아프간 동전이 몇 개가 들어 있었다.

그중에서 12아프가니에 맞춰 동전을 꺼내려던 순간, 아이가 혜수의 손을 툭 쳤다. 그 바람에 지갑이 땅에 떨어졌고 아이는 그걸 냅다 주워 도망가기 시작했다.

"이봐! 애!"

혜수는 소리 지르며 아이를 뒤따라 뛰기 시작했다. 사실 지갑은 별문제가 되지 않았다. 지갑에 들어 있는 동전을 몽땅 합해 봐야 천 원도 되지 않을 것이다. 하지만 일찍부터 거리로 나와 물건을 팔아야 할 정도로 어려운 환경 때문에 도둑질까지 용인되어선 안 된다는 판단이 선 것이다.

아이의 보폭보다 혜수의 보폭이 훨씬 컸기에, 도둑질을 한 아이는 채 5분도 지나지 않아 금세 따라잡혔다.

하지만 혜수보다 한발 더 앞서 아이를 잡은 이는 따로 있었다. 금발의 안경을 쓴 여자가 스쳐 지나가는 아이를 다급히 붙잡은 것이다. 아프간 사람이 아닌 것 같은 금발의 여자는 다른 나라에서 온 선교사라는 걸 금세 알 수 있었다.

혜수는 거칠게 숨을 들이켜며 여자를 향해 고맙다고 말했다. 그러자 여자가 흐뭇하게 웃으며 고개를 끄덕였다.

[이 아이가 가지고 있는 지갑이 그쪽 거죠?]

여자는 이런 일에 이골이 난 듯 물었다. 혜수는 그렇다고 대답했다.

[여기 아이들은 도둑질을 밥 먹는 것처럼 해요. 죄책감이라곤 없는 것 같아요.]

[네.]

[괜찮으시다면 이 아이를 저희에게 맡겨 주시겠어요? 제가 잘 가르칠게요.]

[전 상관없어요. 좋으실 대로 하세요.]

혜수가 말했고 여자는 아이에게서 지갑을 건네받아 혜수에게 돌려주었다. 혜수는 지갑에서 동전 몇 개를 꺼내어 아이에게 주었다. 아이의 눈이 커졌다.

[이건 선물이야. 아까처럼 그렇게 막 훔치고 그러면 안 돼. 알았지?]

영어를 알아듣지 못한 아이는 어리둥절해하며 제 손바닥에 놓인 동전을 바라보고 있었다. 금발의 여자는 아이를 데리고 돌아섰다. 혜수는 풀어진 스카프를 다시 동여매면서 멀어지는 두 사람의 뒷모습을 바라보았다. 마음이 더없이 착잡해졌다.

세상의 어느 한구석에, 자신의 의지와는 상관없는 일로 고통받다가 결국 사람으로 자라나지 못하는 아이들도 있다는 사실이 못내 씁쓸해졌다.

호텔 방으로 돌아온 혜수는 강욱에게 메일을 보냈다.

「선배님. 새삼스럽게 이렇게 살고 있는 제가 행복하게 느껴져요. 늘 한 시간 동안 사랑하는 연습, 할게요.」

짧고 간단한 멘트가 든 메일을 발송하고 난 후 혜수는 시계를 보았다. 벌써 저녁 식사 시간이 다 되어 있었다.

방을 나서니 경훈과 정호가 이미 복도에 나와 있었다. 매끼 식사는 대사관에서 협찬한 호텔 옆 레스토랑에서 이루어졌다. 레스토랑이라고 거창하게 이름을 달긴 했지만, 이곳 역시 한국으로 치자면 시골 마을 입구에 있는 허름한 돼지국밥 집과 같은 외관을 가지고 있었다.

하지만 메뉴는 무척 다양해서 스파게티나 카레 덮밥 같은 타국의 음식도 맛볼 수가 있었다. 혜수는 카레 덮밥을 경훈과 정호는 각각 쌀국수와 스파게티를 주문했다.

"아까 어딜 나갔던 거야, 서 기자?"

경훈이 애피타이저로 나온 빵을 씹으며 묻자, 혜수가 대답했다.

"그냥 호텔 주변 여기저기요. 뭘 파는 애들이 왜 그리 많은지."

"여긴 애들이 가장이라니까. 대단한 나라야."

"그래서 내일은 걔들 중 한 명을 섭외해서 인터뷰를 좀 해 볼까 싶어요. 물론 이제 곧 오실 피디님과 의논을 해 봐야겠지만."

"이 나라 언어가 안 되잖아."

"언어가 가능한 선교사 한 명을 함께 섭외해야죠."

"흐음. 그 방법도 좋겠군."

혜수는 지갑을 도둑맞을 뻔했다는 얘긴 굳이 하지 않았다. 경훈과 정호에게 미리부터 선입견을 심어 줄 필요는 없을 거란 생각에서였다.

잠시 후 주문한 음식이 나오자 세 명은 수저를 들고 식사를 시작했다. 그때 혜수의 핸드폰에 문자 메시지가 들어왔다.

「네가 왜 그렇게 느끼게 됐는지 궁금해. 얘기해 줄 수 있지? 네 목소리 듣고 싶다. 네 얼굴도.」

"응?"

혜수는 얼마쯤 놀란 나머지 입 밖으로 소리를 내고 말았다. 덕분에 경훈과 정호가 고개를 들고 무슨 일이냐는 표정으로 쳐다보자, 혜수는 서둘러 아무 일도 아니라고 대답했다. 두 남자가 다시 식사를 하자, 혜수 역시 다시 문자를 들여다보았다.

벌써 이메일을 확인한 건가. 그건 그렇고 이메일로만 연락을 주고받았는데, 지금 이 문자는 뭐지? 혜수의 가슴이 금세 설레기 시작했다. 어쩐지 그가 아주 가까이 있는 것만 같은 착각이 들었다. 더구나 목소리가 듣고 싶다니. 보고 싶다니. 그의 달콤한 밀어에 오늘 하루 그에게 서운했던 감정들이 눈이 녹듯 사라졌다.

혜수가 문자를 들여다보며 감동하고 있던 사이 경훈이 고개를 들고 말했다.

"어서 먹고 호텔 앞에 나가 보자구. 어떤 피디님이 오실지 모르겠지만 우리가 환영식은 해 드려야지. 조금 후면 도착하겠네. 대사관 직원이 아까 7시쯤 공항에 갔다고 연락이 왔거든. 거기서 곧장 픽업해 온다고 했으니까 이제 곧 도착할 시간이야."

"그래야겠네요. 오늘은 그럼 조촐하게 맥주 파티라도 열까요."

정호의 제안을 경훈이 단칼에 잘라 버렸다.

"맥주는 무슨. 내일은 새벽부터 일정이 **빡빡**한데 괜히 술 마셔서 못 일어나면 곤란해."

"에이. 그래도 우리네 관습이 그런 게 아닌데, 신입이 오면 술 한잔 정도 함께 걸치고 함께 화장실에서 구역질 정도 해 줘야 한국인이죠."

"잘났네, 잘났어. 나도 그러고 싶지만 이강욱 피디 같은 양반이 온다고 생각해 봐. 맥주는 고사하고 식사할 시간도 안 줄 거다, 인마. 그냥 시간 날 때마다 눈치껏 먹어야 돼."

"으익. 이 피디님은 제발 아니었으면 좋네요."

경훈과 정호의 농담 섞인 대화를 듣는 내내, 혜수의 눈빛이 시시각각 달라졌다. 어쩌면……. 기대감과 의구심이 뒤섞인 눈빛이 다시 문자 메시지를 향했다. 지나치게 가깝게 느껴지는 문자로 인해 어떤 확신 같은 것이 불현듯 스쳤다. 더는 밥만 먹고 있을 수 없어 혜수는 의자를 드르륵 밀고 벌떡 일어났다.

"어…… 저 먼저 일어날게요. 제가 호텔 앞에서 기다리고 있을 테니까 두 분은 여유롭게 식사하시고 오세요. 그럼, 나중에 봬요."

혜수는 같이 가자며 만류하는 두 감독들을 두고 레스토랑을 나왔다. 호텔까지 걸어가는 발걸음이 차츰 빨라졌다.

호텔 입구에서 기다리는 동안 새카만 어둠이 몰려들었다. 이곳에선 밤 8시만 되면 모든 가게가 문을 닫고 어두컴컴해지기 때문에 하루가 빨리 마무리되었다. 호텔 로비에서 나오는 불빛에 기대어, 혜수는 도로 양쪽을 번갈아 다급히 쳐다봤다.

잠시 후 왼쪽 도로의 끝에서 차량의 불빛이 나타났다. 언뜻 보기에도 그 차는 혜수와 촬영 감독들이 매일 타고 다니는 대사관의 지프차였다.

가슴이 이루 말할 수 없이 뛰었다. 어쩌면, 설마, 혹시, 하는 기대감이 실망감으로 변하지 않도록 이를 단단히 물었지만, 설레는 건 어쩔 수 없었다.

마침내 호텔 앞에 도착한 지프차의 조수석 문이 열렸다. 문틈으로 보이는 청색의 얇은 점퍼 깃만 봐도, 혜수는 오늘 이곳에 도착한 피디가 누구인지 단박에 알 수 있었다. 갑자기 눈물이 차올랐다. 이유 모를 벅참이 반가움과 함께 몰려들었다. 그리고 차에서 내린 강욱이 모습을 드러냈을 때, 혜수는 머뭇거리다 한 걸음 다가섰다.

"선배님."

뒷좌석에서 짐을 꺼내려던 그가 돌아본다. 환한 미소. 매일매일 그녀보다 1분 더 사랑하겠다는 남자가, 눈에 그리움을 가득 담은 그 남자가, 그녀에게 다가오고 있었다.

그와 함께 사랑해 나갈 이곳에서의 1분을, 혜수는 기쁘게 기대하게 되었다. 말없이 그녀를 꽉 안아 준 그의 품은 카불의 열기보다 더 뜨거웠다.

에필로그

1

    현철과 정순은 얼마쯤 초조한 얼굴로 거듭 물컵을 들었다가 내렸다. 두 사람의 시선은 아까부터 고깃집 입구만 흘깃거렸다. 그것도 그럴 것이 사돈 될 분을 처음 만나는 자리라 여간 긴장된 게 아니었다. 현철의 경우 어젯밤 잠을 한숨도 이루지 못했다.

    "여보. 나 화장 좀 봐 줘요. 진하다거나 그렇진 않죠? 그냥 수수하지?"

    정순이 현철의 팔을 쳤다. 현철은 정순의 얼굴을 꼼꼼하게 살핀 후 괜찮다고 대답했다. 그러곤 다시 입구를 쳐다본다. 시간은 6시 10분. 원래 6시 30분이 약속 시간이었지만 아무래도 본인들이 약속 장소에 빨리 나가 있어야 한다는 생각이 컸다. 장소를 잡은 게 현철이였고, 그들의 집이 이 가게에서 훨씬 가까웠기 때문이다.

현철은 보름 전에 혜수가 결혼 이야기를 꺼냈을 때를 상기했다. 상대는 생각했던 대로, 지난봄에 방송국에 찾아가서 만난 적이 있는 이강욱이었다. 그 얘길 꺼내면서 무척 행복해하던 혜수의 얼굴을, 현철은 아직도 잊을 수가 없었다. 그러면서 혜수가 덧붙인 말이 있었다.

'아빠. 그 사람 아버지 말이에요. 예전에 소방관이셨는데 그때 일하시다가 왼손 겁지가 잘려 나가셨대요. 그러니까 혹시 그걸 발견하셔도 절대 당황해하시면 안 돼요.'

혜수는 그것이 걱정됐는지 오늘 아침에도 한 번 더 당부하는 걸 잊지 않았다. 현철과 정순은 염려 말라며 안심시켜 주었다.

혜수와 이렇게 저렇게 강욱에 대해 얘기를 나누다 파고들어 보니, 현철의 부친과 석우의 부친이 동향(同鄕)이라는 것도 알게 되었다. 그때부터 이미 현철에게 석우는 사돈 이상의 친근감이 생겨나기 시작했다.

그래서 정식 상견례 전에, 먼저 오늘 같은 자리를 만들고 싶었던 것인지도 몰랐다. 혹여 그쪽에서 무례하게 여길까 걱정됐지만, 다행히 강욱의 부친은 흔쾌히 나가겠다 했다고 한다. 그 점 또한 현철이 석우에게 고마웠다.

이곳 고깃집은 현철이 아내와 함께 가끔 오는 집이었다. 그다지 시끄럽거나 왁자지껄한 분위기가 아니라 좋았고, 테이블마다 칸막이 시설이 되어 있어 소담하게 느껴졌다. 현철이 다시 입구를 쳐다보는데, 정순이 한숨과 함께 말했다.

"그나저나 우리 혜수가 벌써 결혼이라니. 아직도 나한텐 어린 애 같기만 한데 말이에요. 당신은 어때요?"

"다 컸지 뭐. 일이 좀 진전되면 난 그냥 당장 다음 달이라도 했으면 좋겠어. 내년이면 혜수가 아홉수니까 안 될 테고 후 내년이면 서른인데. 혜수도 빨리 결혼하고 싶어 하는 눈치고."

"일이 이렇게 일사천리로 진행되기도 하네요. 아프간인지 뭔지에 다녀온 게 석 달 전인데. 인연이 따로 있긴 한가 봐."

"우리도 이제 할머니 할아버지 될 준비를 해야 하는 거지?"

"내 친구 윤애는 벌써 손주가 둘이나 되잖아요. 그렇게 생각하고 봐서 그런지 너무 늙어 보이더라구요. 혜수한테 아이는 천천히 낳으라고 할까 봐. 나 할머니 벌써 되긴 싫은데."

"허허. 당신도 참."

두 사람이 웃으며 넋두리를 펼치고 있을 때, 입구의 문이 열렸다. 회색 양복에 하늘색 와이셔츠를 입은 중년의 남자와 시선이 마주쳤다. 현철은 단박에 그가 석우임을 알아보곤 자리에서 일어났다. 석우도 알아챘는지 환하게 웃으며 다가왔다.

"어이구. 이거 오시느라 힘드셨겠습니다. 제가 너무 무리하게 부탁을 드린 게 아닌가 모르겠습니다."

현철이 연신 고개를 숙이며 말하자 석우가 손사래를 쳤다.

"하하. 아닙니다. 이런 자리를 만드신 걸 보면 분명히 털털하시고 격의 없으신 분들이시라 생각되어 전 오히려 좋았습니다."

"앉으시죠, 사돈."

"예."

현철의 배려로 석우가 맞은편에 자리한 후 곧장 정순과의 인사도 이어졌다. 사전에 석우와 통화를 해서, 미리 주문했던 고기가 나오고 테이블 세팅이 완성됐다. 지글지글 익어 가는 고기를, 현철이 아주 열심히 구웠다.

"좋은 곳으로 모셨어야 했는데 저희 사는 동네 구경도 시켜 드릴 겸, 이렇게 오시라 했습니다. 그래도 여기 고기는 아주 맛있어요. 한번 드셔 보시고 맛있으시면 다음에 또 오세요, 사돈."

"허허. 그러죠. 저도 고기 좋아해서 가끔 집 근처 뒷고기 집에 가곤 하는데, 요즘 뒷고기도 가격이 오르는 바람에 틀려 버렸어요. 그래서 발길을 끊은 지 꽤 됐는데, 이렇게 한 번씩 술친구도 하면서 오가고 하면 좋겠네요."

정순은 접시를 만지작거리는 척하며 석우의 인상을 살폈다. 우선 혜수의 말대로 푸근하고 넉넉한 인상이어서 마음이 놓였다. 잘난 아들을 둔 부모는 대부분 제 어깨에 힘이 들어가 있기 마련인데 석우는 그런 모습은 전혀 보이지 않았다.

문득 테이블에 오른 석우의 왼손을 보았다. 혜수가 말한 대로 검지가 반이 없었다.

"아…… 이거요?"

정순의 시선을 읽었는지 석우가 왼손을 들어 보였다. 정순은 무안하고 미안하여 몸 둘 바를 몰라 했다.

"아, 죄송해요. 제가 보려고 본 게 아닌데 그만…… 실례했어요. 사돈어른."

"하하. 아닙니다. 누구나 저를 처음 만난 사람들은 다 이놈을 보는데요 뭐. 사실은 전 이놈, 하나도 부끄럽다거나 수치스럽지 않아요. 뭐, 일하느라 생긴 상천데요. 어쩌겠습니까. 잘려 나간 놈은 처음부터 저와 인연이 아니었던 거지요."

석우의 대답은 잔뜩 무안해하고 있던 정순도, 말없이 고기를 굽고 있던 현철도 모두 웃게 만들었다. 현철은 석우에게서 여유를 느꼈다. 그렇게 재산이 많은 사람도 아닌데 저런 여유가 어디에서 오는 건지 신기했다. 자신도, 과거 사업에 실패하고 조금이라도 마음에 여유가 있었다면 덜 힘들었을까.

"저희 아들이 혜수 양을 많이 좋아하고 아낍니다. 그 녀석 눈이 그렇게 따뜻해 보이는 건 참 오랜만이었어요. 그래서 말씀인데, 뭐 자세한 건 상견례 때 아들놈이 다 말씀드리겠지만 준비가 된다면 추석 지나고라도 식을 올리는 게 어떨지."

석우는 고민 끝에 제안했다. 딸을 가진 부모 입장에서야 별로 달갑지 않을 제안일 터였다. 하지만 맞은편의 부부는 전혀 그런 내색을 하지 않고 이해한다는 듯 고개를 끄덕였다.

"안 그래도 저희도 그런 얘길 잠시 하고 있었습니다. 이왕 인연이 닿은 거 후딱 해치우는 게 낫지 않을까. 이 서방 나이도 있고 하니까요."

"어머나. 이 서방이라고 부르니까 뭔가 어색한데도 친근하고 막 그러네요. 호호호."

현철과 정순이 웃었다. 석우는 이야기가 잘 풀리는 것 같아 한결 마음이 놓였다. 현철이 다 구워진 고기를 앞 접시에 담아 주자, 그걸 집어 먹었다. 그러곤 빈 소주잔에 술을 채웠다.

그렇게 한참을 흥겹게 대화를 이어 나갔다. 대부분 석우의 부친과 현철의 부친이 동향인 것에 대해 말하며 어린 시절을 추억하는 이야기였다.

그러는 사이 분위기는 아주 부드럽게 풀어지고 격의도 사라졌다. 흥이 오르고 술이 어느 정도 들어가 얼굴마저 벌게졌을 무렵, 현철이 석우를 진지하게 쳐다봤다.

"사돈. 아까 이 서방이 우리 혜수를 많이 좋아하고 아낀다고 하셨지요?"

"그랬지요."

"제가 비밀 하나 알려 드릴까요?"

"예? 무슨 비밀을……."

"사실은 우리 혜수가 이 서방을 먼저 짝사랑했답니다."

"예에? 그, 그게 정말입니까?"

"아니. 여보. 그게 사실이에요?"

석우와 정순이 차례대로 되묻자, 현철이 고개를 크게 끄덕였다.

"혜수가 이 서방 때문에 얼마나 속앓이를 했는지 몰라요. 제가 증인이죠."

"허허허. 이거야 원."

"아니 당신은. 사돈어른 앞에서 그 말을 왜 해요."

"뭐가 어때서. 그건 하나도 부끄러운 게 아니야. 아니, 사람을 사랑하는 것도 죄가? 안 그래요? 사돈?"

현철의 소리에 석우가 박장대소를 했다. 정순은 또 한 번 몸

둘 바를 몰라 했고, 현철은 계속해서 고기를 불판에 얹었다. 세 어른의 각기 다른 성격의 웃음소리가 한동안 테이블을 떠나지 않았다.

에필로그
2

"그게 사실이야?"

일요일 오후 방송국의 로비였다. 계절은 9월의 한복판에 서 있었지만 아직 한낮에는 열기가 뜨거웠기에 혜수는 반소매 블라우스와 짧은 스커트로 한껏 멋을 낸 차림을 하고 있었다.

혜수는 이번 가을 개편 때 드디어 9시 뉴스에 합류하게 된 지아를 마주 보며 놀라워하고 있었다. 지아는 얼마쯤 거만한 얼굴로 고개를 끄덕여 보였다.

"그렇다니까. 너 내가 그런 걸로 거짓말할 사람으로 보여?"

"아니."

"그러니까 믿어. 믿는 자에게 복이 온단다."

"그래도 양기정 그 인간이 너한테 저녁을 같이 먹자고 말했다니. 뭔가 다른 속셈이 있는 거 아닐까?"

"너, 나 무시하니? 나 뚱뚱하니까 남자들이 나한테 식사 제안을 할 리가 없다고 생각하는 거야?"

지아가 정색하며 묻자, 혜수는 완강하게 부인하며 손사래를 쳤다.

"그게 아니라 인간의 본성에 주목하라는 거야. 양기정이 누구니? 방송국 안 여자란 여자는 모조리 헤집고 다니는 싹수 노란 짐승 아니니? 그런 짐승은 너 아니라 다른 어떤 여자라 해도 조심해야 한다는 거야."

지아는 곰곰이 생각에 잠겼다. 혜수는 지아의 그런 모습이 걱정되기 시작했다. 아프간에 다녀온 이후 강욱과 혜수의 사이가 본격적으로 방송국 안에 소문이 퍼지면서, 상대적으로 지아는 움츠러들었다. 그도 그럴 것이 오가는 사람들마다 혜수에게 모든 이목을 집중했고, 어딜 가나 혜수와 강욱의 연애사가 화젯거리였기 때문이었다.

친구의 연애와 나이의 압박에 마음이 조급해졌는지 그동안 두어 번 소개팅도 하는 것 같더니, 번번이 실패로 이어졌다. 그래서 요즘 지아는 한껏 예민한 상태였다. 혜수는 조금 미심쩍었지만 지금은 진심으로 축하해야 할 것 같다고 생각했다.

"그래 뭐, 어쨌든 식사 잘 해. 너무 네 얘기만 하지 말고 상대 얘기도 잘 들어 주고 재미있게 분위기를 이끌어 가. 그러면 십중팔구 상대가 넘어오게 되어 있어."

"오늘은 화장도 할 거야."

"당연하지. 꾸미고 나가는 건 최소한의 예의야."

"상대가 양기정이라 꺼림칙하지만 그냥 밥 한 끼 즐겁게 먹는다고 생각할래."

"바로 그거야. 의연하게 생각해. 도도하게 굴란 말이야."

"그건 그렇고 넌 오늘 왜 이렇게 화사하게 차려입고 방송국엘 나온 거야? 나야 자료 정리 때문에 나왔지만, 넌 오늘 할 일도 없잖아?"

지아가 화제를 바꾸자 이번엔 혜수가 멋쩍어졌다. 지아 앞에서 차마 강욱과의 약속 때문에 나온 거란 말을 하기가 곤란하여 머뭇거리고 있는데 지아가 딱 알아차렸다.

"나쁜 년. 저는 남자랑 데이트하려고 이렇게 멋 내고 나왔으면서 나한테 식사하자고 한 남자한텐 꿍꿍이가 있는 거 아니냐는 말을 해? 너 짝사랑만 하던 시절을 생각해. 이렇게 개천에서 용 났다고 금방 태세 전환이냐?"

"꼬우면 너도 꾸미든가."

"좋아. 나도 지금 당장 집에 가서 씻고 옷 사러 갈 거야. 흠…… 근데 그 립스틱 무슨 색깔이야?"

지아가 아닌 척하며 슬그머니 물어보자 혜수가 큭큭대며 대답했다.

"딸기색 틴트. 빌려줄까?"

"응."

"좋아."

혜수는 백을 뒤져 틴트를 건넸다. 지아는 그것을 받아 들곤 작게 파이팅을 외쳐 주며 들어갔다. 혜수는 들어가는 지아를 쳐다보면서 그녀에게도 사랑이 빨리 찾아왔으면 좋겠다는 생각이 들었다.

혜수가 전에 없이 휴머니즘을 발휘하고 있는데 뒤에서 누군가 그녀의 손을 붙잡았다. 돌아보니 강욱이였다.

"선배님!"

그만 보면 반사적으로 지어지는 미소 때문에 미치겠다. 웃지 않으려고 해도 입이 저절로 쩍 벌어져 버린다.

"오래 기다렸어?"

"아뇨."

"너도 알겠지만 손 국장 잔소리가 워낙 길잖아. 중간에 끊고 겨우 나왔어."

강욱은 혜수의 귀밑머리를 넘겨 주며 말했다. 오늘의 그녀는 영락없이 여자다운 차림새다. 매일매일 더 예뻐지는 것 같아 불안하기 짝이 없었다. 그래서 더 안고 싶고 더 빨리 함께하고 싶었다.

"참, 어제 얘기 들었어요? 저희 엄마랑 아빠 새벽에 들어오신 거 있죠. 그것도 완전 취하셔서요."

"아버지도 마찬가지셔. 처음 만난 분들끼리 무슨 할 얘기가 그렇게 많으셨던 거지?"

"그러게요. 1차로 고깃집에서 먹고 2차로 소주방까지 가셨다던데, 이거 너무 친해지시면 곤란한데 말이죠. 아버님께 제 치부를 다 보여 드리고 싶진 않은데."

"너무 생각이 많아도 곤란해. 나가자."

강욱은 혜수의 어깨를 안고 밖으로 이끌었다. 방송국 앞마당에 주차시켜 놓은 차에 오른 후 시동을 켜니 혜수가 돌아본다.

"무슨 영화 볼 거예요?"

"음. 영화 보기 전에 들를 곳이 있어."

"어딜요?"

"가 보면 알아."

강욱은 씩 웃기만 했다. 그의 웃는 표정이 좋아서 혜수는 옆얼굴만 빤히 쳐다봤다.

"왜 그렇게 봐?"

"우리 선배님. 날이 갈수록 더 잘생겨지는 것 같아. 어쩌지? 다른 여자들이 채 갈까 봐 겁나네요."

"그래서 너한테 꽉 잡혀 주잖아. 이렇게."

강욱의 대답은 혜수를 실소하게 만들었다. 그녀는 다시 정면으로 고개를 돌렸다.

사실 부모님께 결혼 이야기를 하고 어제 부모님들끼리 만나는 자리도 가지고 했지만, 혜수는 여전히 마음이 다 채워지지 않는 무언가가 있었다. 그게 뭘까. 며칠 전부터 곰곰이 생각하던 끝에, 아직 강욱에게서 정식으로 프러포즈를 받지 않았기 때문이라는 걸 깨달았다.

프러포즈 따위, 받지 않아도 그만이라며 담담하게 넘기고 싶었지만 나날이 차오르는 욕심 때문에 그녀 자신도 한심할 지경이었다. 그래서 그는 바쁘니까, 라는 핑계를 스스로에게 던지고 있었다. 매번.

"아가씨. 그런 얼굴을 하고 있으면 내가 잡아먹고 싶어지잖아."

잠시 내려앉은 침묵을 깨고 강욱이 입을 열었다. 차는 어느새 방송국으로부터 꽤 멀리 벗어나 있었다. 혜수는 다시 그를 돌아봤다.

"제가 어떤 얼굴을 하고 있는데요?"

"뭔가 할 말이 있는데, 하고 싶지 않은 표정? 혹은 뭔가 이 남자가 해 줬으면 좋겠는데 차마 입 밖으로 꺼낼 수 없어 답답한 표정?"

"에이. 선배님 잘못 보셨다. 전 지금 무슨 영화를 볼까, 생각하고 있었는데요?"

"거짓말."

강욱이 작게 웃는 것을 혜수는 빤히 쳐다봤다. 그렇게 무수히 많은 시간을 봐 온 사람인데도 저런 표정일 땐 무슨 생각을 하고 있는지 알 수가 없었다. 혜수는 핸들을 잡고 있는 그의 손등을 툭 쳤다.

"운전하세요, 선배님. 여자한테 빠져서 길 잃지 마시구요."

그 말을 끝으로 차 안엔 또다시 적막이 감돌았다. 차는 그로부터 10분을 더 달려 한적한 인도에 세워졌다. 혜수는 주변을 살폈지만 상가가 즐비한 인도일 뿐, 별다른 건 느껴지지 않았다.

"여기서 뭘 할 거예요?"

혜수가 묻자 강욱이 벨트를 풀며 대답했다.

"넌 좀 기다리고 있을래? 잠시 다녀올 곳이 있어. 5분이면 돼."

강욱은 혜수의 대답을 기다리지도 않고 차에서 내렸다. 그러곤 저만치 앞에 있는 상가 건물로 들어갔다. 대체 무슨 일이지? 차창을 내린 그녀는 강욱이 들어간 곳만 뚫어지게 쳐다보고 있었다.

얼마의 시간이 흘렀을까. 강욱으로부터 전화가 걸려 왔다. 혜수는 얼른 받아 들었다.

"네. 선배님. 어디예요? 왜 안 오시고 전화예요?"

— 응. 뭘 좀 주문해 놨는데 그걸 찾아오느라.

"아. 그래요? 그럼 어서 와요."

— 내가, 아주 좋은 여자를 만난 것 같아.

뜬금없이 건너온 말에 혜수의 눈이 차츰 커졌다.

"……네?"

— 너도 남자 보는 눈이 꽤 있는 편이고. 그러니까 너하고 나, 우린 썩 괜찮은 부부가 될 수 있을 거야. 혜수야.

그의 말을 곱씹기도 전에 열린 창문으로 무언가가 불쑥 들어왔다. 깜짝 놀란 혜수가 고개를 돌리니 밖에 있는 강욱이 창문을 통해 그녀에게 뭔가를 내밀고 있었다. 보라색 벨벳 상자. 그가 상자를 반쯤 여니 그 속엔 빛살을 받아 반짝거리는 반지와 목걸이가 들어 있었다.

"결혼하자. 서혜수."

묵직한 목소리가 혜수의 머리와 가슴, 귀와 손을 두드렸다. 혜수는 어찌할 바를 몰라 머뭇대고만 있었다. 어쩌면 그는 제 마음을 읽은 걸까.

머뭇대기만 하던 그녀의 손이 움직여 반지를 쓸었다. 그러곤 대답을 기다리고 있던 강욱에게로 시선을 돌렸다. 바람보다 시원한, 계절보다 환한 그녀의 미소가 강욱을 향했다.

"좋아요. 선배님."

—The end

작가 후기

"슬럼프야. 도저히 안 돼. 몇 달은 쉬어야 할 것 같아."

얼마 전까지 제가 혼자 중얼거리던 말이었습니다. 무작정 시작했다가 열 페이지 정도 쓰고 나서 접어 버린 글이 한두 개가 아닌데, 이번 글은 유난히 힘에 부쳤어요. 이 글이 작년 초에 처음 쓰고 장장 일 년을 묵혀 둔 거니까 징글맞게도 오래됐네요. 그래도 작정하고 쓰기 시작해서 빠른 시간 안에 완성한 것 같아 다행이긴 합니다.

악역 없이 둘이 사랑하는 내용만으로 다 채우고 싶다고 생각하고 시작한 글이었는데, 뜻대로 잘 되진 않은 것 같아 아쉬움이 남습니다. 모든 글이 다 그렇겠지만요.

요즘은 새삼스럽게 처음 종이책을 냈을 때가 떠오릅니다. 그 기뻤던 순간은 지금까지 살아왔던 제 인생에서 손에 꼽힐 정도였습니다. 다만 출간이 계속 이루어지면서 저도 매너리즘에 빠진 건 아닌지, 그저 계약해 둔 걸 의무적으로 이행하는 수준에 그치고 있는 건 아닌지, 글을 다 쓴 지금은 자꾸만 후회가 맴돕니다.

그래선 안 돼. 마음을 다잡아도 금세 힘이 빠지고 용기가 안 나지요. 그걸 극복하는 게 올해 남은 시간의 목표가 되었습니다.

날씨가 정말 더워졌습니다.

나이를 먹어 갈수록 집에 갇혀 지내는 시간이 길어지면서, 날씨와는 그다지 상관없는 생활이 되고 있는데요. 이 태도도 바꾸어야겠어요. 비타민 D 흡수를 위해서라도 햇빛을 열심히 봐야겠습니다. 그래서 올 여름엔 가족과 함께 캠핑 계획을 많이 세워 뒀습니다. 기대가 됩니다.

다향 안리라 팀장님, 고생 많으셨어요. 늘 감사합니다.

그리고 사랑하는 남편, 우리 아들들, 고마워요.

독자님들도 건강한 여름 나시고, 선선한 가을에 연재글로 만나 뵙길 고대합니다.

반해 드림.

초판 2쇄 찍음 2016년 8월 8일
초판 2쇄 펴냄 2016년 8월 11일

지은이 | 반 해
펴낸이 | 정 필
펴낸곳 | **(주)뿔미디어**

기획·편집 | 이영은

출판등록 | 2002년 9월 11일 (제1081-1-132호)
주소 | 경기도 부천시 원미구 소향로 17, 303(두성프라자)
전화 | 032)651-6513 / 팩스 | 032)651-6094
E-mail | dahyangs@naver.com
블로그 | http://blog.naver.com/dahyangs
홈페이지 | http://bbulmedia.com

값 9,000원

ISBN 979-11-315-7278-8 03810

www.bbulmedia.com